Jacqueline Firkins
My Lucky Star

 GOLDMANN

Jacqueline Firkins

My Lucky Star

Roman

Aus dem Englischen
von Jeannette Bauroth

GOLDMANN

Die amerikanische Originalausgabe erschien 2022 unter dem Titel
»Marlowe Banks, Redesigned« bei St. Martin's Publishing Group,
New York City.

Penguin Random House Verlagsgruppe FSC® N001967

1. Auflage
Deutsche Erstveröffentlichung Februar 2024
Copyright © der Originalausgabe 2022 by Jacqueline Firkins
Published by arrangement with St. Martin's Publishing Group
Copyright © der deutschsprachigen Ausgabe 2024
by Wilhelm Goldmann Verlag, München,
in der Penguin Random House Verlagsgruppe GmbH,
Neumarkter Str. 28, 81673 München
Dieses Werk wurde im Auftrag von St. Martin's Press durch die
Literarische Agentur Thomas Schlück GmbH,
30161 Hannover, vermittelt.
Umschlaggestaltung: UNO Werbeagentur, München
Umschlagmotive: FinePic®, München
Redaktion: Annika Bührmann
TK · Herstellung: ik
Satz: KCFG – Medienagentur, Neuss
Druck und Bindung: GGP Media GmbH, Pößneck
Printed in Germany
ISBN: 978-3-442- 49439-2

www.goldmann-verlag.de

Für die, die sich Sorgen machen, und die, die sich Gedanken machen. Für die, die mit Imposter-Syndrom, nutzlosen Vergleichen oder ständiger Versagensangst ringen. Und für Timothy Olyphant, den ich einmal zum Jeanskaufen mitgenommen habe und der sich an diesen Tag nicht mehr erinnern wird.

1

Marlowe Banks hätte sich nie träumen lassen, dass ihr Master of Fine Arts von der Yale University ihr einmal einen Job einbringen würde, bei dem sie Kleiderbügel sortierte, verkrustete Einlegesohlen aus einem alten Paar Halbschuhe pulte und sich jeden einzelnen Fingernagel beim Versuch, ein Uhrenarmband nur mithilfe einer Sicherheitsnadel und der Kraft ihres beachtlichen Willens anzupassen, abbrach. Der Titel »Produktionsassistentin im Bereich Kostüm« hatte so glamourös geklungen. Aber unter der üblicheren Kurzbezeichnung PA war sie nur ein Rädchen im Getriebe. Mehr nicht.

»Na toll«, murmelte sie, als die Sicherheitsnadel abrutschte und sich zum dritten Mal Blut an ihrem Finger zeigte. »Eine großartige Gelegenheit. Spektakuläre Lernerfahrung. Ein Traumjob.« Die Worte kamen ihr nur mühsam über die Lippen, aber wenn Marlowe sie nur oft genug wiederholte, würde sie sie vielleicht irgendwann glauben. Immerhin mussten Rädchen ohne Ehrgeiz nicht zusehen, wie Kritiker und Branchenprofis ihre kreative Arbeit auseinandernahmen. Sie fühlten sich nicht wie Hochstaplerinnen, weil sie sich »Künstlerin« nannten. Tatsächlich nahmen die meisten Menschen sie nicht einmal wahr, was genau das war, was sich Marlowe erhofft hatte, als sie ihre beginnende Kostümbildnerinnenkarriere in New York City hinter sich gelassen und nach Los Angeles geflogen war – der Stadt der Träume, der Sandstrände, der köstlichen Tacos und der vielen wahnsinnig schönen Menschen, zwischen denen jeder gewöhnliche Mensch praktisch unsichtbar war.

Nachdem sie die Armbanduhr endlich auf die Handgelenksgröße der Schauspielerin eingestellt hatte, packte Marlowe eine große Bestellung Motivsocken aus, ein weiterer Punkt auf der langen Liste der Aufgaben, die sonst niemand erledigen wollte. Als einfache Assistentin verbrachte Marlowe viel Zeit mit solchen Sachen. Auch wenn niemand diese Formulierung für ihre Arbeit benutzte, wusste trotzdem jeder, dass es so war. Sie schnitt gerade die erste Verpackung auf, als sie vom Eingang zum Trailer her das Klappern von übermäßig vielen Armreifen hörte, gefolgt vom Klackern spitzer Absätze auf dem Linoleum und dem verräterischen Duft nach Sandelholz und sorgfältig kultivierter Verachtung.

»Wieso sind wir erst bei Folge drei?« Babs Koçak ließ sich neben Marlowe auf einen Regiestuhl fallen, drehte sich zu dem nahestehenden Spiegel um und glättete ihre perfekt geschwungenen Augenbrauen, die tiefschwarz über ihren leicht zusammengekniffenen grauen Augen lagen. Sie hatte eine zierliche Statur, aber eine große Persönlichkeit, war immer tadellos gekleidet und frisiert – es war ihre Art, anderen zu zeigen, dass sie ihr beruhigt ihren Look anvertrauen konnten. »Ich habe das Gefühl, schon seit die Tyrannosaurier von Ziegenlederhandschuhen für ihre winzigen Hände geträumt haben, Samtblazer und Seidenboxershorts herauszusuchen.«

Marlowe lächelte höflich und legte das Cuttermesser zur Seite. »Vielleicht kommt es dir so lange vor, weil es die sechste Staffel ist?«, erwiderte sie.

Babs stöhnte. »Eigentlich sollte nach der fünften Schluss sein, aber offenbar muss man nur genügend heiße junge Schauspieler auf dem Bildschirm zeigen, und die Leute schalten so lange ein, bis auch der letzte von ihnen mit allen anderen geschlafen hat.« Sie stieß einen entnervten Seufzer aus und glättete die winzigen

Falten in ihrer Seidenhose. »Hast du die Quittungen durchgesehen?«

»Alles erledigt. Ich habe die Rechnung heute Morgen bei der Buchhaltung abgegeben.«

»Und Calvin Klein kontaktiert?«

»Morgen kann ich die Muster abholen.«

»Meinen Termin beim Chiropraktiker verschoben?«

»Du bist jetzt für nächsten Dienstag um elf Uhr eingetragen.«

»Konntest du einen Seetangsalat ohne Sesam auftreiben?«

»Holy Rolls macht extra einen, ich hole ihn um zwölf ab.«

»Und Edith Head?«

»Der geht es in der neuen Hundetagesstätte hervorragend. Sie hat sogar ihren Quietscheknochen geteilt.«

Babs zog eine Braue hoch und blickte sich im Trailer um, als ob sie etwas suchte, das sie kritisieren konnte, nachdem ihre Fragen in dieser Hinsicht nichts ergeben hatten. Marlowe konzentrierte sich auf ihre Aufgabe und trennte die Socken mit den Lamas und Faultieren von denen mit den Regenbogenstreifen oder witzigen Sprüchen. Die Kostümabteilung hatte knapp hundert Paar bestellt, wobei die Wahrscheinlichkeit, dass auch nur eins davon im Bild zu sehen sein würde, ungefähr genauso hoch war wie die, dass ein Tyrannosaurus Ziegenlederhandschuhe tragen würde. Die Arbeit beim Fernsehen war etwas völlig anderes als Marlowes erste Jobs beim Theater, wo das gesamte Budget für zwanzig oder dreißig historische Kostüme geringer gewesen war als die Kosten dieser einen Sockenbestellung. Sie war inzwischen seit zehn Wochen Teil des Kostümteams für *Heart's Diner*, daher hatte sie die anfängliche »Alice im Wunderland«-Phase voller Staunen hinter sich gelassen, wobei sie manchmal immer noch beinahe erwartete, ein weißes Kaninchen in einer Weste den Trailer betreten zu sehen. In Hollywood war alles möglich.

9

»Trinkst du das wirklich?«, fragte Babs.

Marlowe hielt inne, Socken mit Bananenaufdruck in beiden Händen. »Was trinken?«

Babs deutete auf die Getränkedose auf der Arbeitsplatte neben Marlowe. »Es ist noch nicht mal zehn Uhr.«

»Das ist nur Mineralwasser.« Marlowe legte die Socken hin, nahm die Dose in die Hand und suchte nach gefährlichen Inhaltsstoffen oder Warnungen.

Babs machte ein missbilligendes Geräusch. »Die Kohlensäure kann dein Verdauungssystem schädigen. Damit bringst du die natürlichen Signale deines Körpers durcheinander, und bevor du dichs versiehst …« Sie machte eine Geste, die einen aufgeblasenen Ballon symbolisieren sollte. »Warte wenigstens bis zum Mittag- oder Abendessen damit.«

Marlowe stellte die Mineralwasserdose hinter einen Stapel zerknüllter Verpackungen und machte sich klar, dass aufmunternde Selbstgespräche ihre Situation nicht wesentlich verbessern würden. Problem Nummer eins: Das Leben in L. A. passte nicht zu ihr. Die Stadt verlangte ein Bewusstsein für Marken und einen Gesundheitskult – vielleicht nicht von jedem, aber definitiv von allen, die in der Modebranche arbeiteten, oder zumindest denen, die mit Babs Koçak zusammenarbeiteten. Trotz Babs' häufiger »hilfreicher Vorschläge« verabscheute Marlowe Fitnessstudios und fand Superfoods ausgesprochen unsuper. Ausgenommen Blaubeeren und vielleicht Brokkoli, solange genügend Käse in der Nähe war, um seine grüne Farbe zu überdecken. Sie joggte jede Woche, war also nicht völlig untätig, aber jetzt sollte sie kein sprudelndes Wasser mehr trinken? Ernsthaft?

Babs spähte über die Socken hinweg, die Marlowe auf der Arbeitsplatte aufstapelte.

»Ich hätte die Bestellung genauer formulieren sollen.« Sie

nahm ein Paar in die Hand, auf dem Katzen telefonierten. »Wir behalten die mit Streifen und allgemeinen Mustern. Den Rest dieses Quatsches schicken wir zurück. Unsere Serie spielt im Mittleren Westen der USA, nicht in *Jumanji*.« Sie inspirierte einige weitere Paare, während Marlowe damit begann, den Karton wieder zu befüllen. »Glaubst du, Idi könnte die zu seinem McQueen-Anzug tragen?« Sie hielt ein Paar mit blauen und schwarzen Streifen hoch.

»McQueen?«, wiederholte Marlowe verblüfft. »Arbeitet seine Figur nicht an einer Tankstelle?«

»Wir sind hier nicht bei einer deiner kleinen Tschechow-Inszenierungen, Liebes. Das hier ist Fernsehen. Die Leute wollen Glanz und Glamour.« Babs warf die Socken beiseite. »Du bist neu, aber du wirst es schon noch lernen.«

Marlowe setzte ihr übliches gelassenes Lächeln auf, während sie Problem Nummer zwei festhielt: der Job. Nicht, dass die Arbeit als Assistentin bei einer großen Fernsehserie nur schlecht wäre. Die Bezahlung war gut. Marlowe war für ihre Aufgaben gut geeignet: Sie war organisiert, effizient, detailorientiert und beschwerte sich nicht. Sie vermied erfolgreich ihre schärfsten Kritiker und die scheinheiligen Premieren-Partys, wo sie nie wusste, was sie sagen sollte, abgesehen von »Es ist so toll, mit euch zu arbeiten!«. Sie hatte sogar Klatsch und Tratsch über Promis für ihre Freundinnen in New York auf Lager. Allerdings – und das war ein großes *Allerdings* – hatte sie es nicht geschafft, ihr Kostümbildnerinnendenken und ihre Karriereambitionen abzuschalten. Sie hatte eine Meinung zu der Story, der Welt und den Figuren. Sie sprudelte beinahe über vor Gedanken zu symbolischen Farbpaletten oder Möglichkeiten, wie man Informationen über Allianzen und Antagonismen vermitteln konnte. Zum Beispiel indem man einfach nur eine Krawatte austauschte oder die Frisur einer Person anpasste. Aber sie war nach L. A. gekommen, um sich zu verstecken, und das erforderte, dass sie sich mit ihrer Meinung zurückhielt. Dasselbe galt für Ambitionen.

Die Trailertür schwang auf, und Cherry Cho kam herein, gekleidet in ihr übliches Outfit aus enger schwarzer Jeans, schwarzem Designerblazer und einem bedruckten T-Shirt mit ironischem Spruch. Auf dem heute stand »Binär gibt es nur bei Computerprozessoren«. Sie war schlank und auffällig, mit langen schwarzen Haaren, die sie zu einem unordentlichen Knoten gedreht trug, wie ihn Marlowe schon oft versucht hatte. Leider hatte sie das irgendwann aufgeben müssen, da sie im Gegensatz zu Cherry nicht in der Lage war, die unordentliche Frisur wie Absicht aussehen zu lassen.

»Ich habe Angus am Tisch mit den Snacks getroffen«, wandte sich Cherry an Babs. »Er will über seine Lederjacke sprechen.«

»Was ist damit?« Babs stand auf und zog am Saum ihrer Bluse, vielleicht, um sie herunterzuziehen oder um ihr Dekolleté in Szene zu setzen – eine Angewohnheit, wann immer Angus' Name fiel. »Ist es nicht dieselbe, die er auch letzte Woche getragen hat?«

»Angeblich passt sie nicht richtig. Mal wieder.« Cherry verdrehte die Augen. »Er hat in letzter Zeit mehr Gewichte gestemmt. Jetzt ist sie an den Schultern zu eng. Ich habe ihm versichert, dass die Jacke gut aussieht, aber er bestand auf einer zweiten Meinung.«

»Wie viele Lederjacken kann ein Schauspieler während einer Staffel verschleißen?« Babs deutete mit dem Finger auf Marlowe und Cherry. »Ihr braucht das nicht zu beantworten. Ich will es nicht wissen.« Sie frischte ihr Augen-Make-up auf und glättete ihre Haare, bevor sie den Trailer verließ.

Sobald sich die Tür hinter ihr geschlossen hatte, ließ Cherry sich auf den Boden fallen und rollte sich dort umher wie eine Katze, die sich nicht zwischen Strecken und Einschlafen entscheiden konnte.

»Ich bin soooooo müde«, stöhnte sie.

»Hast du gestern lange gearbeitet?«, erkundigte sich Marlowe, während sie weiterhin die verbliebenen Socken sortierte.

»Meine Ex ist endlich vorbeigekommen, um ihre restlichen Sachen aus meiner Wohnung zu holen. Das hätte in maximal ein, zwei Stunden erledigt sein sollen. Dann haben wir angefangen zu reden, was eigentlich kein Problem gewesen wäre, aber es hat nicht lange gedauert, bis wir jeden Streit über meine Neigung, die Arbeit über alles zu stellen, und über ihre Eifersucht aufgewärmt haben, und wie ich glauben kann, dass eine Frau, der ich schon seit vier verfluchten Jahren assistiere, mich plötzlich für einen eigenen Kostümdesignjob empfehlen wird. Aber ich kann doch nicht aufgeben, wo ich so kurz vor einem großen Durchbruch stehe, du machst dir was vor, nein, *du* machst dir was vor, und plötzlich ist es sechs Uhr morgens, und wir schreien uns praktisch an.« Sie gähnte in ihre Faust, langsam und lang, und blinzelte durch ihre dichten Wimpernverlängerungen, bevor sie wieder in sich zusammensank. »Ich habe heute schon so viele Fehler gemacht. Ich funktioniere nicht ohne Schlaf. Irgendetwas wird schrecklich schiefgehen, und es wird meine Schuld sein.« Da Cherry sich nie mit unnötigen Konventionen wie dem Benutzen von Stühlen aufhielt, rollte sie sich auf die Seite und unterdrückte ein weiteres Gähnen.

Marlowe trank ihr Mineralwasser aus, solange sie das noch ohne Kritik konnte.

»Kann ich dir irgendwie helfen?«, fragte sie.

»Besteht die Chance, dass du unsere Freundin Babs heute von mir fernhalten kannst? Sie hat mir heute Morgen beinahe den

Kopf abgerissen, als ich ihre Nachricht übersehen habe, dass ich ihr zusammen mit ihrem Kaffee noch glutenfreie, zuckerfreie Scones kaufen soll. Als ob wir für so was keinen Catering-Truck hätten.«

»Sind die Scones dort denn gluten- und zuckerfrei?«

»Würde die irgendjemand hier essen, wenn sie es nicht wären?« Cherry drehte sich um, kämpfte sich in eine sitzende Position hoch und warf einen schnellen Blick zur Tür. »Ich würde wetten, dass Babs manchmal einfach Gründe erfindet, um sauer zu sein, damit der Rest von uns nicht vergisst, dass sie hier das Sagen hat. Sie war selbst einmal in unserer Position. Jetzt ist sie an der Reihe, andere leiden zu lassen. Die Filmbranche ist im Prinzip eine endlose Schikaneschleife.« Cherry streckte den Nacken und massierte sich die Halswirbelsäule.

Cherry war mit ihren achtundzwanzig Jahren nur drei Jahre älter als Marlowe, doch sie arbeitete in der Branche, seit sie achtzehn gewesen war: zwei Jahre als PA, vier als Einkäuferin und Näherin und weitere vier als Kostümdesignassistentin von Babs Koçak. Sie hatte Marlowe erklärt, dass eine Assistentinnenstelle einer der besten Wege war, um einen Job als Kostümbildnerin zu bekommen. Nicht nur, dass man Regisseure und Produzenten kennenlernte, wenn die Kostümbildnerin ein Angebot für einen Film oder eine Serie bekam, das sie nicht annehmen konnte, gab sie es vielleicht an ihre Assistentin weiter. Bisher hatten sich Cherrys Ambitionen jedoch als … lediglich ambitioniert erwiesen. Doch trotz der langen Arbeitstage und ihrer Klagen über die Branche war sie fest entschlossen, es bis an die Spitze zu schaffen. Marlowe bewunderte Cherrys Entschlossenheit. Sie fragte sich auch, wie ihre eigene im Vergleich abschnitt.

Sie beugte sich zu Cherry und senkte die Stimme. »Glaubst du, dass Babs und Angus etwas miteinander haben?«

Cherry tat so, als ob sie sich übergeben müsste. »Um Gottes willen, ich hoffe nicht. Ich meine, der Kerl schläft sich durch die Gegend, also vielleicht doch, aber sie ist doppelt so alt wie er, und er hat eindeutig bessere Angebote. Ich bin mir ziemlich sicher, dass das Supermodel, das ich heute Morgen aus seinem Trailer habe schleichen sehen, nicht dasselbe war wie gestern.«

Marlowe blickte stirnrunzelnd in die Richtung von Angus' Trailer und fragte sich, hinter welcher Frau – oder genauer gesagt, hinter welchen Frauen – er wohl gerade her war. Er war einer der sechs Hauptdarsteller, Mitte bis Ende zwanzig, und hatte rote Haare, die zu hell waren, um als kastanienbraun durchzugehen, und zu dunkel, um ihn zu einem echten Rotschopf zu machen, aber sie standen ihm so oder so. Er spielte den Bad Boy der Stadt, der immer in Schwierigkeiten geriet, eine zwielichtige Vergangenheit hatte und ganz schön überheblich war.

Von allen Promis, die Marlowe während der vergangenen Monate kennengelernt hatte, war Angus derjenige, über den ihre Freundinnen in New York am dringendsten etwas erfahren wollten. Sie konnte es ihnen nicht verdenken, schließlich war sie selbst neugierig gewesen. Sein Gesicht war seit Jahren in Boulevardzeitschriften und auf Filmfanseiten zu sehen, erst als Teenie-Schwarm aus einer beliebten Disneyserie, dann an der Seite einer ganzen Reihe schöner Schauspielerinnen. Er hatte das raue, kantige Aussehen, das Frauen in seiner Gegenwart stammeln und erröten ließ und ihn zum Gegenstand unzähliger Fantasien machte. In Marlowes Jugend hatte er sogar durchgehend einen Top-Ten-Spitzenplatz auf der Liste ihrer imaginären Boyfriends gehabt, und als *Heart's Diner* zum ersten Mal ausgestrahlt wurde, hatte er einige heiße Gedanken bei ihr ausgelöst. Doch das war, bevor sie den Mann kennengelernt und festgestellt hatte, dass er der egozentrischste Mensch auf dem Planeten war. Jetzt ging sie ihm aus dem Weg, was einfach war, da ihre Aufgaben als PA so gut wie nie Kontakt zu den Hauptdarstellern erforderten.

Ihr Handy vibrierte in der Gesäßtasche. Sie zog es heraus und blickte aufs Display, ohne es zu entsperren.

Kelvin: Wie gefällt's dir im La-La-Land, Lowe?

Marlowe runzelte die Stirn. Problem Nummer drei: Einsamkeit, und deren nervig häufige Begleiterscheinung, das Bedauern. Kelvins Frage war zwar harmlos, aber der Spitzname traf Marlowe immer noch ins Herz. Obwohl sie sich wirklich wünschte, es wäre nicht so. Beziehungen waren schon komisch. Man baute sich zusammen eine gemeinsame Sprache auf. Wenn die Beziehung endete, kannte niemand anders die entsprechenden Wörter und Symbole, also musste auch die Sprache sterben.

Cherry kam auf die Füße und klopfte sich den Staub ab. »Was gibt's?«

»Anscheinend ist heute der Tag der Ex-Partner.«

»Er schreibt dir immer noch? Er weiß, dass ihr Schluss gemacht habt, oder?«

»Ja. Da gibt es keine Missverständnisse.« Marlowe schob das Handy zurück in ihre Tasche. »Wir versuchen, Freunde zu bleiben.«

Cherry beäugte sie von der Seite. »Was genau bedeutet ›Freunde bleiben‹?«

»Bisher bedeutet es, dass er mir ungefähr einmal pro Woche irgendeine wahllose Frage schickt. Ich antworte, weil mich die Götter des guten Benehmens zwingen, Fragen nicht unbeantwortet zu lassen. Dann frage ich ihn etwas. Darauf antwortet er nicht.«

Cherry beugte sich zum Spiegel und strich sich über die Augenringe.

»Ich hasse diesen Mist mit der Hinhalterei«, sagte sie. »All diese kleinen Vortaster, um zu sehen, ob jemand noch da ist, falls man sich entscheidet, dass man ihn will. Sobald du ihm nur den geringsten Hinweis gibst, dass er deine Aufmerksamkeit hat, löst er sich in Luft auf. Du solltest ihn echt einfach blockieren.«

»Vielleicht. Keine Ahnung.« Marlowe schloss eine Hand um ihren Ringfinger und drehte daran, eine nervöse Angewohnheit, die sie noch nicht losgeworden war. »Ein paar freundliche Nachrichten bringen mich nicht um. Er fehlt mir. Und ich fühle mich immer noch mies, weil ich einfach so abgehauen bin.«

»Hältst du den Kontakt, weil ihr Freunde seid oder weil du ein schlechtes Gewissen hast?«

»Beides vermutlich.« Marlowes Stimme klang kläglich. Sie hasste das.

»Sei einfach vorsichtig.« Cherry wirbelte herum und lehnte sich an die Arbeitsplatte, wobei sie mit ihren türkis lackierten Nägeln auf der Kante herumtrommelte. »Achte darauf, dass er etwas Positives zu deinem Leben beiträgt, zum Beispiel, indem er sich darum bemüht, dass du glücklich bist. Wenn er dich lediglich unglücklich macht, solltest du sofort den Menschenentsorgungsdienst anrufen.«

Cherrys Worte trafen ins Schwarze im Hinblick auf Marlowes Unfähigkeit, Dinge loszulassen und mit ihrem Leben weiterzumachen. Das Handy drückte gegen den Hintern und verlangte ihre Aufmerksamkeit, und sie verlagerte unruhig das Gewicht. Auf der Suche nach einer Ablenkung ordnete sie die Sockenstapel. Kaum hatte sie damit begonnen, packte Cherry sie an den Armen und schob sie zum Spiegel.

»Was siehst du?«, fragte sie.

Marlowe blinzelte ihr Spiegelbild an. Vor ihr stand eine unbeholfene junge Frau, groß und kantig, mit einer Figur wie ein Schilfrohr, einem zu langen Hals, einer zu spitzen Nase und glattem braunen Haar, das ihr beinahe bis zur Taille fiel, als hätte sie versucht, etwas Interessanteres damit anzufangen, aber verzweifelt aufgegeben. Sie stand leicht vornübergebeugt, etwas, das sie sich angewöhnt hatte, als sie mit dreizehn plötzlich größer als alle ihre Klassenkameraden gewesen war, obwohl sie am Ende nur knapp eins achtzig geworden war, während viele der Jungs noch weiterwuchsen. Sie hatte einige kleine Aknenarben und war noch nicht den typischen L. A.-Anwendungen wie Augenbrauenwachsen und chemischen Peelings erlegen. Außerdem war sie ganz offenkundig kein Outdoor-Typ.

»Keine Ahnung, was ich sehe«, gab sie zu. »Jemanden, der immer noch versucht, seinen Platz zu finden?«

»Okay.« Cherry trat an ihre Seite. »Aber ich wette, dass dir gerade zehn Sachen aufgefallen sind, die du an dir nicht magst, anstatt zehn, die du magst.«

Marlowe zuckte zusammen. »Möglich? Woher weißt du das?«

»Das ist sozusagen dein Markenzeichen. Außerdem ist es das, was die Welt Frauen beibringt. Sie sehen das Negative und ignorieren das Positive. Das ist Bullshit, aber niemand kann diesen Mist komplett ausblenden. Außerdem denke ich, dass Kevin ...«

»Kelvin.«

»Egal. Der Hinhalte-Typ. Ich finde, dass er in der Hinsicht keine große Hilfe ist.« Cherry begann, Marlowes Haare locker zu flechten. »Ich weiß, dass du ihn geliebt hast, aber er klingt wie ein emotionaler Manipulator. Hat er dir nicht gesagt, du würdest nie jemanden finden, der so gut ist wie er?«

»Das hätte ich dir nicht erzählen sollen. Er war wütend und aufgebracht. Er hat es nicht so gemeint.«

»Bist du dir da sicher?«

Marlowe öffnete den Mund, um etwas zu erwidern, aber es kam ihr nichts über die Lippen. Die schrecklichen Worte verfolgten sie immer noch. *Du wirst nie wieder jemanden so Gutes finden wie mich.* Ob Kelvin es nun so gemeint hatte oder nicht, er wusste, dass sie sich das zu Herzen nehmen würde. Er wusste es immer. Er hatte ihr zwar nie körperlich wehgetan, aber er hatte ein Händchen dafür, dass sie sich ... ja, wie fühlte? Klein? Unsichtbar? Wertlos? Dankbar für jedes bisschen Aufmerksamkeit? Aber er war auch klug, witzig, talentiert, attraktiv. Er hatte ihre künstlerischen Bemühungen unterstützt. Er war großzügig mit kleinen Geschenken, die ihr sagten: »Ich denke an dich.« Sie passte perfekt in seine Armbeuge, wenn sie gemeinsam im Bett lagen. Was, wenn Marlowe tatsächlich nie jemand Besseren finden würde? Was, wenn sie die falsche Entscheidung getroffen hatte, als sie ihren Flug gebucht und Kelvin den Ring zurückgegeben hatte? Was, wenn sie nicht mehr verdiente?

Cherry zog sich ein Gummiband vom Handgelenk und entwirrte es von mehreren anderen. Sie fing Marlowes Blick im Spiegel auf, während sie das Zopfende zusammenband.

»Nach allem, was ich von dir gehört habe, hat er dir ständig das Gefühl gegeben, dass du froh sein musst, mit ihm zusammen zu sein. Möchtest du nicht mit jemandem zusammen sein, der glücklich ist, weil er mit dir zusammen ist?«

»Ja, aber ...«

»Nichts aber. Ich befehle dir hiermit, nichts Geringeres zu akzeptieren.« Cherry nickte ihr kämpferisch zu, bevor sie sich zur Ecke des Trailers umdrehte. »Und jetzt hilf mir dabei, diese Schuhschachteln zu den Statisten zu bringen, bevor Babs zurückkommt und uns hier beim Herumstehen erwischt.«

Marlowe und Cherry stapelten so viele Schuhkartons auf, wie

sie tragen konnten: Markensandalen und -sneaker in allen Größen, die gegen die Flipflops ausgetauscht werden würden, in denen die Nebendarsteller zur Arbeit kamen. Babs' Interesse an »Stil und Glamour« schloss jeden Ohrstecker, jede Gürtelschnalle und jeden Schuh ein, der später herausgeschnitten werden würde.

»Du hast recht«, erklärte Marlowe, als sie den Trailer verließen.

»Ich habe immer recht.« Cherry lächelte sie an. »Womit jetzt gerade genau?«

»Ich kann jemand Besseres finden. Ich habe Kelvin als Mensch geliebt, aber mir hat nicht gefallen, welche Gefühle er als Teil eines Paares in mir ausgelöst hat. Ich war keine Partnerin für ihn. Er saß immer am Steuer und hat alle Entscheidungen getroffen. Ich war wie …« Sie suchte nach einer Entsprechung für ihre Metapher. Seine Navigatorin? Co-Pilotin? Fußmatte? »Seine Beifahrerin, und mit jeder Fahrt habe ich ein weiteres Stück von mir selbst verloren.« Sie justierte die Schuhkartons in ihren Armen und überlegte, ob sie sich vielleicht zu viele aufgeladen hatte.

»Da hast du verdammt noch mal recht«, bestätigte Cherry, deren Schachteln sauber aufgestapelt waren.

»Keine Narzissten mehr. Keine emotionalen Manipulatoren. Keine Männer mehr, die erwarten, dass sich die Welt der Frau nur um sie dreht. Ich muss lediglich durchhalten, bis ich einen Mann finde, der …« Sie stieß gegen etwas, das entweder eine Backsteinmauer oder eine breite Brust war, und unterbrach den Gedanken. Ihre Schuhkartons flogen in alle Richtungen, sodass sich glitzernde Sandalen und Füllmaterial auf dem Boden verteilten. Mit einer hastigen Entschuldigung kniete sie sich hin, um alles aufzusammeln, und fand sich auf Augenhöhe mit der abgetragenen Kniepartie einer verblichenen Jeans wieder.

»Kannst du nicht aufpassen?«, bellte eine tiefe, wütende Stimme über ihr.

»Es tut mir wirklich sehr leid, ich …« Ihr Blick wanderte nach oben.

Die tief sitzende Jeans wurde von einem abgenutzten Ledergürtel gehalten. Ein einfaches weißes T-Shirt, das mit etwas getränkt war, das nach Kaffee aussah, und den Stoff gegen eine wie von Michelangelo gemeißelte muskulöse Brust drückte. Ein kantiger Kiefer mit weichen Bartstoppeln. Volle Lippen, die mürrisch verzogen waren. Bernsteinfarbene Augen, die von hellen Wimpern umrahmt wurden und gereizt funkelten.

Als Marlowe erkannte, wen sie da vor sich hatte, suchte sie nach den richtigen Worten für eine angemessene Entschuldigung, doch stattdessen kam ihr etwas anderes über die Lippen.

»Ach du Scheiße.«

2

Marlowe rappelte sich auf, völlig beschämt. Sobald sie stand, reichte Angus Gordon seinen Kaffeebecher einem nervösen Mitglied seines Gefolges, einer schlaksigen Frau Anfang zwanzig mit einem so straffen Dutt, dass sie wirkte, als hätte sie ein Facelifting gehabt. Andererseits hatte in L. A. womöglich auch einfach ein Facelifting dazu geführt, dass sie aussah, als hätte sie sich einem Facelifting unterzogen. Neben ihr zückte ein Hipster in einer aufgekrempelten Jeans und mit Nadelstreifenweste eine Serviette. Angus betupfte damit sein nasses T-Shirt und runzelte die Stirn über seinen nicht ganz kastanienbraunen und nicht ganz roten Brauen.

»Nette Begrüßung«, stieß er hervor. »Lass mich raten – du bist neu hier?«

Marlowe rang sich ein schiefes Lächeln ab. »Wenn man zehn Wochen als neu bezeichnen kann, dann ja.«

»Nah dran. Ich hab dich noch nie gesehen.«

Natürlich, dachte Marlowe. *War ja klar.*

Sie deutete auf den Garderoben-Trailer. »Soll ich dir ein Handtuch holen?«

»Ich habe Handtücher in meinem Trailer. Was ich anscheinend nicht habe, ist eine Möglichkeit, dorthin zu gelangen, ohne ein Handtuch zu benötigen.« Er unterbrach seine T-Shirt-Trocknungsversuche und musterte Marlowe von oben bis unten. An diesem Blick war nichts sexuell oder lüstern. Er war direkt, beinahe klinisch, als ob er Informationen erfasste – wie sie ihre Haltung verlagerte, ihre beklommene Miene, die Tatsache, dass sie

Billigmarken trug –, und er schien das alles zur Untermauerung seiner abfälligen Einschätzung von ihr zu nutzen.

Während er die durchnässte Serviette der nervösen Frau reichte, die seinen Becher trug – denn hatte nicht jeder Leute dabei, die einem den Kram trugen? –, machte Cherry einen Schritt auf ihn zu.

»Brauchst du Zeit zum Duschen?«, fragte sie. »Ich kann Ravi drüben in der Maske Bescheid sagen.«

Er blickte auf sein Handy. »Ich werde pünktlich sein. Aber mache deine Helferin lieber mit dem Konzept einer Tragetasche vertraut, bevor sie die halbe Filmcrew ausschaltet.«

Marlowe öffnete den Mund, eine Erwiderung auf den Lippen, doch Cherry legte ihr eine Hand auf den Arm.

»Schon dabei«, sagte sie. »Das mit dem Kaffee tut mir leid. Wir lassen alles für dich reinigen.«

Er wedelte abwinkend mit der Hand und schlenderte mit der nervösen Frau, dem Hipster, einem Sicherheitsmann und zwei weiteren Leuten, deren Aufgaben Marlowe nur erahnen konnte, über den Set.

»Deine Helferin?«, quiekte sie, sobald Angus außer Hörweite war.

»Egal.« Cherry stapelte Schuhkartons auf Marlowes wartende Arme. »Er ist ein Mistkerl, aber mit ihm zu streiten, wird nichts daran ändern, und du willst nicht riskieren, ihn noch weiter zu verärgern. Sobald ein Schauspieler vor die Kamera getreten ist, ist er gesetzt. Ohne ihn kann die Show nicht weitergehen. Du und ich, jedoch … unsere Jobs sind etwas weniger sicher.«

Marlowe blickte Angus hinterher, während sie die letzten Schuhkartons ausbalancierte und sicherstellte, dass sie über den obersten hinwegsehen konnte und somit ihre verbesserten Schuhtragefähigkeiten demonstrierte, falls er sich womöglich umdrehen würde, um zu sehen, ob seine Anweisungen befolgt wurden. Sie war zwar nicht verrückt nach diesem Job, aber sie war entschlossen, ihn bis zum Ende ihres Vertrags zu behalten. Und wie ihre Mutter es ihr so oft eingebläut hatte: Es hatte keinen Sinn, etwas zu tun, wenn man es nicht gut machte.

»Glaubst du, dass Menschen, die schön geboren werden, sich automatisch zu Arschlöchern entwickeln?«, fragte Marlowe, während sie und Cherry die Schuhe zum Zelt der Statisten brachten. »Besonders, wenn sie schon früh berühmt werden? Wenn man von Menschen umgeben aufwächst, die verzweifelt versuchen, dich zu beeindrucken oder dir zu gefallen, dann hat man vielleicht zwangsläufig eine überzogene Anspruchshaltung.«

»Das ist Quatsch.« Cherry wich geschickt einem Haufen Beleuchtungsausrüstung aus. Marlowe folgte ihr mit deutlich weniger Anmut, aber wenigstens kam ihr Stapel Schuhkartons nicht ins Rutschen. »Janie, Kamala und Idi sind alle heiß und berühmt und supernett. Das gilt für den Großteil der Besetzung. Freundlichkeit ist eine bewusste Entscheidung, keine Standardeinstellung oder ein exklusiver Club für die Gewöhnlichen. Außerdem ist Schönheit subjektiv. Was du schön findest, kann ganz anders sein als das, was mich anzieht.«

Marlowe dachte darüber nach, während sie die Schuhe bei einer Garderobiere ablieferten. Sie verstand Cherrys Argumente, aber warum wurden manche Schauspieler dann zu solchen Narzissten, während andere die Aufmerksamkeit gut wegsteckten?

Sie wollte mit Cherry gerade zum Garderoben-Trailer zurückkehren, als Elaine, die Kostümkoordinatorin, sie zur Seite nahm. Sie war eine kleine, stämmige Frau mit einem Schopf aschblonder Locken und einer Vorliebe für die Farbe Orange. Heute zeigte sich die Farbe nur an ihren Turnschuhen und ihren übergroßen Ohrringen, aber wo sie auftauchte, fiel sie auf.

»Bitte sagt mir, dass ihr euch um die zusätzlichen Kleider für die Kellnerin gekümmert habt«, flehte sie.

»Waren die nicht bei der Lieferung dabei?«, fragte Cherry.

»Ich dachte, ihr holt sie aus der Färberei.«

»Aus der …« Cherry wurde blass und schlug sich die Hand vor die Stirn. »O mein Gott. Die Farbabstimmung. Ich sollte mich eigentlich heute Morgen darum kümmern, oder?«

Elaine zog die Brauen hoch. »Eigentlich?«

»Lange Nacht. Es tut mir so leid. Was kann ich tun?«

Mit viel brüsker Gestik und Mimik erklärte ihnen Elaine, dass die Nebendarstellerin, die bei den heutigen Dreharbeiten die Kellnerin spielen sollte, sich krank gemeldet hatte. Die Castingabteilung hatte eine Vertretung geschickt, die angeblich dieselbe Größe trug, aber die Frau war deutlich größer als ihre Maße auf dem Papier. Was kein Problem wäre, wenn Cherry dafür gesorgt hätte, dass die anderen Kellnerinnenoutfits wie geplant am Set waren, aber durch ihren Schlafentzug hatte sie das vollkommen vergessen. Während sie herumtelefonierte und herauszufinden versuchte, wo sie sich befanden, durchsuchte Marlowe eine Kleiderstange in der Nähe, als ob sie dort wie durch Zauberhand auftauchen würden.

»Was passiert, wenn Cherry die Kleidung nicht rechtzeitig herbeischaffen kann?«, fragte sie Elaine.

»Dann müssen wir jemanden finden, der in die passt, die wir schon haben.«

»Können wir das Outfit nicht gegen ein anderes austauschen?«

»Nicht mehr, weil wir schon damit gedreht haben. Das wäre Gift für den Anschluss der Szenen.« Elaine nahm das einzige vorhandene Kellnerinnenoutfit von der Stange. Es war ein zitronengelbes Hemdblusenkleid mit einem weißen Piquékragen und -ärmelaufschlägen. Die Serie spielte zwar in der Jetztzeit, aber das

Design war an die 1950er angelehnt, mit einer Farbpalette wie aus einem Comic und auffälligen Details, die es erforderlich machten, dass viele Stücke extra angefertigt werden mussten und nicht von der Stange gekauft werden konnten. Marlowe erinnerte sich von einem kürzlichen Dreh an das Kleid. Sie erinnerte sich auch an die Schauspielerin, die es getragen hatte. Sie hatte eine schmale Taille, ein kleines Dekolleté, einen langen Oberkörper und Hüften, die beinahe genauso unscheinbar waren wie ihre eigenen.

Sie blickte hinüber auf die andere Seite des Zelts zu dem knappen Dutzend Statisten, die Kaffee tranken und durch ihre Handys scrollten. Sie waren alle fit, sonnengebräunt und im herkömmlichen Sinne attraktiv, von der Mittzwanzigerin mit dem unübersehbaren Dekolleté bis zum Mittsechziger mit der beeindruckenden silberfarbenen Haartolle.

»Hier gibt es doch sicher jemanden, dem das passt«, meinte sie.

»Schön wär's.« Elaine hängte das Kleid zurück an die Stange. »Es ist keine Sprechrolle, also könnte jede Statistin sie übernehmen, aber nur die paar dort wurden heute herbestellt, und keiner von ihnen hat die richtige Größe. Und unsere Zeit für Änderungen ist begrenzt. Das Casting kann noch jemanden anrufen, aber die Uhr tickt. Wenn sich die Dreharbeiten deswegen verzögern und alle wissen, dass es unsere Schuld ist, wird die Produktion Babs scharf kritisieren, und die wird es an Cherry weitergeben.«

Marlowe hielt inne. »Wie scharf?«

Elaine warf einen mitfühlenden Blick auf Cherry, die zusammengekrümmt auf einem Stuhl saß und eindringlich vor sich hinmurmelte, das Handy ans Ohr gepresst und die Haare um die Faust geschlungen.

»Das würde sie nicht tun«, flüsterte Marlowe Elaine zu.

»Vielleicht doch. Besonders, wenn sie einen Sündenbock braucht.«

»Cherry hat all die Jahre zu hart gearbeitet, um wegen eines albernen Kellnerinnenoutfits gefeuert zu werden. Die Situation ist nicht mal ihre Schuld, jedenfalls nicht komplett. Und es war nur ein einziger Fehler.«

»Ja, aber beim Film und im Fernsehen sind Fehler teuer. Wenn die Kameras warten, warten auch viele Leute, die nach Stunden bezahlt werden.«

Marlowe spähte zum Zelteingang, als ob Babs wie aufs Stichwort gleich hereinplatzen und mit einer Handvoll Kündigungsschreiben wedeln würde. Gott, wie Marlowe das Theater vermisste. Wenn dort etwas nicht perfekt war, wurde es repariert, sobald man dazu kam, nicht mal immer sofort. Die Theaterkompanien gaben nicht Millionen für Topschauspieler und riesige Crews aus, und ein Kragen musste nicht jedes Mal auf den Millimeter genau gleich ausgerichtet sein.

Während sie neben Elaine in sich zusammensank, sprang Cherry vom Stuhl auf.

»Sie sind noch nicht fertig!« Sie warf Marlowe einen gequälten Blick zu.

Marlowe drehte sich zu Elaine um. »Gib mir das Kleid.« Sie nahm es ihr aus den ausgestreckten Händen und hielt es sich vor die Brust. »Wenn es mir passt, kann ich dann einspringen?«

Elaine betrachtete sie skeptisch. »Kannst du denn schauspielern?«

»Ich bin zwar keine Meryl Streep, aber ich hatte an der Uni Theater im Hauptfach und habe einige Schauspielkurse belegt. Ich bin überzeugt, dass ich Kaffee ausschenken und Speisekarten überreichen kann. Oder muss ich in der Gewerkschaft sein?«

»Ausnahmen sind schon möglich, aber ich bin sicher, dass Babs dich schon mit anderen Dingen genug auslastet.«

»Heute ist es hauptsächlich Papierkram.« Marlowe öffnete die Knöpfe am Kleid. »Ich kann das vom Set aus erledigen. Alles, womit ich nicht fertig werde, nehme ich heute Abend mit nach Hause.« Sie zog sich das Kleid über ihr Shirt und ihre Hose und knöpfte es zu, strich die Vorderseite glatt und machte einige Schritte von Elaine weg. »Passt es? Wenigstens annähernd?«

Cherry kam mit dem Handy in der Hand herübermarschiert. »Was machst du da?«

»Wonach sieht es denn aus?« Marlowe drehte sich und ließ den Rock fliegen, als wäre sie Aschenputtel in ihrem Ballkleid, obwohl ihrem aktuellen Outfit der Wow-Faktor fehlte. Besonders, weil ihre Cordhose und die Turnschuhe unter dem Saum hervorragten.

»Das geht nicht«, behauptete Cherry.

Elaine lachte in sich hinein. »Ich glaube doch.«

3

Zwei Stunden nachdem sie das Kleid das erste Mal übergezogen hatte, betrat Marlowe vor lauter Vorfreude ganz aufgeregt den Garderobenwagen. Ihre Augenbrauen waren gezupft worden, sie war geschminkt, ihre Haare waren geschnitten und gestylt. Sie hatte jetzt einen geraden Pony und einen perfekten, glänzenden gelockten Pferdeschwanz, der ihr bis zum Nacken reichte. Sie trug weiße Sneakers und umgeschlagene Söckchen, außerdem einen leichten Petticoat, damit der Rockteil des Kleides ein wenig ausgestellt wurde. Cherry saß an einem Schreibtisch auf der anderen Seite des Trailers, den Blick auf den Laptop geheftet. Babs hockte an einem Schminktisch und starrte finster einen Seetangsalat an. Keine von beiden bemerkte sie.

»Und?«, fragte Marlowe. »Was denkt ihr?«

Babs blickte auf und warf Marlowe ein leichtes, aber erkennbar spöttisches Grinsen zu.

»Ich denke, dass du mir zwei Arbeitsstunden schuldest«, sagte sie.

Marlowe hielt den Rock hoch und versuchte, sich davon nicht entmutigen zu lassen. »Ich meinte zu dem Kostüm.«

Babs verzog keine Miene. »Die Quittungen bearbeiten sich nicht von allein, du kannst keine Stoffmuster sortieren, solange du am Set bist, und ich musste mir mein Mittagessen liefern lassen. Sie waren auch noch spät dran. Die erwarten trotzdem ein hohes Trinkgeld und haben die Stäbchen vergessen.«

»Tut mir leid wegen des Mittagessens.« Marlowe sackte in sich zusammen, eine Angewohnheit, die sie vergeblich abzulegen versuchte. »Ich kümmere mich noch um die Quittungen, versprochen. Die Stoffmuster nehme ich heute Abend mit nach Hause und bringe sie morgen sortiert und beschriftet zurück. Und bevor ich an den Set gehe, hole ich dir Stäbchen vom Catering.« Sie ging hinüber zu Cherrys Schreibtisch und nahm sich eine dicke Fächermappe, die den Papierkram enthielt, den sie ausfüllen musste.

Cherry blickte endlich von ihrem Bildschirm auf. Sofort machte sich ein Grinsen auf ihrem Gesicht breit.

»Wow! Schau dich nur an, du freche, sexy Kellnerin!« Sie sprang auf und musterte Marlowe eingehend. »Clever, dir auf Kosten der Firma einen tollen Haarschnitt zu gönnen.«

Marlowe drehte den Kopf von einer Seite zur anderen und ließ ihren Pferdeschwanz schwingen.

»Als ich mich für die Rolle gemeldet habe, war mir nicht klar, dass mir dafür die Haare geschnitten werden müssen, aber Patrice hat gesagt, meine übliche Frisur würde nur funktionieren, wenn ich Rapunzel spiele oder ein präraffaelitisches Ertrinkensopfer.«

Babs stieß ein spöttisches Schnauben aus, und Cherry verdrehte kurz die Augen.

»Deine Brauen sehen fantastisch aus. Und du solltest dir aufschreiben, wie der Lippenstift heißt.«

»Du liebe Zeit«, nörgelte Babs von der anderen Seite des Trailers. »Niemand muss sein Ego gestreichelt bekommen, nur weil er die richtige Größe hat, um eine Kaffeekanne zu tragen.«

»Tut mir leid«, sagte Marlowe, diesmal etwas weniger nachgiebig. »Es schien die einfachste Lösung zu sein. Es ist nur für einen Tag. Morgen ist alles wieder beim Alten.«

»Egal.« Babs winkte ab und begab sich mit einem *Klack-klack-klack* zur Tür. »Ich hole mir meine Stäbchen selbst. Du bist offensichtlich zu sehr damit beschäftigt, dich zu bewundern.«

Marlowe trat vor, bereit, Babs mit einer weiteren Entschuldigung aufzuhalten, doch Cherry legte ihr eine Hand auf den Arm und schüttelte den Kopf, während sie mit den Lippen die Worte *Lass sie gehen* formte. Marlowe zuckte zusammen, weil es ihr unangenehm war, die Bitte ihrer Chefin zu ignorieren, aber sie vertraute Cherrys Einschätzung. Außerdem vermutete sie, dass Babs einen anderen Weg finden würde, ihr zu beweisen, dass sie ihre Arbeit nicht machte, selbst wenn Marlowe ihr die Stäbchen holte. Einige Stunden zuvor hatten alle notwendigen Abteilungen Marlowes Casting zügig zugestimmt, ihr Verzichtserklärungen zur Unterschrift vorgelegt und sie zum Frisieren und Schminken geschickt, aber Babs war von Anfang an gereizt gewesen.

»Ignorier sie«, empfahl ihr Cherry, als Babs längst weg war. »Sie ist neidisch, weil du Aufmerksamkeit bekommst, statt den ganzen Tag hinter einem Laptop oder im Auto zu sitzen. Sie kommt schon darüber hinweg.«

»Wollen wir es hoffen.« Marlowe nickte zu dem Laptop hin, von dem Cherry zuvor so gefesselt gewesen war. »Ist alles in Ordnung? Als ich reinkam, sahst du besorgt aus. Eine weitere Katastrophe?«

»Nur das übliche Drama. Nichts, was du dir ansehen musst.« Cherry klappte den Laptop zu und setzte sich praktisch darauf, so offenkundig versuchte sie ihn vor Marlowes Blick zu verstecken. Sie hätte genauso gut ein riesiges Schild mit der Aufschrift *Egal, was du tust, schau nicht hin* darauf anbringen können.

Marlowe musste lachen. »Dir ist schon klar, dass ich es mir jetzt ansehen muss?«

»Okay, gut. Aber versprich mir, es nicht zu ernst zu nehmen.« Cherry wartete auf Marlowes Nicken, bevor sie den Laptop aufklappte. Auf dem Bildschirm war Angus' Instagram-Account zu sehen, mit einem Foto, das ihn von den Hüften aufwärts in dem durchnässten T-Shirt zeigte. Der Saum war hochgerutscht, als ob er sich mit seiner Hand rein zufällig am Stoff verfangen hätte, wodurch einige Zentimeter seiner durchtrainierten Bauchmuskeln enthüllt wurden. Seine Haltung war lässig, seine Miene nachdenklich, und das ganze Bild war sorgfältig mit einem Filter belegt, sodass es wie Werbung für ein teures Rasierwasser aussah.

»Vermutlich sollte ich kein schlechtes Gewissen haben, weil er sich meinetwegen vollgeschüttet hat, wenn er achttausend Likes dafür bekommen hat.« Marlowe zuckte mit den Schultern, weil ihr nicht klar war, warum Cherry so geheimnisvoll getan hatte. Sie überflog einige Kommentare, von denen die meisten nur aus Emojis bestanden, einige davon recht anzüglich. Dann blieb ihr Blick an der Bildunterschrift hängen: *Garderobenpanne*. Oberflächlich betrachtet, wirkte es harmlos, aber Cherry hatte den Post aus gutem Grund versteckt.

»Clever«, sagte Marlowe emotionslos.

»Eher eine plausibel leugbare Gemeinheit«, widersprach Cherry.

Marlowe ließ sich gegen sie sinken, weil sie sehr genau wusste, was Cherry meinte. »Garderobe« bezog sich auf ihre Abteilung, und die »Panne« war offensichtlich Marlowes Versehen gewesen. Spektakulär. Innerhalb weniger Minuten war sie von der Helferin zur Garderobenpannenfrau geworden. Wenn sie weiterhin so gute Arbeit leistete, würde sie bis zum Abend vielleicht zum *vage unzuverlässigen Einfaltspinsel* befördert werden oder eventuell auch zu *diese ungeschickte, aber leicht zu vergessende Person mit den Haaren.*

Sie las noch einmal die Bildunterschrift und versuchte sich davon zu überzeugen, dass das nichts bedeutete. Doch in Verbindung mit der Erinnerung an Angus' spitze Bemerkungen fühlte es sich auch beim zweiten Lesen noch genauso herablassend an.

»Es war doch nur ein T-Shirt«, entgegnete sie. »Und nichts sagt deutlicher *Ich nehme deine Entschuldigung großzügig an* als jemanden sofort auf Social Media zu beschämen.«

Cherry griff nach dem Laptop und drehte den Bildschirm außerhalb von Marlowes Sichtfeld.

»Es geht dabei nicht wirklich um dich. Er nutzt die Gelegenheit für das Große Angus-Gordon-Body-Fest.« Sie warf einen Blick auf den Bildschirm und schnaubte. »Muskeln werden so überbewertet.«

»Bisher achttausend Menschen sehen das anders.« Um das Thema nicht weiter zu verfolgen, suchte sich Marlowe alles zusammen, was sie zum Arbeiten brauchte: die Fächermappe, den Laptop der Abteilung, einen dicken Stapel Schmierpapier, zwei Rollen Klebeband, eine Handvoll leere Aktenmappen und die riesige Einkaufstasche, die mit Babs' unsortierten Quittungen gefüllt war. Trotzdem ließ sie der Gedanke nicht los. In Wahrheit war sie nicht davon überzeugt, dass ein durchtrainierter Männerkörper überbewertet war. Sie verstand den Strom an Herzchenaugen-Emojis unter Angus' Foto, aber sein Post erinnerte sie zu sehr an ihre Beziehung mit Kelvin. Kleine Fehler hatten oft zu großen Beschämungen geführt. Wie machten Männer das nur? Und warum?

Cherry hielt ihr die Trailertür auf und beäugte Marlowe misstrauisch, als diese an ihr vorbeiging.

»Du hast mir versprochen, es nicht ernst zu nehmen«, sagte sie.

»Ich vergesse es, so schnell ich kann.« Marlowe verlagerte das Gewicht der Tasche und verstärkte ihren Griff um die Ordner, um einen zweiten Unfall an diesem Tag zu vermeiden. »Und was ist mit dir? Hältst du durch?«

»Ich werde den Tag überstehen.« Cherry richtete Marlowes

Kragen, der sich unter dem Riemen der Tasche verdreht hatte.

»Du bist meine Retterin. Hast du am Freitag schon was vor?«

»Lass mich mal in meinem prallvollen Freizeitkalender nachschauen.« Sie blickte vor sich hin. »Nanu, wer hätte das gedacht? Ich habe nichts vor.«

»Darf ich dich nach der Arbeit auf einen Drink einladen?«

»Gerne. Klingt super.« Beim Gedanken an ihren ersten Abend in Gesellschaft seit ihrem Umzug nach L. A. verbesserte sich Marlowes Laune schlagartig. Nachdem sie in New York mit drei Mitbewohnerinnen zusammengelebt und jede freie Minute mit ihrem Freund verbracht hatte, hatten ihr die endlosen Abende allein zu schaffen gemacht. Schon allein der schiere Mangel an Aktivitäten verlockte sie dazu, Kelvin eine Nachricht zu schreiben. Woraufhin sie jede Wunde wieder aufriss, um sich davon zu überzeugen, dass ihre Beziehung wirklich so schlecht gewesen war, dass sie sie beenden musste. An einigen Tagen – sogar in einigen Momenten – waren die Beweise dafür schwerer zu finden als an anderen.

Mit voll beladenen Armen machte sie sich auf den Weg zum Statistenzelt. Fast eine Stunde lang saß sie dort an einem Klapptisch und prüfte Rechnungen, doch schon bald legte sie ihre Arbeit beiseite, um zum Diner zu gehen. Dort gab ihr ein Regieassistent eine Kanne Pseudokaffee (auch als Cola light ohne Kohlensäure bekannt) und erklärte ihr die Positionen. Sie ging die Strecke ab und simulierte ihre Aufgabe. Als der Regieassistent sich sicher war, dass sie die Kamerapositionen und Haltepunkte verstanden hatte, bat er sie, sich bereitzuhalten, bis sie drehten.

Marlowe nutzte die Zeit auf dem Set aus, indem sie sich an die Theke stellte und die Crew beobachtete. Obwohl es nicht ihr erster Aufenthalt am Set war, war sie immer noch von der Größe des Ganzen überwältigt – die Kameras, das Licht, die Tontechnik, die Bildschirme, die Kabelschlangen und Kisten voller Material und all die Menschen. Es war merkwürdig, nach all den Jahren des Fernsehkonsums zu sehen, dass sich außerhalb des Sichtfeldes jede Menge Crewmitglieder befanden. In diesem Fall waren es über dreißig, obwohl sie auch schon einmal mehr als fünfzig gezählt hatte.

»Halt das Ding bloß gut fest«, sagte eine tiefe Stimme hinter ihr, die das möglicherweise neckend meinte, aber höchstwahrscheinlich nicht. »Schließlich willst du niemanden bekleckern.«

Marlowe drehte sich um und entdeckte Angus, der einen Meter entfernt in einem abgegriffenen Taschenbuch blätterte. Da sie nicht die Geduld aufbrachte, sich bei ihm anzubiedern, hielt sie die Kanne hoch.

»Ich habe nachgefragt, ob ich die in eine Tasche stecken kann, aber Lex war dagegen.« Sie nickte in Richtung des Regisseurs, eines stämmigen, bärtigen Mannes, der finster auf drei nahestehende Monitore starrte.

Angus musterte sie mit undurchdringlicher Miene. Sie ließ ihren Blick zu seinem Outfit schweifen. Jetzt, wo er seine Stichelei angebracht hatte und sie ihre, hatten sie sich nichts mehr zu sagen. Über seiner üblichen Jeans und dem T-Shirt trug er die Lederjacke, die Cherry erwähnt hatte. Sie war maßgeschneidert, aus altem braunem Leder, eine Kreuzung einer klassischen Motorradjacke und einer Fliegerjacke aus der Vorkriegszeit. An den Schultern saß sie tatsächlich eng. Und Angus stand immer noch vor ihr.

»Was?«, fragte sie, als sie seine Musterung nicht länger ertrug.

»Die Haare.« Er tat so, als würde er sich Strähnen aus der Stirn streichen. »Du hast ein Gesicht.«

»Wie sich herausgestellt hat, ist das Teil der Standardausstattung bei dieser Sache mit dem Geborenwerden. Da hab ich das große Los gezogen. Ich habe auch einen kompletten Satz Gliedmaßen und Organe. Und sogar einen Namen.«

»Ja, Marlowe. Meine Assistentin hat ihn rausgefunden. Aber ich habe nicht daran gedacht, nach Gliedmaßen und Organen zu fragen.« Immer noch ohne den Hauch eines Lächelns hakte er einen Daumen in seinen Ledergürtel, ganz im Stil von James Dean, mit lockerer, fast arroganter Haltung, das Kinn ein wenig höher gereckt als nötig und von einem sorgfältig gepflegten Dreitagebart bedeckt.

»Warum wollte deine Assistentin meinen Namen wissen?«, fragte Marlowe.

»Weil ich dachte, dass ich mich bei dir entschuldigen sollte, nachdem ich heute Morgen so unfreundlich zu dir war. All diese Menschen. Die können so ... Da war ... Sie wollen, dass ich ... Egal. Nicht dein Problem. Wie auch immer, ich war sauer auf alle. Da habe ich vermutlich ein paar Dinge gesagt, die ich nicht hätte sagen sollen.«

Marlowe ließ sich davon erweichen, obwohl die Entschuldigung sie nach seinem Instagram-Post verwirrte. Wenn es ihm wirklich leidtat, hätte er den Vorfall dann nicht für sich behalten?

»Aber was machst du überhaupt hier?«, fragte er. »Ich dachte, du arbeitest für die Kostümabteilung.«

»Stimmt. Es gab eine Verwechslung. Ich bin die Lösung.« Sie breitete die Arme in einer Art Voilà-Bewegung aus, sodass er das gelbe Hemdblusenkleid und die kleine Schürze sehen konnte.

Er hielt ihren Blick fest, während er träge eine Braue hochzog. »Das muss ja eine ziemlich große Verwechslung gewesen sein, wenn es rechtfertigt, jemanden wie dich vor die Kamera zu holen.«

Bei diesen Worten verspannte sie sich sofort wieder und verstärkte ihren Griff um die Kaffeekanne.

»Könnte noch viel schlimmer sein«, antwortete sie mit übertriebener Freundlichkeit. »Zumindest brauchte niemand ein Handtuch. Denn das ist offenbar das Zeichen einer echten Tragödie.«

Er schnaubte. Sie schenkte ihm ein kurzes, aber unaufrichtiges Lächeln. Sie nahmen beide eine konfrontative Position ein, während um sie herum reges Treiben herrschte. Beleuchter richteten Reflektorschirme aus, während Requisiteure Eiswürfel aus Plastik in Wasserkrüge fallen ließen. Eine Visagistin tupfte einer Schauspielerin Rouge auf. Ein Regieassistent arrangierte einige Statisten in einer Nische. Der Dreh begann ganz offensichtlich bald. Und Angus ging immer noch nicht weg.

»Du bist diejenige, die mich beschimpft hat«, sagte er.

»Ich habe lediglich in deiner Nähe geschimpft. Und dafür konnte ich nichts.«

»Weil ›Tut mir leid, dass ich in dich hineingelaufen bin?‹ zu viele Silben hatte?«

»Weil du ausgesehen hast, als ob du mir den Hals umdrehen wolltest.«

»Ich habe es dir doch gesagt. Ich hatte ... keinen guten Tag.«

»Hattest du keinen guten Tag oder hast du dich benommen wie ein Mistkerl?«

»Ich hatte ein Recht, sauer zu sein.«

»Sauer? Ja. Herablassend? Fragwürdig.«

»Du hast mir die Brust verbrüht.«

»Verbrüht?«

»Der Kaffee war heiß, okay?«

»Sonnenbrandheiß oder badewasserheiß?«

»Es war ...« Seine Lippen zuckten, und er kniff die Augen zusammen. »Lästig.«

Marlowe zwang sich dazu, einmal langsam durchzuatmen.

Die Leute beobachteten sie. Das war nicht gut. Besonders nach dem, was Cherry über Jobsicherheit in der Branche gesagt hatte. »Im Allgemeinen«, begann sie und senkte diesmal die Stimme, »gilt eine Entschuldigung als akzeptable Entschädigung für etwas Lästiges.«

»Im Allgemeinen.« Endlich, endlich zog er die Lippen nach oben, zu etwas, das man beinahe ein Lächeln nennen konnte. Es hatte so lange gedauert, bis der Anflug von Belustigung in seine Augen trat, dass es ihren Ärger nur verstärkte. Er schien es nicht zu bemerken. Er verstärkte lediglich die arrogante Haltung, verschränkte die Arme vor der Brust und schüttelte den Kopf über sie. »Also, für eine Assistentin bist du ganz schon vorlaut.«

»Vielleicht, aber ich glaube, für eine Helferin ist der Tonfall genau richtig.« Mit diesen Worten drehte sie sich um und ging, selbst wenn es bedeutete, dass ein Regieassistent sie holen und wieder auf ihre Position bringen musste.

Cherry hatte recht. Mit einem Schauspieler zu streiten, war eine alberne Idee. Angus' spöttische Bemerkungen waren nicht einmal so schlimm, und mit Verachtung kannte Marlowe sich aus. Ihre Mutter schickte ihr dauernd motivierende Artikel und hackte auf ihr herum, weil sie ihre Karriere nicht energischer vorantrieb. Ihr Vater war ein Krebsforscher, der sie beschämen konnte wie kein anderer, indem er sie daran erinnerte, dass Schuhe kaufen ein Hobby war, kein Beruf. Außerdem hatte sie von Babs schon weitaus Schlimmeres gehört. Was machte es schon, wenn Angus sie für wertlos hielt? Aber Marlowe hatte die vergangenen drei Jahre mit einem Mann verbracht, der sie ständig dazu veranlasste, ihren Wert infrage zu stellen, und das hatte sie nun endgültig satt. Sie hatte auch satt, dass so viele Männer davon ausgingen, ihnen stünden automatisch Aufmerksamkeit,

Jobs, Geld, Lob, Liebe, Respekt und Bewunderung zu, während die meisten Frauen, die Marlowe kannte, kaum das Gefühl hatten, einen guten Burger zu verdienen.

Ein Regieassistent holte kurz darauf alle an den Set. Angus und drei seiner Kolleginnen saßen in einer Ecknische, während ungefähr ein Dutzend Statisten im Diner verteilt waren und so taten, als ob sie aßen. In dieser Szene erzählte Angus' Figur, Jake Hatchet, von seinen zahlreichen gescheiterten Beziehungen, während sich seine Freundinnen darüber lustig machten, dass er zu sehr damit beschäftigt war, einer Idealvorstellung hinterherzujagen, um etwas Reales zu akzeptieren. Er hielt an seinen Prinzipien fest – ein Markenzeichen seiner Figur – und erklärte, er würde schon wissen, was er wollte, sobald er es sah. Marlowe trat ins Bild und schenkte Kaffee ein, wobei sie eine perfekte Pause für einige mit unterschwelligen Botschaften geladene Blicke zwischen Jake und den Frauen ermöglichte. Die setzten daraufhin ihr Gespräch fort, während Marlowe ging.

Sie brauchten zwölf Takes für die Aufnahme. Lex versuchte die perfekte Spannung aufzubauen, welche Frau Jake im Laufe der Staffel wohl umwerben würde, und Angus' Blick verweilte erst zu lange auf einer der Schauspielerinnen, dann auf einer anderen. Zwölf Takes bedeutete, dass Marlowe ihm zwölfmal Kaffee einschenken musste, was wiederum bedeutete, Angus' Blick zwölfmal auf sich zu spüren, wie er ihre Hände beobachtete, als ob er darauf wartete, dass sie unvermeidlich etwas verschüttete, oder ihr Gesicht, als ob er sich fragte, woher sie ihre »vorlaute« Art hatte. Sie zwang sich, ihn als Pappfigur zu betrachten, den Groll vom Vormittag zu vergessen und sich auf die Kaffeekanne und die vier Tassen auf dem Tisch zu konzentrieren, aber manchmal konnte sie nicht anders. Ihr Blick wanderte zu ihm. Als sie ihn dabei erwischte, wie er sie musterte und dabei ihren Wert abzuschätzen schien, stellte sie sich vor, ihm etwas anderes als zimmerwarme Cola in den Schoß zu schütten. Etwas, das vielleicht kein perfektes Foto für seine zig Follower ergeben würde. Etwas, das brennen würde, nur ein bisschen.

Nach Abschluss der Szene blieb Marlowe am Set, damit sie für zwei weitere schnelle Aufnahmen zur Verfügung stand: das Austeilen der Speisekarten, das drei Takes erforderte, und ihre Ankunft mit einem Bestellblock, wofür sie sieben brauchten. Die Anzahl der Takes für selbst so einfache Momente machte sie nachdenklich. Sie hatte es leicht – sie musste lediglich mit ihren Requisiten von A nach B laufen. Die Darsteller mussten jedes Mal die Spannung und den Humor neu aufbauen, was Marlowes Respekt vor ihnen vergrößerte. Sie waren nicht nur hübsche Gesichter und wandelnde Modepuppen, sondern geschickte Profis. Und in diese Einschätzung bezog sie sogar Angus mit ein. Auch wenn er Spitzenkandidat für das Amt des Präsidenten der Gesellschaft für Arrogante Egomanen war, er war ein guter Schauspieler, und sie konnte das anerkennen.

Zwischen den Einstellungen arbeitete sich Marlowe durch Babs' Papierkram, oder genauer gesagt, sie versuchte es, während sie mit dem wachsenden Bewusstsein kämpfte, dass Angus sie dauernd anstarrte. Die Aufmerksamkeit zerrte an ihren Nerven. Sie verstand sie nicht. Er warf ihr nicht unauffällig flirtende Blicke zu und versuchte auch nicht, ihren Blick aufzufangen oder ihr sonst irgendwelche Hinweise darauf zu geben, dass er sich für sie interessierte. Sie nahm an, dass er sie einzuschätzen versuchte und die gewonnenen Informationen dazu nutzte, um seine Definition von »jemandem wie dich« zu konkretisieren. Gott, das war eine furchtbare Beschreibung, oberflächlich so harmlos und im richtigen Kontext sogar schmeichelhaft, aber so bissig, wenn man der möglichen Bedeutung auch nur ein bisschen nachging.

Meinte er damit jemanden, der hässlich war? Unbeholfen? Talentlos? Nicht wert, als Individuum eingestuft zu werden? Oder einfach grundsätzlich … weniger wert?

Nachdem die notwendigen Einstellungen endlich zur Zufriedenheit des Regisseurs im Kasten waren, wurde Marlowe entlassen, während die Hauptdarsteller für die Nahaufnahmen blieben. Babs hielt sie auf dem Weg zum Statistenzelt an. Sie fand ein paar lobende Worte für Marlowes Professionalität am Set – eine nette Geste, da sie selten jemandem außer den Darstellern ein Kompliment machte. Dann rief sie Marlowe in Erinnerung, dass sie versprochen hatte, die Zeit für »ihre kleine schauspielerische Einlage« wieder aufzuholen, indem sie Arbeit mit nach Hause nahm. Mit einem angestrengten Lächeln versprach Marlowe ihr, bis zum Morgen alles fertig zu haben.

Sie zog ihre eigenen Sachen wieder an und ging zum Garderoben-Trailer, wo sie Cherry vorfand.

»Für mich sah es so aus, als ob es ziemlich gut lief«, stellte Cherry fest.

»Ich denke schon.« Marlowe ließ sich auf den Stuhl fallen und legte die Fächermappe auf die Arbeitsplatte neben sich. »Alle waren sehr nett. Na ja, fast alle.«

Cherry lachte leise. »Mir ist aufgefallen, dass da etwas geschwelt hat.«

»Ich kann nicht anders, er ist einfach so …« Marlowe ballte die Hände zu Fäusten. »Verstehst du?«

»Ja, ich verstehe.« Cherry trat hinter Marlowe und zog sie in eine lockere Umarmung. »Mach dir keine Sorgen. Ich bezweifle, dass du je wieder mit ihm reden musst. Ich habe mich auch um die anderen Outfits gekümmert. Sie sind morgen früh abholbereit.« Cherry richtete sich auf und fasste sich ans Revers, wobei sie eine hochmütige Miene aufsetzte. »Miss Banks, wir wissen

Ihren Einsatz für schnellen Kaffeeservice zu schätzen, aber betrachten Sie dies bitte als Ihre Kündigung als Kellnerin im *Heart's Diner*.«

»Gott sei Dank.«

4

Während der folgenden drei Monate hielt Marlowe sich bedeckt und machte einfach ihre Arbeit. Wie Cherry es vorhergesagt hatte, konnte sie Angus problemlos aus dem Weg gehen. Marlowe war kaum am Set. Babs hatte immer eine lange Liste mit Aufgaben für sie: das Abholen und Zurückbringen von geliehenen Outfits bei Modehäusern, als Verbindungsperson zwischen der Crew am Set und dem Personal in der Studiozentrale, die Suche nach schwer beschaffbaren Schnitten und Accessoires und eine zunehmende Anzahl an persönlichen Aufgaben, bei denen Marlowe bezweifelte, dass sie in ihrer Stellenbeschreibung standen.

Bisher sah Marlowe keinen Grund, sich zu beschweren. Es gefiel ihr, jeden Tag einen Großteil ihrer Zeit bei voll aufgedrehter Stereoanlage in ihrem Auto zu verbringen, während die allgegenwärtige Sonne von L. A. durch die Windschutzscheibe schien. Sie mochte sogar ihr Auto, eine dreißig Jahre alte Schräghecklimousine mit einem andersfarbigen Kotflügel und abblätternder Farbe auf der Motorhaube. Der Vorbesitzer hatte sich große Mühe gegeben, das Soundsystem aufzurüsten, aber keinen Gedanken an das Äußere verschwendet. Das Auto fuhr und war erschwinglich. Es war perfekt.

In der letzten Augustwoche, sobald ihre Folge gestreamt werden konnte, rief sie ihre Freundinnen in New York per FaceTime an. Chloe, Nat und Heather versammelten sich in ihrem hippen, umgebauten Lagerhaus in Williamsburg, während Marlowe sich in ihrem schäbigen Kellerapartment in Westwood ausstreckte. Die Einrichtung war ein deprimierendes Gemisch aus Beigetönen. Ein rostiger Wasserfleck an ihrer Wohnzimmerdecke und ein Chenillesofa in der Farbe schimmliger Erbsen bildeten die einzige Ausnahme von diesem Farbschema. Das jüngste Möbelstück war vermutlich um 1975 herum angeschafft worden, und alles roch vage nach Füßen. Aber die Wohnung war billig und möbliert gewesen. Sie lag außerdem gegenüber vom Los Angeles National Cemetery, sodass die meisten Nachbarn keinen Lärm machten. Da Marlowe vierzehn Stunden pro Tag arbeitete und nie Gäste hatte, weil sie außer ihren Kollegen noch niemanden kannte, reichte die Wohnung für ihre täglichen Bedürfnisse aus. Falls sie beschloss, über das Ende ihres einjährigen Mietvertrags hinaus in L. A. zu bleiben, würde sie sich etwas mit mehr Licht suchen. Sie würde außerdem einige neue Möbel kaufen. Vielleicht würde sie sogar Kunstwerke aufhängen, die nicht gruselige Eulen zeigten.

In freudiger Erwartung und mit viel Popcorn machten Marlowe und ihre Freundinnen es sich gemütlich und drückten gleichzeitig auf »Play«, um sich die Folge gemeinsam anzuschauen. Die Handlung auf dem Bildschirm folgte drei miteinander verwobenen Handlungssträngen. Ein Paar, das seit Langem zusammen war, hatte mit den Nachwirkungen einer kurzen Affäre zu kämpfen. Eine andere Figur musste mit der Erpressung durch einen Ex-Partner klarkommen. Angus' Charakter, Jake, wollte sich an einer intriganten Frau rächen, die seinem Vater unrecht getan hatte. Es war das übliche Drama, das von ihren Freundinnen mit reichlich Kommentaren begleitet wurde.

Als endlich die Szene im Diner lief, wurden alle still. Marlowe hielt die Popcornschüssel im Schoß. Sie trug eine Schlafanzughose mit aufgedruckten Pinguinen, ein Geschenk von Kelvin, das sie nicht hatte aufgeben wollen. Auf dem Bildschirm sagte Angus alias Jake seinen Satz, dass er schon wüsste, was er wolle, sobald er es sah. Marlowe kam ins Bild und schenkte Kaffee ein. Ihre Freundinnen jubelten durchs Telefon, doch der Jubel verstummte, als eine Nahaufnahme von Angus folgte, wie er in ihre Richtung schaute und mit seinen intensiven bernsteinfarbenen Augen beinahe ein Loch in den Bildschirm brannte. Es folgte eine weitere Aufnahme, in der Marlowe seinen Blick erwiderte, lang und direkt, die Kaffeekanne wartend erhoben. Keiner der Blicke konnte als vernichtend bezeichnet werden, aber das Gefühl einer gegenseitigen Herausforderung war deutlich spürbar.

»Was war das?«, fragte Chloe entsetzt.

»Hattest du gerade …?«, begann Nat.

»Definitiv«, warf Heather ein.

»Hatte ich was?«, fragte Marlowe und bereute es sofort.

»Du hattest Augensex«, antworteten ihre Freundinnen wie aus einem Mund.

»Was?! Nein!« Marlowe drückte die Pausentaste und nahm ihr Handy vom Tisch. »Das war eher ein *Du bist ein Mistkerl und ich hoffe, sie schreiben dich ins Koma, damit du die Staffel im unschmeichelhaftesten Krankenhauskittel der Welt und mit Schläuchen in der Nase beenden musst.*«

»Das ist nicht das, was ich gesehen habe«, beharrte Chloe.

»Ich auch nicht«, stimmte Nat ihr zu.

»Das war heiß«, stellte Heather fest.

Marlowe beharrte auf ihrem Standpunkt, aber ohne Erfolg. Sie und ihre Freundinnen spulten die Szene mehrmals zurück und spekulierten über die Gründe für die Entscheidung beim Schnitt. Nach so vielen Takes hatte das Team doch sicher Aufnahmen gehabt, in denen Marlowe überhaupt nicht vorkam, oder falls nicht, dann hatte es bestimmt welche gegeben, in denen sie gelassen lächelte, während sie Speisekarten holte, Pie servierte oder andere banale Kellnerinnendinge erledigte. Hatte sie eine falsche Erinnerung an diesen Tag? Sie war wütend gewesen, ja, aber doch nicht so wütend, dass sie nicht mal eine Tasse Kaffee einschenken konnte, ohne sauer auszusehen? Und hatte er dasselbe gefühlt? Oder waren *wütend* und *sauer* vielleicht die ganz und gar falschen Begriffe?

Nachdem sie sich die gesamte Folge angesehen hatten, schlussfolgerten sie, dass die Regie den Austausch der Blicke inszeniert hatte, um hervorzuheben, dass Jake immer auf der Suche nach neuen Optionen war, selbst wenn er von alten umzingelt war, und sogar sehr, sehr attraktiven. Es ergab Sinn, aber der Blickwechsel war trotzdem merkwürdig, wie ein Einblick in Marlowes echte Gefühle. Nicht der Augensex natürlich. Den hatte es zu einhundert Prozent und absolut nur in der Vorstellung ihrer Freundinnen gegeben. Doch Marlowe hatte etwas gespürt, als sie sich mit Angus gezankt hatte, etwas, das womöglich komplizierter war als reine Abscheu. Bis sie herausgefunden hatte, was genau das war, wollte sie es jedoch für sich behalten.

Das Thema wurde schließlich fallen gelassen, und Marlowes Freundinnen erzählten ihr von den jüngsten Ereignissen in ihrem Leben. Chloe hatte ihren ersten Job als leitende Bühnenbildnerin einer Off-Broadway-Produktion an Land gezogen. Es war eine kleine Show mit einem knappen Budget, aber die Autorin, Adrienne Achebe, erregte mit ihren anderen Werken landesweit große Aufmerksamkeit. Falls die neue Produktion gut lief, würde sie es vielleicht an den Broadway schaffen. Nat assistierte immer noch ihrem Kostümprofessor bei dem nächsten großen Disneymusical, eine Tätigkeit, die sich jahrelang hinziehen konnte, falls die Show auf Tournee ging oder von weiteren Theatern außerhalb New Yorks übernommen wurde. Heather führte außerhalb der kommerziellen Broadway-Szene Regie bei einer Reihe von neuen Einaktern. Wenig Geld, aber große Kunst. Alle drei Frauen kamen mit ihren Karrieren voran, auch wenn sie es noch nicht unbedingt bis zu den Tony Awards geschafft hatten. Währenddessen sortierte Marlowe Socken zwecks Rücksendung.

»Wir haben noch keinen Kostümbildner für das Achebe-Stück«, meinte Chloe. »Meine Regisseurin hat gefragt, ob jemand einen Vorschlag hat. Die Organisation, die das Stück finanziert, hat kein Budget für Flüge und Unterkunft, also müssen sie jemanden von hier nehmen, aber ...«

»Aber meine Schwester nutzt dein altes Zimmer nur bis Oktober«, warf Heather ein.

»Und du wirst bis dahin mit *Heart's Diner* fertig sein«, fügte Nat unnötigerweise hinzu.

»Ohne einen Folgeauftrag«, machte Heather noch unnötigerweise weiter.

»Besteht die Möglichkeit, dass du bis zum Beginn der Proben im Dezember zurück in New York bist?«, fragte Chloe. »Soll ich meiner Regisseurin deinen Namen und deine Kontaktdaten geben?«

»Ich weiß es nicht.« Marlowe zeichnete einen der lächelnden Pinguine auf ihrer Schlafanzughose nach und spürte, wie sich ihre ungewisse Zukunft vor ihr ausbreitete, ohne einen über die noch verbleibenden sechs Wochen als PA hinausgehenden Plan. Eine Stelle als Kostümbildnerin in New York würde das Problem lösen, auch wenn sie eine Weile lang Jobs annehmen müsste, die nichts mit Kostümdesign zu tun hatten, um über die Runden zu kommen. Aber ... »Es gibt so viele tolle Kostümbildnerinnen in New York. Sie brauchen mich nicht.«

Marlowes Freundinnen brachen in leidenschaftlichen Widerspruch aus und flehten sie an, wenigstens darüber nachzudenken. Marlowes Gedanken rasten, während ihr Magen vor Aufregung und Furcht gleichermaßen kribbelte. Off-Broadway. Premiere

Mitte Januar. Bis dahin waren es weniger als fünf Monate. Und die Kritiken würden in denselben Zeitungen und auf den denselben Websites erscheinen, die ihre letzten Entwürfe in der Luft zerrissen hatten.

»Mein Mietvertrag hier läuft noch bis Ende März«, hielt sie dagegen.

»Pfeif auf den Mietvertrag«, erwiderte Nat lachend. »Wir vermissen dich.«

»Ihr fehlt mir auch, aber …« Marlowe ging alle möglichen Ausreden durch. Sie kannte das künstlerische Team nicht. Sie war nicht mit dem Stück vertraut. Sie konnte nicht ihren ersten sonnigen Winter in L. A. aufgeben. Sie konnte nicht auf die Tacos verzichten. Sie hatte beschlossen, das Kostümdesign an den Nagel zu hängen und stattdessen Karten mit den Häusern der Stars zu verkaufen. Sie war zu einer ungeselligen, kreativ verkümmerten alten Jungfer geworden und stand nur noch für niedere Arbeiten, die Bespaßung herablassender Chefinnen und lange Anfälle von Selbstzweifeln zur Verfügung. Davon wollten ihre Freundinnen aber nichts hören, also gab Marlowe schließlich nach und stimmte zu, dass Chloe ihren Namen weitergeben und auch ein Manuskript weiterleiten durfte, das sie lesen konnte. Nur für alle Fälle. In der Zwischenzeit hatte sie zumindest eine Zukunft als Kellnerin voller unterdrückter Wut.

Am nächsten Morgen, nachdem Marlowe endlich aufgehört hatte, auf die Taste für den Schlummermodus zu drücken, und sich von ihrer klumpigen, deprimierenden Matratze gewälzt hatte, sah sie zwei Nachrichten auf ihrem Handy.

Kelvin: Du fehlst mir, Lowe. Schon den perfekten Taco gefunden?

Cherry: Halte dich von Social Media fern. Wir sehen uns am Set.

Marlowe antwortete auf keine davon. Kelvin nervte sie zu sehr mit seinen allgegenwärtigen, immer wiederkehrenden Fragen, die jedes Mal auftauchten, wenn sie gerade mal zehn verdammte Sekunden lang nicht an ihn gedacht hatte. Cherrys Nachricht war zu ominös für eine Antwort, obwohl Marlowe wenig Grund zur Sorge hatte. Sie nutzte Social Media nur begrenzt, weil sie sich mit der Dauerinszenierung dort unwohl fühlte und weil sie ein ständiges Verlangen nach dem Zusammenstellen und Teilen von Inhalten aufrechterhielten, statt im Moment präsent zu sein und Erfahrungen so zu genießen, wie sie sich entfalteten. Sie behielt ihr Privatleben für sich, und wenn sie doch mal online war, war sie sich sicher, dass niemand ihr frech kommen würde, weil sie einer Freundin eine schöne Premiere wünschte oder ein Video retweetete, in dem ein Babyigel an einer Selleriestange kaute.

Etwa eine Stunde später saß sie Cherry im Garderoben-Trailer gegenüber und zupfte an einem Faden ihrer Jeans, während Cherry sie noch einmal fragte, ob sie absolut sicher war, dass sie es sehen wollte. Als Marlowe ihr bestätigte, dass sie inzwischen für alles andere viel zu neugierig war, öffnete Cherry den Twitter-Account der Serie und reichte Marlowe ihr Handy.

HeartsDiner: Wen shippt ihr in dieser Staffel mit Jake Hatchet?

Der Tweet enthielt eine Umfrage, in der vier Figuren aus der Serie aufgeführt waren: zwei der Frauen aus der Szene im Diner, die ältere Frau, die Jakes Vater unrecht getan hatte, und eine sexy Nachbarin, mit der er immer anzügliche Blicke tauschte, wenn er an seinem Motorrad bastelte oder sie ihre Rosen goss. Bisher führte eine der Frauen aus dem Diner.

»Und?« Marlowe streckte Cherry das Handy hin. »Wo liegt das Problem?«

Cherry stupste das Telefon in ihre Richtung zurück. »Lies die Kommentare.«

Marlowe warf einen weiteren Blick darauf. Anfangs bemerkte sie nichts Überraschendes, aber der fünfte oder sechste Kommentar lautete tatsächlich *#IShipTheWaitress*. Sie scrollte weiter. Einige Tweets weiter tauchte der Hashtag erneut auf, und dann noch einmal und noch einmal, als sich unzählige Fremde dafür aussprachen, dass ihre »Figur« mit der von Angus etwas anfangen sollte. Es gab GIFs, Memes und lange Unterhaltungen über die mögliche Bedeutung dessen, was die Leute »den Blick« getauft hatten.

»O mein Gott«, sagte Marlowe und scrollte weiter. »Was zum …? Wie? Warum? Die Folge wurde erst gestern ausgestrahlt. Und ich war gerade mal fünf Sekunden lang zu sehen.«

»Das ist die Macht von Social Media.« Cherry lehnte sich auf ihrem Stuhl zurück und tätschelte abwesend die Armlehnen. »Keine Ahnung, ob etwas daraus wird, aber die Produzenten sind immer auf der Suche nach einem Aufhänger, um neue Zuschauer zu gewinnen. Wenn sie damit den Twitter-Sturm anheizen können, bitten sie dich vielleicht um einen Gastauftritt.«

Marlowe scrollte immer weiter, unfähig, den Blick abzuwenden. »Aber ich bin keine Schauspielerin.«

»Du würdest ja nicht viel tun müssen. Sie würden dir einige Zeilen Text geben. Irgendeinen ›Du hast mir das Herz gebrochen, Jake‹-Blödsinn, gerade genug, um die Zuschauer zum Einschalten zu bewegen. Jake würde vor sich hin brüten, von Schuldgefühlen gequält darüber, wie er dich behandelt hat, als hätten wir diese Szene nicht schon tausendmal gesehen. Dann würde er auf seinem Motorrad davonfahren, du würdest die Stadt mit einem letzten, sehnsüchtigen Blick aus dem Bus heraus verlassen, und alles würde so weitergehen, wie es bereits im Drehbuch steht.«

Marlowe reichte ihr schließlich das Handy zurück. »Das würden sie nicht tun.«

»Vielleicht doch.«

»Das können sie nicht.«

»O doch. Du musst ja nicht Ja sagen, aber wenn man bedenkt, wie groß das Gehaltsgefälle zwischen der Arbeit vor der Kamera und hinter den Kulissen ist, solltest du zumindest darüber nachdenken.«

»Falls sie mich fragen.«

»Genau. Falls sie dich fragen.« Cherry lächelte sie mitfühlend an.

Marlowe ließ den Kopf in die Hände sinken und wünschte sich, sie könnte den gesamten Twitter-Thread und alle anderen Kommentare, wo dieser Übelkeit erregende Hashtag verwendet wurde, löschen. Vermutlich sollte sie sich geschmeichelt fühlen, aber sie wollte nicht bei einem Publicity-Gag mitmachen. L. A. sollte sie verstecken, sie unsichtbar machen, ihr einen Zufluchtsort vor den Kritiken bieten, die in New York ihr Selbstvertrauen zerstört hatten. Jetzt redeten wildfremde Leute über sie, urteilten über sie, entschieden, ob sie es wert war, mit einem Typen verkuppelt zu werden, der ebenso wenig echt war wie ihre Figur. Sie machten sie zum Teil ihrer Fantasie davon, wie sich ihrer Meinung nach eine Beziehung anfühlen oder wie sie zumindest aussehen sollte. Der Gedanke war lächerlich. Marlowe war der letzte Mensch, der romantische Liebe symbolisieren sollte. Sie konnte nicht mal eine Frage ignorieren oder eine Schlafanzughose aussortieren. Und okay, es ging nicht um sie. Es ging um die Kellnerin, aber wer, zum Teufel, war die Kellnerin? Und warum interessierte das die Leute?

»Es war nur ein Blick«, murmelte Marlowe in ihre Hände.

»Ja«, stimmte Cherry ihr zu. »Aber was für ein Blick.«

Bevor eine von ihnen noch etwas sagen konnte, riss Babs die Tür auf und kam mit geschürzten Lippen und klackenden Absätzen hereinmarschiert. Sie hielt eine Hand hoch und ließ ihre Armreifen klappern.

»Ich will nicht darüber reden«, blaffte sie. »Mich interessieren lediglich die Prada-Klamotten, die du um zehn Uhr abholst, oder die Dolce-Muster, die um elf fertig sind. Wir haben diese große Partyszene in Folge siebzehn, für die alle fabelhaft aussehen müssen.« Sie drückte Marlowe ein gefaltetes Stück Papier in die Hand.

»Damit solltest du beschäftigt sein, bis dieser Twitter-Quatsch vorbei ist.«

Marlowe faltete den Zettel auf und las eine gekritzelte Liste von Aufgaben, die Abholungen bei einem Dutzend Modehäuser, eine Abholung beim Floristen (nicht für die Serie), eine weitere in der Reinigung (ebenfalls nicht für die Serie), einen Termin für Edith Head beim Hundefriseur und Stopps in verschiedenen Delikatessenläden für Fleisch, Käse, alkoholische Getränke und Desserts für eine Party, die Babs morgen Abend gab, beinhalteten. Die Anzahl der verschiedenen Orte bedeutete eher drei Tage Arbeit, und nur die Hälfte davon hatte etwas mit den Kostümen für *Heart's Diner* zu tun.

Sie hielt die Liste hoch. »Ich glaube nicht, dass die Besorgungen der Lebensmittel …«

»Wenn du diese Wege übernimmst, habe ich die Zeit und Energie, meine Arbeit hier zu tun, also ja, sie sind alle wichtig, und ja, sie sind Teil deines Jobs, und sag mir jetzt um Himmels willen bloß nicht, dass du nicht in der Lage bist, ein paar Blumen abzuholen.«

Babs ließ sich auf den Schreibtischstuhl fallen und wandte ihre Aufmerksamkeit dem Computer zu. So, wie sie auf der Tastatur herumtippte, war das Gespräch für sie beendet.

Marlowe sah Cherry Hilfe suchend an. Cherry zuckte leicht mit den Schultern und hielt die Daumen über ihr Handy, während sie mit den Lippen *Ich schreibe dir eine Nachricht* formte.

»Wir sehen uns später«, sagte sie laut. »Falls du es zeitlich nicht schaffst, schaue ich mal, ob wir eventuell eine Einkäuferin finden, die einen Teil der Abholungen übernehmen kann.«

»Oder sie kann die restlichen Sachen morgen abholen«, warf Babs ein, ohne aufzublicken.

Marlowe war genervt. »Morgen habe ich frei.«

»Dann solltest du dich besser beeilen.« Babs machte eine wegscheuchende Handbewegung.

Marlowe tauschte einen letzten Blick mit Cherry, bevor sie zur Tür hinausschlüpfte und gegen den Drang ankämpfte, sie zuzuknallen. Babs war Marlowe gegenüber reizbar, seit sie zum ersten Mal die blöde Kellnerinnenkleid angehabt hatte. Sie machte kleine Sticheleien darüber, wie nett es von den anderen gewesen war, Marlowe vor die Kamera zu lassen, als ob sie ihr einen Gefallen getan hätten und nicht umgekehrt. Sie hatte ihre Kritik an Marlowes Essgewohnheiten verstärkt und wies sie darauf hin, dass sie damit weder ihrer Figur noch ihrem Teint etwas Gutes tat. Selbst die geringste Andeutung eines kreativen Inputs von Marlowes Seite erstickte sie sofort im Keim, als wäre es eine riesige Zeitverschwendung für alle Beteiligten, Marlowe überhaupt anzuhören. Sie hielt Marlowe außerdem vom Set fern. Marlowe hatte angenommen, dass Babs sie damit bestrafte, weil sie am Tag des

Drehs nicht voll zu ihrer Verfügung gestanden hatte, aber vielleicht war das gar nicht das Problem.

Sie holte sich einen Kaffee vom Catering und setzte sich, um ihre Route zu planen, indem sie die Zielorte in ihre Karten-App eingab. Als sie den letzten Laden eintippte, kam eine Nachricht.

Cherry: Tut mir leid. Ich glaube, sie ist eifersüchtig.
Marlowe: Also läuft doch etwas zwischen den beiden?
Cherry: Das bezweifle ich. Aber das hätte sie definitiv gern.
Marlowe: Sie hat keinen Grund zur Eifersucht.
Cherry: Erzähl das »dem Blick«.
Marlowe: Da war nichts!!!!
Cherry: Egal. Sag Bescheid, wenn du Hilfe beim Einkaufen brauchst. Ich suche dir jemanden.
Marlowe: Danke. Ich melde mich später.
Cherry: Viel Glück.
Marlowe: Dir auch.

Marlowe überprüfte ihre Einkaufsroute und ging zu ihrem Auto. Als sie sich ihrem schrottigen, aber liebenswerten Wagen näherte, entdeckte sie Angus auf der gegenüberliegenden Seite des Parkplatzes, wo er einem Trio kreischender Fangirls Autogramme gab, während ein Sicherheitsmann einen Meter weiter über ihn wachte. Eine der Frauen streckte ihm ein Foto hin, die andere schob ihren Ärmel hoch. Die dritte bedeutete ihm, dass er auf ihrem Dekolleté unterschreiben sollte. Er kam der Aufforderung nach, bevor er sie zu einem Gruppenselfie ermunterte. Die Mädchen drängten sich zusammen, während er in ihrer Bewunderung badete und das Handy wie jemand hielt, der viel Erfahrung darin hatte, genau den richtigen Winkel zu finden.

Marlowe verdrehte die Augen, stieg ein und fuhr los. Sie war sich nicht sicher, wie sie während der letzten sechs Wochen ihrer Vertragsdauer mit Babs umgehen sollte, aber eins war sicher: Sie würde auf keinen Fall das nächste Beziehungsopfer von Jake Hatchet spielen, ganz egal, wie viel Geld man ihr dafür anbot.

5

»Tausend Dollar pro Folge?«, brachte Marlowe heraus. Auf der anderen Seite eines langen Tisches, der mit Manuskripten und verschiedenen Papieren bedeckt war, beugte sich der Showrunner auf seinem Platz zwischen zwei Produzenten nach vorne und stützte sein stoppeliges Kinn auf die verschränkten Finger. Wes Quinlan war ein großer, breiter Mann um die vierzig, mit sandblondem Haar, das unter seiner allgegenwärtigen Baseballkappe der Oakland A's hervorlugte. Mit seinen abgewetzten Jeans, seinen ausgeblichenen T-Shirts, den Flanellhemden und kamelfarbenen Arbeitsstiefeln sah er aus, als würde er sich eher in einem Baumarkt als an einem Filmset wie zu Hause fühlen, aber *Heart's Diner* war sein Baby. Er war verantwortlich für das Konzept und die Figuren und war auch nach sechs Jahren noch der Hauptautor. Jetzt sprach er in einem Besprechungsraum und Arbeitsbereich in der Studiozentrale mit Marlowe und informierte sie über seine Überlegungen vom Wochenende.

»Wir dachten an drei Auftritte«, erklärte er. »Folgen zwanzig bis zweiundzwanzig. Ein bisschen Streiten, ein bisschen Flirten, ein Moment der Wiedergutmachung. Das wäre ein gutes Ende der Staffel für Jakes Figur, sodass sich die Zuschauer fragen können, ob er Staffel sieben dann als netterer Kerl beginnt.«

»Falls wir überhaupt eine siebte Staffel kriegen«, warf der Produzent zu seiner Linken ein. Greg gehörte zu den wenigen Menschen, die Marlowe je mit einer Krawatte am Set oder in der Zentrale gesehen hatte. Sie nahm an, dass er eher für finanzielle als kreative Entscheidungen zuständig war, aber vielleicht mochte er auch einfach nur Krawatten.

»Und sie muss erst Probeaufnahmen machen«, warf Alejandra ein, die Produzentin auf der rechten Seite, eine ernst dreinblickende Frau mit hipper grüner Brille und in einem Leinenoutfit im lässigem Lagenlook. »Ich unterstütze diesen Plan nicht, falls sie schon beim ersten Wort versagt, ganz egal, wie viele Leute sich diesen Clip angesehen haben.« Sie verschränkte die Arme und betrachtete ihre Kollegen skeptisch.

Die drei diskutierten die Lage unter sich. Marlowe hörte kaum etwas. Sie stellte sich immer noch vor, wie sie dreitausend Dollar mit nur wenigen Tagen Arbeit verdiente. Damit konnte sie ihre Kreditkartenrechnung abzahlen und auch einen Teil ihres Studienkredits. Wenn sie das ihren Eltern erzählte, würden sie vielleicht aufhören zu fragen, ob sie Geld brauchte. Tatsächlich brauchte sie zwar immer Geld, aber wenn sie das ihren Eltern gestand, würde sie damit ja zugeben, dass sie »ihr Verdienstpotenzial nicht voll ausschöpfte«. Dieses Eingeständnis führte zu Vorträgen über leichtfertige Berufswahl und unüberlegte Studienabschlüsse, die alles Selbstvertrauen, das sie in letzter Zeit aufgebaut hatte, zunichtemachen würden.

»Was hält Angus davon?«, wollte Alejandra wissen.

»Ist das wichtig?« Greg lachte abfällig und nasal. »Jake schläft in jeder Staffel mit vier oder fünf Frauen. Was macht da schon eine mehr?«

Marlowe erstarrte. Alejandra bemerkte ihre Panik.

»Keine Sorge, wir würden dich nicht einfach mit einer Sexszene überfallen. Dafür werde ich sorgen.«

Marlowe stieß erleichtert den Atem aus und war dankbar, dass in der Chefetage, die auffallend männerdominiert war, wenigstens eine Frau eine Machtposition innehatte.

Das Trio tauschte weiter Ideen aus, während Marlowe mit halbem Ohr zuhörte. Ihre Gedanken rasten immer noch. Das ganze Wochenende über hatte sie versucht, das Fiasko mit #IShipThe-Waitress zu ignorieren, aber es war wirklich schwer. Der Clip war nicht nur auf Twitter viral gegangen, sondern hatte sich auch auf anderen Plattformen verbreitet. Schon bald hatten Talkshow-Moderatoren ihn abgespielt und über die Bedeutung hinter »dem Blick« diskutiert. Einer hatte eine ausufernde Geschichte über einen Zwischenfall mit einer unbezahlten Rechnung erfunden, die die Kellnerin zu einem mörderischen Rachefeldzug veranlasst hatte. Ein anderer hatte ein Meme über den gespaltenen Zustand des aktuellen politischen Systems daraus gemacht. Viele spekulierten, dass Marlowe die neueste Affäre von Angus sein müsste, denn »diese Art von Spannung kann unmöglich gespielt sein«. Die Behauptung konnte leicht widerlegt werden, aber eine Menge Leute verteidigten sie eifrig, und das Wort »Augensex« wurde so oft wiederholt, dass Marlowe am liebsten die Person, der das zuerst eingefallen war, aufgespürt und erwürgt hätte.

Unabhängig von der jeweiligen Theorie sprach jeder über diese wenigen hitzigen Sekunden, und am Sonntagabend war Marlowe nicht mehr überrascht, als sie den Anruf erhielt, den Cherry vorhergesagt hatte. Sie war an diesem Morgen voll und ganz darauf vorbereitet gewesen, das Gespräch über eine Wiederaufnahme der Kellnerinnenrolle mit einem energischen Nein zu beenden, aber dreitausend Dollar konnte man nur schwer ausschlagen. Mit ein bisschen Flirten konnte sie umgehen, solange es gespielt blieb. Und solange Angus ihr nicht ein Autogramm auf ihren Brüsten anbot.

Nach vielen Diskussionen unter den Entscheidungsträgern und einer Menge misstrauischen Schweigens von Marlowes Seite stellten sie sie vor eine Kamera und gaben ihr eine Drehbuchprobe zum Vorlesen. Es handelte sich um einen kurzen Monolog aus der aktuellen Folge über die kleinen, unsichtbaren Opfer, die eine Frau bringen musste, um ihre Beziehung zu erhalten. Über all die Male, wo sie ihren Mann an erste Stelle gesetzt hatte, während er ihrer Beziehung nicht dieselbe Aufmerksamkeit schenkte. Für die Frau in dieser Szene war die Beziehung das Ergebnis harter Arbeit und ständiger Pflege. Für den Mann war es ein Automatismus. Marlowe begann holprig und mit zitternder Stimme, aber schon schnell fühlten sich die Worte nur allzu wahr an und die Emotionen dahinter sehr vertraut, und sie hörte auf, sich Gedanken darüber zu machen, was sie mit ihren Händen anfangen sollte oder wie sie dastand oder was sie betonen sollte. Sie las einfach vor.

Wes gab ihr einige Anweisungen, und sie las den Text noch einmal, dann noch zwei weitere Male. Anschließend bat Greg sie, in einem kleinen Sitzbereich vor dem Besprechungszimmer zu warten, damit die Entscheidungsträger sich beraten konnten. Da sie nichts anderes zu tun hatte, zog sie ihr Handy heraus und öffnete Kelvins letzte Nachricht vom Samstag, die noch unbeantwortet war.

Kelvin: Bist du sicher, dass es das ist, was du willst?

Sie schob die Nachricht zur Seite, bis die rote »Löschen«-Funktion erschien. Dann wieder zurück. Dann wieder vor. Zurück. Vor. Zurück. Sie waren jetzt fünf Monate getrennt. Die Chancen standen gut, dass er etwas über ihren Fernsehauftritt und das Medienecho gesehen hatte. Selbst wenn er nicht selbst darüber gestolpert war, hatte ihm sicher einer seiner Freunde davon erzählt. Sie wollte glauben, dass sich seine Frage darauf bezog, auf ihre Verwicklung in Hollywood-Klatsch, aber sie wusste, dass es nicht stimmte. Er fragte sie, ob sie sicher war, dass sie ohne ihn leben wollte.

Sie spielte wieder mit der »Löschen«-Funktion, brachte es aber nicht über sich. Zu viele Erinnerungen stürzten jedes Mal auf sie ein, wenn sie versuchte, diesen finalen Schritt zu machen. Sie dachte daran, wie sie sich Eiscreme geteilt hatten, während sie unter der Decke kuschelten und sich gruselige Filme ansahen. Oder wie Kelvin mit Blumen in der Hand bei ihren Premieren aufgetaucht war oder mit Essen in ihrem Studio vorbeikam, wenn sie sehr viel zu tun hatte. Er musste nie fragen, was sie gerne aß, er kannte alle ihre Lieblingsgerichte. Er kannte *sie*. Sie vermisste, dass jemand all das über sie wusste. Die fünf Monate, in denen sie in eine leere, beigefarbene Wohnung zurückgekehrt war, hatten eine Sehnsucht in ihr ausgelöst, die täglich größer wurde. Marlowe war mit Kelvin nicht komplett glücklich gewesen, aber ohne ihn war sie es auch nicht.

Löschen? Antworten? Löschen? Antworten?

Jemand rauschte an ihr vorbei und lenkte ihre Aufmerksamkeit vom Display ab.

»Das ist nicht euer Ernst!«, rief Angus, als er die Tür zum Besprechungsraum aufriss und aus ihrem Sichtfeld verschwand. Die Antwort konnte sie nicht hören, aber der Tonfall war ruhig und beschwichtigend. Angus' Stimme war das genaue Gegenteil. »Verdammt, Greg, sie ist nicht mal Schauspielerin. Was kommt als Nächstes, ein YouTube-Star? Die örtliche Bibliothekarin? Die Mitarbeiterin des Monats aus dem Supermarkt?«

Marlowe sank in sich zusammen und fragte sich, ob sie gleich gehen oder auf weitere Anweisungen und Demütigungen warten sollte. Das Geräusch überlappender Stimmen drang zu ihr heraus, immer noch zu undeutlich, als dass sie einzelne Worte hätte verstehen können. Einen Moment später erschien Greg im Türrahmen. Er flüsterte eine Entschuldigung und bat sie, noch einen Augenblick zu warten. Dann schloss er die Tür und ließ sie mit ihrem Handy und dem wachsenden Gefühl der Unzulänglichkeit allein.

Da sie nicht die Kraft hatte, eine alte Wunde eitern zu lassen, während eine neue zu bluten begann, las sie Kelvins Nachricht ein letztes Mal, bevor sie eine Antwort tippte.

Marlowe: Ja. Ich bin mir sicher. Das ist es, was ich will.

Bevor sie noch länger darüber nachdenken konnte, drückte sie auf *Senden*. Fast augenblicklich erschienen die drei Punkte, was sie zusammenzucken ließ, aber es folgte keine Nachricht. Ein leeres Display starrte ihr entgegen, und sie stellte sich vor, wie Kelvin still über ihre Antwort nachdachte. Ihr Magen verknotete sich. Ihre Haut juckte. Sie suchte nach einer Möglichkeit, ihre Worte abzuschwächen, zurückzunehmen oder hinzuzufügen, dass sie ihn vermisste oder hoffte, dass es ihm gut ging. Ihre Antwort war nicht mal ehrlich gewesen. Sie war sich bei überhaupt gar nichts sicher. Und was, wenn ihre Direktheit grausam rüberkam?

Von Schuldgefühlen überwältigt, begann Marlowe eine weitere Nachricht zu tippen. Mittendrin brach sie ab und löschte sie. Das wäre nur verwirrend und würde einen Strom von Entschuldigungen ihrerseits auslösen, den sie später bereuen würde. Cherry hatte recht. Kelvin trug nichts Positives zu Marlowes Leben bei, nur Schuldgefühle und Zweifel. Es war besser, ihre Nachricht so stehen zu lassen und daran zu arbeiten, das auch zu glauben.

Irgendwann wurde die Tür geöffnet, und Alejandra winkte Marlowe herein. Wes und Greg saßen hinter dem langen Tisch.

Wie zuvor stand ein Mann mit einem Headset an der Kamera. Angus lehnte rechts von Marlowe an einer Fensterbank, die Beine überkreuzt, in einer Hand ein offenes Drehbuch, mit der anderen klopfte er auf die Fensterbank. Er trug das, was sie inzwischen in Gedanken als seine Uniform bezeichnete: eine tief sitzende Jeans und ein schlichtes weißes T-Shirt, das ihn fast wie seine Figur aussehen ließ, obwohl seine eigenen Klamotten deutlich farbenfreudiger und weniger abgenutzt waren als seine Kostüme. Am Ausschnitt seines T-Shirts steckte eine Fliegersonnenbrille, und statt Jakes typischer staubiger Motorradstiefel trug er saubere weiße Converse.

Alejandra reichte Marlowe ein Drehbuch und deutete auf eine Stelle vor der Kamera.

»Probeaufnahme Nummer zwei«, erklärte sie. »Chemie.«

Der Knoten in Marlowes Magen zog sich fester zusammen, als sie Angus einen nervösen Blick zuwarf. Er zog die Brauen nach oben, doch die Anspannung um seinen Mund blieb. Marlowe war in Chemie nie gut gewesen, und sie hatte das dumpfe Gefühl, dass Chemie-Probeaufnahmen da keine Ausnahme bildeten. Angus schien das genauso zu sehen, wodurch sie zumindest etwas gemeinsam hatten. Sie überlegte, ob sie die ganze Sache abblasen sollte, aber wenn er bereit war, diese Scharade mitzumachen, würde sie es auch schaffen.

»Seite zwölf«, wies Wes sie an. »Vom Anfang der Szene. Du beginnst. Angus steigt bei seiner ersten Zeile ein, dann übernehmt ihr beide. Mach dir keine Gedanken um die Rahmenhandlung, wir wollen lediglich euch beide zusammen sehen. Sagt Bescheid, wenn ihr so weit seid.«

Marlowe fand die Szene und überflog die ersten Zeilen, um sich zu beruhigen, bevor es losging. *Ignorier die Kamera*, dachte sie. *Ignorier die Leute. Ignorier den superberühmten Fernsehstar,*

*der dich für Abschaum hält. Bring es hinter dich, verschwinde und
leb dein Leben weiter.*

Sie nickte Wes zu. Wes nickte dem Kameramann zu. Und
schon drehten sie.

»Es tut mir leid«, las sie vor. »Das ist nicht das, was ich mir
gewünscht habe.«

»Das ist es nie.« Angus' Tonfall war schroff und ungeduldig.
Geschauspielert? Vermutlich nicht.

Sie konzentrierte sich auf den Text, aber aus dem Augenwinkel
sah sie Angus näher kommen. Ihre Handflächen wurden feucht,
und ihre Kehle wurde eng. Sie schluckte und konzentrierte sich.

»Es ... es ist nicht allein meine Schuld«, stammelte sie.

»Das ist es nie.«

»Tu nicht so, als ob ...«

»Als ob was?« Seine Schritte hielten neben ihr an. Sie blickte
auf und war erschrocken, wie nah er plötzlich stand. Sie waren
gleich groß, das war ihr zuvor nicht aufgefallen. Es hatte auch
keinen Grund dafür gegeben. Jetzt musste es ihr auffallen, denn
er stand weniger als eine Armlänge von ihr entfernt. Weitere
Details fielen ihr auf, eins nach dem anderen: drei Sommersprossen auf seiner linken Wange, eine weitere an seinem Ohr, Wirbel
in seinen Haaren, ein kleines Kinngrübchen, die sanfte Abwärts-
krümmung seiner Nase, seine goldfarbenen Wimpern und die
bernsteinfarbenen Iriden mit rostroten Rändern wie die Augen
eines Tigers. Er begegnete ihrem Blick, hielt ihn fest, nutzte ihn,
um etwas von ihr zu verlangen, etwas, von dem sie nicht wusste,
wie sie es finden sollte. »Als hättest du kein Recht darauf, sauer
zu sein?«

»Als ... als hätte ich kein Recht darauf, verletzt zu sein«, im-
provisierte sie und konnte den Blick nicht abwenden.

Seine Augenbrauen zuckten, ein kaum merklicher Moment

der Überraschung. Dann kam er noch näher und hielt sein Manuskript ganz tief, als ob er die Worte bereits kannte.

»Ich bin nicht der Bösewicht«, sagte er.

»Aber du bist auch kein Held.«

»Ganz genau. Ich bin nur ein Mann. Warum kann dir das nicht reichen?«

Sie blinzelte ihn verwirrt an. Sprach sie mit Jake? Angus? Kelvin?

»Ich, äh …« Sie fand die Stelle in ihrem Manuskript. »Ich sehe nicht, wie das funktionieren könnte.«

»Du kannst es nicht sehen oder du willst es nicht sehen?«

Sie schüttelte den Kopf und bemühte sich, die Worte weiterhin als unecht, als bedeutungslosen Text rüberzubringen. Einen Moment zuvor waren sie hochgradig melodramatisch gewesen, aber jetzt fühlte sich der zugrunde liegende Konflikt sehr real an, und die Wut in Angus' Augen erinnerte sie zu stark an jemand anderen.

»Sag es«, verlangte er. »Sag. Es.«

»Ich will es nicht sehen … mit dir.« Ein Kloß bildete sich in ihrer Kehle, doch sie zwang sich, weiterzumachen. Er fuhr sich mit einer Hand übers Kinn, ließ sie dort liegen und betrachtete Marlowe mit einer Intensität, die sie normalerweise zurückweichen ließ. Diesmal hielt sie still. Sie ließ sich betrachten, verurteilen, sehen, und aus irgendeinem Grund war das okay für sie.

»Bist du sicher?« Seine Worte füllten den Raum – zu einfach, zu groß, zu vertraut.

Marlowe betrachtete ihre nächste Textzeile, bevor sie das Drehbuch sinken ließ. Angus' Gesicht verschwamm durch die Tränen in ihren Augen. Bei ihrem Anblick veränderte sich sein Gesichtsausdruck in etwas, das wie echte Sorge aussah. Er beugte sich näher zu ihr, vielleicht, eine Hand in Richtung ihres Gesichts erhoben. Unmittelbar bevor er eine Träne wegstreichen wollte, schüttelte sie den Kopf und murmelte: »Ja. Ich bin sicher.«

Seine Hand berührte ihre Wange nicht. Die erste Träne fiel ungehindert und rann über ihren Mundwinkel. Er senkte die Hand. Machte einen Schritt nach hinten. Stieß den Atem aus. Die Anspannung wich aus seinem Körper. Mit einem weiteren Atemzug drehte er sich um.

»Cut!«, rief Wes.

Marlowe nahm blinzelnd wieder ihre Umgebung wahr. *Fenster. Kamera. Tisch. Produzenten.* Während sie in die Realität zurückkehrte, marschierte Angus zum Tisch und knallte sein Drehbuch darauf.

»Sind wir hier fertig?«, fragte er mit zusammengepressten Zähnen.

Greg, Alejandra und Wes tauschten eine Reihe von undeutbaren Blicken aus.

»Du kannst gehen.« Wes nickte in Richtung Tür. »Wir melden uns.«

»Den Anruf kann ich kaum erwarten.« Angus warf ihnen noch einen letzten bösen Blick zu, bevor er an Marlowe vorbei aus dem Zimmer stürmte und die Tür hinter sich zuknallte. Fassungslos starrte Marlowe ihm nach und spürte den Nachhall bis ins Mark. Sein warmer Blick, seine Beinahe-Berührung, seine Worte waren unecht gewesen. Natürlich. Er hatte eine Rolle gespielt. Sie beide, oder nicht?

Marlowe wischte sich die letzten Tränen weg und reichte Alejandra ihr Drehbuch. Mit großer Mühe unterdrückte sie den Impuls, sich zu entschuldigen, eine Angewohnheit, die sie unbedingt ablegen wollte. Stattdessen setzte sie ein höfliches Lächeln auf, dankte allen, dass sie sich Zeit genommen hatten, und versicherte ihnen, dass sie mit dem Job zufrieden war, den sie bereits hatte. Es war eine kleine Lüge, die in einer größeren Wahrheit steckte. Ja, Babs verschwendete Marlowes Zeit, und die meisten Besorgungen waren sinnlos. Der nächste Job war vielleicht besser. Noch wichtiger war, dass Marlowe gar nicht Schauspielerin sein wollte. Sie wollte Kostümbildnerin sein, oder zumindest weiterhin in diesem Bereich arbeiten. Sie wollte Teil der visuellen Kreation sein, der Welt und der Figurenentwicklung. Und New York rief sie zurück, leise, aber beharrlich. Vielleicht musste sie aufhören, diesen Ruf zu ignorieren.

Babs war unterwegs, aber Cherry suchte auf dem Laptop gerade nach Schuhen, als Marlowe in die Garderobe zurückkehrte. Mit einem lässigen »Hey« ging sie hinüber zu den Einkaufstaschen mit den Retouren, die Babs ihr zum Sortieren hingestellt hatte. Ein schneller Blick auf die Marken verriet Marlowe, dass sie dafür wieder jeden Winkel von L. A. abklappern würde. Wie üblich.

»Und?« Cherry drehte sich auf ihrem Stuhl herum. Einige Strähnen hatten sich aus ihrem französischen Zopf gelöst und tanzten über ihre beneidenswert markanten Wangenknochen. Sie hätte diejenige mit dem Gastauftritt sein sollen. Sie wäre fantastisch vor der Kamera, leidenschaftlich und fabelhaft. »Wie ist es gelaufen? Hast du sie davon überzeugt, dass du auf Kommando das volle Nicholas-Sparks-Programm abrufen kannst?«

»Nur, wenn sich Nicholas Sparks auf extreme Demütigung spezialisiert hat.« Marlowe seufzte, als sie den Umschlag mit Quittungen fand und sie den Taschen und ihren Inhalten zuzuordnen begann. »Ich bin nicht im Text stecken geblieben, jedenfalls nicht sehr, aber Angus hält mich eindeutig für wertlos, und ich glaube, er besteht aus nichts weiter als einem Riesenego, das man in eine tolle Jeans gequetscht hat. Zwischen uns sprühen ungefähr so viel Funken wie zwischen zwei nassen Streichhölzern.«

Cherry wackelte mit den Brauen. »Nasse Streichhölzer kann man trocknen und anzünden.«

»Okay. Schlechte Metapher. Es bleibt dabei, die nächsten sechs Wochen bin ich weiterhin Babs' Laufbursche.« Die Worte blieben Marlowe beinahe im Hals stecken. Laut ausgesprochen, klang *sechs Wochen* nach einer sehr kurzen Zeitspanne für das Schmieden eines Zukunftsplans und die Entscheidung, ob das eventuell die Rückkehr nach New York beinhalten würde. »Falls meine Rolle als Kellnerin gescheitert ist, hat Babs wenigstens keinen Grund mehr, mich zu schikanieren.«

»Darauf würde ich mich nicht verlassen.« Cherry deutete auf die Einkaufstüten. »Ich bin mir ziemlich sicher, dass sie die Hälfte dieser Sachen gekauft hat, obwohl sie wusste, dass sie zurückgegeben werden müssen.«

»Na super. Und vermutlich will sie das innerhalb der nächsten Stunde erledigt haben, sonst schickt sie mich wieder los, um irgendein obskures Spielzeug für ihren Hund zu kaufen. Oder mehr von dieser Feigen-Tomatillo-Marmelade, die es gar nicht gibt.« Marlowe schluckte ihren Frust hinunter und ordnete die restlichen Kleidungsstücke den Quittungen zu.

Als sie gerade alles zu ihrem Auto schleppen wollte, klopfte es an der Tür. Eine Sekunde später wurde sie geöffnet, und ein schlaksiger Kerl in einer Windjacke und mit einer Baseballkappe auf dem Kopf spähte herein.

»Eine Lieferung für …« Er blickte auf einen kleinen Umschlag. »Marlowe Banks.«

Marlowe tauschte einen verwirrten Blick mit Cherry, bevor sie zu dem Mann an die Tür ging. Er hielt ihr eine große Vase mit prächtigen weißen Rosen, deren Blütenblätter rosa Spitzen hatten, hin. Marlowe war überrascht, dass Kelvin auf ihre brüske Nachricht mit einer solch romantischen Geste reagierte und so schnell noch dazu. Sie unterschrieb und nahm die Vase entgegen. Während sie mit dem Daumen über ein samtiges Blütenblatt strich, erinnerte sie sich daran, dass Kelvin immer schon großzügig mit Blumen gewesen war, obwohl sie im Nachhinein festgestellt hatte, dass er ihr immer dann welche schenkte, wenn andere dabei waren, um die Geste zu beobachten. Tat er das jetzt auch? Versuchte er, vor ihren Kollegen großzügig zu wirken? Oder wollte er einfach nur nett sein, aber sie war so wild entschlossen, ihren Frieden mit der Trennung zu machen, dass sie sich an alles klammerte, was sie negativ auslegen konnte, und die Geste falsch interpretierte?

»Für eine Frau, die gerade den schönsten Rosenstrauß der Welt bekommen hat, wirkst du nicht gerade glücklich«, stellte Cherry fest, die bereits einen Platz auf dem Schreibtisch freiräumte.

Marlowe stellte die Blumen ab und runzelte immer noch die Stirn. »Er hat nicht besonders subtil die Fühler ausgestreckt, ob es womöglich noch eine Chance für uns gibt. Ich weiß nicht, ob er es ernst gemeint hat oder nur sehen wollte, ob ich Ja sage. So oder so, ich habe ihm geschrieben, dass es definitiv vorbei ist.«

Cherry stöhnte. »Typisch Mann, dich erst dann mehr zu wollen, wenn du ihn nicht mehr willst.«

Marlowe zog die Karte unter einer Schleife hervor. Sie drehte sie in der Hand und betrachtete ihren in sauberen Druckbuchstaben geschriebenen Namen. Das war nicht das, was sie wollte, dieses Hin und Her, die Verwirrung, das ständige Hinterfragen, ob sie etwas Besseres finden konnte oder nicht. Diese Geste war gerade genug Aufmerksamkeit, um die Nadel wieder ein Stück in Richtung Nein zu verschieben, oder bewirkte zumindest, dass

Kelvin sich wieder in ihre Gedanken schlich, aus denen sie ihn gerade hatte vertreiben wollen. Die Blumen waren nicht wirklich eine romantische Geste. Sie waren eine Manipulationstaktik. Oder doch nicht?

»Starr sie nicht einfach nur an«, schimpfte Cherry. »Mach sie endlich auf. Dann können wir sie verbrennen.«

Marlowe zog die Karte aus dem Umschlag.

Es tut mir leid, dass ich mich wie ein Arschloch verhalten habe. Du verdienst etwas Besseres.

Angus

6

Marlowe stellte die Vase auf ihre rissige Tischplatte aus Laminat und schob eine zusammengefaltete Serviette unter das Tischbein, damit der Tisch nicht wackelte. Als die Oberfläche endlich so stabil wie möglich war, setzte sie sich hin und genoss die Fischtacos, die sie auf dem Heimweg gekauft hatte. Sie waren jetzt zwar kalt, aber immer noch köstlich und trieften vor scharfer Mayonnaise. Zwischen den Tacos machte sie immer wieder eine Pause, um noch einmal über die Blütenblätter der Rosen zu streichen, so wie ein Kleinkind von zerknittertem Papier oder einem glitzernden Spielzeug angezogen wurde. Marlowe hatte Cherry nicht erzählt, dass Angus die Blumen geschickt hatte. Die Lüge fühlte sich komisch an, aber Cherry rutschte womöglich etwas heraus, wenn Babs in der Nähe war. Außerdem hätte sie Fragen gestellt, die Marlowe nicht beantworten wollte und auch nicht beantworten konnte, nachdem allein ihre bloße Existenz ihn so verärgerte. Was meinte er überhaupt mit *Du verdienst etwas Besseres*? Besser als was? Und woher wusste er, was sie verdiente?

Marlowe stellte fest, dass sie sich zwanghaft mit einer Geste beschäftigte, die vermutlich einfach nur als Entschuldigung gemeint gewesen war. Sie lenkte sich ab, indem sie ihre E-Mails abrief, während sie zu Ende aß. Studienkredit, Stromrechnung, Kreditkartenabrechnung. Alles Dinge, mit denen sie sich später befassen würde. Die erste private Nachricht kam von ihrer Mutter, einer Physikprofessorin an der Brown University, die schon früh eine Professur erhalten hatte, zahlreiche Publikationen in ihrem Fachgebiet veröffentlicht hatte, seit ihrem sechsundzwanzigsten Lebensjahr jedes Jahr den New York Marathon lief, eine Stiftung zur Rettung von bedrohten Nashörnern in Afrika gegründet und darüber hinaus Marlowe eingebläut hatte, dass man durch harte Arbeit alles im Leben erreichen konnte. Marlowe hatte immer noch ihre liebe Mühe, diese Hypothese zu akzeptieren. Ihre Eltern hatten sich scheiden lassen, als Marlowe sechs gewesen war, also gelangen ganz klar nicht alle Dinge im Leben perfekt, auch wenn man noch so viel Arbeit hineinsteckte.

Die E-Mail enthielt dieselben fünf Fragen wie immer, die zwar jedes Mal ein wenig anders formuliert, aber inhaltlich dieselben waren:

1. Hast du schon Freunde gefunden?
2. Bist du schon mit jemandem zusammen?
3. Hast du dich schon nach einer Beförderung erkundigt?
4. Kümmerst du dich gut um dich?
5. Brauchst du Geld?
6.

Es waren vernünftige Fragen, aber das »schon« nervte, denn es unterstellte, dass Marlowe zu lange brauchte, um in ihrem Privatleben, ihrem Liebesleben und bei ihrer Karriere voranzukommen. Vielleicht wandte sie die Arbeitsethik ihrer Mom nicht streng genug an, aber es war schwer, Freunde zu finden, wenn man den Großteil seiner Zeit allein im Auto verbrachte oder mit kurzen Gesprächen mit Verkäuferinnen und Verwaltungsassistentinnen. Was ihr Liebesleben anging, bedeutete das Ende der Beziehung mit Kelvin nicht, dass sie auf Tinder nach einem Lückenfüller suchte. Beruflich brauchte sie noch viel mehr Erfahrung, bevor sie in der Film- und Fernsehbranche die Karriereleiter hinaufklettern konnte. Und nein, abends um zehn kalte

Tacos zu essen, bevor sie erschöpft ins Bett fiel, galt vermutlich nicht als Selfcare. Und ja, sie war völlig pleite und versuchte immer noch, der Schulden Herr zu werden, die sie während ihrer Studienzeit gemacht hatte. Aber der Duft von Rosen …

Sie lächelte bei ihrem Anblick, berührte sie, roch an ihnen und wünschte sich, alles wäre so einfach, sanft und schön wie die glatte Oberfläche eines elfenbeinfarbenen Blütenblatts mit zartrosa Spitze, das eine sich langsam entfaltende Blüte umarmte. Von diesem Gedanken erwärmt, ignorierte sie die E-Mail ihrer Mutter. Die ihres Dads, die versprach, sie auf ähnliche Art zu nerven, öffnete sie nicht einmal. Stattdessen riskierte sie einen Blick auf Angus' Social-Media-Accounts und hoffte, keinen Post darüber zu finden, dass ihn die Produzenten zu Probeaufnahmen mit der »Garderobenpanne« gezwungen hatten.

Glücklicherweise fand sie keine Erwähnung der Ereignisse des Tages. Sein Twitter-Feed bestand hauptsächlich aus Fakten zu *Heart's Diner*, und sein neuester Instagram-Post zeigte ihn mit einem Bier in der Hand, während hinter ihm die Sonne über dem Meer unterging. Um ihn geschlungen war Tanareve Hughes, die ihre Lippen auf seine Wangen drückte, während er das Gesicht verzog, halb peinlich berührt, halb lachend und absolut glücklich. Die Bildunterschrift lautete einfach *#LifeIsGood*. Die Kommentare bestanden überwiegend aus Herzen, Jubel, Lob und Glückwünschen dazu, dass »ihr wieder zusammen seid«.

Tanareve war Angus' Freundin, mit der er seit mehreren Jahren mal mehr, mal weniger zusammen war, und anscheinend war die Beziehung gerade wieder aktuell. Sie war Schauspielerin und hauptsächlich durch ihre Rolle als Geliebte eines Superhelden, die ständig in Gefahr schwebte, bekannt. Welcher Superheld genau das war, wusste Marlowe nicht mehr. Nach einer Weile verschmolzen sie alle miteinander. Ganz egal jedoch, welcher spandexbekleidete Muskelmann Tanareve vor dem sicheren Tod gerettet hatte, sie war atemberaubend schön, mit makelloser, sonnengebräunter Haut, vollen Lippen, beeindruckend dichten Wimpern und langem, glänzendem kastanienbraunem Haar, das ihr einen Werbevertrag mit Clairol eingebracht hatte. Sie war außerdem Veganerin und liebte Schildkröten. Marlowe war nicht stolz darauf, dass sie überhaupt so viel über Angus oder Tanareve wusste, aber Klatsch und Tratsch über Promis ließen sich nicht so ganz vermeiden, erst recht, wenn das Objekt dieses Tratsches der Star der eigenen Teenagerfantasien gewesen war. Und der Star einiger eindeutig erwachsener Fantasien, die weitaus expliziter waren als die mit Glitzerstift auf bunte Notizbücher hingekritzelten Herzen mit *MB + AG* darin.

Marlowe schloss die App und rief sich in Erinnerung, dass selbst ihre letzten Fantasien über Angus schon seit Jahren vorbei waren. Zuzulassen, dass die Blumen ihre Vorstellungskraft wieder anheizten, wäre ein riesiger Fehler. Angus hatte eine Entourage. Irgendeine Assistentin hatte die Blumen gekauft und die Karte geschrieben. Solche Gesten gehörten vermutlich zum Standardprogramm von Promis, um die Folgen ihres schlechten Benehmens abzumildern. Die gleichen Blumen wurden vermutlich an Zimmermädchen, Kellnerinnen, Reporterinnen und alle anderen Frauen geschickt, mit denen Angus abfällig sprach. Und unterdessen lebte er unbeschwert sein glamouröses, romantisches, Nur-kein-Neid-Leben, während Marlowe kalte Mayonnaise in die Risse ihres Tisches tropfte, zum Fenster hinaus auf ein Meer von mondbeschienenen Grabsteinen schaute und sich nicht länger sicher war, welchen Träumen sie folgen sollte.

Trotzdem, die Blumen waren wunderschön.

Für den Rest von Marlowes Abend war das genug.

»Eine Orgie?« Marlowe machte große Augen.

»Keine echte«, versicherte ihr Cherry lachend. »Ein bisschen was Pikantes, womit die Autoren die Ehe von Jane und Vivek aufpeppen wollen, oder genauer gesagt, die Einschaltquoten. Sex, Babys und Hochzeiten ziehen immer ein großes Publikum an. Und Amnesie, obwohl ich noch nicht herausgefunden habe, warum.«

Marlowe wirbelte in der Umkleidekabine herum und staunte, wie viele Dessous praktisch über Nacht herbeigeschafft worden waren. Wie Cherry erklärte, waren die Dreharbeiten für ein paar Tage unterbrochen worden, während sich die Crew auf die nächste Folge vorbereitete. Aufgrund von Drehbuchänderungen in letzter Minute wurde die Folge nun in einer Villa in Beverly Hills mit beinahe zweihundert Statisten gedreht. Elaine wollte am Nachmittag mit den Kostümproben für die Statisten beginnen, während Cherry und Babs sich mit den Hauptdarstellern zu privaten Terminen in einem Spezialgeschäft trafen.

»Was steht denn auf meiner Liste für heute?«, erkundigte sich Marlowe.

»Schuhe«, erklärte Babs, die durch eine Tür auf der anderen Seite des Raums gerauscht kam. An ihrem Ellbogen baumelte eine riesige Handtasche, während sie an einer Flasche Kokosnusswasser nippte. »Ich kann nicht glauben, dass sie uns für diesen Blödsinn nur drei Tage geben. Selbst eine echte Orgie erfordert eine gewisse Planung.« Sie marschierte zum Schreibtisch, wo sie ihre Flasche abstellte und mit dramatischer Geste ihre Sonnenbrille abnahm. »Es ist doch nur Unterwäsche‹, haben sie gesagt. ›Das sollte doch einfach sein.‹«

Marlowe ließ den Blick über eine der Kleiderstangen mit BHs und Slips gleiten. Sie wusste genau, dass »nur Unterwäsche« schwieriger zu gestalten war als Bürokleidung, Abendkleidung oder sogar historische Kostüme. Bei jedem Schauspieler musste auf die persönlichen Unsicherheiten geachtet werden, Tattoos und Körperpiercings mussten berücksichtig werden und auch sensible Themen wie Körperbehaarung. Und da man nur wenige Elemente zur Verfügung hatte, um eine Geschichte zu erzählen oder eine Figur zu erschaffen, zählte jedes kleine Detail. Kein Wunder, dass Babs gestresst war.

»Wonach suche ich?«, fragte Marlowe, während sie die BHs durchsah und sich in Gedanken Notizen zu Farben, Stoffen und Stilrichtungen machte. »Gehen wir in Richtung Fetisch oder eher Straßenschuhe?«

»Ich habe gestern Abend Bilder für dich zusammengestellt«, erwiderte Babs. »Hol dir von Elaine die Kreditkarte. Kauf da, wo es geht, auf Rechnung ein. Das Motiv ist schwarz, Riemchen, sexy.«

»Hat hier jemand *sexy* gesagt?«, fragte eine raue Stimme von der anderen Seite des Raumes her.

Babs, Cherry und Marlowe drehten sich zur offenen Tür um. Angus lehnte am Rahmen, er hatte die Arme locker verschränkt, die Beine an den Knöcheln gekreuzt und blickte über seine Fliegersonnenbrille hinweg, als könnte er nicht mal an einer Tür stehen, ohne für die Kamera zu posieren und in seinem selbst-erklärten Sex-Appeal zu schwelgen. Da sie eine weitere Attacke auf ihr bereits angeknackstes Selbstbewusstsein gern vermeiden wollten, beschäftigte sich Marlowe damit, BHs zu sortieren, die nicht sortiert werden mussten.

»Angus, Liebling.« Babs durchquerte mit großen Schritten den Raum, um Luftküsse mit ihm auszutauschen. »Was bringt dich hierher? Hast du heute nicht frei? Du solltest draußen sein und die Sonne genießen.«

»Die Sonne wird morgen auch noch da sein. Und übermorgen. Und am Tag danach.« Er nahm die Sonnenbrille ab und blickte sich um, wobei er die Ständer betrachtete, die Elaine und ihr Team für die Anproben vorbereitet hatten. »Wie es aussieht, habt ihr alle Hände voll zu tun.«

»Frag nicht.« Babs strich sich den dunklen Pony aus der Stirn, was ihre Armreifen zum Klirren brachte. »Die Produzenten glauben, dass die Statisten in perfekten Klamotten aus ihrem Schrank am Set auftauchen und all das hier überhaupt keine Mühe macht.«

Angus nickte nachdenklich. »Das heißt wohl, dass wir unseren Jeans-Einkauf heute nicht machen können.«

»Heute?« Babs deutete im Raum umher. »Unmöglich. Ich stecke bis zu den Ellbogen in Reizwäsche. Wir gehen nächste Woche, wenn sich die Lage hier wieder beruhigt hat.«

»Klingt gut, es sei denn …« Er legte sich eine Hand aufs Kinn und rieb sich mit dem Zeigefinger über die Wange, so wie er es am Vortag bei den Probeaufnahmen gemacht hatte. »Es sei denn, eine deiner Assistentinnen kann das übernehmen. Hab ich dich gerade eine Einkaufstour erwähnen hören?«

Babs seufzte den Seufzer der zutiefst Erschöpften. »Cherry hat den ganzen Tag mit mir zu tun, und Marlowe ist nur eine … Moment, ich nehme an, ihr kennt euch jetzt nach alldem Twitter-Getue?« Die letzten Worte hatten den vertrauten bissigen Ton, der während der folgenden Tage nur noch schlimmer werden würde, wenn Marlowe der Sache nicht sofort einen Riegel vorschob.

»Wir kennen uns nicht.« Sie wirbelte herum, wobei sie in ihrer Eile mehrere BHs von der Kleiderstange stieß. Wie konnte es auch anders sein. »Ich habe ihm Kaffee eingeschenkt. Oder ihn mit Kaffee beschüttet. Beziehungsweise in seine Nähe ausgeschüttet. Wie auch immer. Es ging um Kaffee. Das ist alles.

Die Idee mit der Kellnerin war ein Fehler. Jeder weiß das inzwischen, und es ist vorbei und vergessen.« Sie hob die heruntergefallenen BHs auf und reichte sie Cherry, wobei sie ihr einen schnellen Was-für-ein-Scheißleben-Blick zuwarf, bevor sie sich wieder an Babs wandte. »Wenn du mir die Bilder gibst, suche ich Elaine und fahre dann los.«

»Warum komme ich nicht einfach mit?«, bot Angus an.

Marlowe erstarrte. Cherry keuchte auf. Babs zwang sich zu einem gequälten Lächeln.

»Das Letzte, womit du deinen freien Tag verbringen solltest, sind Besorgungen mit einer PA.« Babs lachte leise, legte ihm eine Hand auf die Schulter und schenkte ihm einen bewundernden Blick, als er die Augen abwandte. »Du hast sicher Besseres mit deiner Zeit vor.«

»Nichts Lebenswichtiges«, widersprach er. »Und es erspart dir, mich nächste Woche dazwischenquetschen zu müssen.«

»Nicht wirklich, da ich die Entscheidung treffen muss. Noch bin ich die Kostümbildnerin hier.«

»Das stimmt, aber ich bin sicher, dass – wie war der Name gleich noch mal? Margot? Marley? – inzwischen deinen Stil kennt.« Er steckte sich die Sonnenbrille an den Ausschnitt und schüttelte damit subtil Babs' Hand ab, als sie sie dort festklemmte. »Du bist immer so großzügig, wenn es darum geht, deine Assistentinnen auszubilden, indem du ihnen all dein Wissen weitergibst und dafür sorgst, dass sie von der Besten lernen.«

Cherry verschluckte sich beinahe an einem Lachen und verbarg es durch ein vorgetäuschtes Niesen. Marlowe griff nach der Stange des nächsten Kleiderständers, weil sie sicher war, dass Babs gleich aus der Haut fahren würde. Doch Babs blieb ruhig, in der Art einer genervten Gastgeberin. Mit einem breiten Lächeln und einigen abfälligen Handbewegungen erklärte sie, dass eine PA trotz ihrer umfangreichen Bemühungen als Mentorin wohl kaum eine künstlerische Autorität sei. Angus konterte mit geschickter Schmeichelei und überlistete sie bei jedem Argument.

Zehn Minuten später, nach einem schnellen Zwischenstopp in Elaines Büro, ging Marlowe mit Angus zur Tür hinaus, während die arme Cherry zurückblieb und sich mit Babs herumschlagen musste. Sobald sie das Gebäude verlassen hatten, fuhr Marlowe zu Angus herum.

»Was soll das?«, fragte sie mit mehr Nachdruck, als sie beabsichtigt hatte.

Er stolperte einen Schritt zurück. »Du glaubst mir nicht, dass ich Jeans brauche?«

»Nicht innerhalb der nächsten zwölf Stunden.« Sie musterte ihn auf der Suche nach irgendeinem Anzeichen, dass er Hintergedanken hatte, fand aber keine. Er stand einfach nur da und wirkte undurchdringlich und ernst. Wie gewöhnlich. »Du wusstest, dass Babs heute beschäftigt sein würde, oder?«

Er zuckte mit den Schultern. »Ich wollte mit dir sprechen.«

»Wohl nicht so dringend, wenn du dir nicht mal meinen Namen merken kannst.«

»Du hast ihr gesagt, dass wir uns nicht kennen. Ich hab nur mitgespielt.«

Sie suchte nach einer Retourkutsche, aber ihr fiel nichts ein, also kniff sie die Lippen zusammen und marschierte auf ihr Auto zu, Angus einen Schritt hinter ihr.

»Mar-loh.« Er beugte sich zu ihr und wartete auf ihre Reaktion, als ob sie das einfache Erinnern ihres Namens sie beeindrucken würde. »Wie die Schauspielerin aus den Siebzigern?«

»Wie der Detektiv. Meine Mom ist ein Fan von Raymond Chandler.« Diesmal achtete sie auf seine Reaktion. Er nickte einfach und verriet nicht, ob er wusste, wer Raymond Chandler war. Es war eigentlich nicht wichtig, aber sie fragte sich, was er wohl gern las, obwohl der Gedanke sie völlig irritierte. »Lass mich raten. Du bist nach dem Rindfleisch benannt?«

Er lächelte, was sie ihn selten tun sah, wenn es nicht gerade auf dem Bildschirm war oder ein aufgesetztes Lächeln für seine Fans. Es löste in ihr den Wunsch aus, sein Lächeln zu erwidern, aber sie beherrschte sich. Sie wollte nicht wirken wie einer seiner Fans und beim Anblick seiner perfekten Zähne dahinschmelzen.

»Angus ist ein Familienname«, erklärte er. »Meine Familie legt sehr viel Wert auf Tradition. Wir entstammen einer langen Linie von Schotten. Wir haben einen Tartan, aber keine Rinder und somit auch kein Rindfleisch.«

Marlowe überlegte, ob sie ihn fragen sollte, wie der Tartan aussah, aber dann würde sie sich ihn in einem Kilt vorstellen, und ihre Gedanken würden in eine Richtung wandern, in die sie nicht gehen wollte. Also überquerten sie den Parkplatz schweigend und hielten an, als sie ihre verrostete Karre mit dem abblätternden Lack erreichten. Statt nach ihrem Schlüssel zu suchen, lehnte Marlowe sich an die Motorhaube. Angus stand in der Nähe, betrachtete das glamouröse Erscheinungsbild ihres Fahrzeugs und fuhr sich mit einer Hand durch das rötliche Haar, dessen Farbe sie immer noch nicht genau erfassen konnte.

»Du musst nicht mitkommen«, sagte sie.

»Ich weiß, aber ich möchte es.«

»Darin?« Sie tätschelte die verrostete Haube, dann wischte sie sich die Krümel von den Fingerspitzen.

Er schirmte seine Augen ab und spähte hinein. »Das wird halt ein Abenteuer.«

»Es wird ungefähr so abenteuerlich, wie einen Berg Geschirr zu spülen.« Sie spürte, wie sich ihre Miene abwehrend verzog und bemühte sich, das von intensiver Irritation zu leichtem Unmut abzuschwächen, aber es erwies sich als überraschend schwer. Sie sah immer wieder vor sich, wie Angus gestern aus dem Zimmer gestürmt war, stinksauer darüber, dass man ihn zu Probeaufnahmen mit ihr gezwungen hatte. »Was auch immer du mir sagen willst, tu es einfach hier, und dann können wir beide mit unserem Leben weitermachen.«

»Was ist mit den Jeans?«

»Ich kenne deine Größe. Ich bringe dir welche mit. Babs kann sie nächste Woche hier vor Ort mit dir anprobieren.«

»Und was ist mit dem Kaffee, auf den ich dich einladen wollte?« Er drehte sein Lächeln wieder auf.

Sie verschränkte die Arme vor der Brust. »Ich kann mir meinen eigenen Kaffee kaufen.«

»Ich hab nie was anderes behauptet.«

»Und ich möchte nicht mit dir einkaufen gehen.«

»Wie kannst du wissen, dass du etwas nicht tun möchtest, wenn du es noch nie versucht hast?« Seine Augen funkelten, und er lächelte breiter. Diesmal spürte Marlowe keinerlei Verlangen, es zu erwidern.

»Flirte nicht mit mir.«

»Habe ich denn geflirtet?«

»Ist das eine rhetorische Frage?«

»Das kommt darauf an, wie lose man rhetorisch definiert.«

»Ach, um Himmels willen.« Sie hielt die Hände hoch und sprang praktisch vom Auto weg. »Du stolzierst am Set herum, als müssten wir uns alle geehrt fühlen, dass wir dieselbe Luft atmen dürfen wie du, du zeigst keinerlei Wertschätzung für die Menschen, die schwer arbeiten, um *dich* gut aussehen zu lassen, und trotzdem glaubst du ernsthaft, dass du eine Frau nur anlächeln musst, damit sie ...«

»Sie werden dich anrufen. Darüber wollte ich mit dir reden.«
Die Belustigung verschwand aus seinem Blick, und jegliche Andeutung eines Flirts war ebenfalls wie weggewischt.

Schweigen breitete sich zwischen ihnen aus, schwer und undurchschaubar.

»Du machst keine Witze, oder?«, fragte Marlowe schließlich.

Er schüttelte langsam den Kopf, so wie Menschen es taten, wenn sie lieber genickt hätten.

»Wow«, machte sie. »Dann kommst du wohl doch mit.«

7

Angus fummelte an den Lüftungsschlitzen herum und beugte sich vor, um hineinzuspähen, so wie Leute in Horrorfilmen dunkle Ecken und Nischen studierten, kurz bevor sich Außerirdische auf ihre Gesichter stürzten.

»Du hast wirklich keine Klimaanlage?«, fragte er.

»Wirklich nicht.« Marlowe bog auf den Highway Richtung Norden ab und fädelte sich in den langsamen Verkehr von L. A. ein. Sie saß jetzt seit einer Viertelstunde mit Angus im Auto, und bisher hatte er Kommentare über die schäbigen Vinylpolster gemacht, die nicht identifizierbaren Flecken auf dem Armaturenbrett, die seltsame Vorrichtung, mit der man das Fenster manuell herunterkurbeln musste, den Becherhalter mit dem Sprung, die fehlende Beinfreiheit und den Geruch, von dem er behauptete, er rieche wie der Sonntagsbraten seiner Großmutter, ein Gericht, an das er ganz offensichtlich keine guten Erinnerungen hatte.

»Wir hätten mein Auto nehmen sollen«, stellte er fest.

»Will ich überhaupt wissen, was du fährst? Porsche? Ferrari? Corvette? Etwas Tiefergelegtes und Glänzendes, bei dem sich die Türen nach oben öffnen statt zur Seite?«

»Tesla«, erwiderte er. »In dieser Stadt gibt es schon genug Smog.«

Sie warf ihm einen kurzen Blick zu, während sich das Auto im Schneckentempo vorwärtsbewegte. Angus mühte sich damit ab, sein Fenster herunterzukurbeln. Trotz seiner Anstrengungen bewegte sich die Kurbel kaum, und die Scheibe glitt nur wenige

Zentimeter nach unten. Seine Konzentration auf diese Aufgabe belustigte sie, und na gut, seine umweltbewusste Autowahl war wirklich anständig.

»Warum glaubst du, dass sie mich anrufen werden?«, wollte Marlowe wissen.

»Warum nicht?« Er gab das Fenster auf und ließ es damit gerade so weit offen, dass der Luftzug seine Stirnlocken flattern ließ. »Die Serie liegt in den letzten Zügen. Jeder weiß das. Die Zuschauer sind bereit für etwas Neues, aber die Produzenten hoffen, dass sie noch eine weitere Staffel aus uns rausquetschen können. Sie werden nichts unversucht lassen, um mehr Zuschauer anzulocken. Die ganze Presse, die wir kriegen, ist viel zu gut, um sie zu verschwenden. Außerdem warst du bei den Probeaufnahmen perfekt.«

Sie trat auf die Bremse und brachte ihr Auto nur wenige Zentimeter hinter einem teuer aussehenden Mercedes zum Stehen. Sie blinzelte die viel zu nahe Stoßstange an, aber sobald sie wieder zu Atem gekommen war, drehte sie sich zu Angus um. Garantiert hatte sie ihn falsch verstanden.

»Ich habe meinen Text improvisiert«, erwiderte sie. »Ich habe gestammelt. Ich habe mich von meiner Stelle wegbewegt. Um Himmels willen, ich habe sogar geweint, und du bist meinetwegen so schnell aus dem Zimmer gestürmt, dass du dich von dem Windzug beinahe erkältet hättest.«

»Ich bin nicht deinetwegen aus dem Zimmer gestürmt. Es war wegen der Situation.«

»Du meinst, weil du zu Probeaufnahmen mit jemandem gezwungen wurdest, der ›nicht einmal eine Schauspielerin ist‹?«

»Wow. Nein. Tut mir leid, dass du das gehört hast. Lass es mich erklären.« Er drehte sich zu ihr um, lehnte sich gegen die Tür und fuhr sich mit der Hand über das Kinn, eine Geste, die ihr allmählich vertraut war. »Wie hast du dich an dem Tag gefühlt, als der Hashtag aufgetaucht ist?«

Sie sah in Gedanken die Tweets und Videoclips vor sich – jeder einzelne davon hatte sich in ihr Gedächtnis eingebrannt.

»Seltsam, nehme ich an? Verurteilt. Wie unter dem Mikroskop. Ich wollte mich verzweifelt vor mir völlig fremden Menschen verteidigen, aber ich wusste gleichzeitig auch, dass es nur schlimmer werden würde, wenn ich darauf reagiere. All diese Annahmen, die Spekulationen, die Witze. Es hat mir nicht gefallen. Ich habe mich …« Sie suchte nach dem richtigen Wort. »Nackt gefühlt.«

»Und jetzt stell dir vor, du fühlst dich immer so.«

Der Verkehr kam wieder in Gang, also wandte Marlowe ihre Aufmerksamkeit der Straße zu. Während das Auto weiterkroch, dachte sie über Angus' Worte nach. Das war etwas, was ihr nicht in den Sinn gekommen war, als sie über die Aussicht auf dreitausend Dollar für wenige Tage Arbeit nachgedacht hatte. Gab es überhaupt eine Summe, die es wert war, sich weiterer Kritik und zusätzlichen Spekulationen auszusetzen? Erst recht in einer Welt, wo die grausamsten Stimmen oft die lautesten waren?

»Fühlst du dich so?«, wollte sie wissen.

»Manchmal.« Angus zupfte fahrig mit einer abrupten Bewegung an der ausgefransten Kante seines Sicherheitsgurtes herum. »Ich gebe zu, dass ich süchtig nach dieser Art Aufmerksamkeit war, als ich mit vierzehn die Hauptrolle in dieser Disney-Serie bekam, aber im Laufe der Zeit hat es mir auf eine sehr ungute Art den Kopf verdreht. Viele Leute verwechseln meine Figur mit mir als echter Person. Sie halten mich für geistlos oder gewalttätig, oder sie glauben, dass ich ständig auf Achse bin und einen protzigen Sportwagen fahre.«

Marlowe fühlte sich angemessen gemaßregelt und sank ein wenig tiefer in ihren Sitz. »Tut mir leid.«

»War nicht das erste Mal.« Er riss den losen Faden vom Gurt ab, als ob die Herumfummelei am Rand seinen Gemützustand nicht ausreichend beruhigt hatte. »Ich weiß, dass die Leute denken, ich hätte kein Recht, mich über irgendwas zu beschweren, und vielleicht stimmt das sogar. Ruhm verschafft einem Annehmlichkeiten und Möglichkeiten, das steht außer Frage. Aber er hat auch seine Schattenseiten. Ich kann nicht Freundschaften schließen, mit Frauen ausgehen oder einen Job annehmen, ohne mich zu fragen, ob diese Person nur an meinem fabrizierten Image interessiert ist oder sie womöglich allein vom Ruhm angezogen ist.« Er hielt den abgerissenen Faden vor das ein Stück geöffnete Fenster und beobachtete, wie er im Wind tanzte. Seine Faszination damit war liebenswert, fast schon kindlich, und stand in starkem Kontrast zu dem offenen und ehrlichen Gespräch, das sie führten. »Außerdem sind die Fans zwar möglicherweise begeistert, aber die Hasser werden weiterhassen, wie man so schön sagt.«

Marlowe hielt den Blick auf die Straße gerichtet, aber alle paar Sekunden sah sie rasch zur Seite und versuchte, den Mann neben sich mit dem in Einklang zu bringen, den sie vom Set kannte. Monatelang hatte Angus unnahbar, arrogant und ungemein selbstzufrieden gewirkt. Wohin er auch ging, er tat es immer mit dem Auftreten einer Berühmtheit, so als ob er ständig davon ausging, dass er beobachtet und begehrt wurde und sich schon vor langer Zeit mit dieser Art der Aufmerksamkeit arrangiert hatte. Jetzt wirkte er so … menschlich. Wunderschön, ja, aber trotzdem menschlich.

»Lese die Kommentare also nicht?« Sie versuchte es mit einem zittrigen Lächeln.

»Die Kommentare solltest du auf jeden Fall ignorieren«, erwiderte er. »Aber sie sind nur ein Teil des Problems. In dem

Moment, in dem man genügend Aufmerksamkeit, genügend Einfluss, genügend Blicke auf sich zieht, wird man zu einer Ware. Publizisten werden aktiv. Sie verpacken und verkaufen dich. Schon bald darauf ist es schwer, die Grenze zwischen dem Menschen zu ziehen, der man ist, und dem, der man ihrer Meinung nach sein sollte.« Der Faden flog von seinem Finger, hinaus in die mit Abgasen geschwängerte Luft und auf einen SUV in der Nachbarfahrspur zu. Im Fahrzeug saßen einige Mädchen im Teenageralter, die miteinander tuschelten und auf Angus zeigten. Er schirmte sein Gesicht mit der Hand ab und drehte sich von ihnen weg, was auf Marlowe wie eine routinierte Bewegung wirkte. »Schauspieler wissen, worauf sie sich einlassen. Du nicht. Das habe ich mit ›Sie ist nicht mal Schauspielerin‹ gemeint. Es ist auch der Grund dafür, warum ich hier bin. Sie werden dir nicht einfach nur ein paar Textzeilen geben und dich an einer Kamera vorbeiführen. Sie werden erwarten, dass du Teil der Werbemaschine wirst. Ich dachte, du solltest wissen, worauf du dich einlässt, bevor du zusagst.«

Marlowe ließ das auf sich wirken, während ihr Auto langsam vorwärtsschlich, eingeklemmt zwischen anderen, und der Sonnenschein von L. A. hell und warm durch die Windschutzscheibe fiel. Sie versuchte sich die Art von öffentlicher Aufmerksamkeit vorzustellen, die er beschrieb, aber es kam ihr unmöglich vor.

»Wes hat nichts von Werbeaufgaben erwähnt«, sagte sie schließlich.

»Sie werden das im Vertrag verstecken. Begriffe verwenden, von denen sie nicht annehmen, dass du sie verstehst.«

»Sie werden gar nicht wollen, dass ich die Serie vertrete, sobald sie merken, dass ich nicht schauspielern kann.«

»Darauf würde ich mich nicht verlassen.«

Sie nahmen endlich ein wenig Geschwindigkeit auf, kamen

aber kurz darauf wieder zum Stehen. So war das Leben in L. A., so war das Leben allgemein. Wie passte also dieser Moment in das Muster? War er eine Chance, schneller zu fahren, oder ein Grund, auf die Bremse zu treten? Und diskutierte sie das wirklich gerade ausgerechnet mit Angus Gordon? Einem Kerl, den sie schon auf dem Bildschirm angehimmelt hatte, als sie noch eine Zahnspange getragen, drei verschiedene Aknemedikamente benutzt und von dem Tag geträumt hatte, an dem ihre Brüste wachsen würden?

»Ich sehe ganz anders aus als die Frauen, mit denen sie dich sonst immer verkuppeln«, stellte sie fest.

»Vielleicht ist genau das der Grund.« Angus verlagerte sein Gewicht und platzierte seine Füße anders, als ob er plötzlich Schwierigkeiten hatte, es sich bequem zu machen. Vermutlich glaubte er, dass sie auf Komplimente aus war. Das war sie nicht, und sie war froh, dass er ihr keins hinwarf. »Die Leute … Das Publikum hat Perfektion irgendwann satt. Es ist eine schöne Fantasie, aber nach einer Weile wollen sie etwas Reales.«

Sie warf einen weiteren Blick in seine Richtung und fragte sich, ob hinter seinen Worten mehr steckte. Bevor sie weiter darüber nachdenken konnte, wurde ihre Aufmerksamkeit auf die Mädchen in dem SUV gelenkt. Sie lehnten sich mit den Handys in der Hand aus den Fenstern, während sie winkten und kreischten, um Angus' Aufmerksamkeit zu erregen. Marlowe hatte ihn während der letzten Monate so oft in Bewunderung baden sehen, doch in diesem Moment, mit den zusammengesunkenen Schultern, der schützenden Hand an der Wange und dem genervten Gesichtsausdruck, wirkte er, als hätte er sich am liebsten im Fußraum verkrochen.

»Auf so was kannst du dich schon freuen«, meinte er.

»Nein. Unmöglich. Ich nicht. Und wir reden lediglich über einen Gastauftritt.«

»Meine erste Rolle auf der Leinwand war Hundeausführer Nummer zwei. Meine zweite war Kip in *Kate and Kip Take Down Cleveland.* Es ist eine verrückte Branche, die einen genauso schnell zum Star machen, wie einen zerstören kann.« Er lächelte ein wenig, auf eine nette, natürliche Art. Keine Herausforderung, kein Flirten, nur ein Moment echten Humors zwischen zwei Menschen. »Falls die Frage erlaubt ist, warum denkst du überhaupt darüber nach? Du wirkst nicht wie jemand, der unbedingt zum Fernsehen will.«

»Das will ich auch nicht.« Sie ließ den Verkehr an sich vorbeiziehen, sodass sie sich hinter den kreischenden Mädchen einfädeln und auf die rechte Spur wechseln konnte, damit Angus sich wieder gerade hinsetzen konnte. »Ich weiß, dass das für jemanden, der vermutlich an jeder Küste eine Villa und einen Butler mit britischem Akzent hat, nicht viel Sinn ergibt, aber ich brauche das Geld.«

Er nickte und machte es sich auf dem Beifahrersitz bequem.

»Dann solltest du die doppelte Gage verlangen.«

8

Marlowe lenkte ihren Einkaufswagen in den ersten Gang mit Frauenschuhen bei DSW, dicht gefolgt von Angus, der immer noch seine Fliegersonnenbrille trug. Während sie die Regale durchstöberte und mit ihrer üblichen Effizienz Schuhkartons in den Wagen stapelte, blieb er stehen, um jeden Schuh zu betrachten, fasziniert von jedem Absatz, jeder Schnalle und jedem Schwung. Sein ehrliches Staunen ließ ihn wirken, als wäre er noch nie zuvor in einem Schuhgeschäft gewesen. Vermutlich kaufte jemand anders für ihn ein. Vermutlich hatte er für beinahe alles jemand anders.

Während Marlowe Fotos von einigen schwarzen Lacklederschuhen mit Keilabsatz an Cherry schickte, um deren Meinung einzuholen, betrachtete Angus eine goldfarbene Gladiatorensandale mit einem spitzen Stilettoabsatz.

»Wie können Frauen denn in solchen Schuhen laufen?«, fragte er.

Marlowe deutete auf ihre bequemen Turnschuhe. »Da fragst du die Falsche.«

»Obwohl du beruflich Schuhe kaufst?«

»Ich suche sie aus. Ich trage sie nicht. Das ist eine sehr bewusste Karriereentscheidung.«

»Bis dir jemand einen Job als Schauspielerin anbietet.«

»Als Kellnerin. Mit drei Textzeilen, flachen Schuhen und einem definitiven Enddatum.« Sie warf ihm einen *Lass es gut sein*-Blick zu, bevor sie weiter den Gang entlangmarschierte und dabei Schuhkartons in ihren Wagen legte.

89

Er blieb zurück, drehte die Sandale um und betrachtete etwas auf der Sohle. Sie ließ ihn machen. Bei der Anzahl der Schuhe, die Babs erwartete, hatte Marlowe keine Zeit, um die Einzelheiten von Fetischschuhen mit Angus zu diskutieren. Trotzdem, er war immer noch da, lauerte hinter ihr und gab ihr das Gefühl, dass sie ihm Aufmerksamkeit widmen sollte, die sie nicht übrig hatte. Als sie ihm im nächsten Gang wieder entgegenkam und er sich kaum bewegt hatte, hielt sie ihren Wagen an.

»Wie viele Leute arbeiten für dich?«, fragte sie.

Er blickte von den mit Marabufedern verzierten Pantoletten auf, die er inzwischen betrachtete. »Wie mein Agent?«

»Wie alle. Publizistin, Koch, Dienstmädchen.« Sie beugte sich vor, um ihre Worte zu betonen. »Fahrerin.«

»Langweilst du dich schon mit mir?« Er stellte den Schuh zurück und schnippte gegen die Federverzierung.

»Ich bin dir dankbar für das, was du mir auf dem Weg hierher erzählt hast, aber ich glaube, wir haben damit alles abgedeckt. Ich werde darüber nachdenken und nichts unterschreiben, ohne das Kleingedruckte gelesen zu haben.«

Er nahm seine Sonnenbrille ab, und seine bereits ernste Miene verzog sich zu einem ausgeprägten Stirnrunzeln, das eine tiefe Falte zwischen seinen Brauen hervorrief.

»Das war's also?«, hakte er nach. »Danke, und tschüss?«

»Du kannst unmöglich so deinen Tag verbringen wollen.«

»Und woher weißt du, was ich will?«

»Gezielte Vermutung?«

»Oder unqualifizierte Annahme?«

»Wie wäre es mit gezielter Annahme?«

»Inwiefern gezielt?« Er hob das Kinn, ein Zeichen für Bodengewinn, ein Hauch von Überlegenheit.

Ihr Kinn blieb genau dort, wo es war. »Weil ich sehe, wie

andere Leute dich den ganzen Tag bedienen. Du holst dir nicht mal eine Tasse Kaffee ohne Gefolge. Immer ist jemand in der Nähe, der dir deine Wünsche erfüllt. Vermutlich kaufst du normalerweise ein, indem du in einem gemütlichen Sessel sitzt, die Füße hochlegst und an einem Cocktail nippst, während gestresste Verkäuferinnen dir ihre Waren präsentieren.«

»Leider ist keine dieser ›Verkäuferinnen‹ dafür qualifiziert, mein Kostüm auszusuchen.«

»Ich habe dir doch schon gesagt, ich kann die Jeans auch ohne dich kaufen.«

»Und die Gelegenheit verpassen, dich weiter über meinen imaginären Lebensstil lustig zu machen?«

Sie öffnete den Mund für eine Erwiderung. Er zog eine Braue hoch. Sie schloss den Mund wieder. Einen Moment lang sahen sie sich an, mit dem bereits vertrauten Gefühl der gegenseitigen Herausforderung. Als sie ihm nicht widersprach – denn wie auch? –, nahm er eine weitere Pantolette in die Hand und drehte sie um, als wäre sie das Interessanteste auf der Welt.

»Die kann man nicht mal biegen«, stellte er fest.

Marlowe verdrehte die Augen und schob ihren Wagen weiter, weil sie das Gefühl hatte, dass sie diese Schlacht verloren hatte und sich lieber auf ihre Aufgabe konzentrieren sollte. Während Angus sich umsah wie ein Kind im Wissenschaftsmuseum, füllte sie den Einkaufswagen und schrieb sich Nachrichten mit Cherry, bis sie sich auf eine Auswahl geeinigt hatten. Dann traf sie sich mit der diensthabenden Managerin, um ihren Einkauf abzuschließen. Sie bat um verschiedene Größen und Lieferung bis zum Ende des Tages, damit sie den begrenzten Stauraum ihres Autos nicht überstrapazieren musste.

Während sie die umfangreiche Bestellbestätigung in ihre Handtasche steckte, warf die Managerin einen Blick über

Marlowes Schulter, wo sie etwas entdeckte, was sie ihre Augen überrascht aufreißen ließ.

»Ist das der, für den ich ihn halte?«, wollte sie wissen.

Marlowe blickte sich um und entdeckte Angus, der stirnrunzelnd einen Turnschuh mit Absatz betrachtete, als könnte er nicht verstehen, wie der sportliche Stil und der dekorative Absatz zusammenpassten. Sie bereitete sich auf eine Lüge vor, doch in diesem Augenblick lächelte er sie an, und dieses Lächeln war viel zu bekannt, um es zu verleugnen.

»Ja«, bestätigte sie der Managerin. »Das ist genau der, für den Sie ihn halten.«

»O mein Gott.« Der Frau klappte die Kinnlade herunter. »Und sind Sie die Kellnerin?«

Marlowe zuckte zusammen und erinnerte sich an Angus' Warnung. *Genügend Aufmerksamkeit. Teil der Werbemaschine. Darauf kannst du dich freuen.*

»Ich bin die Schuheinkäuferin.« Sie wich zurück und hoffte, dass ihr fehlendes Make-up, ihre ungestylten Haare und ihre spektakuläre Gewöhnlichkeit ihrer Aussage Gewicht verliehen. Glücklicherweise war die Aufmerksamkeit der Managerin längst wieder auf Angus gerichtet, und nun schnappte sie sich eine Verkäuferin in der Nähe.

»Schau mal, wer in Gang eins steht«, schwärmte sie. »Patty und Carolyn werden sterben.«

Wie vorauszusehen war, starben Patty und Carolyn nicht. Stattdessen posierten sie für ein Gruppenfoto mit Angus. Sie kicherten und himmelten ihn an. Sie fragten ihn nach der Serie und Tanareve und seinem Lieblingsessen und seiner Lieblingsrolle und seiner Lieblingsfarbe, doch Marlowe fing irgendwann endlich seinen Blick auf und deutete auf ihre Armbanduhr, um ihm klarzumachen, dass die Zeit drängte.

»Hast du wirklich keinen Chauffeur?«, fragte sie, als sie sich wieder ins Auto setzten. »Oder ein Uber-Kundenkonto? Eine teleportierende Telefonzelle? Einen Drachen? Irgendwas?«

Er drehte sich zu ihr um. »Du willst mich wirklich loswerden, oder?«

»Ich habe keine Zeit zu warten, während du eine weitere Runde Fang-die-schwärmende-Verkäuferin spielst.« Sie deutete schwungvoll auf den Laden, in der Annahme, ihr Fenster sei offen. War es aber nicht. Mit einem scharfen *Klatsch* schlugen ihre Fingerknöchel gegen die Scheibe. Marlowe verzog das Gesicht, schüttelte die Hand aus und fragte sich, was genau an Angus dazu führte, dass sie sich in seiner Gegenwart immer so ungeschickt verhielt. War es sein Ruhm? Der subtile, aber anhaltende Hauch von Feindseligkeit? Der nervenaufreibende ständige Blickkontakt? Seine wirklich schöne Gesichtsform? Sie blickte auf und bemerkte, dass er ein Lachen unterdrückte, obwohl es nicht diskret genug war, dass sie nicht vor Verlegenheit errötete.

»Vergiss, dass das passiert ist.«

»Keine Chance.« Er lachte leise vor sich hin.

Stöhnend versuchte sie ihr Fenster herunterzukurbeln. Als es sich nicht rührte, griff er über sie hinweg und verpasste der Kurbel einen kräftigen Schlag, was den Mechanismus in Gang brachte und somit den ersten Hauch frischer Luft ins Auto ließ. Sofort lehnte er sich zurück in seinen Sitz, aber der Platz war knapp. Er streifte mit dem Ellbogen ihren Arm, und seine Schulter stieß gegen ihre, was ein unerwartetes Kribbeln auf ihrer Haut auslöste. Sie wurde erneut rot und drehte sich zum Fenster, sodass er ihre brennenden Wangen nicht sehen konnte. Ihre Reaktion war frustrierend. Sie sprach viel zu heftig auf den geringsten menschlichen Kontakt an. Ganz klar musste sie ernsthaft darüber nachdenken, sich nach einem festen Freund umzusehen, aber über dieses Thema würde sie nachdenken, wenn sie nicht gerade in einem schrottreifen, überhitzten Auto saß, mit einem seltsam dickköpfigen Fernsehstar und einer viel zu langen To-do-Liste.

»Bist du sicher, dass ich dich nicht irgendwo absetzen kann?«, fragte Marlowe und ließ den Motor an. »Ich muss mich ein bisschen beeilen. Babs macht mir die Hölle heiß, wenn ich ihr nicht beschaffe, was sie braucht.«

Angus setzte seine Sonnenbrille auf und machte damit seinen ohnehin schon undurchdringlichen Gesichtsausdruck noch schwerer zu deuten. Trotzdem hatte sie das Gefühl, dass er sie wieder musterte, genauso wie er die Schuhe gemustert hatte und von Anschnallgurten gerissene Fäden und überhaupt alles, was seine Aufmerksamkeit fesselte.

»Und wenn ich beim Einkaufen helfe?«, fragte er.

»Wie denn? Indem du mit noch mehr Verkäuferinnen flirtest?«

»Hast du mich flirten sehen?«

Sie öffnete den Mund für ein deutliches *Ja*, aber ihre überzeugte Antwort blieb ihr im Halse stecken.

»Na schön«, sagte sie stattdessen. »Dann eben, indem du sie mit dir flirten lässt.«

»Findest du, wir hätten uns einfach aus dem Staub machen sollen?«

»Nein, aber …« Sie hielt inne. Was erwartete sie von ihm? War es wirklich zu viel verlangt, wenn er einige Fotos machen ließ und mit seinen Fans sprach? War er einfach nur freundlich gewesen?

»Würde es helfen, wenn ich dich zum Mittagessen einlade?« Er bemerkte, wie sie scharf den Atem einsog, und hielt abwehrend die Hände hoch. »Nicht, weil du dir kein eigenes kaufen kannst. Nur um dir zu beweisen, dass ich in der Lage bin, allein etwas zu tun. Du weißt schon, weil ich meinem persönlichen Brieftaschenträger für heute freigegeben habe. Er hat kranke Verwandte in Paducah. Auntie Midge steht kurz davor, den Löffel abzugeben. Ich wollte großzügig sein.« Angus' Mundwinkel zuckten nach oben und zeigten einen Hauch von Belustigung, der unfairerweise ganz schön sexy war.

Während Marlowe sich mit Mühe ein eigenes Lächeln verkniff, dachte sie über die schier unlösbare Aufgabe nach, jeden einzelnen Schuhladen zwischen dem Sunset Boulevard und dem nördlichen Rand von Burbank aufzusuchen. Trotz ihrer Versuche, die Situation herunterzuspielen und den Rest ihres früheren Interesses zu unterdrücken, bot Angus Gordon – *Angus Gordon* – an, einen Nachmittag lang ihren Assistenten zu spielen. Zum Teufel mit Effizienz. Das würde *die* Geschichte werden, die sie für die nächsten zwanzig Jahre auf jeder Party erzählte. Warum, zum Teufel, versuchte sie ihn loszuwerden?

»Okay«, gab sie nach. »Aber ich suche das Restaurant aus.«

9

Die Nachmittagssonne brannte, als Marlowe und Angus sich an einem einsamen Picknicktisch in der Nähe eines Tacostandes in einer ruhigen Seitenstraße niederließen. Ein klappriger Schirm spendete kreisförmigen Schatten, aber die drei großen Löcher darin verhinderten, dass es viel nützte. Trotzdem war es immerhin etwas, und die Luft war draußen kühler als in ihrem stickigen Auto. Sie und Angus hatten fünf Stunden lang zusammen eingekauft, und er war nicht völlig nutzlos gewesen. Er hatte nach alternativen Größen gesucht und den Einkaufswagen geschoben. Er hatte sich jedoch auch leicht ablenken lassen und war so vielen Fans begegnet, dass sie nur mit der Hälfte des geplanten Tempos vorangekommen waren. Marlowe hätte auch ohne Mittagspause weitergemacht, aber sie hatte zugestimmt, sich zum Essen einladen zu lassen, und er war entschlossen, sie beim Wort zu nehmen.

»Ich hätte dich auch an einen etwas netteren Ort eingeladen«, kommentierte Angus, als er das Tablett zwischen ihnen abstellte. »Wir hätten nicht den billigsten Tacostand in ganz L. A. nehmen müssen.«

»Ich bin sicher, die schmecken großartig.« Marlowe klaubte einen nicht identifizierbaren schwarzen Fleck von einer dünnen Schicht Reibekäse. Sie glaubte nicht wirklich, dass das Essen toll schmecken würde, aber sie weigerte sich, ihn mehr als ein paar Dollar für sie ausgeben zu lassen. Ein nettes gemeinsames Essen würde ihr das Gefühl geben, in seiner Schuld zu stehen. Es wäre eine Unterwerfung, das Abtreten von Macht. Eine Mahlzeit wie die hier war eher eine Herausforderung. »Tacos machen eine Menge mit. Außerdem haben sie das perfekte Design. Man kann sie füllen, womit man will, und sie kommen mit einem eingebauten, wackligen essbaren Teller.«

Er betrachtete sein Essen ein wenig genauer.

»Ich werde Tortillas nie wieder so sehen wie früher.«

Während er seine Sonnenbrille an den Ausschnitt seines T-Shirts steckte, pulte sie einige schlaffe Spinatblätter von ihrem Taco und legte sie auf den Rand ihres Papptellers.

»Magst du keinen Spinat?«, wollte er wissen.

»Ich bin kein Fan von Gemüse.« Sie klappte die Tortilla wieder über die Bohnen, den Reis und die anderen, weniger anstößigen Zutaten. »Ich gebe meiner Mutter die Schuld. Sie ist eine totale Gesundheitsfanatikerin. Nach ihrer Scheidung hat sie unsere Ernährung auf Rohkost umgestellt. Ich war damals sechs. Bis ich mit achtzehn ausgezogen bin, war Geschmack etwas, das ich nur vom Hörensagen kannte.«

Angus nahm ihren aussortierten Spinat und steckte ihn in seinen Taco.

»Große Familie, kein Geld«, erklärte er. »Wir haben alles gegessen, was es gab.«

Marlowe hielt inne, den Taco auf halbem Weg zum Mund.

»Hast du nicht gesagt, dass du mit vierzehn bei dieser Disney-Serie angefangen hast?«

»Ja, und ich gebe zu, dass ich mich schnell daran gewöhnt habe, schöne Dinge zu besitzen, aber in meiner Kindheit sind wir kaum über die Runden gekommen. Meine Mom hat als Vorarbeiterin in einer Fabrik gearbeitet. Mein Vater auf dem Feld. Bei acht Kindern reichten die Gehälter nicht weit.« Er spähte in ihren zweiten Taco und holte den Spinat heraus, als wäre es das Normalste auf der Welt, dass sie sich Essen teilten. Es war seltsam, aber irgendwie in Ordnung. »Und nur, um das richtigzustellen, ich habe nur eine Villa.«

»Nur eine? Wie kommst du denn damit klar?« Sie verdrehte die Augen, aber er nahm ihre Stichelei mit einem selbstironischen Lächeln hin, das zugegebenermaßen ziemlich charmant war.

Da sie ihren Taco geradezu schmerzlich fad fand, riss Marlowe ein Plastikpäckchen mit scharfer Soße auf. Der Inhalt spritzte heraus und landete sowohl auf ihrem Teller als auch auf seinem. Sie bereitete sich auf eine Schimpftirade oder zumindest die sarkastische Forderung nach einem Handtuch vor, aber zu ihrer Überraschung zuckte er nicht einmal mit der Wimper. Er stippte einfach die nächstgelegenen Tropfen mit seinem Taco auf, während sie den Rest aufwischte. Es war eine so bizarr vertraute und unkomplizierte Aktion, dass sie wie zwei alte Freunde mit festen Gewohnheiten wirkten.

»Hatte ich wenigstens recht bei dem Butler mit dem britischen Akzent?«, wollte sie wissen.

»Jetzt verwechselst du mich mit Batman.«

»Wenn du Batman wärst, hättest du heute definitiv Wichtigeres zu tun.« Sie knüllte die soßenverschmierten Servietten zusammen, die aussahen, als kämen sie aus der Notaufnahme, und stellte sich Angus in einer Batman-Maske vor. Es war nicht schwierig. Mit seinem kantigen Kiefer, den markanten Gesichtszügen und dem Kinngrübchen, das stärker vortreten würde, wenn er sich rasierte, würde er der Comicfigur sehr ähnlich sehen. Vielleicht würde er die Rolle eines Tages übernehmen. Seine Freundin könnte sogar seine Angehimmelte spielen, falls nicht jeder andere Superheld sie bis dahin schon gerettet hatte.

Marlowe stand auf, um mehr Servietten zu holen, da sie nicht glaubte, dass sie das Essen ohne weitere Missgeschicke überstehen würde. Diese Prophezeiung erwies sich als korrekt, als sie ihre klebrigen Finger ableckte und dabei versehentlich einen Klecks scharfe Soße erwischte. Mit brennender Zunge griff sie nach ihrem Getränk, doch der Strohhalm war kaputt, und das zwang sie, den Plastikdeckel abzureißen, damit sie direkt aus dem Becher trinken konnte. Die Eiswürfel wählten genau diesen Moment, um sich voneinander zu lösen und gegen ihre Wange zu fallen, wobei sie eine Welle kalter Zitronenlimo mit sich brachten. Hustend und spuckend verbrauchte sie den zweiten Stapel Servietten und machte sich auf den Weg, um einen dritten zu holen. Angus beobachtete die Szene mit einem trockenen Lächeln auf den Lippen.

»Normalerweise bin ich nicht so tollpatschig«, behauptete sie, als sie schließlich weiteraß.

Er lächelte immer noch. »Mache ich dich nervös?«

»Ich glaube, du bringst mir Pech. Es ist eine Gabe. Perfektioniere sie.« Sie schaffte einen Bissen und war stolz darauf, dass die Tortilla gehalten hatte und sie sich nicht weiter blamieren musste. Als sie aufsah, beobachtete Angus sie erneut auf diese zu lange und zu direkte Art. »Was?«

»Ich glaube nicht an Glück oder Pech.«

Sie suchte in seinem Gesicht nach Anzeichen dafür, dass er nicht etwa das andeutete, von dem sie glaubte, dass er es andeutete, aber er saß da, das Kinn gehoben und die Augen zusammengekniffen, als ob er es einfach *wusste*.

»Vertrau mir«, sagte sie. »Ich hoffe nicht darauf, dass du auf meiner Brust unterschreibst.«

»Du weißt, dass ich das nicht von mir aus anbiete, oder? Es ist etwas, worum Frauen mich bitten.«

»Dann hast du ja Glück, dass du weißt, wie man auf einer gewölbten Oberfläche schreibt.« Sie schlug sich eine Hand vor die

Stirn. »Oh, Moment. Sorry. Ich hab vergessen, dass du ja nicht an Glück glaubst.«

Er lehnte sich zurück und verschränkte die Arme. Alle Anzeichen seines Lächelns waren jetzt verschwunden.

»Was hast du für ein Problem mit mir?«, fragte er.

»Nichts. Es ist nur …« Sie wedelte mit der Hand in seine Richtung. »Es ist dieser ganze *Du weißt doch, dass du mich willst*-Vibe. Ich verstehe es ja. Du bist an diese Art von Aufmerksamkeit gewöhnt. Du erwartest sie inzwischen.«

»Du hast nicht die geringste Ahnung, was ich erwarte.«

»Ach ja?« Sie legte ihr Essen hin und spiegelte seine Position, die Arme verschränkt, das Kinn gehoben und so weiter.

Er beugte sich vor, die Arme immer noch verschränkt, den Blick fest auf sie gerichtet.

»Wie wäre es mit einem einfachen Danke, nachdem ich eine Frau zum Mittagessen eingeladen oder ihr Blumen geschickt habe? Wie wäre es damit, als Mensch behandelt zu werden und nicht als Illusion? Wie wäre es damit, dass eine Frau mich kennenlernt, ohne zu glauben, dass sie bereits jede Einzelheit aus meinem Leben weiß? *Das* erwarte ich.« Er zog eine Braue hoch, bewegte sich aber ansonsten nicht. Sie öffnete den Mund, um etwas zu erwidern, hatte aber keine Verteidigung parat. Er hatte völlig recht. Klar, sie hatten inzwischen einige Male miteinander zu tun gehabt, aber sie kannte ihn nicht und sollte nicht davon ausgehen, dass sie es tat. Er schien ihre Gedanken zu erraten, denn seine Miene wurde weicher, und er entspannte die Schultern. »Und wo wir schon beim Thema sind, nur um Missverständnisse zu vermeiden, ich hoffe auch nicht darauf, dass du auf meiner Brust unterschreiben wirst.«

Einen Augenblick lang starrte sie ihn einfach nur an. Dann brach sie in Gelächter aus.

»Gott sei Dank«, brachte sie heraus. »Danke für die Blumen. Sie sind wunderschön.« Sie blickte auf das Durcheinander auf ihrem Teller. »Und danke für den absolut schlechtesten Taco, den ich seit meinem Umzug nach L. A. gegessen habe.«

Er erwiderte ihr Lachen mit einem Lächeln, das aufrichtig und nicht wie für ein perfektes Foto vorgetäuscht wirkte. Obwohl sie auf keinen Fall zu einer weiteren Frau werden wollte, die von seinen vollen Lippen und seinen perfekten Zähnen schwärmte, war es wirklich ein echt schönes Lächeln.

»Waffenstillstand?«, fragte er.

»Waffenstillstand«, stimmte sie zu.

Sie hoben ihre Tacos in einer Art Toast. Beim Essen erzählte er ihr mehr über seine Familie, und sie beteiligte sich mit einigen Geschichten über ihre eigene Familie am Gespräch. Seine Kindheit war laut gewesen und ein stetiger Wettstreit um Aufmerksamkeit. Ihre war von einem leisen Unterton der Missbilligung geprägt. Sie fanden heraus, dass sie beide Hamster besessen hatten, die allerdings jeweils nicht lange gelebt hatten und aufwendig im jeweiligen Garten begraben worden waren. Angus hatte jeden Kontinent besucht. Marlowe hatte Nordamerika erst zweimal verlassen. Er lief jede Woche dreißig bis vierzig Meilen. Sie blieb damit im einstelligen Bereich. Sie waren beide in der Nähe der Küste aufgewachsen, obwohl sie den Pazifik erst gesehen hatte, als sie ihre Theaterkarriere für einen Versuch in der Film- und Fernsehbranche aufgegeben hatte (auch bekannt als Möglichkeit, um sich vor Kritikern und wütenden Ex-Freunden zu verstecken). Zu ihrer Überraschung urteilte er über nichts, was sie ihm erzählte. Er hörte ihr zu, als ob es ihn interessierte. Sie wusste nicht, wie lange ihr Waffenstillstand andauern würde, aber für eine knappe halbe Stunde war er nicht mehr Angus Gordon, der unnahbare Fernsehstar, der auf »Leute wie sie« herabschaute. Er war ein

Mann, mit dem sie gemeinsam aß. Nach so vielen Monaten voller einsamer Mahlzeiten war sie dankbar für die Gesellschaft.

Nach vier weiteren Stunden Schuheinkauf parkte Marlowe endlich vor dem *Hardwired* Jeansladen. *Hardwired* war Angus' Lieblingsmarke und die, in der Babs ihn am häufigsten einkleidete, wenn man von Maßanfertigungen absah. Die Schnitte orientierten sich am Stil des alten Westens, obwohl sie eindeutig modern waren, und die hohen Preise vermittelten ein Gefühl der Exklusivität.

Marlowe löste ihren Gurt und ließ ihn auf dem Boden zusammengerollt liegen, als der Rückholmechanismus versagte. Angus stand neben ihr vor einer ähnlichen Herausforderung, aber mit den Bemühungen eines Tauchers, der einem riesigen Oktopus entflieht, gelang es ihm endlich, sich aus dem Gurt zu entwirren.

»Wir haben nicht viel Zeit«, erklärte Marlowe und stieg aus. »Lass uns drei oder vier Stück mitnehmen, die passen könnten. Dann kannst du Babs versichern, dass wir ohne ihren Input unmöglich eine Entscheidung fällen konnten, da ich *mid-wash* nicht von *vintage finish* unterscheiden kann.«

Angus zog die Brauen über den Rand seiner Sonnenbrille hoch. »Ich vermute, das ist eine Lüge?«

»Frag lieber nicht, sonst halte ich dir einen Vortrag über die Unterschiede zwischen Färbung, Behandlung, Waschung and Ausrüstung. Du brauchst das nicht zu hören, und Babs muss nicht erfahren, dass ich es weiß. Ach, und erwähne bitte auch nicht, dass wir zusammen gegessen haben.«

»Wir waren also den ganzen Tag lang unterwegs, ohne etwas zu essen?«

»Fasten ist in L. A. doch angesagt, oder?«

»Saftfasten vielleicht.«

»Das reicht mir. Schuhe, Jeans und Saft. Das war alles. Abgemacht?« Sie streckte ihm eine Hand hin.

Er schüttelte sie kräftig. »Abgemacht, solange ich mich über die eklige grüne Pampe lustig machen kann, die du runtergeschluckt hast, als wäre sie Wasser.«

»Zufällig mag ich grüne Pampe.«

»Das habe ich mir schon gedacht, nachdem ich deine Begeisterung für Spinat erlebt habe.«

»Und ich wundere mich über deine überzogenen Forderungen im Hinblick auf Deko-Obst.«

»Man kann nie zu viele in Scheiben geschnittene Erdbeeren haben.«

»Das habe ich auch schon gehört.«

Sie tauschten ein kurzes Lächeln, bevor sie die Hände voneinander lösten. Angus war freundschaftlich, unkompliziert und genau das, was er sein sollte, aber als sie den Laden betraten, spülte eine unerwartete Welle der Traurigkeit über Marlowe hinweg. Unter anderen Umständen, wenn er nicht reich und berühmt wäre, mit einer wunderschönen Freundin, und sie nicht ... sie, hätte ihre Vereinbarung zum Beginn einer neuen Geheimsprache werden können. Wenn sie sich das nächste Mal trafen, würde sie etwas Grünes bestellen. Er würde sich den Teller mit geschnittenen Erdbeeren vollhäufen. Sie würden vielleicht sogar über ihren absurd hohen Serviettenverbrauch im Verhältnis zum Essen lachen oder über seine merkwürdige Faszination von Schuhdesign. Stattdessen blieben die Momente nur Momente, nichts weiter.

Sie blickte nach unten und bemerkte, dass sie wieder an ihrem Ringfinger drehte. Sie musste ernsthaft damit aufhören. Sie würde jemanden finden, der mehr als nur Momente mit ihr teilte. Jemand, der nicht ihr Ex war. Jemand, der ihr nicht das Gefühl gab, klein zu sein.

Zehn Minuten später saß Marlowe auf einem Stuhl neben drei Umkleidekabinen, während Angus einen Arm voller Jeans herbeischleppte, nicht gewillt, einfach einige mitzunehmen und zu gehen. Da er so nett gewesen war, sie vor den möglichen Schattenseiten der Schauspielerei zu warnen, und sie zu müde war, um mit ihm zu diskutieren, ließ sie ihn machen. Über den saloonartigen Schwingtüren ragten sein Kopf und seine Schultern heraus, wohingegen sie unten seine Füße und Waden sah. Während er sich umzog, vertrieb sie sich die Zeit mit einem neuen Versuch, seine Haarfarbe zu beschreiben. Rostbraun? Zu braun. Gebrannte Tonerde? Zu orange. Kürbis? Karotte? Yam? Irgendwas, das nicht im Garten wuchs?

Sie dachte immer noch darüber nach, als er in einer Dark-Wash-Jeans herauskam, den Saum seines T-Shirts angehoben, um die Passform zu überprüfen, und vermutlich auch, um seine Bauchmuskeln zu zeigen. Marlowe fand den Impuls lustig, war aber nicht komplett dagegen.

»Was denkst du?« Er drehte sich von ihr weg.

Sie unterdrückte ein Lachen. »Bittest du mich gerade, dir auf den Hintern zu schauen?«

»Jemand muss dafür sorgen, dass er kameratauglich ist.«

»Ich glaube, das ist deine Aufgabe.«

»Sag mir einfach, was du von der Jeans hältst.« Er drehte sich langsam.

Marlowe stand auf und sah genauer hin. »Sie ist in der Taille eine Nummer zu groß, die Farbe ist zu kühl für deinen Teint, die Passform stimmt nicht, deine Beine würden in einem Bootcut länger aussehen, und die Tasche sitzt für deine Proportionen an der falschen Stelle.«

»Du hast mir also doch auf den Hintern geschaut.«

»Berufskrankheit. Probier eine andere an.«

Angus kehrte in die Umkleide zurück und hängte die Dark-Wash-Jeans über die Tür. Marlowe versuchte krampfhaft, die Lampe im Stil einer Gaslaterne auf dem Tisch neben sich zu studieren, doch ihr Blick kehrte bald wieder zur Umkleidekabine zurück. Diesmal landete er nicht auf Angus' Haaren, sondern auf seinen nackten Waden. Die Muskeln dort spannten sich an, als er sein Gewicht verlagerte, und ließen die Umrisse gut definierter Muskulatur erkennen. Sie hatte andere Menschen immer um tolle Beine beneidet, hauptsächlich, weil sie eine so miese Läuferin war. Sie hatte Beine wie Besenstiele. Angus hatte Beine wie Atlas. Und er befand sich auf der anderen Seite der Saloon-Tür und wühlte in Jeans, die sich momentan definitiv nicht an seinem Körper befanden. Was bedeutete, dass er lediglich …

»Darf ich dir eine Frage stellen?«, rief er in diesem Moment.

»Klar. Natürlich.« Ihre Stimme klang verdächtig rau. Sie räusperte sich und versuchte es noch einmal. »Ich meine Ja. Du darfst. Solange ich dir auch eine stellen darf.«

»Okay, das ist fair. Eine gegen eine.« Er steckte einen Fuß in die nächste Jeans. »Du hast offensichtlich Ahnung von dem, was du tust. Du bist nicht nur die entschlossenste Schuhkäuferin der Welt, dir sind auch Dinge an der Jeans aufgefallen, die Babs übersehen hätte. Warum bist du also nur eine PA?«

Marlowe seufzte und sackte auf dem Stuhl in sich zusammen. Sie hatte es genossen, Angus im Laufe des Tages kennenzulernen, über Lieblingsbands und die Haustiere aus ihrer Kindheit zu plaudern, aber er brauchte nichts über ihre verhinderten Träume zu erfahren, vor allem nicht, wenn es vermutlich das einzige Mal war, dass sie allein miteinander sprachen, fernab vom Set, beinahe wie Gleichberechtigte. Beinahe wie Freunde.

»Irgendwo muss man ja anfangen«, sagte sie mit so viel Fröhlichkeit in der Stimme, wie sie nur aufbringen konnte.

»Blödsinn.« Er stieß die Türen auf, in eine verblichene Jeans gekleidet, die tief auf seinen Hüften saß und sich an den Knöcheln wölbte, der Saum war absichtlich ausgefranst. »Sag mir die Wahrheit.«

»Zu blass, zu sackartig, und die Außennaht ist zu weit hinten angesetzt.«

»Ich meinte nicht die Jeans.«

»Ich weiß.« Sie kratzte an einem rötlichen Fleck auf ihrer Hose herum. Vermutlich war das scharfe Soße vom Mittagessen. Sie wartete darauf, dass er in die Umkleide zurückkehrte, doch er lehnte sich mit verschränkten Armen gegen die offene Tür und wartete ganz offensichtlich auf ihre Antwort. Wollte er es wirklich wissen? Wollte sie es ihm erzählen? Dann wiederum, gab es einen guten Grund, es ihm nicht zu erzählen? Da sie diese Frage nicht beantworten konnte, wappnete sie sich und begegnete seinem Blick. »Versagensangst.«

Er nickte und rieb sich über das stoppelige Kinn. »Aber ans andere Ende des Landes zu ziehen, deine Freunde zurückzulassen und dich in eine neue Karriere zu stürzen, hat dir keine Angst gemacht?«

Sie presste die Lippen zusammen, um ihre nächsten Worte zurückzuhalten, aber sie bahnten sich trotzdem einen Weg.

»Ich kann nicht wirklich scheitern, wenn ich nicht das verfolge, was ich wirklich will.« Sie wartete darauf, dass Angus lachte oder sie einen Feigling nannte, aber das tat er nicht. Er zeigte keine Missbilligung und erwiderte nichts. Er bewegte sich kaum, sondern senkte lediglich die Hand und legte sie auf seine Brust. Das Schweigen war wunderbar, aber es war auch eine Qual. »Albern, nicht?«

Er schüttelte den Kopf. »Erfrischend ehrlich.«

Sie tauschten ein weiteres Lächeln aus, eins, das kaum sichtbar war, und doch traf es sie bis ins Mark. Es war die Art von Lächeln, die man nicht geschenkt bekam. Man musste es sich verdienen.

Bevor Marlowe länger darüber nachdenken konnte, kamen zwei Frauen mittleren Alters herübergeeilt, erklärten Angus ihre unsterbliche Liebe und bettelten um ein Foto. Marlowe sah zu, wie er mit ihnen posierte, voller Selbstbewusstsein und lockerem Charme, genau wie immer. Doch diesmal fielen ihr ein Hauch von Anspannung um seine Augen und seinen Mund auf und ein unruhiges Zucken in seinen Schultern, Hinweise dafür, dass er womöglich die Aufmerksamkeit doch nicht genoss. Falls das stimmte und sie sein Verhalten richtig interpretierte, dann jagte er möglicherweise auch nicht dem hinterher, was er am meisten wollte.

Irgendwann ließen ihn die Frauen in Ruhe, dank des Geschicks einer lakonischen Verkäuferin, die eine ähnliche Situation offenbar schon viele Male erlebt hatte. Marlowe half Angus, drei Jeans auszusuchen, bevor sie zurück zum Studio fuhren und in der Nähe der Garderobe parkten. Während die Abendsonne Schatten auf den Bürgersteig warf, packte sie die Einkaufstüten aus und reihte sie hinter ihrem Kofferraum auf, um abzuschätzen, wie viel sie tragen konnte und wie oft sie laufen musste, bis sie alles ins Gebäude geschleppt hatte. Angus bot ihr seine Hilfe an, doch Marlowe schlug ihm vor, dass sie sich jetzt lieber trennen sollten. Es war besser, keine Begegnung mit Babs zu riskieren, solange er noch bei ihr war.

Angus stimmte ihr zu, ging jedoch nicht sofort. Stattdessen half er ihr, die Arme mit Taschen zu beladen.

»Du wirst die Rolle annehmen, oder?«, fragte er.

»Ich weiß es nicht. Es hängt davon ab, was sie mir anbieten. Falls sie mir überhaupt etwas anbieten. Aber danke, dass du zuerst mit mir darüber gesprochen hast. Es ist gut zu wissen, worauf ich mich einlassen würde.«

»Das war das Mindeste, was ich tun konnte.« Er reichte ihr die letzte Tüte aus der ersten Fuhre, und sie traten auseinander. »Bevor du gehst – mir ist gerade aufgefallen, dass du deine Frage noch gar nicht gestellt hast.«

»Meine Frage?«

»Eine gegen eine. Wie wir es bei *Hardwired* ausgemacht hatten.«

»Ach, richtig.« Sie dachte darüber nach. Sollte sie tiefgründig werden und ihn fragen, welchen Traum er nicht verfolgte? Oder oberflächlich bleiben und ihn fragen, ob er einen Tacostand empfehlen konnte? »Du erinnerst dich vermutlich nicht mehr daran, aber an dem Tag, als ich die Kellnerin gespielt habe, hast du dich überrascht gezeigt, dass sie ›jemanden wie mich‹ vor die Kamera lassen. Was hast du damit gemeint?«

»Wow. Das ist schon lange her.« Er blinzelte in Richtung der untergehenden Sonne und rieb sich über den Nacken. »Jemanden, der genug zu tun hat, vermutlich. Jedes Mal, wenn ich dich gesehen habe, hast du auf deiner Tastatur herumgehämmert oder Listen gemacht oder irgendein Problem mit Cherry oder Babs oder Elaine gelöst. Du hast wie jemand gewirkt, auf den sich andere Leute verlassen.« Er zuckte mit den Schultern, verlagerte das Gewicht und lächelte *fast*. »Tut mir leid, falls es anders rüberkam. Es war nicht meine beste Woche. Ich habe mich allen gegenüber wie ein Mistkerl verhalten. Wenn ich gestresst bin, stoße ich Leute weg, sogar Menschen, die ich gar nicht kenne. Das ist etwas, woran ich arbeiten muss.«

»Wir haben wohl alle Sachen, an denen wir arbeiten müssen.« Mit einem kurzen Lächeln und einem missglückten Winken verabschiedete sich Marlowe. Angus nickte und ging. Sie blickte ihm einen Moment hinterher, falls er sich umdrehte, aber das tat er nicht, und sie kam sich albern vor, weil sie es überhaupt erwartet hatte. Und trotzdem fühlte sie sich trotz des Gewichts an ihren Armen ein wenig leichter, als sie das Gebäude betrat.

Angus' Antwort auf ihre Frage bedeutete ihr viel, auch wenn sie nicht stolz darauf war, wie lange sie sich über seine Bemerkung geärgert hatte oder wie lange sie sich davon hatte verunsichern lassen. Es gab tatsächlich eine Menge, woran sie arbeiten musste.

Sie war so in Gedanken, dass sie praktisch in Babs hineinlief, die immer noch wegen der neuen Szenen aufgeregt war, die sie ohne ausreichende Vorbereitungszeit ausstatten mussten. Elaine und vier andere Kostümbildner waren mit den Statisten beschäftigt. Cherry kam aus dem Anprobebereich geeilt, um etwas aus dem Büro zu holen. Marlowe tat ihr Bestes, niemandem im Weg zu stehen, während sie die Schuhe auspackte und sie zusammen mit den vielen Paaren, die sie hatte liefern lassen, der Größe nach aufreihte. Sobald ihr Auto leer und alles sortiert war, ging sie zu Cherry ins Büro, wo diese Akten durchwühlte.

»Weißt du, wo ich die Bestellformulare für *Under Nation* finde?«, fragte Cherry.

»Die gibt es noch nicht auf Papier, nur online.« Marlowe klappte den Firmenlaptop auf und suchte die entsprechende Datei. »Soll ich sie aufrufen und alles ausdrucken?«

»Ja! Du bist echt ein Geschenk des Himmels.« Cherry wischte sich den Schweiß von der Stirn. »Babs hat heute eine Scheißlaune. Sie war nicht glücklich darüber, dass du mit ihrem Boy Toy unterwegs warst, während wir hier eine Schauspielerin davon überzeugen mussten, dass sie kein Bodydouble braucht, und eine andere, dass sie wirklich Körbchengröße C hat. Was sollte das heute Morgen überhaupt? Bitte sag mir, dass er nicht versucht hat, dich ins Bett zu kriegen. Und dass du ihn sofort losgeworden bist. Fuck. Was für ein Tag.« Sie holte endlich Luft und beugte sich über den Schreibtisch. »Oh, und Jerry vom Catering hat deinen Smoothie gebracht. Danke, dass du gefragt hast, ob ich auch was will.«

»Meinen Smoo…?« Marlowes Blick fiel auf einen großen Plastikbecher, der mit der grünsten Pampe gefüllt war, die sie je gesehen hatte. Auf der Seite stand *Marlowe, wie der Detektiv*. Der Rand war mit einer perfekt geschnittenen Erdbeere garniert.

10

Marlowe wartete in dem kleinen Empfangsbereich im Hauptbürogebäude auf dem Studiogelände. Eine kurvenreiche Blondine in einem perfekt sitzenden Etuikleid und mit Headset saß an einem gläsernen Schreibtisch und beantwortete Anrufe. Hinter dem Schreibtisch befanden sich die Büros der Produzenten. Marlowe war nicht sicher, für welchen Produzenten man sie aus der Garderobe herbestellt hatte, aber jetzt saß sie hibbelig und unruhig hier und produzierte in erstaunlicher Geschwindigkeit Achselschweiß.

Dank des gestrigen Gesprächs mit Angus war sie auf den Anruf vorbereitet gewesen, aber jetzt, wo die Rolle der Realität ein Stück näher gerückt war, erinnerte sie sich wieder an seine Warnungen vor Vermarktung und Werbung. Sie machte sich außerdem zunehmend Sorgen über die Kritik, die auf sie zukommen würde, sobald sie auf dem Bildschirm erschien, und diesmal nicht nur als namenlose Statistin. Ihre einzige unmittelbare Ablenkung war die neueste Ausgabe der *People* mit einem Foto von Angus und Tanareve auf dem Cover unter der fett gedruckten Überschrift »Reunited and it feels so good«. Sie schlenderten darauf Arm in Arm einen belebten Bürgersteig entlang und lachten einander an, als wäre ganz zufällig jemand vor ihnen hergegangen und hätte das Foto geschossen.

Marlowe nahm die Zeitschrift in die Hand, legte sie dann aber wieder hin. Sie wollte nichts über Angus' Beziehung lesen. Es trug nicht dazu bei, ihre Nervosität zu lindern. Stattdessen schien es sie nur zu verstärken. Was es nicht sollte. Er war glücklich,

Ende der Geschichte. Es hatte nichts mit ihr zu tun. Aber warum hätte nicht jemand anders den Einkaufstag mit ihr verbringen können? Sie zum Lachen bringen? Ihr zuhören? Sich kümmern? Ihren Spinat stehlen? Ihr einen Übelkeit erregenden Smoothie schicken, der ihr Herz zum Schmelzen gebracht hatte, obwohl sie nur einen einzigen Schluck trinken konnte, ohne sich zu übergeben?

»Marlowe Banks?«

Sie blickte auf und sah eine Frau in einem eleganten schwarzen Hosenanzug auf der anderen Seite des Couchtisches stehen. Ihre dunkelbraunen Haare waren zu einem ordentlichen Zopf geflochten, ihre Accessoires aus Silber und Stein waren unauffällig, und sie hatte den ultrafitten Körperbau, der in L. A. so üblich war. Sie sah aus wie ein Laufstegmodel, obwohl ihre maßgeschneiderte Kleidung und ihre weiche Aktentasche darauf schließen ließen, dass sie sich in einem Büro oder einem Gerichtssaal genauso wohl fühlen würde.

»Mein Name ist Sanaya Baqri. Ich bin Angus Gordons Agentin.« Sie streckte eine Hand aus.

Marlowe blickte sich um. »Ist er heute auch hier?«

»Eigentlich bin ich Ihretwegen hier.« Sie schüttelte Marlowes Hand und setzte sich, wobei sie ihren Bleistiftrock über den Oberschenkeln glättete. »Angus war heute Morgen hier. Er hat geahnt, wie es weitergehen wird. Er wollte, dass jemand hier ist, der Ihnen den Vertrag erklären kann. Ich hoffe, Sie haben nichts gegen diese Einmischung?«

»Das ist toll, danke.« Marlowe drehte die *People* um, damit Angus' Gesicht nicht irgendwelche Gefühle in ihr auslöste, die sie weder jetzt noch jemals sonst spüren wollte. Eine große Welle Dankbarkeit war unvermeidbar. Alles andere musste unterdrückt werden. Und zwar sofort.

Marlowe und Sanaya plauderten einige Minuten, doch die Empfangsdame brachte sie schon kurz darauf in Gregs Büro, wo auch Wes und Alejandra warteten. Greg saß mit schiefer Krawatte an einem imposanten Schreibtisch. Die Wand hinter ihm war mit seinen Fernsehpreisen geschmückt. Wes stand neben der Tür, und seine blonden Haare ragten unter seiner Baseballkappe hervor. Alejandra lehnte an der gegenüberliegenden Wand an der Fensterbank und überließ Marlowe und Sanaya die Stühle vor dem Schreibtisch. Nachdem sich alle vorgestellt hatten, trat Wes vor.

»Die Autoren haben sich gestern zusammengesetzt, und wir haben einen Plan.« Er begann aufgeregt auf und ab zu gehen, während er sich die Hände rieb und mit seinen klobigen Arbeitsstiefeln über das Parkett marschierte. »Fünf Staffeln lang haben wir angedeutet, dass Jake sich an keine der Frauen, mit denen er geschlafen hat, binden wollte, weil er diese Vorstellung von einer idealen Frau hatte, der keine gerecht werden konnte. Wir haben niemals erläutert, worin dieses Ideal besteht, aber jetzt können wir das. Kannst du mir so weit folgen?«

»Ich denke schon?« Marlowe musterte die Gesichter um sie herum. Greg nickte nachdenklich, während Alejandra und Sanaya unbeweglich, mit steifer Haltung und zurückhaltenden Mienen warteten.

»Die Kellnerin wird Jakes Jugendliebe sein«, fuhr Wes fort. »Die beiden haben sich bei einem Familienurlaub getroffen, als sie zwölf oder dreizehn waren. Am Strand. Möwen. Viel Sonne.«

»Solange es nicht viele Menschen sind«, warf Greg ein.

»Keine Statisten, wie versprochen. Wir machen einen eintägigen Dreh mit einer kleinen zweiten Crew in Malibu. Wird nicht die Welt kosten. Aber jetzt. Stellt es euch vor.« Wes hielt Daumen und Zeigefinger so, dass sie einen Bilderrahmen darstellten.

»Zwei niedliche Kinder, die durch die Wellen laufen, Muscheln sammeln, den Sonnenuntergang beobachten, sich eine Zuckerwatte teilen, Händchen halten, was auch immer ans Herz geht. Es wird wahnsinnig süß sein, bis Adelaide ohne Vorwarnung abreist und Jake mit Verlustängsten zurücklässt.« Wes wedelte in Marlowes Richtung. »Du bist Adelaide. Ein süßes, typisches amerikanisches Mädchen. Vichy-Karo. Apfelkuchen. Kleine Kätzchen. Das volle Programm.«

Alejandra verdrehte die Augen. »Eher das volle Klischee.«

»An dem Tag, an dem die Leute nicht mehr für Klischees einschalten, höre ich auf, sie zu schreiben.« Wes warf ihr einen sanften *Trau dich doch, mir zu widersprechen*-Blick zu, bevor er wieder seinen Rahmen hochhielt. »Also. Die Kinder. Wir werden sehen, wie ein Auto fortfährt, in dem die kleine Adelaide aus dem Rückfenster schaut, Tränen in den Augen. Das Ganze untermalen wir bis zum Maximum. Geigenmusik. Cellos. Große Gefühle. Dann taucht der kleine Jake an ihrem üblichen Platz am Strand auf, aber sie ist nicht da. Anschließend wird aus dem kleinen Jake der große Jake, der im Diner sitzt und dich nach all den Jahren wiedersieht. Die Zuschauer werden es lieben.« Er holte tief Luft, als wäre er gerade eine Meile gerannt.

»Okay?« Marlowe blinzelte und versuchte immer noch, sich das alles vorzustellen. »Ich muss also nichts weiter tun, als für einen Moment des Wiedererkennens im Diner zu stehen?«

»Anfangs, ja. Wir wollen immer noch drei Folgen mit dir. Folge eins.« Wes hielt einen Finger hoch. »Jake sieht dich im Diner. Du machst eine typische Handbewegung, die wir auch bei den Kindern einbauen, zum Beispiel die Art, wie du dir die Haare hinters Ohr streichst oder an deinem kleinen Finger kaust. Und er sagt: ›Du bist es.‹ Du reagierst. Er reagiert. Ende der Folge. Ein perfekter Cliffhanger. Folge Nummer zwei.« Er hielt einen zweiten Finger hoch. »Jake überredet Adelaide zu einem Gespräch. Sie unterhalten sich über die vergangenen Jahre. Sie hat ihn ebenfalls nicht vergessen. All das verschwendete Potenzial! Eine Tragödie!« Wes schlug sich eine Hand mit einem lauten Klatschen vor die Brust, das Marlowe zusammenzucken ließ. »Sehnsucht. Flirten. Schüchterne Blicke. Neu entfachtes Potenzial. Bla, bla, bla. Sobald wir denken, dass sie sich küssen werden, zieht sie einen Verlobungsring heraus, den sie an einer Kette um den Hals trägt.«

»Sie trägt den Ring an einer Kette?« Marlowe rieb sich über den Finger, der sich immer noch unangenehm nackt anfühlte, selbst nach all den Monaten.

»Sie ist verlobt«, antwortete Wes, als ob ihn die Frage verwirrte. »Deshalb können Jake und Adelaide nicht zusammen sein. Aber wir können das erst wissen, wenn sie einander schon wollen.«

»Das habe ich verstanden, aber warum hat sie sich dafür entschieden, den Ring an einer Kette zu tragen?«

Greg lachte hinter seinem Schreibtisch. »Und schon wird sie zur Schauspielerin. Klasse.«

Marlowe versteifte sich angesichts seines herablassenden Tonfalls. »Ich bin keine Schauspielerin. Ich bin Kostümbildnerin. Der Ring erzählt eine Geschichte darüber, wer Adelaide ist, was ihr wichtig ist und warum. Ihre Figur würde einen Grund dafür haben, warum sie den Ring so trägt.«

Wes winkte ab. »Das überlegen wir uns später. Wichtig ist, dass wir filmen können, was wir brauchen. Schnell und billig. Zwei Drehorte, im Diner und dahinter. Und wir können die Szenen zwischen alles andere quetschen, was bereits im Drehbuch steht.« Er hockte sich auf die Schreibtischkante, was ihm diskrete missbilligende Blicke von Greg und Alejandra einbrachte. »Kannst du mir immer noch folgen?«

Marlowe nickte, obwohl das Gespräch sie beunruhigte. Es drehte sich so stark um Drehpläne, Budgetüberlegungen und darum, das Publikum zu manipulieren. Nur wenig hatte mit einer bedeutsamen Handlung und Figuren zu tun, den Elementen, die sie ursprünglich zu ihrer Karriere als Kostümbildnerin gezogen hatten. Es weckte in ihr die Sehnsucht nach einem ihrer »kleinen Tschechow-Stücke«, wie Babs sie nannte. Chloes Show kam ihr in den Sinn, aber die Gedanken über Marlowes Karriere im Kostümdesign würden warten müssen.

»Und Folge Nummer drei?«, fragte sie misstrauisch.

»Nummer drei.« Greg hielt einen dritten Finger hoch. »Jake landet beinahe im Bett mit seiner Nachbarin, um sich abzulenken, doch in allerletzter Sekunde ändert er seine Meinung, sagt ihr, er müsse wohin, springt auf sein Motorrad und rast zur Kirche.«

Marlowe riss die Augen auf. »Der Kirche, wo Adelaide gerade heiratet?«

»Die Zuschauer werden es lieben. Absolute Anspielung auf *Die Reifeprüfung.*« Wes ertappte Greg dabei, wie er den Mund öffnete, und hielt eine Hand hoch, um ihn aufzuhalten. »Keine Hochzeit. Sei unbesorgt. Nur eine Aufnahme vor einer schäbigen kleinen Kirche. Adelaide ist gerade dabei, mit ihren Brautjungfern hineinzugehen.«

»Eine Brautjungfer, Einzahl«, korrigierte Greg.

»Na schön. Egal.« Wes warf ihm einen bösen Blick zu, bevor er wieder hochdramatisch wurde. »Jake fährt auf seinem Motorrad vor. Er fleht sie mit seinem Blick an. Du zögerst, gehst auf ihn zu, bleibst stehen, bist hin- und hergerissen. Er kommt auf dich zu, aber nein! Es ist zu spät! Tust du es? Tust du es nicht? Du tust es nicht. Du sammelst deine Willenskraft und gehst hinein, wodurch du Jake wieder am Boden zerstört zurücklässt. Er starrt auf die Kirchentür. Alles ist verloren. Das perfekte Staffelende.«

Vor lauter Begeisterung rutschte er beinahe von der Schreibtischkante, aber in letzter Sekunde fing er sich mit einem leisen Glucksen ab.

Als die Energie seines Vortrags allmählich verpuffte, wurde es still im Raum. Wes rückte seine Baseballkappe zurecht. Greg trommelte mit den Fingern auf einem dicken Stapel Papiere herum. Sanaya verschränkte die Hände, das Inbild von Geduld, während Alejandra Marlowe freundlich anlächelte und leicht mit den Schultern zuckte. Marlowe spürte, dass sie darauf warteten, dass sie etwas sagte, aber was sollte das sein? *Ein paar Zeilen,* hatte Cherry zu ihr gesagt. *Gerade genug, um das Publikum zum Einschalten zu bewegen. Ein bisschen Streiten und ein bisschen Flirten,* hatte Wes letzte Woche behauptet. Niemand hatte von einem ganzen Handlungsbogen oder einem herzzerreißenden Staffelfinale gesprochen.

»Sei dankbar«, durchbrach Alejandra die Stille. »Zuerst wollte Wes eine Stripperin aus dir machen. Warum jede ›mustergültige und typische amerikanische Frau‹ insgeheim eine Stripperin sein muss, ist mir ein Rätsel. Gott, ich kann es kaum erwarten, bis wir mehr Autorinnen an Bord haben.«

Wes reagierte abwehrend, und Greg mischte sich ein, um die Geschlechterverteilung im Autorenteam zu klären. Wie eine streitsüchtige, aber liebevolle Familie legte das Trio seine Differenzen mit einigen kleinen Sticheleien bei, wodurch Marlowe Zeit hatte, über die unmittelbarere Angelegenheit nachzudenken.

»Drei Szenen?«, vergewisserte sie sich. »Und ich muss nur in einer davon sprechen?«

»Ein Kinderspiel.« Wes tippte auf den Papierstapel vor Greg. Greg schob ihn nach vorn.

Marlowe rückte ihren Stuhl neben den von Sanaya, damit sie die mehr als zwanzig Seiten klein gedruckten Vertragstext gemeinsam lesen konnten. Kein Wunder, dass Angus ihr Hilfe verschafft hatte.

»Das ist die Honorartabelle für eine Standard-Tagesschauspielerin«, stellte Sanaya fest und blätterte viel schneller um, als Marlowe folgen konnte. »Nach dem, was Sie beschrieben haben, möchten Sie Miss Banks eine Figur spielen lassen, die für die Handlung der gesamten Serie von zentraler Bedeutung ist.«

»Theoretisch.« Greg verlagerte sein Gewicht auf seinem Stuhl. »Aber eher in einer flüchtigen Rolle.«

»Für mich klang das alles andere als flüchtig.« Sanaya stand auf und steckte den Vertrag in ihre Aktentasche. »Ich werde ihn mit Miss Banks durchgehen. Ich weiß, dass die Zeit drängt, daher werden wir uns bis zum Ende des Tages mit einer Zusage, einer Absage oder Änderungswünschen bei Ihnen melden. Ich erwarte jedoch,« – sie blickte Greg direkt in die Augen – »dass Sie mindestens zehntausend bieten, wenn wir die Sache überhaupt in Betracht ziehen sollen, sonst ist Ihr Vertrag im Prinzip wertlos.«

Nach einer Runde Händeschütteln verließ Marlowe das Gebäude mit Sanaya und blinzelte in die Vormittagssonne. Sie holten sich in dem kleinen Laden auf dem Studiogelände einen Kaffee. Im erfrischenden Schatten eines Schirms sprachen sie den Vertrag durch, bis Marlowe die Klauseln verstanden hatte, einschließlich jener, die Nacktheit, angedeutete Nacktheit und die mögliche Nacktheit einer Ersatzdarstellerin enthielten. Sanaya versicherte ihr, dass das Standardklauseln waren und sie sich keine Sorgen machen musste. Sie sollte lieber auf den Abschnitt zur Geheimhaltung achten, in dem saftige Geldstrafen vorgesehen waren, falls sie Handlungsstränge verriet. Marlowe durfte niemandem etwas über ihre Rolle erzählen, bis die PR-Abteilung die Information freigab. Rasch versicherte sie Sanaya, dass dies kein Problem sein würde. Sicher, sie war versucht, es ihren

Freundinnen in New York zu erzählen, aber die Vorstellung, sie später zu überraschen, gefiel ihr besser. Und da sie niemanden in L. A. kannte, der nicht zur Serie gehörte, würde der Druck, ihre Rolle nicht zu erwähnen, nur minimal sein.

»Ich denke, damit hätten wir alles besprochen.« Sanaya strich die *USD 3 000* durch und ersetzte sie durch *USD 10 000*. Marlowe versuchte, die Augen nicht allzu weit aufzureißen. »Ein Drittel davon verlieren Sie ans Finanzamt, aber Sie verdienen mehr als die Kosten einer Taxifahrt für das, was von Ihnen verlangt wird. Die Dreharbeiten dauern vielleicht nur drei Tage, aber da es sich um eine PR-Aktion handelt, können Sie einige öffentliche Auftritte erwarten.«

Marlowe dachte an ihr Gespräch mit Angus zurück.

»Sie meinen Werbung für die Serie?«, fragte sie.

»Ein bisschen, ja, aber heutzutage ist es nicht die offizielle PR, um die man sich sorgen muss.«

Richtig, dachte Marlowe. *Der Twitter-Sturm. Die Talkshow-Witze. Die Urteile ohne Hintergrundwissen. Das mulmige Gefühl, dass die Leute mich auslachen. Alles wegen eines Blicks.*

Während Marlowes Gedanken abschweiften, klopfte Sanaya auf den Vertrag.

»Wir haben sichergestellt, dass das Wesentliche hier drin steht«, sagte sie. »Sie können nicht von Ihnen verlangen, dass Sie sich ausziehen, Stunts machen, Ihr Gewicht oder Ihr Aussehen verändern, oder irgendwas anderes, was drastisch von den abgesprochenen Anforderungen abweicht. Nun, sie können Sie darum bitten, aber dann sollten Sie mehr Geld nachverhandeln oder einfach Nein sagen.« Sie hielt ihr einen Stift hin. »Ich glaube nicht, dass Sie sich über irgendwas Sorgen machen müssen, vor allem dann nicht, wenn Angus ein Auge auf Sie hat. Er kann manchmal ein bisschen hart sein, aber er ist einer von den Guten.«

Marlowe unterdrückte ein unsicheres Lächeln und nahm den Stift. Sie kannte Angus nicht gut genug, um zu wissen, ob er gut, schlecht oder gleichgültig war, aber er hatte ihr Hinweise darauf gegeben, dass weniger von Jake Hatchet in ihm steckte, als sie ursprünglich angenommen hatte. Und obwohl sie nichts von dieser ganzen Mann-als-Beschützer-Nummer hielt, würde sie Hilfe nicht ablehnen, wenn sie ihr angeboten wurde, ganz besonders in einem Bereich, in dem sie sich nicht auskannte.

Sie sah den Vertrag noch einmal durch und war überrascht, dass sie das Angebot nicht längst abgelehnt hatte und in die Garderobe zurückgekehrt war. Doch die 10 000 Dollar drängten sie zur Unterschrift. Außerdem wusste sie sehr wohl, dass dies eine einmalige Chance war. Es war ein Risiko, aber Risiken waren aufregend, und sie hatte in letzter Zeit nur sehr wenig Aufregung erlebt. Daher holte sie einige Male tief Luft, und nach einem Stoßgebet an den Schutzheiligen der Introvertierten, wer auch immer das sein mochte, unterschrieb sie den Vertrag und setzte ihre Initialen unter Sanayas Änderungen. Und so einfach hatte sie zugestimmt, die typisch amerikanische Adelaide zu werden: Kellnerin, Herzensbrecherin, Braut …

Moment … Braut?

Als das Wort in ihr Bewusstsein sank, wanderte ihr Blick nach Osten, und eine weitere Entscheidung blitzte in ihren Gedanken auf. In schnellen Schnappschüssen erinnerte sie sich an Gespräche über Gästelisten, Kuchensorten, Festsäle, Blumensträuße und Einladungen, die gedruckt, aber nicht verschickt worden waren. Ein nicht gelebtes Parallelleben.

Es war schon komisch, wie das Universum manchmal funktionierte. Wie sich herausstellte, war das Aufsagen von einigen Sätzen vor der Kamera möglicherweise das Geringste ihrer Probleme.

11

Marlowe lehnte sich an die schattige Seite des Garderobengebäudes und trödelte herum. Sobald sie hineinging, würde sie mit Fragen zu ihrem Treffen mit den Produzenten bombardiert werden. Cherry und Elaine würden begeistert sein, aber Babs unausstehlich. Sie würde Marlowe nicht entlassen oder offen dafür bestrafen, dass sie die Rolle angenommen hatte. So etwas würde sie schlecht dastehen lassen, aber sie würde viele neue unmögliche Aufgaben für Marlowe finden. Ihre Verachtung würde sich steigern. So oder so würde Babs dafür sorgen, dass Marlowe nicht vergaß, wo ihr Platz war.

Marlowe verschaffte sich einige zusätzliche Minuten, indem sie ihre Nachrichten abrief.

Nat: Ich habe Tony Kushner getroffen! Ruf mich heute Abend an. Jetzt bin ich dran mit Schwärmen.

Chloe: Habe dir das Manuskript geschickt. Sag Bescheid, wie du es findest.

Heather: Meine Schwester hat bestätigt, dass sie zu Halloween auszieht. Komm zurück!!!!

Mom: Ich habe Post für dich aus Yale. Soll ich sie weiterleiten? Was machen die Kredite?

Kelvin: Du weißt, dass das nicht stimmt. Können wir wenigstens darüber reden?

Kelvin: sfsjhgfjadkgdhgd

Kelvin: Sorry, in der Tasche passiert. Peinlich.

Leicht amüsiert löschte Marlowe die letzten beiden Nachrichten und starrte dann auf das vertraute, hinterhältige Fragezeichen. Ein Teil ihres Hirns sagte: *Ignorier es. Lösch es.* Der andere Teil oder 51 Prozent, um ehrlich zu sein, drängte sie zu dem gewünschten Gespräch. Die Sache mit der Braut hatte sie erschüttert und sie daran erinnert, wie viel weniger allein sie gerade wäre, wenn sie sich in New York anders entschieden hätte. Nur wenige Minuten zuvor hatte sie einen Vertrag für einen Auftritt in einer erfolgreichen Fernsehserie unterschrieben, und zwar für eine richtige Rolle mit Handlung. Sicher, es war nicht der kreative Höhepunkt, den sie angestrebt hatte. Es machte ihr sogar Angst, aber es war eine ganz schön große Sache. Und jetzt ging sie zurück an die Arbeit, als wäre nichts passiert. Wenn sie nicht mit Kelvin Schluss gemacht hätte, würden sie jetzt miteinander telefonieren und gemeinsam ihr Geheimnis feiern. Er würde sie unterstützen und sich für sie freuen. Er würde ihr das Gefühl geben, etwas erreicht zu haben, auch wenn sie nichts weiter getan hatte, als in einem passenden Moment ein Kellnerinnenkostüm anzuziehen. Und versehentlich bei Probeaufnahmen zu weinen.

Da sie gerade nicht in der Lage war, sie zu löschen, würde sich Marlowe später mit den Nachrichten befassen. Dann hörte sie auf, Zeit zu schinden, und kehrte an die Arbeit zurück. Elaine war damit beschäftigt, Statisten einzukleiden, aber Cherry und Babs saßen sich im Büro an Schreibtischen gegenüber. Babs pflückte etwas von einem Spinatsalat, was nach Reibekäse aussah, und Cherry tippte am Computer und arbeitete vermutlich die Mittagspause durch, um sich um Babs' neueste dringende Aufgaben zu kümmern. Als Marlowe eintrat, blickten beide Frauen auf.

»Und?«, fragte Cherry. »Wie lautet das Urteil?«

Marlowe biss sich auf die Unterlippe und warf Babs einen

Blick zu. Die blinzelte nur, mit gelassener Miene, auf der allerdings auch ein Hauch kaum verhohlener Verachtung lag.

»Drei Drehtage«, berichtete Marlowe. »Zwei am Set, einen Außentermin. Und sie werden eine Ersatz-PA für die Tage engagieren, an denen ich nicht hier bin.«

»Aber sie haben dir ein Angebot gemacht?«, hakte Cherry nach. »Und du hast es angenommen?«

Marlowe blickte wieder hinüber zu Babs.

»Schau nicht mich an.« Sie machte eine wegwerfende Handbewegung, bei der ihre Armreifen klapperten. »Jeder kann hier für dich einspringen. Was du in dieser Abteilung machst, kann man kaum hoch qualifizierte Arbeit nennen. Wenn du unbedingt ein paar Tage lang so tun willst, als wärst du eine Schauspielerin, wer wäre ich, dich daran zu hindern?«

»Danke.« Marlowe wandte sich wieder an Cherry. »Ja. Alles unterschrieben.«

»Juchu!« Cherry streckte eine Faust in die Luft. »Jetzt können wir dich richtig einkleiden. Haben sie dir erzählt, was genau gedreht wird? Mehr Szenen im Diner?«

Wieder blickte Marlowe hinüber zu Babs. Die zog die Brauen nach oben, als ob sie sich nicht die Mühe machen wollte, mit mehr als nur einem Teil ihres Gesichts auf das zu reagieren, was Marlowe zu sagen hatte. Marlowe war sich nicht sicher, ob das so bleiben würde, und lehnte sich gegen Cherrys Schreibtisch.

»Zwei Tage als Kellnerin«, bestätigte sie. »Und einen in einem Brautkleid.«

Babs schob ihren Stuhl lautstark über den Boden, als sie aufstand und ihre Jacke nach unten zog.

»Da muss ich wohl einige Anrufe machen. Erst eine Orgie, jetzt eine Hochzeit. Glauben die, dass wir uns hier die Klamotten einfach so aus dem Kreuz leiern?« Sie lächelte Cherry und

Marlowe angespannt an und marschierte mit ihren lauten Absätzen und Armreifen aus dem Raum.

Marlowe ließ sich auf einen nahe gelegenen Stuhl fallen und entspannte ihren Nacken.

»Meine Figur ist eine Kellnerin«, sagte sie. »Das Kleid dafür bekommen wir bei jeder Kette.«

»Du glaubst, sie ist wegen des Kleids sauer? Im Ernst, Banks?« Sie lachte. »Ich kann nicht fassen, dass du diesen Mistkerl heiraten musst.«

»Ja. Ich meine, nein. Tue ich nicht. Ich heirate jemand anders. Angus – ich meine Jake – wird für einen anderen Kerl abserviert. Außerdem … bin ich mir nicht sicher, ob er wirklich ein Mistkerl ist.«

Cherry hörte auf zu lachen. »Bitte sag mir nicht, dass du jetzt auch zum Gordon-Fanclub gehörst.« Sie lehnte sich auf ihrem Stuhl zurück, streckte ihre schlanken Gliedmaßen aus und entspannte sich. »Was ist nur mit euch Heterofrauen? Kaum hat ein Kerl einen unrasierten Kiefer und ein Sixpack, greift ihr nach dem Riechsalz. Ich dachte, du hättest das hinter dir gelassen.«

»Habe ich.«

»Warum wirst du dann rot?«

»Werde ich nicht!« Marlowe schnappte sich ein Bündel verhakter Büroklammern von Cherrys Schreibtisch und begann, sie voneinander zu lösen. Sie zwang sich, sich auf die miteinander verschlungenen Drähte zu konzentrieren, doch als Cherry sie weiterhin ungläubig anstarrte, hörte sie damit auf. »Okay, ich finde ihn attraktiv. Glaub mir, ich wünschte, es wäre nicht so, aber das meine ich nicht. Erinnerst du dich noch an die komische Situation diese Woche, als er unbedingt neue Jeans brauchte? Er wollte mir die Erwartungen in der Branche erklären. Er hat sogar seine Agentin angerufen, damit sie meinen Vertrag für mich verhandelt. Er hat keine Mühe gescheut, mir in einer Situation zu helfen, die mir, ehrlich gesagt, eine Heidenangst einjagt. Außerdem hat er …« Sie hielt inne, bevor sie das Mittagessen erwähnen konnte und die Rosen und den Smoothie. Das war keine berufliche Hilfe gewesen. Was also war es dann?

»Außerdem hat er was?«, hakte Cherry nach, die Stimme voller Andeutungen.

»Nichts. Er hat den Einkaufswagen geschoben. Egal.« Marlowe konzentrierte sich erneut auf die Büroklammern und war sich sicher, dass ihr Gesicht jetzt doppelt oder dreimal so rot war wie noch kurz zuvor. »Worauf ich hinauswill – er war nett zu mir. Und ich möchte nicht so tun, als ob ich das nicht wertschätze, nur weil ich versuche, meine körperliche Anziehung zu ihm so schnell wie möglich in den Griff zu kriegen.«

Cherry kniff die Augen zusammen. »Du weißt, dass er wieder mit dieser Wie-heißt-sie-noch-gleich zusammen ist? Die mit den Lippen und den Haaren.« Sie tat so, als würde sie sich dichte Locken von der Schulter schütteln, so wie Tanareve es in der Clairol-Werbung tat.

Marlowe strich sich über ihren leblosen Pferdeschwanz. »Ja, das weiß ich.«

»Und die Hälfte der Statistinnen in dieser Serie hat Besuche in seinem Trailer gemacht. Ich bin sicher, der Sicherheitsmann an der Tür davor soll nur dafür sorgen, dass die Frauen einzeln eintreten.«

»Ich gehe nicht mal in die Nähe seines Trailers.«

»Und du hast es geschworen – keine Narzissten mehr.«

»Ich weiß, und das meine ich auch ernst, aber ist er wirklich …«

»Ja. Ist er wirklich.« Cherry rief Angus' Instagram-Account auf und scrollte mit Marlowe durch die Fotos. Die meisten waren gefilterte Aufnahmen von Angus in Posen, die seinen Körper betonten, indem er seinen Oberkörper drehte oder einen Arm hinter den Kopf hielt, sodass sein Bizeps hervortrat. Auf dem Account befanden sich auch Schwarz-Weiß-Porträts, auf denen er seinen *Trau dich doch*-Blick in die Kamera richtete, und nicht ganz glaubwürdige Schnappschüsse, auf denen er mit Freunden lachte oder gerade einen perfekten RomCom-Moment mit Tanareve erlebte. »Das hier ist das reinste Selfie-Paradies. Er kann nicht genug von sich bekommen. Kannst du dir das vorstellen? Ich glaube, mein letzter Insta-Post war ein Brownie, den ich vergangene Woche in meiner zehnsekündigen Mittagspause inhaliert habe. Oder diese Fluevog-Schuhe aus der limitierten Edition, die ich mir niemals leisten kann.«

Marlowe stützte das Kinn in die Hand und schaute auf die vorbeiziehenden Bilder. »Mein Account hat nur ungefähr zwanzig Follower und zehn Posts«, erwiderte sie. »Einige Bilder von der Uni. Klamotten, zu denen ich die Meinung meiner Freundinnen hören wollte, wo ich mich dann aber nicht zum Kauf durchringen konnte. Ich bin mir ziemlich sicher, dass mein letzter Post ein Bild von Edith Head ist, als ich sie zum ersten Mal in der Hundetagespflege abgegeben habe. Die Ähnlichkeit ist verblüffend. Bis auf die Brille.«

»Du solltest sie erst mal mit einer Perücke sehen.« Cherry scrollte wieder zurück zu Angus' letzten Bildern. »Moment, was ist das?« Sie klickte auf ein Foto, auf dem Angus drei Einkaufstüten weiterreichte, während Marlowe zwischen den ganzen Sachen stand, die sie aus ihrem Kofferraum ausgeladen hatte und selbst bereits fünf oder sechs Tüten in der Hand trug. Die Aufnahme war am Montag gepostet worden. In der Bildunterschrift stand: *Hilfe bei den Besorgungen der Crew (und eine extra Trainingseinheit für die Armmuskulatur).* »Der Typ kann nicht einmal eine Tüte halten, ohne die Chance zu nutzen, sich selbst als Held darzustellen. Er hebt ja wohl kaum einen Bus von dir herunter. Und was soll dieser Mist von wegen ›Besorgungen der Crew‹? Als wäre es sooooo großzügig von ihm gewesen, uns einfachen Crewmitgliedern bei unseren niederen Aufgaben zu helfen. Du hast ihn ja wohl kaum um Hilfe angefleht. Im Gegenteil, er hat deinen Arbeitstag gestört. Wer hat diese Aufnahme überhaupt gemacht? Hat er Mitarbeiter, die ihm folgen und jedes Mal, wenn er posiert, ein Bild schießen?«

Marlowe drehte sich der Magen um. Sie konnte sich nicht erinnern, an dem Abend jemanden aus seinem Gefolge gesehen zu haben, aber sie und Angus hatten sich kaum in einer privaten Umgebung befunden. Jeder, der das Studiogelände betreten durfte, hätte vorbeikommen und das Foto machen können. Trotzdem, der Augenblick hatte sich freundschaftlich angefühlt, intim, ein Moment zwischen zwei Menschen und nicht etwas, das man mit seiner massiven Fanbase teilte.

»Ich dachte, er würde mir einfach nur helfen«, sagte Marlowe.

»Eher sich selbst.«

»Sieht so aus.« Marlowe betrachtete das Bild genauer und fragte sich, warum Angus ein Foto von ihnen zusammen postete, da das lediglich die Neugier seiner Fans über ihre angebliche Verbindung bestärken würde. Es sei denn, er wollte sichergehen, dass seine Fans sie nicht als romantische Kandidatin sahen, ganz im Gegensatz zu der aufpolierten Version im Fernsehen. Das hier war die Crew-Version mit ungekämmten Haaren, fehlendem Make-up, unzählige Male gewaschenen Klamotten aus dem Supermarkt und einem Auto, das reif für den Schrottplatz wirkte. Oder vielleicht hatte Cherry recht. Er wollte lediglich eine weitere Gelegenheit nutzen, um sich in Szene zu setzen. »Ich hab's verstanden. Er ist immer noch ein aufgeblasener Arsch.«

Cherry legte Marlowe einen Arm um die Schultern und zog sie seitlich an sich.

»Ich weiß, dass du es mit dem Mann, den du in New York zurückgelassen hast, nicht leicht hattest«, sagte sie. »Falls du einen Lückenfüller suchst, helfe ich dir, einen zu finden. Ich denke lediglich, dass es ein Mann sein sollte, der dich auf Augenhöhe behandelt. Jemand, der dir hilft, weil er dein Leben einfacher machen möchte, nicht, weil er auf Lob von seinen Fans aus ist. Jemand, der nicht ein Häkchen hinter Fangirl Nummer 212 setzt und dann mit Fangirl 213 weitermacht.«

Marlowe nickte an Cherrys Schulter. Dumpfe Enttäuschung legte sich schwer über sie. Ihr war bereits klar gewesen, dass eine Beziehung mit Angus nicht infrage kam, aber sie hatte sich durchaus gefragt, ob sie möglicherweise irgendwann Freunde werden würden. Jetzt wusste sie nicht mehr, was genau sie waren.

»Keine Sorge«, versicherte sie Cherry. »Ich werde garantiert nicht Nummer zweihundertirgendwas sein.«

12

Marlowe knabberte an ihrem trockenen Toast und wünschte sich, sie hätte daran gedacht, auf dem Heimweg von der Arbeit am Vorabend noch Butter zu kaufen. Aber sie hatte nicht daran gedacht, nachdem sie bis Mitternacht geblieben war, um alle Männerhemden nach Größen zu sortieren und zu beschriften, so wie Babs es verlangt hatte. Jetzt war es vier Stunden später, und der Himmel vor ihrem Küchenfenster war dunkel. Die Straße war still. Der Arbeitsbeginn für ihren ersten Tag als Adelaide war um fünf Uhr morgens, und sie war kein Morgenmensch. Sie war auch nicht wirklich ein Nachtmensch oder ein Nachmittagsmensch, aber morgens war es definitiv am schlimmsten. Vor zwei Tagen war ihr der Vertrag großzügig erschienen, sogar extravagant. Jetzt wünschte sie sich, sie hätte die Diva heraushängen lassen und eine Ausschlafklausel ausgehandelt.

Während sie ihren Toast mit einem beinahe unerträglich starken Kaffee hinunterspülte, überflog sie das Marathontrainingsupdate ihrer Mutter und die Ankündigung ihres Dads zu seinem bald erscheinenden Artikel im *Scientific Journal*. Wie waren zwei solche permanente Überflieger zu einem Kind gekommen, das nicht mal einen Kühlschrank füllen konnte oder vor sieben Uhr morgens die Augen aufbekam? Ihre Freundinnen hatten auch einen lustigen Nachrichten-Thread mit Memes darüber gestartet, wie sie Heathers Schwester vorzeitig rauswerfen wollten, damit Marlowe sofort einziehen konnte, wenn ihr Vertrag in fünf Wochen auslief. Und fünf Wochen klangen für eine Frau ohne Plan nach viel weniger Zeit als sechs Wochen.

Irgendwie schaffte es Marlowe, sich an den Set zu schleppen, wo sie in einen Trailer gesetzt und von ganzen sechs Experten begutachtet wurde, die alle eine Meinung zu ihrem Teint, ihrem Haar, ihrer Gesichtsform und dazu hatten, wie man sie von einer echten gewöhnlichen Frau zu einer künstlichen gewöhnlichen Frau machen konnte. Als endlich ein Plan stand, hatte Marlowe begriffen, warum man sie so früh herbestellt hatte. Sie war diesmal keine Statistin, die als leicht aufpolierte Version ihrer selbst auf dem Bildschirm auftauchte. Sie musste zum Rest der Serienwelt passen. Um dieses äußerst ehrgeizige Ziel zu erreichen, wurden ihre Haare geschnitten, mit Strähnchen durchfärbt und zu einer dramatischeren Version ihres früheren Pferdeschwanzes gestylt, inklusive einiger Strähnen, die sorgfältig aus dem Gummiband gezogen und um ihr Gesicht drapiert wurden. Ihre Augenbrauen wurden gewachst und gezupft. Ihre Wimpern wurden verlängert. Ihre Nägel wurden lackiert und der Lack anschließend sorgfältig hier und da beschädigt. Nachdem die Assistenten die gröberen Arbeiten verrichtet hatten, verbrachte Ravi, einer der Chefvisagisten, über eine Stunde damit, Liners und Puder aufzutragen, während er Marlowe immer wieder versicherte, dass sie damit natürlich aussehen sollte. Welch eine Ironie.

»Du musst die Aufmerksamkeit hierauf lenken«, sagte er und malte ihr eine große Sommersprosse auf das linke Ohrläppchen. »Daran erkennt Jake dich als das Mädchen aus seiner Vergangenheit.«

Marlowe spielte mit dem Ohrläppchen und probierte verschiedene Gesten aus, während sie versuchte, sich mit ihren kaschierten Makeln und jedem Haar an seinem Platz – bis auf die Haare, die absichtlich nicht an Ort und Stelle lagen – wiederzuerkennen. Sie experimentierte immer noch herum, als Cherry eintraf, die mal wieder mühelos fabelhaft aussah, in einem eleganten schwarzen Blazer und einem strubbeligen Haarknoten, mit dem sie den Türrahmen streifte. Sie blieb im Eingang stehen, einen Kleidersack in der einen Hand, und legte sich die andere auf die Brust.

»Ah, sieh dich nur an. Mein kleines Mädchen ist erwachsen geworden.«

Marlowe tätschelte sich vorsichtig den Kopf. »Ich habe Angst mich zu bewegen, sonst mache ich noch etwas kaputt.«

»Entspann dich.« Ravi lachte und reinigte die Bürsten. »Du musst dir keine Sorgen machen. Wir befestigen das mit Spray. Und jemand wird am Set darauf achten, dass du nicht glänzt.«

Kurz darauf ging er, damit Marlowe sich umziehen konnte. Cherry packte den Kleidersack aus und reichte ihr die Unterwäsche, die Babs während der Anprobe vor einigen Tagen herausgesucht hatte: einen gepolsterten BH, der Marlowes Gerade-so-B-Körbchen in eine ziemlich selbstbewusste Körbchengröße C verwandelte, und einen Formslip, der ihre Hüften und ihren Po betonte. Marlowe zog die Sachen an und betrachtete ihr Spiegelbild in dem Dreifachspiegel am Ende des Trailers.

»Glaubst du nicht, dass den Zuschauern der Unterschied auffallen wird?« Sie drehte sich zur Seite und bewunderte ihr Profil. »In der anderen Folge hatte ich keine Brüste. Und auch keinen Hintern.«

»Zwischen deinen Auftritten liegen so viele Folgen, dass die meisten es gar nicht bemerken werden. Und jeder, der es tut, wird es auf Twitter erwähnen. Hashtag *Die Kellnerin hatte eine Brust-OP.*«

»Das ist lächerlich.« Marlowe nahm von Cherry das Kleid entgegen und zog es über. »Wir halten den Mythos aufrecht, dass nur Frauen mit einer perfekten Sanduhrfigur männliche Aufmerksamkeit verdienen. Außerdem legen wir die Messlatte für

›natürliches Aussehen‹ unerreichbar hoch für alle, denen kein sechsköpfiges Team und Make-up und Haarprodukte im Wert von mehreren Hundert Dollar zur Verfügung stehen. Warum kann eine Kellnerin mit Mindestlohn in einer Kleinstadt inmitten der USA nicht wie eine echte Frau aussehen?«

Cherry wackelte mit den Handgelenken und begann in dramatischem, Babs-ähnlichem Tonfall:»Du albernes Ding! Du weißt nichts über die Arbeit beim Fernsehen. Du und deine kleine Theaterkarriere. Was bringen sie euch in Yale überhaupt bei?! Schau zu und lerne, Liebes. Schau zu und lerne.«

Marlowe lachte, knöpfte ihr Kleid zu und schüttelte kurz darauf den Kopf über den vergrößerten Ausschnitt und den kürzeren Saum. Babs hatte ein gutes Auge für Passform. Die Veränderungen schmeichelten Marlowes Figur – ihrer künstlichen Figur. Sie waren außerdem unnötig.

Mit einem seltsamen Gefühl der Sehnsucht nach ihrem alten Kleid setzte sich Marlowe hin, um das Outfit mit weißen Söckchen und sportlichen Leinenschuhen zu vervollständigen.

»Wenigstens hat mir Babs Absatzschuhe erspart«, stellte sie fest.

»Nur, weil du groß bist. Du glaubst, der Sanduhr-Mythos ist verbreitet? Dann nenn mir mal ein einziges Heteropaar auf dem Bildschirm, bei dem der Mann kleiner ist als die Frau.«

Marlowe dachte darüber nach, während sie die Schuhe zuschnürte. Solche Paare musste es geben, aber Cherry hatte recht, spontan fiel ihr kein einziges ein.

»Oh, Mist!« Cherry wühlte in einer Zubehörtasche herum. »Ich hätte es beinahe vergessen. Babs würde mich umbringen, wenn sie dich am Set ohne das hier sieht.« Sie holte eine Silberkette heraus, an der ein beeindruckender Strassring hing. »Dein Verlobter ist sehr großzügig.«

Marlowe hängte sich die Kette um den Hals. Der Ring war

kalt, hart und scharfkantig an ihrer Brust. Obwohl er nur wenig Ähnlichkeit mit dem einfachen gravierten Ring hatte, den Kelvin ihr gegeben hatte, weckte er genügend Gefühle in ihr, dass er ihr wie eine exakte Kopie vorkam.

Cherry legte ihr eine Hand auf den Arm. »Du denkst an den Hinhalte-Typ, oder?«

»Wenn ich eine echte Schauspielerin wäre, würde ich Nein sagen, und du würdest mir glauben.« Marlowe drückte sich den Ring gegen das Brustbein. Immer noch kalt. Immer noch hart. Immer noch scharfkantig.

»Du *bist* eine echte Schauspielerin. Du hast es durch das Vorsprechen geschafft. Du hast dir die Rolle erarbeitet.« Cherry nahm Marlowes Hand von dem Ring. »Das schreit nach einer Intervention. Da wir das Wochenende frei haben und morgen so lange ausschlafen können, wie wir wollen, lass uns heute Abend tanzen gehen. Wir feiern deinen ersten Tag als ›echte Schauspielerin‹. Wir können sogar nach einem Lückenfüllermann Ausschau halten. Ich lade noch ein paar Leute ein.«

»Und denkst du dabei an jemand Bestimmten?«, hakte Marlowe nach, weil sie die Antwort bereits kannte.

»Ach, nur einige Frauen aus der Kostümabteilung. Ravi und Patrice haben bestimmt auch Lust. Und falls die neue Script Supervisor *zufällig* auftaucht, werde ich mich nicht beschweren.«

»Falls sie mitkommt, gebe ich die erste Runde Drinks aus.«

Ein Regieassistent führte Marlowe zum Diner, als sie für ihren Dreh bereit waren. Sie wurde den anderen Schauspielern vorgestellt, die an der Szene beteiligt waren – Angus, Idi, Kamal, Janie, Meg und Whitman. Die sechs waren die Hauptdarsteller und spielten eine Gruppe von Freunden, die sich schon ihr ganzes Leben lang kannten und einander gleichermaßen hassten und liebten. Einige von ihnen erkannten Marlowe von Anproben oder anderen Begegnungen im Zusammenhang mit den Kostümen wieder. Andere erwähnten die *#IShipTheWaitress*-Tweets und -videos, während sie versuchte, ihre Verlegenheit zu verbergen und bei jeder nachgespielten Pointe zusammenzuckte.

Angus, in dunkler Jeans, einem dünnen grauen T-Shirt und Jakes typischer Lederjacke, blieb währenddessen auffallend ruhig an der Seite stehen. Sein Kostüm ähnelte seinem privaten Look, aber es war figurbetonter. Die Farben waren dunkler. Die Texturen rauer. Alles hatte harte Kanten, von der maßgeschneiderten Jacke bis zu den klobigen Motorradstiefeln und den zurückgegelten Haaren, in denen man noch die Striche vom Kamm erkennen konnte. Die Unterschiede summierten sich und wurden durch seine unerwartete Distanz noch betont. Marlowe hätte sich vielleicht über seine mangelnde Freundlichkeit gewundert, aber Lex – derselbe Regisseur wie bei ihrer ersten Folge – kam herüber und rief die Gruppe zur Ordnung.

Während die sechs Hauptdarsteller in der Ecknische Platz nahmen, umgeben von Scheinwerfern, Tontechnik, Kameras und Crew, sprach Lex mit Marlowe die Handlung durch. Der Dialog würde in der Nische stattfinden. Marlowe würde aufs Stichwort Kuchen oder Getränke bringen. Angus würde ihren Bewegungen mit dem Blick folgen, sodass man sehen konnte, wie er sie allmählich wiedererkannte, während die Szene sich entwickelte.

»Du weißt, wer Jake ist«, erklärte ihr Lex. »Aber du hoffst, dass er dich nicht erkennt. Du bist neugierig und nervös. Du stehst kurz vor deiner Hochzeit. Du möchtest deine Beziehung nicht ruinieren, indem du dich an Was-wäre-wenn-Fragen über einen anderen Mann festhältst. Aber gleichzeitig ...« Er neigte den Kopf in die Richtung von Angus, der von seinem Platz am Rande der Nische aus zuhörte, »möchtest du Jake die Klamotten vom Leib reißen. Dieses Gefühl der Begierde muss direkt durch die Kamera dringen.«

Marlowes Gesicht wurde heiß. Sie riskierte einen Blick auf Angus, der sich keine Mühe gab, sein amüsiertes Grinsen zu verbergen. Der *Du weißt, dass du mich willst*-Blick war zurück. Ironischerweise war es genau dieser Blick, der ihr das Gefühl gab, nichts mit ihm zu tun haben zu wollen.

Während der nächsten beiden Stunden drehten Lex und seine Crew die Szene, die er beschrieben hatte, eine Aufnahme chronologisch nach der anderen, mit leichten Variationen und unter sorgfältiger Beachtung der Anschlüsse. Marlowe spielte ihre Rolle genau nach Anweisung und handelte mehr aus Instinkt als aufgrund der Fähigkeit, alles zu verinnerlichen und auszudrücken, worum Lex sie gebeten hatte. Neugierig und nervös? Kein Problem. Sich nicht mit dem heißen Typen in der Lederjacke einlassen wollen? Check. Ihm trotzdem die Klamotten vom Leib reißen wollen? Schwieriger, aber nicht völlig aus der Luft gegriffen.

Sein durchtrainierter Körper oder sein hübsches Gesicht waren nicht das, was sie anzog. Es war die Art, wie er sie ansah, als würde er erst dann zufrieden sein, wenn er ein wichtiges Geheimnis über sie verstanden hatte. Vor drei Monaten war ihr dieser Blick unangenehm gewesen. Er war zu intensiv. Zu direkt. Zu lang und zu fest. Jetzt, wo sie wusste, dass er abgerissene Fäden und Pantoletten auf dieselbe Art studierte, schüchterte sie sein Blick nicht länger ein. Und vielleicht wollte sie, unter ihren zahllosen Schichten von Verteidigungsmechanismen, auch verstanden werden.

Als die Crew die erste Pause machte, ging Marlowe nach draußen hinter den Diner, wo sie sich hinter ihrem Handy verstecken konnte. Ihre Freundinnen aus New York hatten einen Gruppenchat über eine trashige, aber unterhaltsame Realityshow, die sie alle schauten, begonnen, aber Marlowe hatte es aus Zeitgründen noch nicht über die Pilotfolge hinaus geschafft. Sie hatte auch noch keine Zeit gefunden, um Chloes Manuskript zu lesen. Normalerweise blieb ihr nach dem Nachhausekommen gerade noch genügend Zeit zum Essen und Schlafen, bevor sie wieder aufstehen und an die Arbeit zurückkehren musste. An ihren freien Tagen wusch sie Wäsche und kaufte Lebensmittel und versuchte, ihren Vermieter aufzuspüren, damit er die Rohre reparierte, oder was sonst ständig kaputt war. Außerdem schauten ihre Freundinnen die Sendung gemeinsam. Sie würde sie allein ansehen müssen. Wie alles andere in ihrem Leben.

Bei diesem Gedanken rief sie eine weitere Nachricht auf, die ihr auf der Seele lastete.

Kelvin: Du weißt, dass das nicht stimmt. Können wir wenigstens darüber reden?

Die Nachricht belastete sie immer noch. Dabei sollte Marlowe das nicht zulassen. Er tat, was er immer tat: Er sagte ihr, was sie denken sollte, statt sie zu fragen. Sie hatte ihm erklärt, dass es vorbei war. Sie hatte ihm gesagt, dass sie sich sicher war. Warum schaffte sie es also nicht, endlich die Nachricht zu löschen und seine Nummer zu blocken?

»Wenn ich dir meine Handynummer gebe, hörst du dann auf, mich zu ignorieren?«, fragte eine tiefe Stimme links von ihr. Es war Angus, der auf sie zukam und sich mit der inzwischen vertrauten Geste übers Kinn rieb. Vielleicht wurde seine Hand von den Stoppeln angezogen. Vermutlich waren sie weicher, als sie aussahen und weckten in ihm das Verlangen, sich selbst zu streicheln, wobei das ein völlig anderes Bild bei ihr hervorrief.

Marlowe steckte ihr Handy ein, gefangen zwischen zwei Problemen.

»Ich soll dich ignorieren«, erklärte sie. »Lex hat mir gesagt, dass Adelaide …«

»Ich rede nicht über Adelaide.« Er blieb einen Meter entfernt stehen und lehnte sich mit einer Schulter an die Steinwand. »Ich dachte, du würdest mir vielleicht Bescheid sagen, dass du die Rolle angenommen hast. Ich musste von Sanaya von eurem Treffen erfahren. Gern geschehen, übrigens.«

»Richtig. Entschuldige. Und danke. Dass du mir ihre Hilfe bei meinem Vertrag verschafft hast, war toll. Mehr als toll. Ich hätte was sagen sollen. Aber wie …«

Er brachte sie mit einem Blick zum Verstummen. Einem, der ihr sagte, dass sie sehr genau wusste, wie. Sie arbeiteten auf demselben Studiogelände. Sie erhielt jeden Tag eine Tagesdisposition. Sie wusste, wann er wo war. Sie hätte an seinen Trailer klopfen, am Set vorbeikommen oder einen Zettel bei seinem Sicherheitsmann hinterlassen können. Sie hätte Cherry oder Elaine, die bei seinen meisten Anproben dabei waren, während Babs Marlowe von ihnen so weit wie möglich fernhielt, eine Nachricht für ihn geben können. Sie hätte ihm einen Riesenberg geschnittene Erdbeeren schicken können. Sie hätten ihn erreicht.

»Ich hatte neulich einen schönen Tag«, fuhr er fort. »Es war eine nette Abwechslung von alldem hier.« Er deutete in die Richtung des Diners, auf das herumwuselnde Personal und die vielen elektrischen Geräte. »Es hat sich auf eine gute Art normal angefühlt, obwohl du ungefähr vierhundert Paar Schuhe gekauft hast. Ich schätze, mir war nicht klar, dass das alles war.«

Sie warf ihm einen Blick aus dem Augenwinkel zu. »Und warum sollte es das nicht gewesen sein?«

»Weil du mich immer noch für einen Arsch hältst?«

»Weil wir völlig unterschiedliche Leben führen.«

»Vielleicht nicht so unterschiedlich, wie du glaubst.«

»Machst du Witze?« Sie lachte ungläubig. »Ich verbringe jeden Tag vierzehn Stunden damit, Einkaufstüten zu schleppen oder Quittungen auf ein Blatt Papier zu kleben, damit sie dreifach kopiert werden können, als hätten wir dafür nicht Budget-Apps. Ich gehe mit Schauspielerinnen ein Paar Schuhe für 600 Dollar kaufen, weil eine von ihnen herausgefunden hat, dass ihre Schuhe nur halb so viel gekostet haben wie die ihrer Kollegin und jetzt auf Gleichbehandlung besteht. Ich suche nach schwarzem Stoff, den wir gegen blauen Stoff austauschen können, weil ein Regisseur eine Kopie statt der farbigen Kostümskizze angeschaut hat und wir jetzt ein Ballkleid so abändern müssen, dass es zu seiner fehlerhaften Vorstellung passt. Ich pflücke die Sesamkörner vom Hamburgerbrötchen meiner Chefin, obwohl sie schon seit Jahren kein Brot mehr isst. Ich krieche zu Kreuze. Ich begrabe meine Leidenschaft und meine Meinung. Ich ›zahle mein Lehrgeld‹.«

Angus verschränkte die Arme und gab die lässige Haltung auf.

»Und du glaubst, für mich ist alles im Leben einfach?«, fragte er.

»Nein. Ich weiß, dass du deine eigenen Probleme hast, aber das ist was anderes. Wenn du auftauchst, öffnen sich Türen für dich. Du musst niemandem irgendwas beweisen.«

»Offensichtlich muss ich dir etwas beweisen.«

Marlowe drehte sich so, dass sie ihm direkt ins Gesicht sehen konnte, voller brodelnder Abwehrhaltung.

»Tu nicht so, als wüsstest du nicht, was ich meine. Du bist reich. Du bist berühmt. Du bist auch …« Sie runzelte die Stirn, musterte ihn und suchte nach dem richtigen Wort. »Verwirrend.«

Er zog die Brauen hoch. »Inwiefern verwirrend?«

»Keine Ahnung.« Sie atmete aus und wünschte sich, sie hätte den Mund gehalten. Aber jetzt, wo sie einmal damit angefangen hatte … »Die Blumen. Das Mittagessen. Deine Agentin. Der Smoothie. Ich weiß nicht, ob du nur freundlich bist oder flirtest oder erwartest, dass ich diese Gefallen irgendwie erwidere. Und all die Sachen auf Social Media. Der inszenierte perfekte Lebensstil. Die idyllischen Pärchenbilder. Die *Schaut nur, wie heiß ich bin*-Selfies. Die selbstbeweihräuchernden oder herablassenden Bildunterschriften. Das ist nicht meine Szene. Meiner Meinung nach fühlen sich andere Menschen dadurch mit ihrem eigenen Leben beschissen, was die meisten von uns schon ohne Hilfe gut hinbekommen.«

Sein Kiefer bewegte sich, als er sich aufrichtete und ihre Haltung spiegelte, und alles an ihm schien eine Stufe angespannter zu werden. Marlowe wappnete sich für einen Vorwurf, aber Angus machte ihr keinen. Stattdessen legte er den Kopf in den Nacken und rieb sich mit beiden Händen übers Gesicht.

»Natürlich«, murmelte er in seine Hände. »Natürlich, verdammt.«

Marlowe machte einen Schritt nach hinten, um sich etwas Platz zu verschaffen.

»Was?«, fragte sie. »Was hab ich gesagt?«

Für einen schmerzlich langen Moment stand er einfach nur da, rieb sich übers Gesicht und schüttelte den Kopf, doch dann blickte er sie an.

»Ich bin so ein Esel«, sagte er. »Ich hatte diese wahnwitzige Vorstellung, dass du als Kostümbildnerin den Unterschied zwischen Realität und Schein erkennst. ›Sie macht das beruflich‹, dachte ich. ›Sie weiß, dass du nicht Jake bist oder Kip oder irgendeine Bullshit-Version von dir, die von den Publicity-Leuten erfunden wurde, um eine Fangemeinde aufzubauen. Sie weiß, was vorgetäuscht ist.‹« Er machte einige Schritte nach hinten, immer noch kopfschüttelnd, als ob er versuchte, sich von einem schmerzhaften, aber hartnäckigen Gedanken zu befreien. »Ich dachte, du würdest dir deine Meinung über mich anhand davon bilden, wer ich bin, wenn ich direkt vor dir stehe. Ich dachte, du würdest mir eine Chance geben. Wie sich herausstellt, bist du genau wie alle anderen.« Er wirbelte herum und marschierte zur Eingangstür des Diners.

Marlowe sah ihm mit offenem Mund hinterher, hin- und hergerissen zwischen dem Wunsch, sich zu verteidigen, und der Frage, ob sie überhaupt das Recht dazu hatte. Bevor sie jedoch anfangen konnte, die Möglichkeiten zu durchdenken, drehte er sich um und kam zu ihr zurück.

»Nur, um das klarzustellen«, begann er. »Die Blumen waren eine aufrichtige und nötige Entschuldigung. Die Einladung zum Mittagessen war der Versuch, etwas Nettes für jemanden zu tun, der den ganzen Tag damit verbringt, sich um andere Leute zu kümmern. Einen Versuch, den du ruiniert hast, indem du beweisen wolltest, dass ich ein Essenssnob bin, was nicht der Fall ist. Dir meine Agentin zu schicken, war ein einfacher Akt von Anstand. Die Produzenten waren nach diesem Hashtag wie wartende Geier. Es ist mir egal, wer du bist. Niemand hat es verdient, den Geiern so zum Fraß hingeworfen zu werden. Und der Smoothie ...« Er presste die Lippen zusammen und hielt ihren Blick fest. »*Das* war Flirten.«

Er hielt ihren Blick noch einen Moment länger, dann drehte er sich um und ging.

13

Ein kreischender Techno-Beat dröhnte in Marlowes Ohren, als sie Cherry und den anderen Crewmitgliedern durch den vollen Club folgte. Pinkfarbene und blaue Neonröhren umrahmten jede Wand und verliehen dem Raum ein Jukebox-Flair der 1980er. Auf einem Balkon an der gegenüberliegenden Seite legten zwei DJs auf, während auf der Tanzfläche mindestens dreihundert Menschen im Takt wippten. Von oben baumelten zahlreiche kitschige Spielzeuge herab und verdeckten völlig die Decke. Verrostete Springteufel hingen schlaff aus ihren Kisten, und gruselige Puppen mit verfilzten Haaren betrachteten die Tänzer. Zwischen Treppenläufern und Plüschtieren baumelten Dreiräder. Das Sammelsurium einer verlorenen Kindheit war eine merkwürdige Einrichtungsentscheidung neben dem Neon und Techno, aber nur wenige Leute blickten nach oben.

Marlowe gehörte zu ihnen. Sie sog den Anblick in sich auf, während sie Ellbogen auswich und versuchte, nicht den Anschluss an die Gruppe zu verlieren. Nach dem Streit mit Angus und weiteren drei Stunden Dreharbeiten, bei denen sie so tun mussten, als wäre zwischen ihnen alles in Ordnung, hatte sie keine Lust mehr auf Tanzen gehabt. Sie hatte das Cherry auch gesagt, doch die hatte schon die Weichen dafür gestellt, dass die Frau, für die sie schwärmte, möglicherweise ebenfalls herkam. Marlowe musste nicht tanzen, aber sie musste hier sein.

»Die erste Runde geht auf mich!«, rief Cherry über den Lärm hinweg und nahm Bestellungen auf, während die Gruppe sich Plätze auf einem Plateau sicherte, das gerade frei wurde.

Sobald Cherrys strubbeliger Haarknoten in der Menge verschwunden war, flüchtete Ravi mit zwei seiner Visagisten auf die Tanzfläche. Marlowe wischte mit ein paar Servietten verschüttetes Bier vom Tisch. Patrice, eine der Haarstylistinnen, fand einen Stuhl, den sie mit ihren unbenutzten Kleidungsstücken und anderen persönlichen Habseligkeiten vollpacken konnten. Das war allerdings kaum nötig, da sie gemeinsam vom Studio herübergekommen waren und die meisten ihre Jacken gleich im Auto gelassen hatten. Marlowe war die Einzige, die das nicht gewusst hatte. Ihr letzter Clubbesuch hatte auch eine U-Bahn-Fahrt, mehrere Lagen Winterkleidung und keine praktischen Kofferräume beinhaltet, in denen man etwas aufbewahren konnte. Ein Punkt für L. A.

Marlowe schwitzte bereits von der schieren Anzahl an Körpern um sie herum und schlüpfte aus der nichtssagenden Leinenbluse, die sie am frühen Morgen übergezogen hatte, sodass sie ein weißes Spaghettiträger-Top und einen kurzen schwarzen Rock trug, den sie wegen seiner großen Taschen gekauft hatte. Falls sie je Kostümdesign aufgab und sich der Modeindustrie zuwandte, würde sie sich für mehr Taschen an Frauenkleidung einsetzen, und zwar nicht nur dekorative, sondern echte Taschen, in denen man tatsächlich Dinge aufbewahren konnte.

Cherry kehrte mit einem Tablett voller Cocktails und einer Runde Tequila für alle, die einen wollten und nicht fahren musste, zurück. Marlowe fuhr nicht. Ihr Auto stand auf dem Studiogelände, wo sie es auch das Wochenende über lassen wollte. Nach einer schnellen Abstimmung, wer trinken wollte, und dem Beschluss, dass man für die Rückkehr zum Studio auch Uber oder Lyft nutzen konnte, hatten Ravi und Cherry sich bereit erklärt, alle an diesem Abend zu fahren. Marlowe hatte sich ebenfalls angeboten, aber nach einem Blick auf ihr schrottreifes Fahrzeug hatte die Gruppe stattdessen das Angebot von Ravi und Cherry angenommen.

Jetzt, wo sie alle im Club standen, war Marlowe froh, dass niemand wollte, dass sie fuhr. Tanzen hatte vielleicht seinen Reiz verloren, Trinken aber nicht. Nicht, dass sie viel trank. Sie vertrug nur wenig, aber die Woche war anstrengend gewesen, sie saß nicht allein zu Hause und würde deshalb nicht durchs Trinken in einen kläglichen Zustand extremer Einsamkeit verfallen, und sie war verzweifelt auf der Suche nach etwas, womit sie die Anspannung lindern konnte, die sich am Set in ihr aufgestaut hatte. Also schnappte sie sich eins der Tequilagläser und wappnete sich für das Brennen.

Cherry hielt ihr Limoglas hoch. »Auf die Kellnerin!«

Alle stießen mit ihr an und kippten ihre Getränke hinunter. Marlowe schüttelte das anfängliche Brennen ab und ließ das warme, weiche Gefühl in ihre Gelenke fließen. Verdammt, das fühlte sich gut an. Als hätte sie sich tagelang am Rand eines Kliffs festgeklammert und konnte nun endlich loslassen und fallen.

Cherry blickte sich um. »Also, wen suchen wir?«

Marlowe entdeckte ihren Whiskey Sour und nahm einen Schluck, um das Brennen des Tequilas zu mildern.

»Wen suchen wir wofür?«, wollte sie wissen.

»Deinen Lückenfüller. Er muss heiß genug sein, dass du Spaß daran hast, ihn dir nackt anzusehen, aber auch so langweilig, dass du ihn hinterher abservieren willst.«

Marlowe spuckte beinahe ihren Drink aus. Bevor sie eine zusammenhängende Antwort formulieren konnte, machte der Rest der Gruppe schon mit und suchte drei mögliche Zielpersonen aus der Menge heraus: einen Hipster mit einem gewachsten Schnurrbart und einer Weste, die den Blick auf seine muskulösen Arme freigab; das größte Mitglied eines Quartetts in spießigen Hemden, das geradewegs aus dem Büro hierhergekommen zu sein schien; und einen stark tätowierten Kerl, der sich in einer Ecke der Tanzfläche austobte.

Mitten in der Debatte über Marlowes besten Angriffsplan packte Cherry plötzlich ihren Arm.

»Ach du Scheiße. Sie ist tatsächlich aufgetaucht.«

Marlowe folgte Cherrys Blick zu einer kleinen, lächelnden Frau in einem Vinylkleid, die sich einen Weg durch die Menge bahnte. Sie trug Perlenohrringe, und ihre dicken schwarzen Haare waren mit einem roten Tuch hochgebunden, sodass sie aussah, als wäre sie geradewegs einem alten Gemälde entstiegen.

»Sie ist süß«, kommentierte Marlowe.

»Süß?« Cherry schüttelte den Kopf. »Sie ist mehr als süß. Ihr Name ist Maria Louisa Sofia Liliana, und ich will jeden einzelnen dieser Namen in ihr perfektes Ohr flüstern.«

Maria kämpfte sich zu ihrem Tisch durch. Alle stellten sich vor, während Cherry und Maria genügend schüchterne Blick austauschten, um ahnen zu lassen, dass Cherrys Wunsch in Erfüllung gehen könnte. Falls nicht an diesem Abend, dann an einem anderen. Der Gedanke freute Marlowe. Ganz egal, was mit ihrem eigenen Liebesleben passierte – oder nicht passierte –, Cherry verdiente es, glücklich zu sein. Und so, wie es aussah, hatte sie dieses Stadium bereits erreicht.

Marlowe bezahlte wie versprochen die nächste Runde. Als sie diesmal ihr Glas geleert hatte, war sie bereit, sich der energiegeladenen Clubatmosphäre hinzugeben. Den Menschen. Der pulsierenden Musik. Dem Adrenalin. Dem völligen Fehlen von Beige. Patrice löste Marlowes Haare aus dem Pferdeschwanz und lockerte sie geübt auf. Cherry half ihr dabei, eine frische Schicht Lippenstift aufzulegen und entfernte die verwischte Wimperntusche. Unter aufmunternden Rufen der Gruppe stürzte sich

Marlowe in die Menge auf der Tanzfläche, wo sie schnell Ravi und die anderen Visagisten entdeckte. Sie nahmen sie unter weiteren Jubelrufen in ihren Kreis auf.

Marlowe begann schüchtern und bewegte sich kaum, doch bald schon sprang sie mit allen anderen wild herum, schwang die Arme, bewegte die Hüften und verlor sich im Gefühl vollkommener Entspannung. Als sie versehentlich mit einem muskulösen Typen in einem schwarzen Hemd zusammenstieß und er begann, sich an ihr zu reiben, wehrte sie sich nicht. Sie lehnte sich in die Bewegung hinein. Der Kontakt fühlte sich gut an, ein starker Körper an ihren gepresst. Die Reibung von Oberschenkel an Oberschenkel. Hitze. Schweiß. Berührung. Eine Hand auf ihrem unteren Rücken, die sie näher zog. Ihr Rocksaum rutschte höher. Feuchte, nackte Haut. Ein unerwarteter Moment des Augenkontakts. Ein eingesogener Atem. Erwartungsvolle Vorfreude.

Hm, dachte Marlowe. *Vielleicht hat Cherry recht. Womöglich ist ein Lückenfüller gar keine so schlechte Idee.*

Die Musik veränderte sich zu einem schweren Downbeat. Maschinen spuckten Nebel aus. Lichter blitzten in heißem Magenta und kaltem Blau auf. Marlowe spürte, wie sie von einem Mann zum nächsten gereicht wurde. Jemand Großes, Schlaksiges. Zerzauste schwarze Locken. Eine Hand an ihrer Taille, eine andere an ihrer Hand, die sie wegdrehte und wieder zurück, Hüften an Hüften. Dunkelbraune Augen. Leicht geöffnete, feuchte Lippen. Ein Salsa-Schritt. Vielleicht. Von Angesicht zu Angesicht. Eine weitere Drehung. Sie lehnte sich mit dem Rücken an ihn, hob die Arme, während er mit den Fingerspitzen von ihren Handgelenken bis zu ihren Ellbogen fuhr, weiter zu ihrer Taille und ihren Hüften, was einen scharfen Stich des Verlangens in ihr auslöste, das sie monatelang zu unterdrücken versucht hatte. Er hielt sie an sich gepresst, sein Atem heiß an ihrem Hals. Er machte einen Schritt nach vorn, zurück, wirbelte sie weg, zog sie wieder zu sich heran.

Gott, wie sie das vermisst hatte. Kein Wunder, dass ihr ganzer Körper geprickelt hatte, als Angus sie in der Woche zuvor im Auto gestreift hatte. Ganz egal, wie oft sie sich versicherte, dass sie keinen Mann in ihrem Leben brauchte, die Tage ohne körperlichen Kontakt summierten sich, ließen sie leer und ein bisschen weniger sie selbst zurück, ein bisschen weniger solide, bis sie genauso gut ein Geist sein könnte. Mit jeder Hand auf ihrem Rücken, ihrer Hüfte, ihrem Nacken, wurde sie jetzt wieder mehr sie selbst.

Das dachte sie zumindest, bis ein anzüglicher Widerling ihr mit einem breiten Grinsen an den Hintern griff.

Marlowe hielt sofort inne und warf dem Mann einen äußerst bösen Blick zu, der ihm eindeutig sagte, dass er aufhören und verschwinden sollte. Als er blieb, als wäre ihr Blick eher ein Zeichen von Interesse statt von Abneigung – ehrlich jetzt, wo bekamen Männer so ein Selbstvertrauen her? –, entschied sie, dass ihr zwei Möglichkeiten blieben: bleiben und ihm eine reinhauen oder pinkeln gehen.

Die Toilette war eng und dunkel, die schwarzen Ziegelwände mit Graffiti und billigen Postern bedeckt. Marlowe erhaschte einen Blick auf ihr Spiegelbild, als sie sich am Waschbecken die Hände wusch. Sie hatte die Strähnchen, die Wimpernverlängerungen und die anderen Upgrades vergessen, die sie am Morgen erhalten hatte. Sie musste zugeben, dass ihr die Veränderungen gefielen, selbst wenn sie viel zu glamourös für ihre Figur waren. Sie fühlte sich damit etwas weniger unsichtbar, auf eine gute Art und Weise, obwohl das womöglich noch die Endorphine von der Tanzfläche waren. Und vielleicht wartete der Typ mit dem schwarzen Hemd noch dort.

»O mein Gott«, ertönte da eine helle, gehauchte Stimme hinter ihr. »Du bist die Kellnerin.«

Marlowe versteifte sich, drehte sich um und bereitete sich hektisch auf eine Lüge vor, aber vergaß sie sofort wieder, als sie sah, wer da vor ihr stand. Die Frau war ungefähr in Marlowes Alter, mit sportlicher Figur und makellos gebräunter Haut. Ihr pinkfarbenes Neckholderkleid aus Chiffon war offensichtlich Couture, und sie trug die Art von Riemchen-High-Heels, in denen Marlowe sofort umgeknickt wäre, wenn sie versucht hätte, darin zu stehen. Marlowe hätte das Gesicht der Frau selbst in einer öffentlichen Toilette erkannt, aber es waren die dicken kastanienbraunen Haare, die bestätigten, dass sie Tanareve Hughes war.

»Die Kellnerin, ja. Ich schätze schon.« Marlowe blickte nach unten auf ihr billiges, schweißgetränktes Tanktop und den Second-Hand-Rock. Ihr Selbstbewusstsein stürzte in den Keller. Offensichtlich hasste das Universum sie. Gerade, als sie aufgehört hatte, sich wegen der Ereignisse des Tages Sorgen zu machen, musste sie Angus' Freundin begegnen. Angus' wunderschöner, fitter, perfekt frisierter, fabelhaft gekleideter Freundin.

Marlowe wollte Tanareve gerade sagen, dass sie sie ebenfalls erkannte, doch bevor sie nur ein Wort herausbrachte, hatte die schon die Arme um Marlowes Schultern gelegt und sie in eine Umarmung gezogen.

»Ich wusste es! Marlowe, richtig? Ich bin Tanareve, oder Tan, was dir lieber ist. Ich schwöre, ich bin keine gruselige Stalkerin. Wir haben einige gemeinsame Freunde.« Sie ließ Marlowe los und holte Luft, was Marlowe einen Moment Zeit verschaffte, um sich darüber zu freuen, dass Tanareve nicht automatisch davon ausging, dass jeder wusste, wer sie war. »Tut mir leid, ich komme sehr intensiv rüber, ich weiß. Ich freue mich einfach so, dich zu treffen! Heute war dein erster Tag, oder? Ich wette, es war verrückt. Angus hat gesagt, du hast dich toll geschlagen. Wie ein Profi. Hast nicht mal nervös gewirkt. Du bist sicher zum Feiern hier. Lustig, dass es uns alle hierher verschlagen hat. Die Hollywood-Clubszene ist so winzig, dass man überall dieselben Leute trifft, hab ich recht?«

»Ja, nehme ich an?« Marlowe zögerte, da sie zum ersten Mal in einem Hollywood-Club war. Außerdem, was hatte Tanareve mit *dass es uns ALLE hierher verschlagen hat* gemeint? Und Angus hatte *was* gesagt?

»Ich feiere einfach nur so«, fuhr Tanareve fort und sprach so schnell, dass Marlowe Mühe hatte, ihr zu folgen. »In der richtigen Gesellschaft ist alles eine Party. Wir spielen Schuss ins Dunkle. Kennst du das? Idi und Whitman spielen es mit mir. Angus ist auch hier, aber er überlässt die Trinkspiele uns anderen. Sein Körper ist sein Tempel. Es ist schon erstaunlich, dass ich ihn heute Abend mitschleppen konnte. Das hier ist so gar nicht seine Szene, aber jetzt können wir alle gemeinsam feiern. Du *musst* dich uns anschließen.« Sie stieß einen kleinen begeisterten Schrei aus und wusch sich die Hände.

Marlowe bewegte sich langsam auf die Tür zu. »Ich glaube nicht, dass das so eine gute Idee ist.«

»Sei nicht albern. Du kannst zumindest mitkommen, um Hi zu sagen. Wer weiß, wann wir wieder mal Gelegenheit haben, zusammen abzuhängen? Ich will alles wissen. Wie viele Takes waren nötig? Haben sie sich ans Skript gehalten? Hat Angus sich benommen? Ich wette, er hat dich angestarrt. Gott, diese Starrerei. Was hat es damit nur auf sich?« Sie lachte auf eine unglaublich fröhliche Weise, und Marlowe konnte nicht anders, als in ihr Lachen einzufallen. Tanareves Energie war überwältigend, sie war wie eine Planierraupe aus Windrädchen und funkelnden

Lichterketten, bei der man das Gefühl hatte, dass es schon in Ordnung ging, wenn man überfahren wurde.

Trotz ihres anhaltenden Protests zerrte Tanareve Marlowe kurz darauf am Handgelenk durch die Menge und plapperte fröhlich weiter, während neunzig Prozent ihrer Worte vom Lärm verschluckt wurden. Als sie endlich aus dem dichten Gewimmel von Körpern wiederauftauchten, entdeckte Marlowe Idi und Whitman an der Bar, wo sie Schnapsgläser aufreihten. Um die Ecke von ihnen, das Gesicht von ihr abgewandt, stand ein Mann mit einem vertrauten Kopf voller roter – oder welche Farbe auch immer das war – Haare und einem breiten Rücken in einem engen weißen T-Shirt. Marlowe verspannte sich, stolperte aber weiter vorwärts, da sie keinen brauchbaren Fluchtplan hatte.

Idi entdeckte sie als Erster und lächelte sie mit sanften Augen und tiefen Grübchen in beiden Wangen an. Er war sowohl vor als auch hinter der Kamera freundlich, und die leuchtend rote Mütze, die seine Dreadlocks nach unten drückte, verlieh ihm ein beinahe kindliches Aussehen.

»Schau an, wen du gefunden hast!«, rief er, als sie die Bar erreichten.

Whitman begrüßte sie warmherzig, aber als Angus sich umdrehte und Marlowes Blick auffing, presste er die Lippen zusammen und setzte eine finstere Miene auf.

»Von allen Kaschemmen der ganzen Welt ...«, brachte er zwischen zusammengepressten Zähnen hervor.

»Ich habe es versucht.« Marlowe deutete mit dem Kopf auf Tanareve, die immer noch ihr Handgelenk festhielt.

Seine Miene hellte sich ein wenig auf, als wüsste er, was für eine unaufhaltsame Kraft seine Freundin war. Dann wandte sich er sich ab und kippte ein großes Glas von etwas herunter. Es musste Wasser sein. Alles andere hätte ihn sofort ausgeknockt.

»Wie fühlst du dich nach deinem ersten Tag?«, erkundigte sich Whitman über das Dröhnen der Menge und die wummernde Musik hinweg. Er war blond und blauäugig und lachte viel und gern. Er trug ein verblichenes schwarzes Konzert-T-Shirt, obwohl Marlowe gewohnt war, ihn als den privilegierten reichen Jungen in der Serie in gestärkten Hemden oder Kaschmirpullovern zu sehen. »Hast du es schon satt, künstlichen Kuchen zu servieren, während Lex dir sagt, dass du mehr schmachten sollst?«

»Ich denke, ich kann noch zwei Tage durchhalten. Ich bin vermutlich sowieso mit dem Kuchen fertig. Und mit dem Schmachten.« Marlowe merkte, dass ihr Handgelenk frei war, also machte sie einen Schritt nach hinten. »Ich wollte nur schnell Hallo sagen. Schön, euch alle zu sehen. Lasst euch von mir nicht bei eurem Spiel stören.« Sie machte einen zweiten Schritt nach hinten, um sich umzudrehen und zu verschwinden, aber Idi, Whitman und Tanareve forderten sie alle auf zu bleiben. Nur Angus schwieg, hatte Marlowe weiter den Rücken zugewandt und die Aufmerksamkeit auf sein Glas gerichtet.

»Ich bin mit Freunden hier.« Sie deutete über ihre Schulter. »Ich sollte wirklich …« Bei ihrem dritten Schritt blieb sie an dem Schuh von jemandem hängen. Sie taumelte und lehnte sich an den Mann hinter sich. Beinahe wären sie zusammen hingefallen, aber irgendwie schafften sie es, sich wieder aufzurichten. Während sie sich noch entschuldigte, lief Marlowe rückwärts in eine Frau hinein, die gerade ein Bier trank, wodurch sie es ihr über die Brust schüttete. Nach einer zweiten Runde Entschuldigungen gab Marlowe ihre Fluchtversuche auf. Sie stellte sich fest auf die Füße und lächelte zurückhaltend. »Ich bin nicht betrunken. Nur ungeschickt.«

Angus betrachtete sie über die Schulter hinweg. »Oder ist es Pech?«

Ihr Lächeln verschwand. »Oder ich bin verflucht.«

Seine Schultern zuckten, aber sie konnte nicht sagen, ob er mit ihr oder über sie lachte. Es spielte auch keine Rolle. Tanareve verwickelte sie bereits mit weiterem schnellen Geplauder in ein neues Gespräch. Sie beschrieb, wie sie mit zehn Jahren das erste Mal vor der Kamera gestanden hatte, wie überfordert sie gewesen war und wie lange es gedauert hatte, sich an Hollywood zu gewöhnen. Sie tippte sogar ihre Privatnummer in Marlowes Handy, falls diese Fragen zur Branche hatte oder einen Rat wollte oder jemanden, der ihr zuhörte. Ida und Whitman erzählten ebenfalls von ihren ersten Rollen. Idi erinnerte sich an einen Vampirfilm, der von so vielen Naturkatastrophen überschattet worden war, dass sie am Ende das gesamte Unterfangen absagten. Whitman lachte über einen kleinen Stunt, der schiefgegangen war. Marlowe versuchte ihnen zuzuhören, und ihr gefiel, wie schnell sie alle als Teil der Gruppe akzeptiert hatten, aber sie war sich allzu sehr bewusst, dass Angus links von ihr vor sich hin brütete, mit den Fingern an sein Glas trommelte und vermied, sie anzusehen.

Irgendwann hielt sie es nicht mehr aus. Sie stellte sich neben ihn und murmelte: »Es tut mir leid, dass ich heute so voreingenommen war.«

Er zuckte mit einer Schulter. »Besser, ich weiß das jetzt, nehme ich an.«

Sie runzelte die Stirn. »Im Gegensatz zu?«

»Nachdem ich mit dem Garnierkurs angefangen habe.«

»Große Pläne mit geschnittenen Erdbeeren?«

»Ich dachte, ich fange mit Karottenkringeln an. Balsamico-Spritzern. Ab und zu einer Olive.«

»Ich hatte schon immer eine Schwäche für die gelegentliche Olive.«

»Das dachte ich mir schon.« Seine Lippen zuckten, aber er lächelte nicht wirklich. Auch seine Haltung blieb steif, während er den Blick weiterhin auf sein Glas geheftet hielt.

Marlowe wandte ihre Aufmerksamkeit nach rechts, wo Tanareve in ein Gespräch mit Idi und Whitman vertieft war. Ihre Augen strahlten, und ihre Gesten waren lebhaft, ein starker Kontrast zu Angus' Ruhe und Stille. Sie waren ein merkwürdiges Paar, aber vielleicht machte das auch ihre Stärke aus. Dann wiederum, wenn sie als Paar so stark waren, warum hatten sie dann im Laufe der Jahre so oft miteinander Schluss gemacht? Und warum hatte er mit ihr geflirtet?

Obwohl die Antwort auf die letzte Frage einfach war: Flirten war ein Teil von Angus' sorgfältig antrainiertem Charme in der Interaktion mit Fans. Inzwischen war das vermutlich unbewusst, wie ein Schalter, der umgelegt wurde, sobald weibliche Aufmerksamkeit verfügbar war. Er hatte ihn für Babs und die Frauen in den Schuhgeschäften eingeschaltet. Warum nicht jetzt auch für Marlowe?

Während sie diesen Gedanken abschüttelte, rief Tanareve sie alle für eine Runde Schuss ins Dunkle zusammen. Marlowe hatte noch nie von dem Spiel gehört, verstand jedoch schnell, dass es sich um eine Abwandlung von Wahrheit oder Pflicht handelte – hauptsächlich Pflicht –, wobei die Aufgaben von Fremden aufgeschrieben und in einem Körbchen eingesammelt wurden, aus dem man sie zog. Es gab also jede Menge Gelegenheit zum Trinken. Marlowe vermied das Trinken und hatte Spaß an den Aufgaben. Idi schmetterte den Refrain eines Taylor-Swift-Songs, den beinahe die Hälfte der nahestehenden Leute mitsang. Whitman tauschte das Shirt mit einem Fremden, sehr zu dessen Freude. Tanareve baute eine Pyramide aus sechzehn Schnapsgläsern, schaffte es jedoch nicht, sie alle auszubalancieren, und musste trinken. Auch andere machten mit und feuerten einander an, doch irgendwann lagen alle Blicke auf Marlowe.

»Ich sehe nur zu«, sagte sie.

Whitman schob drei Schnapsgläser vor sie hin. »Das ist die Gebühr fürs Aussetzen.«

Marlowe beäugte die Gläser, unsicher, ob sie drei schaffen und trotzdem aufrecht stehen bleiben konnte.

»Angus muss auch keine Gebühr zahlen«, argumentierte sie.

Er hielt ein neues Glas Wasser hoch. »Fahrerprivileg.«

Marlowe stammelte weitere Entschuldigungen, aber da sie bereits einige Drinks intus hatte und viele Leute sie beobachteten, war sie nicht besonders wortgewandt. Sie hatte schon immer Schwierigkeiten gehabt, sobald sie so vielen Blicken ausgesetzt war, und diese Situation war keine Ausnahme. Die Stimmen wurden lauter, und der Druck wurde größer, bis sie nachgab und einen Zettel aus dem Korb zog. Sie faltete ihn auf und las die Aufgabe durch. Bevor jemand anders ebenfalls lesen konnte, was darauf stand, knüllte sie ihn zusammen, schnappte sich das nächstgelegene Glas und stürzte den Schnaps hinunter.

»Wie es aussieht, hab ich verloren«, erklärte sie, und natürlich fiel ihr genau in diesem Moment der Zettel aus der Hand.

Tanareve hob ihn auf und glättete ihn, bevor Marlowe sie aufhalten konnte.

»Tanze mit der Person links von dir«, las sie vor. »Das kannst du nicht überspringen. Zu einfach. Jeder schafft einen Tanz.«

»Ja, aber ich habe nicht wirklich, und er ist nicht, und wir …«

Marlowe machte einen Schritt nach hinten, drehte sich und versuchte verzweifelt dafür zu sorgen, dass jemand anders links von ihr stand, irgendjemand, aber der Club war zu voll, und sie kam nicht weit. Idi und Whitman forderten Angus bereits auf, mit dem Schmollen aufzuhören, andere stimmten ein, und bevor

Marlowe wusste, wie ihr geschah, legte sich eine Hand um ihre und führte sie auf die Tanzfläche.

»Du musst das nicht tun«, sagte sie, als Angus sich zu ihr umdrehte und sie von den verschwitzten Körpern um sie herum angerempelt wurden.

Er hob das Kinn, wie so oft. »Glaubst du, du kommst damit nicht klar?«

»Ich komme sehr gut damit klar, danke.«

»Dachte mir, ich frag lieber. Ich weiß schließlich nicht immer, welche ›Vibes‹ ich ausstrahle.«

Sie verdrehte die Augen. Wollten sie sich wirklich schon wieder streiten? Hier? Jetzt?

»Nennen wir es den *Ich wäre lieber überall anders als hier*-Vibe«, sagte sie.

»Schlecht geraten und nicht wahr. Ich könnte mich in einer Schlangengrube befinden. In einem Haifischbecken. In einem Straflager.«

»Dann bin ich dankbar, dass ich dir den Schmerz ersparen kann.« Sie grinste ihn leicht an, bevor sie die Augen schloss und sich auf den Downbeat konzentrierte und ihren Körper gerade genug bewegte, dass die Aufgabe als erledigt gelten würde. Wenn Angus bereit war, mit ihr zu tanzen, konnte sie sich einige Minuten in seiner Gegenwart hin und her wiegen. Besonders, wenn sie dabei die Augen geschlossen hielt.

Wie schon zuvor erreichte die Musik sie ganz tief in ihrem Inneren. Die Menge. Die Hitze. Der Lärm. Der Rhythmus. Die ursprüngliche Kraft abgelegter Hemmungen, die von einer Person zur nächsten sprang, während sie als Masse pulsierten. Und der letzte Tequila fühlte sich toll an. Marlowe musste wirklich mehr Zeit mit reichen Leuten verbringen, sie kauften das gute Zeug. Es strömte durch ihre Adern und machte ihren Körper frei für Drehungen und wilde Bewegungen, während sie die Arme über den Kopf hob und die Zurückhaltung aufgab.

Ein Knie berührte ihres. Dann noch eins. Sicher ein Versehen, weil die Menge von allen Seiten drängte, aber als eine Hand über ihre Taille streifte, schlug sie die Augen auf. Ihr Atem stockte bei Angus' Anblick, der jetzt dichter bei ihr tanzte, die Ellbogen gebeugt und die Hände in der Nähe ihres Rockbundes. Er beobachtete sie auf seine ganz spezielle Art, als ob es ihm egal war, wer ihn dabei erwischte, als ob man sich nicht dafür schämen musste, etwas – oder jemanden – anzusehen, wenn man neugierig war. Und es war …

Heiß. Wirklich heiß. Weiche-Knie-heiß, Hautkribbeln-heiß, Wie-viel-hab-ich-gleich-noch-mal-getrunken-heiß.

Angus bemerkte, wie sie den Atem einsog, was ihr drei Optionen ließ. Erstens: ihn sehen lassen, dass er sie durcheinanderbrachte. Zweitens: so tun, als würde jemand anders sie nervös machen, und zurückzuweichen, um Raum zwischen ihnen zu schaffen. Drittens: so tun, als würde es ihr überhaupt nichts ausmachen, dass er sie berührte, sich an sie schmiegte und sich ihren Bewegungen anpasste. Option eins stand außer Frage. Die zweite verlangte schauspielerische Fähigkeiten, die über ihre weit hinausgingen. Außerdem – wollte sie wirklich Raum zwischen ihnen?

Als er seine Hand an ihre Taille legte und dort ließ, legte sie ihre Hände auf seine Schultern. Spielte mit. Das war es doch, was sie taten, oder? Sie spielten ein Spiel? Bestanden eine Mutprobe? Obwohl seine Schultern fast eine eigene Mutprobe darstellen. Gütiger Himmel.

»Tanareve wirkt sehr nett«, sagte Marlowe und benutzte den Namen wie einen Schutzschild.

»Sie ist auch nett.« Angus rückte näher und wiegte sich in einem gleichmäßigen Rhythmus, der von seinen Hüften ausging.

»Wir kennen uns schon seit Ewigkeiten. Sie versteht die ganze Szene. Den Druck. Die Paparazzi. Die mangelnde Privatsphäre. Dass Menschen glauben, dich durch das zu kennen, was sie auf dem Bildschirm sehen.« Er warf Marlowe einen vielsagenden Blick zu.

Sie verspannte sich unter seiner Stichelei, aber das hielt nicht lange an. Nicht bei der Hitze, der Bewegung und dem Tequila. Außerdem hatte Angus inzwischen beide Hände an ihre Taille gelegt, und sie fühlten sich gut dort an. Vermutlich würden sie sich an einer Menge Stellen gut anfühlen. Sofort verbot sie sich diesen Gedanken.

»Ich darf also keine Schlussfolgerungen über dich ziehen?«, fragte sie ein wenig atemlos. »Auch nicht aus den Dingen, die du bewusst in die Welt gesetzt hast?«

»Das ist der Trick, nicht wahr? Zu wissen, was ich bewusst getan habe.« Auch sein Atem kam jetzt schneller, ein Hauch von Pfefferminz. Vermutlich seine Zahnpasta. Sauber und schlicht.

»Warum habe ich das Gefühl, dass du es mir nicht sagen wirst?«

»Weil ich schon viel zu viel Energie damit verschwendet habe, mich Leuten gegenüber zu verteidigen, die sich nicht die Mühe gemacht haben, mich kennenzulernen. Das hat mich nicht weitergebracht. Jetzt tue ich das nicht mehr. Du kannst dir also aus dem, was du über mich im Internet findest, eine Version von mir basteln, die dir am besten passt, oder du kannst all das ignorieren und die Person vor dir beurteilen. Deine Entscheidung.«

Die Person vor mir, dachte sie. Die mit den Tigeraugen und den vollen Lippen und den starken Händen an ihrer Taille. Die, deren Daumen kleine Kreise beschrieben, so leicht und sanft, dass sie sich fast einreden konnte, sie würden sich gar nicht bewegen.

Es war alles zu viel. Nach einem halben Jahr, in dem sie allein geschlafen, allein geduscht, keine Hand gehalten und nicht auf dem Sofa gekuschelt oder den Kopf an eine Schulter gelegt hatte, um die Wolken vorbeiziehen zu sehen, übernahm Marlowes Körper. Jede Warnleuchte flackerte schwach und erlosch. Jede Mauer stürzte ein. Sie verschränkte die Hände in Angus' Nacken. Sie drückte die Oberschenkel enger an seine. Ihre Hüften trafen sich, und trotzdem fühlte sich alles noch so richtig an, so gut. Vielleicht sollte es das nicht, aber es war nur ein Tanz. Sie konnte ihn genauso gut in vollen Zügen genießen.

Die Lichter flackerten. Die Beats überlagerten sich, als die DJs zwei Tracks mischten, einer laut und energiegeladen, der andere sanfter, leiser, mehr wie das Pochen eines Herzens. Aus dem Wiegen wurde Reiben. Angus' Hand glitt auf Marlowes unteren Rücken, seine Finger waren weit gespreizt. Sie bog sich ihnen entgegen, drückte ihre Brust an seine und schob die Hände in seine Haare. Sie waren weicher, als sie erwartet hatte, wie Seidenfäden an der Schnittkante von Satin. Er fand ihre Haut unter dem Saum des Tanktops, eine winzige Berührung, aber ausreichend, um ihr einen Schauer vom Rücken bis zu den Zehen und zurück zu jagen. Wieder bemerkte er, wie sie auf ihn reagierte. Es war nicht fair, dass er das sah, erkannte, aber sie zog sich nicht zurück. Sie konnte es nicht, nicht, wenn er direkt vor ihr stand, so nah und so stark und so wunderschön.

Dieses Gefühl der Begierde muss direkt durch die Kamera dringen, hatte Lex nur wenige Stunden zuvor gesagt. Die Kamera befand sich am anderen Ende von L. A. und war jetzt ausgeschaltet, aber Marlowe legte den perfekten Auftritt hin. Angus wirkte auch nicht gerade gleichgültig. Seine Wangen waren gerötet, seine Augen glasig, und sein Brustkorb hob und senkte sich schnell. Auswirkungen vom Tanzen oder von etwas anderem?

Er fuhr mit den Fingern über ihr Ohr, und sie wäre beinahe zusammengebrochen.

»Du hast die Sommersprosse drangelassen«, murmelte er atemlos.

»Eine ironische Wahl für Adelaides Figur, da du an der Stelle eine echte Sommersprosse hast.«

»Die ist dir aufgefallen?«

»Berufskrankheit.«

»Blödsinn.« Sein Lächeln wurde breiter, was ihr mittlerweile vertraut war und doch wieder nicht. Belustigung? Ja. Selbstgefälligkeit? Ein bisschen. Aber auch diese wissende Ausstrahlung, als ob die Zeit, die er damit verbracht hatte, sie zu beobachten, ihm Antworten geliefert hatte. Der Gedanke war Furcht einflößend und gleichzeitig beglückend. Oder zumindest wäre er das, wenn sie nicht gerade ein Spiel spielen und seine Freundin an der Bar warten würde.

Richtig. Seine Freundin.

Marlowe blinzelte, bis sie wieder vollkommen in der Realität angekommen war, und wich zurück.

»Ich denke, wir können mit Sicherheit sagen, dass ich meine Aufgabe erfüllt habe«, erklärte sie.

Er zog eine Braue hoch. »Ich glaube nicht, dass wir momentan irgendwas *mit Sicherheit* sagen können.«

»Hör auf, mit mir zu flirten. Das ist nicht lustig.«

»Es soll auch nicht lustig sein.«

»Sag nicht so was. Wenn du es ernst meinst, ist es noch schlimmer.«

»Wow. Im Ernst?« Er runzelte die Stirn, und sein Lächeln verschwand.

Sie wich weiter zurück und ließ sich von der Menge verschlucken.

»Ich kann damit gerade nicht umgehen«, erklärte sie. »Ich sollte ... ich gehe jetzt.«

»Warte, Marlowe!« Er griff nach ihr, aber sie war bereits außerhalb seiner Reichweite.

Sie kämpfte sich durch die Menge, entsetzt darüber, dass sie der Lust, dem Alkohol und ihren latenten Teenagerfantasien erlaubt hatte, sich über ihren gesunden Menschenverstand hinwegzusetzen. Vielleicht war es nur ein Tanz gewesen, aber sie konnte nicht behaupten, dass sie sich nicht mehr gewünscht hatte, und das war ein Problem. Es war nicht richtig. So war sie nicht, zumindest wollte sie nicht so sein. Fangirl Nummer zweihundertirgendwas, das einem Kerl hinterherhechelte, der weit außerhalb ihrer Liga spielte. Einem Mann, der ein Privatgespräch in einen Social-Media-Post verwandelte, um sein Ego zu streicheln. Einem Typen, für den Flirten eine Form der Unterhaltung war. Einem Mann mit einer Freundin. Einer wirklich, *wirklich* netten Freundin.

Marlowe mied den Barbereich und ging geradewegs auf den Tisch zu, an dem die Crew von *Heart's Diner* saß. Auf dem Tisch standen halb leere Gläser in allen Formen und Größen. Sie nahm ihre Bluse vom Stuhlrücken und bahnte sich einen Weg zu Cherry.

»Ich gehe los«, erklärte sie. »Danke für die Einladung zum Feiern.«

Cherry hielt sie am Arm fest. »Moment, Moment. Warte mal kurz. Ist alles in Ordnung?«

»Ja. Nein. Mehr oder weniger. Ich möchte einfach gehen, das ist alles.«

»Lass mich dich fahren. Gib mir nur eine Minute, damit ich sichergehen kann, dass alle unterkommen.«

Marlowe hätte beinahe gelacht. Die Autos, die einige Stunden zuvor so praktisch gewesen waren, waren jetzt eine Belastung, denn in einer Stadt ohne U-Bahn mussten Fahrer und Gefahrene zusammensortiert werden. Ein klarer Sieg für New York in dieser Hinsicht. Apropos Sieg … Sie blickte über den Tisch hinweg. Maria lachte mit Patrice über etwas und warf Cherry aus dem Augenwinkel Blicke zu. Sehr niedlich.

»Wirklich, bleib ruhig«, beharrte Marlowe. »Ich rufe mir einen Uber. Wir reden am Montag.«

Nach einer kurzen Runde von Umarmungen und Verabschiedungen verließ sie die Bar, setzte sich draußen auf eine Bank und buchte eine Fahrgelegenheit. Sie bemühte sich um Geduld und blickte über das Meer geparkter Autos hinweg, aber ihre unterdrückten Wünsche und Bedürfnisse waren auf der Tanzfläche explodiert und verlangten jetzt ihre Aufmerksamkeit. Sie wollte im Arm gehalten werden. Geküsst werden. An Stellen berührt werden, die sie zum Erschauern und Stöhnen brachten. Stattdessen befand sie sich allein auf dem Heimweg zu den gruseligen Eulen und der beigen Leere. Sie wusste, dass Angus nicht wirklich eine Option war, sondern nur eine von Alkohol und zu intensivem Augenkontakt befeuerte Fantasie, daher entsperrte sie ihr Telefon.

Kelvin: Du weißt, dass das nicht stimmt. Können wir wenigstens darüber reden?

Sie hatte gerade damit begonnen, eine Antwort zu tippen, als ihr das Handy aus der Hand gerissen wurde.

»Man lässt seine Freunde keine betrunkenen Nachrichten an deren Ex schicken.« Cherry hielt Marlowes Handy außer Reichweite und blickte wie eine verärgerte Lehrerin auf sie herab.

»Woher wusstest du das?«, fragte Marlowe.

»Weil dir ›Nimm mich‹ praktisch auf die Stirn geschrieben steht. Was kein Problem wäre, wenn du mit einem heißen und charmanten Kerl, der nur das mit dir macht, was du willst, auf dem Weg nach Hause wärst. Aber du warst über eine Stunde verschwunden, hast also offensichtlich jemanden kennengelernt, und gehst jetzt allein.« Sie ließ das Handy sinken.

Marlowe nahm es und stopfte es in ihre Rocktasche. »Bin ich wirklich so leicht zu durchschauen?«

»Du bist so menschlich.« Cherry setzte sich neben sie. »Ich verstehe das ja. Ich wollte auch meine Ex kontaktieren. Aber unsere Beziehung hat aus gutem Grund geendet, genau wie deine. Falls es dir wichtig ist, dass du einen Freund hast, wirst du einen neuen finden. Jemand besseren.«

Marlowe dachte darüber nach, während Kelvins Abschiedsworte ihr zum tausendsten Mal durch den Kopf gingen: *Du wirst nie wieder jemanden so Gutes finden wie mich.* Es gefiel ihr überhaupt nicht, dass sie dieser Aussage überhaupt noch Glauben schenkte, aber bisher konnte sie ihm auch nicht das Gegenteil beweisen.

»Tinder ertrage ich nicht.« Sie sackte nach vorne und stützte den Kopf in die Hände. »Ich kann keine Beziehung in dem Wissen beginnen, dass ich den Typen nur kennengelernt habe, weil er mit dem Daumen über mein Gesicht gewischt hat.«

»Wie wäre es mit Speeddating?«

»Wie wäre es mit einem Kloster?«

»Du kannst nicht in ein Kloster eintreten. Zu viel Polyester und keine taillierte Kleidung.« Cherry lachte leise. Marlowe versuchte einzufallen, brachte es aber nicht über sich.

»Vielleicht sollte ich mir eine Katze anschaffen«, murmelte sie in ihre Hände. »Dann kann ich frühzeitig damit anfangen, eine verrückte alte Katzenlady zu werden. Obwohl ich vermutlich sicherstellen sollte, dass ich ein festes Einkommen habe, bevor ich jemanden von mir abhängig mache. Ich weiß nicht mal, was ich nach Abschluss der Staffel tun werde.«

»In der Hinsicht kann ich dir vielleicht helfen.« Cherry korrigierte etwas an Marlowes Kragen, strich über die Spitze und richtete die Kanten aus, wie immer, wenn es darum ging, Ordnung in Chaos zu bringen. »Lass mich mit Babs reden. Vielleicht nimmt sie dich bei unserem nächsten Projekt mit an Bord. Es ist ein Rockcamp-Film für Mädchen. Eine nerdige Außenseiterinnengruppe lernt die Macht des Punk kennen. Sollte cool werden. Falls du Babs weitere sechs Monate ertragen kannst.«

Marlowe setzte sich ein wenig gerader auf, dankbar für die Lösung wenigstens eines ihrer Probleme.

»Würde Babs es denn mit mir aushalten?«, wollte sie wissen. »Selbst nach der Sache mit der Kellnerin? Der Zeit, die ich in der Garderobe fehle, und der … was auch immer mit Angus?«

Cherry legte ihre Fingerspitzen aneinander wie ein Filmbösewicht.

»Ich habe da meine Methoden«, erklärte sie. »Auch wenn ich Babs vermutlich nie dazu bringe, mich für einen eigenen Kostümdesignjob zu empfehlen, vertraut sie doch meinem Urteil. Außerdem wird sie sich wegen der Sache mit Angus abregen, sobald die Aufnahmen vorbei sind. Sie weiß, wie viel du arbeitest. Außerdem triffst du kluge Entscheidungen, bist supereffizient und kennst diese Serie beinahe so gut wie sie oder ich. Im Prinzip hat sie in dir eine zweite Assistentin zum Preis einer PA. Falls du also in L. A. bleibst …«

Marlowe blickte nach Osten, beziehungsweise dorthin, wo sie den Osten vermutete, an den Palmen, dem vollen Parkplatz und den niedrigen Ziegeldächern vorbei. Vorbei an dem smogerfüllten Nachthimmel. Sie dachte an ihre Freundinnen, an ihre

Arbeit beim Theater und an eine Stadt, in der es niemanden kümmerte, ob sie vormittags Mineralwasser trank oder sie die Muskeldefinition einer Ofenkartoffel hatte. Sie dachte an das Skript, das auf ihrem Laptop wartete, und die Möglichkeit, wieder ein Theater zu betreten. Dann dachte sie an all die Dinge, die ihr immer noch das Gefühl gaben, eine Versagerin zu sein. Immerhin war sie dumm genug, einem unerreichbaren Fernsehstar hinterherzuschmachten. Das war nicht gerade ein Zeichen für Brillanz.

»Danke«, sagte sie zu Cherry. »Es wäre toll, wenn ich bei diesem Film mitmachen könnte.«

14

Grelles Morgenlicht strömte durch die offenen Stellen in Marlowes kaputten Metalljalousien. Mit einem mürrischen Stöhnen nahm sie ihr Handy vom Nachttisch und blickte auf die Zeit. Neun Uhr dreiundzwanzig, so lange hatte sie schon seit Monaten nicht mehr geschlafen. Sie hatte Kopfschmerzen, und ihr Mund fühlte sich an, als wäre dort ein Igel gestorben. Außerdem löste schon die geringste Bewegung eine Welle der Übelkeit bei ihr aus. Sie hatte vergessen, wie elend sich ein Kater anfühlte, da ihr gesellschaftliches Leben praktisch nicht mehr existierte. Doch ein Abend in einem Club war einige Qualen wert, zumindest abgesehen von den letzten zehn Minuten oder so. Auf deren Wiederholung konnte sie verzichten.

Sie wischte sich den Schlaf aus den Augen, kämpfte sich hoch und überprüfte ihre Nachrichten.

Dad: Gala der Stiftung für Krebsprävention nächsten Monat. Willst du mit?
Babs: Neue Szenen hinzugefügt. Du musst heute arbeiten.
Babs: Ja, ich weiß, dass heute dein freier Tag ist.
Babs: Das Mädchen, das gestern für dich eingesprungen ist, war super.
Babs: Sag Bescheid, wenn du kein Interesse mehr an deiner Stelle hast.
Babs: Ansonsten treffen wir uns ASAP im Studio.
Babs: Zieh bequeme Schuhe an.

Babs: Vergiss es, machst du eh immer.

Cherry: Hast du von Babs gehört? Ich fahre gerade hin. Nimm eine Schmerztablette. Trink viel Wasser. ISS WAS, DU DÜNNES DING! Drücker. Bis gleich.

Mom: 18 Meilen heute Morgen! Fühle mich toll. Läufst du noch?

Chloe: OMG!!!!! Wir kommen hier fast um. Ruf sofort an!!!!!

Unmittelbar hinter Chloes Satzzeichenexplosion befand sich der Link zu einer Klatschseite namens *Star Spotting*, die dafür bekannt war, unautorisierte Fotos von Promis zu posten, die ihre Besorgungen erledigten oder im Urlaub waren. Die Seite hob besonders gern hervor, wenn bei jemandem in Badekleidung Cellulite oder Bauchfett zu sehen war. Marlowe nahm an, dass sich dadurch Leute, die keine perfekten Körper hatten, besser fühlen sollten, aber tatsächlich wurde damit nur die Ansicht aufrechterhalten, dass sich jedermann ein Urteil über einen fremden Körper erlauben durfte. Es war eklig. Die Seite war außerdem überaus beliebt.

Vor Neugier ganz kribbelig ignorierte Marlowe die anderen Nachrichten und klickte auf den Link. Eine Schlagzeile tauchte auf: WURDE AUS ON-AGAIN WIEDER OFF-AGAIN FÜR ANGUS GORDON UND TANAREVE HUGHES? KELLNERIN BIETET IHM IN EINEM NACHTCLUB MEHR ALS NUR EINE SPEISEKARTE AN. Unter der Überschrift befanden sich drei Fotos. 1.) Tanareve, die mit Idi und Whitman an der Bar lehnte, während Marlowe und Angus in der Nähe standen, die Köpfe zusammengesteckt, vermutlich während der einzigen dreißig Sekunden, in denen sie miteinander geredet hatten. 2.) Marlowe und Angus auf der Tanzfläche, dicht zusammen, die Lippen geöffnet und in intensivem Blickkontakt, wie ein sexy Standbild aus *Dirty Dancing*. 3.) Tanareve, die Angus anschrie und den Finger gegen seine Brust stieß, während er abwehrend die Hände hochhielt. Es folgten einige Zeilen, in denen behauptet wurde, dass Tanareve Angus mit »der Kellnerin« erwischt hatte, was zu einem Riesenkrach in der Öffentlichkeit geführt hatte.

Marlowe las den Artikel immer wieder und versuchte ihn zu verstehen. Wer hatte diese Fotos überhaupt gemacht? Und hatte Tanareve nicht Angus und Marlowe sogar erst dazu ermutigt, miteinander zu tanzen? Es hatte zum Spiel gehört. Nichts war passiert. Warum war daraus ein öffentliches Anschreien geworden?

Das Foto von Marlowe mit Angus war echt heiß. Sahen sie wirklich so aus? Kein Wunder, dass die Fans von *Heart's Diner* sie zusammen sehen wollten.

Verdammt. Den Gedanken musste sie streichen. Zurück zu den wichtigeren Dingen.

Marlowe: Gab es gestern Abend im Club einen Streit?
Cherry: Gott sei Dank, du bist auf. Zieh eine Hose an.
Cherry: Und nein. Nicht, solange ich dort war. Was habe ich verpasst?

Marlowe schickte Cherry den Link und wartete, während sie auf ihrem Fingernagel herumkaute. Dann fiel ihr ein, dass ihr Nagellack sorgfältig beschädigt worden war, um ihn so aussehen zu lassen, als hätte sie ihn abgekaut, und dass sie den Anschluss gefährdete, wenn sie den Schaden vergrößerte. Als sie gerade die Hand senkte, kam eine Antwort.

Cherry: Mit IHM warst du also zusammen, als du gestern Abend verschwunden bist?

Marlowe: Nur für einen Tanz. Es war eine Mutprobe. Hat zu einem Spiel gehört, das seine Freunde spielten. Ja, Tanareve war auch dabei.

Cherry: Und sie hat euch beide zusammen gesehen?

Marlowe: Keine Ahnung, aber sie hat uns zu dem Tanz überredet.

Cherry: Wenn das nicht mit Photoshop bearbeitet wurde, war das mehr als nur ein Tanz.

Das Display blieb für eine Minute leer. Marlowe sank zurück in ihre Kissen, oder genauer gesagt, ihr Kissen. Einzahl. Sie sank nicht einmal besonders tief. Ihr Kissen war so flach wie eine Tortilla. Sie musste unbedingt in einige grundlegende Annehmlichkeiten investieren. Falls sie in L. A. blieb und weiterhin mit Babs und Cherry zusammenarbeitete, konnte sie sich zumindest vernünftiges Bettzeug kaufen. Und vielleicht eine Gabel oder zwei, die noch alle Zinken hatten.

Cherry: Hab den Artikel überflogen. Ist vermutlich Clickbait. Aber Maria und ich sind gegangen, kurz nachdem du mit deinem Uber fort bist. Sie lässt dich übrigens schön grüßen. ☺

Marlowe: Glückwunsch!

Cherry: Bereite dich auf unsägliche Schwärmerei vor.

Marlowe: Kann ich mich nicht krank melden? Panikattacke im Anmarsch.

Cherry: Willkommen beim Multitasking. Hab die Panikattacke, während du einkaufst.

Marlowe: Ich hätte die lieber in Ruhe.

Cherry: Nimm es nicht so schwer. A und T trennen sich öfter, als mittelmäßige weiße Männer unverdiente Beförderungen bekommen. Falls sie sich mal wieder trennen, ist es nicht deine Schuld. Selbst, wenn du ihn fast besprungen hast.

Marlowe: Ich komme heute nur zur Arbeit, wenn du mir versprichst, nie wieder *besprungen* zu sagen.

Cherry: Besprungen, besprungen, besprungen. Bis gleich!

Marlowe legte ihr Handy weg und blinzelte in Richtung Sonne. Falls sie wirklich in ihre Wohnung investierte, wären Gardinen die allererste Anschaffung. Dreihundertfünfundsechzig Tage Sonnenschein im Jahr hatten ihre Vorteile, aber nicht, wenn sich das Licht anfühlte wie die Glühbirne in einem Verhörraum und ihre Schuldgefühle und Panik verstärkte. Es war nur ein Tanz gewesen. Nicht wahr????

Da sie diese Frage nicht mit echter Überzeugung beantworten konnte, kümmerte sich Marlowe um den Igel in ihrem Mund und den verkrusteten Schweiß auf ihrer Haut. Sie hatte keine saubere Arbeitskleidung mehr, also zog sie ein ausgeblichenes Yale-T-Shirt an und unterzog eine abgeschnittene Jeans, die sie Anfang der Woche getragen hatte, einem Geruchstest. Bis sie Zeit hatte, Wäsche zu waschen, musste das reichen.

Bei einer Tasse starken Kaffees scrollte sie mit müdem Blick durch den Marathontrainingsblog ihrer Mutter und suchte nach der Spendengala ihres Vaters. Wenn sie wirklich wollte, konnte sie vermutlich an seiner Veranstaltung teilnehmen. Ihr Dad würde sogar das Flugticket bezahlen und ihr ein hübsches Kleid kaufen, aber sie war nicht gern von Leuten umgeben, die die Welt retteten, während zu ihren Alltagssorgen immer noch Mischhaut und das Gefühl, nicht am richtigen Ort zu sein, gehörten. Obwohl jetzt anscheinend noch die Angst dazukam, Hollywoods It-Paar auseinandergebracht zu haben.

Sie verschickte drei Nachrichten. Eine an ihre Mom (*Super! Ja, ich laufe noch, aber keine 18 Meilen.*), eine an ihren Dad (*Danke für die Einladung. Schaffe es nächsten Monat nicht nach NY. Arbeit.*) und eine an den Chat mit ihren Freundinnen (*Komischer Artikel. War gestern Abend mit Cast und Crew unterwegs. Alle haben sich gut verstanden. Auf dem Weg zur Arbeit. Später mehr.*) Die letzte Nachricht war ein wenig ausweichend, aber es stimmte und war alles, was sie im Moment zustande brachte.

Eine halbe Stunde später stieg Marlowe aus ihrem Uber und schleppte sich in die Garderobe des Studios, immer noch verkatert. Babs und Cherry berieten gerade über etwas auf Cherrys Computer, während an Babs' Schreibtisch ein schlanker Weimaraner auf einem Stuhl saß und Marlowe mit eindeutig schuldbewusstem Blick entgegensah. Marlowe kannte diesen Ausdruck nur zu gut, schließlich hatte sie Edith Head während der vergangenen fünf Monate viele Male zur Hundetagesstätte gebracht und wieder abgeholt. Die ersten paar Male war sie davon überzeugt gewesen, dass der Hund etwas angestellt haben musste. Inzwischen wusste sie, dass die gesenkte Schnauze und die nach oben gerichteten Augen Ediths Standardmiene waren, selbst wenn sie am Schreibtisch saß, als wäre sie die Chefin.

»Endlich!« Babs warf die Hände hoch. »Ediths Tagesstätte hat heute wegen Reparaturen geschlossen, und ich wusste nicht, wo ich sie sonst hinbringen sollte. Cherry und ich werden während der nächsten acht Stunden mit Anproben beschäftigt sein, aber Edith kann dich begleiten. Lass sie aber nicht allein im Auto. Das hasst sie.«

»Okay?« Marlowe blickte zwischen Babs und dem Hund hin

und her. »Wo fahre ich heute hin, und wird sich jemand daran stören, wenn ich einen Hund mitbringe?«

»Es wird ihnen nichts ausmachen, wenn du sie davon überzeugst, dass es kein Problem ist.«

»Leute zu überzeugen, ist nicht gerade meine Stärke.«

»Blödsinn. All dieses ungenutzte schauspielerische Talent sollte nicht verschwendet werden.« Babs schenkte ihr ein Lächeln, das gerade glaubwürdig genug wirkte, damit Marlowe es nicht als die Stichelei auffasste, die es war. Das war eins von Babs' größten Talenten. Eins von vielen.

Während Marlowe Ediths seidige Ohren streichelte, erklärte Babs, dass die neuen Szenen zwei Dutzend Nebendarsteller und drei Hauptdarsteller beinhalteten. Whitman und Janie konnten aus früheren Looks zusammengestellte Outfits tragen, aber Kamal würde in einen Teich fallen und völlig durchnässt werden. Da die Aufnahme mehrere Takes erforderte, wurden mehrere identische Kostüme gebraucht. Das ursprüngliche Outfit – eine schicke schwarze Wickelbluse und eine Dark Denim Pedal-Pusher-Jeans – war bereits gekauft und angepasst worden. Glücklicherweise kamen die Stücke aus einer Kette von Boutiquen, obwohl sie modifiziert worden waren, um sie weniger erkennbar zu machen. Jetzt musste Marlowe bis zum Ende des Tages so viele Dubletten wie möglich aufspüren, damit die Näherinnen und Färberinnen alles anpassen konnten und die Kleidung am Montag rechtzeitig zum Dreh fertig sein würde. Marlowe fragte sich, ob überhaupt irgendjemand, der beim Film oder Fernsehen arbeitete, ein Privatleben hatte, aber sie hakte nicht nach. Stattdessen notierte sie sich die notwendigen Informationen, leinte Edith Head an und versprach, ihr Bestes zu geben.

Cherry begleitete sie zum Parkplatz.

»Wie geht es dir?«, fragte sie.

»Ich bin verkatert. Müde. Kurz vorm Ausflippen. Möchte mich verzweifelt in einem Erdloch verkriechen. Und dir?«

Ein unbändiges Grinsen machte sich auf Cherrys Gesicht breit. »Geht mir genauso. Total.«

Marlowe lachte. »Wenn ich dich nicht so gern hätte, würde ich jetzt etwas wirklich Fieses sagen. Aber ich bin glücklich, dass du glücklich bist.«

Cherrys Grinsen wurde sogar noch breiter. »Danke. Ich bin auch glücklich, dass ich glücklich bin. Und lass das mit dem Ausflippen. Ganz egal, was mit Tanagus oder Angareve oder wie auch immer die Leute sie heutzutage nennen los ist, es renkt sich wieder ein. Das tut es immer.«

Marlowe drehte sich im Kreis, um die Leine abzuwickeln, die sich um ihre Beine geschlungen hatte.

»Ist dir schon mal aufgefallen, dass es nichts bringt, anderen Leuten zu sagen, sie sollen nicht ausflippen? Sie flippen trotzdem aus.«

»Ja, aber es kommt mir weniger schlimm vor, als dir zu sagen, dass Tausende Menschen dich jetzt vermutlich hassen.«

»Hervorragendes Argument.«

Sie umarmten sich, bevor Cherry zurück ins Gebäude ging und Marlowe eine schattige Stelle fand, an der sie Edith Head anbinden konnte, während sie jede Filiale von *Luscious Popsicle* in Fahrweite anrief und bat nachzusehen, ob sie die Bluse und die Jeans noch hatten, und falls ja, sie für sie zu reservieren. Sie fand sieben Läden, die mindestens eines der beiden Kleidungsstücke hatten, und war fest entschlossen, vor Ladenschluss bei allen vorbeizufahren. Sie gab die Route in ihr Handy ein, das ihr verriet, dass die Fahrt ungefähr acht Stunden dauern würde, und da waren die Zeit in den Läden oder die Betreuung des Hundes noch nicht mal eingerechnet. Wenn Marlowe Glück hatte, würde sie es gegen acht oder neun nach Hause schaffen, nachdem ihr örtlicher Waschsalon schon zu hatte. Der Tag würde anstrengend werden, erst recht, da der Artikel ihr so zu schaffen machte.

Aber vielleicht konnte sie noch einen weiteren Stopp einlegen ...

15

Tanareve schlang die Arme um Marlowes Schultern und zog sie in eine begeisterte Umarmung, was ihre übliche Begrüßung zu sein schien. Ihre dichten kastanienfarbenen Haare streiften Marlowes Nase und rochen nach Birne oder Guave oder irgendeiner anderen ausgefallenen Frucht. Sie trug einen niedlichen Viskose-Einteiler, der aussah, als hätte sie ihn einfach übergeworfen, obwohl er vermutlich mehrere Hundert Dollar kostete. Gleiches galt für ihre Ohrreifen und ihre bestickten Espadrilles.

»Süßer Hund«, sagte sie. »Ich freue mich so, dass du mir geschrieben hast.«

»Ja?« Marlowe zog an Edith Heads Leine und verhinderte nur knapp, dass der Hund einen Scone von einem nahestehenden Tisch mopste. Sie befanden sich in einem kleinen Straßencafé in der Nähe vom Rodeo Drive. Marlowe hatte Tanareve gefragt, ob sie irgendwann am Nachmittag Zeit zum Reden hatte. Tanareve hatte mit einer Uhrzeit und dem Ort geantwortet. Marlowe hatte den Termin bestätigt und das Café in ihre Route eingebaut. Jetzt waren sie hier, und Marlowes große *Es-ist-nichts-passiert*-Rede schien nicht mehr ganz so dringend. »Ich dachte, du bist vielleicht sauer wegen gestern Abend.«

»Weil du gegangen bist, ohne dich zu verabschieden?«

»Äh … nein.« Marlowe befestigte Ediths Leine an einem Stuhl und setzte sich Tanareve gegenüber. Der Hund zappelte, drehte sich im Kreis und weigerte sich, sich zu setzen, bis Marlowe einen weiteren Stuhl heranzog und Edith daraufspringen ließ. Dann suchte sie den Artikel und zeigte ihn Tanareve.

»Ach du liebe Zeit. Sie spielen das alte Spiel.« Tanareve winkte ab. »Das kann man nicht ernst nehmen, auch wenn sie mit ihren Photoshop-Fertigkeiten besser werden. Das letzte Foto wurde vor Jahren aufgenommen. Ich weiß nicht mal mehr, worüber ich da sauer war. Witzig. Es sieht tatsächlich aus, als hätte ich dasselbe Kleid an.« Sie reichte Marlowe lächelnd das Handy zurück.

Marlowe betrachtete die Bilder genauer. Tatsächlich, auf dem Foto, auf dem Tanareve Angus anschrie, sah ihr Kleid ein wenig anders aus, auch wenn die Farbe absolut identisch war.

»Ihr habt euch also gestern Abend nicht gestritten?«, wollte sie wissen.

»Ich habe ihm vorgeworfen, ein Stimmungskiller zu sein, aber das ist nichts Neues. Du hättest ihn als Teenager kennen sollen. Der totale Grübler. Wenn ich ihn auf eine Party mitgenommen habe, hat er den Abend dort damit verbracht, die Bücherregale zu durchstöbern, oder er stand in einer Ecke und hat mit Leuten, die viel zu bekifft waren, um was anderes zu tun, als ihn anzublinzeln, über einen obskuren Zweig der Philosophie diskutiert. Und die Starrerei! O Gott. Der Kerl kann immer noch eine geschlagene halbe Stunde einen Salzstreuer anstarren. Ich habe das schon oft angesprochen, aber er schwört, dass er es nicht absichtlich macht.«

Ein Kellner kam vorbei und verlangte von Marlowe, den Hund vom Stuhl zu scheuchen. Tanareve mischte sich ein. Als der Kellner sie erkannte, wurde aus dem Geschimpfe ein Schmeicheln, und er bot an, dem Hund eine Schüssel Wasser zu bringen. Er ging, ohne Marlowe zu fragen, ob sie irgendwas wollte.

Sie stützte sich auf die Ellbogen, denn sie hätte einfach auf der Tischplatte zusammensacken können, nachdem sie die letzten Stunden damit verbracht hatte, im Panikmodus durch L. A. zu fahren und Edith Heath durch Geschäfte zu zerren, in denen

Hunde absolut verboten waren. Außerdem erwies sich ihr Kater als sehr hartnäckig.

»Du und Angus seid also noch zusammen?«, hakte sie hoffnungsvoll nach.

»Wie, als Paar?«

»Ja?«

»Du liebe Zeit, nein.« Tanareve lachte, hell und strahlend. »Als wir uns kennengelernt haben, waren wir ungefähr vier Monate zusammen. Allerdings haben wir ziemlich schnell rausgefunden, dass wir nicht gut zusammenpassen. Als Freunde sind wir jedoch perfekt. Er sorgt dafür, dass ich bodenständig bleibe. Ich dränge ihn, ein wenig abenteuerlustiger zu sein.« Sie zupfte ein Stück von ihrem Biscotti ab und fütterte Edith damit, sodass Krümel zu beiden Seiten ihrer schlaffen Lefzen herausfielen. »Wir verbringen viel Zeit miteinander. Die Presse weiß nicht, was sie davon halten soll. Dass wir nur Freunde sind, bringt ihnen keine Klicks. Wir überlassen es jetzt beide unseren Publizisten. Die wissen, wann einige Kuschelfotos gut für die Einschaltquoten sind. Aber *diesen* Mist«, sie deutete auf Marlowes Handy, »den lernt man zu ignorieren.«

Marlowe steckte ihr Telefon ein und hatte immer noch das Gefühl, nicht mitzukommen. Nachdem sie in den letzten Wochen – und in den letzten Jahren – Fotos von Angus und Tanareve in Zeitschriften und auf Websites gesehen hatte, kam es ihr unmöglich vor, dass die beiden nur als Teenager für wenige Monate zusammen gewesen waren.

Bevor sie eine weitere Frage stellen konnte, kehrte der Kellner mit einer Schüssel Wasser zurück. Er stellte sie auf den Tisch, ohne zu verlangen, dass der Hund auf dem Boden trank, was auch gut so war, denn Edith trank bereits und spritzte dabei in alle Richtungen. Der Kellner wandte sich zum Gehen, doch

Tanareve hielt ihn auf, indem sie Marlowe demonstrativ fragte, ob sie etwas bestellen wolle. Der Kellner musterte ihr ausgeleiertes T-Shirt und ihren schlampigen Pferdeschwanz und hob eine Braue. Marlowe ignorierte seine offensichtliche Geringschätzung und bestellte einen Latte to go. So dankbar sie Tanareve für die Gesellschaft und die offenen Worte war, sie musste immer noch vier weitere Läden aufsuchen, bevor sie schlossen.

»Wie lernt man zu ignorieren, was die Leute über einen sagen?«, fragte sie, eine einfache Frage, die aber ans Eingemachte ging.

»Man legt sich ein dickes Fell zu. Man sucht sich eine gute Therapeutin. Und man konzentriert sich auf das Absurde an solchen Situationen. *Hollywood Reporter* hat einmal einen Artikel darüber gebracht, dass ich einen Affen aus einem Zoo gestohlen hätte. *BuzzFeed* hat behauptet, ich würde meine Unterwäsche versteigern. Die Leute sagen alles, wenn es Klicks bringt. Wenn ein Affe meine Unterwäsche versteigern würde, das wäre wirklich einen Klick wert.« Sie lachte erneut, wobei ihre Haarmodelwellen über ihre perfekt gebräunten und geformten Schultern fielen. Früher hatte Marlowe davon geträumt, solche Schultern zu haben. Dann hatte sie gelernt, dass man dafür Sport treiben musste. Tanareve teilte eindeutig nicht Marlowes Abneigung gegen körperliche Ertüchtigung. Vermutlich mochte sie auch noch Gemüse, sogar Grünkohl. »Wenn dich das Gequatsche wirklich stört, dann mach es doch wie Angus, und meide das Internet komplett. Er hat E-Mail und liest die Nachrichten online oder bestellt Dinge im Netz, aber so ziemlich alles andere hat er blockiert.«

»Oh …« Marlowe ließ das Kinn wieder in die Hände sinken, als ihr die Bedeutung von Tanareves Worten klar wurde. »Er betreibt seinen Insta-Account also nicht selbst?«

Tanareve schüttelte den Kopf und ließ damit einen weiteren Hauch ihres fruchtigen Shampoos aufsteigen.

»Es ist ein Account für die Fans, der von einem PR-Profi betrieben wird. Sie hat einen großen Vorrat an Fotos und ist immer mit ihrem Handy unterwegs, um neue Bilder zu schießen. Angus lässt sie mit dem Account machen, was sie will, solange er die Kommentare der Trolle nicht sehen muss.«

Marlowe ließ diese Information noch eine Minute auf sich wirken. Alles ergab jetzt so viel mehr Sinn – die Diskrepanzen zwischen dem Menschen, der Angus in Wirklichkeit war, und seiner Online-Persona –, aber was war das für ein bizarres Leben, wenn die gesamte öffentliche Persona eines Menschen nicht nur künstlich, sondern komplett von jemand anderem konstruiert worden war?

Während sie darüber nachdachte, drehte Edith Head sich auf ihrem Stuhl im Kreis und balancierte dabei gefährlich auf ihren dünnen Beinen, bevor sie sich wieder auf ihrem knochigen Hintern niederließ und ihre übliche schuldbewusste Miene aufsetzte.

Marlowe vermutete, dass ihr eigener Gesichtsausdruck ähnlich war. Kein Wunder, dass Angus so sauer geworden war, als sie seine Social-Media-Nutzung kritisiert hatte. Aber wie hätte sie wissen sollen, dass jemand anders hinter seinem Account steckte? In ihrer Welt hatte man keine PR-Profis zur Verfügung, was dank der Unmengen an wahnsinnig langweiligen Essens- und Blumenfotos, die sie posteten, ganz offensichtlich war. Ein weiterer Grund, warum sie Social Media kaum nutzte. Doch wenn ihre Freunde etwas veröffentlichten, dann wollten sie, dass andere es sahen.

»Das wusste ich nicht«, gab sie zu. »Da habe ich ihn wohl falsch eingeschätzt.«

»Das passiert schnell. Er ist schwer zu durchschauen und lässt nicht viele Menschen an sich ran.« Tanareve gab Edith noch ein Stück von ihrem Keks. »Er ist ein guter Schauspieler, also weiß er, wie er bei den Fans seine ›freundliche Seite‹ anknipst. Außerdem ist er ein erstklassiger Flirt. Und mit seinen engsten Freunden ist er dicke – wenn du erst mal dazugehörst, gehörst du *dazu*. Aber dir ist vermutlich inzwischen längst aufgefallen, dass er ein total introvertierter Typ ist. Deshalb haben Idi, Whitman und ich ihn so sehr zum Tanzen gedrängt.«

»Richtig. Der Tanz.« Marlowe sackte nach vorne und wäre beinahe in Ediths Wasserschüssel gelandet.

Tanareve betrachtete sie besorgt.

»Ich weiß nicht, ob zwischen euch beiden was läuft oder nicht«, sagte sie. »Aber wenn du an mehr als nur einem Tanz interessiert bist, dann hab einfach ein bisschen Geduld. Er errichtet viele Mauern. Wie die meisten Männer versteckt er seine weiche Seite, aber all diese undurchdringliche Selbstsicherheit ist nur gespielt.« Sie bemerkte die Überraschung in Marlowes Augen und lachte. »Versteh mich nicht falsch. Er weiß, dass ihn viele Frauen attraktiv finden, aber er hält sich nicht für ›beziehungstauglich‹. Die meisten Frauen geben sich keine Mühe, ihn kennenzulernen. Sie wollen lediglich eine Geschichte, die sie ihren Freundinnen erzählen können.« Sie machte eine Pause, um einen Schluck Tee zu trinken, und gab Marlowe damit einen Moment Zeit, um zu erkennen, dass sie am Tag des Schuhkaufs genau so über Angus gedacht hatte. Nicht *Ich würde ihn gern besser kennenlernen* oder *Ich genieße seine Gesellschaft*, sondern *Das wird die Geschichte werden, die ich die nächsten Jahre auf jeder Party erzähle*. Aber sie hatte ihn auch mit Fans erlebt.

»Ihm scheint diese Art von Aufmerksamkeit nichts auszumachen«, meinte Marlowe.

Tanareve zuckte mit ihren herrlichen Schultern. »Bis zu einem gewissen Grad macht es ihm Spaß, aber es ist eher aus Gewohnheit als aus echtem Interesse. Es ist alles so oberflächlich. Die meisten Fans wollen die Charaktere treffen, die sie in der Serie lieben, nicht die Menschen, die diese Charaktere spielen. Sie verstehen nicht immer den großen Unterschied zwischen den beiden.« Tanareve lächelte, als spräche sie aus Erfahrung, und Marlowe erinnerte sich, dass Angus neulich im Auto etwas Ähnliches gesagt hatte. »In Wahrheit ist Angus einsam. Er würde mich umbringen, wenn er wüsste, dass ich dir das erzähle, aber es ist kein schönes Gefühl zu wissen, dass die Leute die künstliche Version von dir der echten vorziehen. Das ist nicht gerade toll fürs Selbstbewusstsein.«

Während Tanareve an ihrem Tee nippte und ihren Biscotti knabberte, ging Marlowe in Gedanken noch einmal jede ihrer bisherigen Interaktionen mit Angus durch, von den Insta-Posts, die sie als Geltungsbedürfnis abgetan hatte, über das Flirten, das sie ihm untersagt hatte, bis hin zu seinem Ärger über ihre ständigen Annahmen. *Vielleicht sind unsere Leben nicht so unterschiedlich, wie du glaubst*, hatte er gesagt. Und vielleicht hatte es zwischen ihnen gefunkt, aber was nun? Nach nur einem Tanz stand Marlowe im Zentrum einer neuen Welle von Klatsch und Tratsch.

Sie hatte versucht, ihn zu ignorieren, aber sie konnte nicht anders. Zwischen ihren Ladenbesuchen hatte sie *Angus Gordon + Tanareve Hughes + Kellnerin* gegoogelt. Der *Star Spotting*-Artikel war auf andere Websites übergeschwappt, und der Hashtag *#IShipTheWaitress* trendete wieder auf Twitter. Diesmal waren die Fans zwiegespalten – einige behaupteten, sie hätten von Anfang an gewusst, dass »da etwas im Busch war«, während andere tweeteten, dass Marlowe »ihn nicht verdiente«. Sie hatte nicht mal mit der Kritik an ihrer kreativen Arbeit in New York umgehen können, wie sollte sie Kritik aushalten, die so viel persönlicher war, so viel bissiger und so viel weniger informiert?

Antwort: Sie konnte es nicht.

»Zwischen uns läuft nichts«, sagte sie. »Allerdings schulde ich Angus eine Entschuldigung.«

»Das ist ein guter Anfang.« Tanareve schenkte Marlowe ihr Eine-Million-Dollar-Lächeln und gab ihr das Gefühl, dass womöglich alles gut werden würde. So warmherzig war es und so stark. Kein Wunder, dass Tanareves Karriere in Schwung gekommen war, als sie erst zehn war. Und kein Wunder, dass die Fans sauer waren über die angebliche Fremdgeherei von Angus und Marlowe.

Kurz darauf kehrte der Kellner zurück. Marlowe bezahlte ihren Latte und bewegte Edith Head zum Aufbruch. Tanareve umarmte sie beide herzlich und ermutigte Marlowe, sich jederzeit bei ihr zu melden. Marlowe dankte ihr aufrichtig, woraufhin sich Edith zum Pinkeln direkt zwischen die Tische des Cafés hockte. Marlowe war entsetzt. Sie schnappte sich Servietten, aber Tanareve scheuchte sie fort und lachte auf ihre ansteckende, fröhliche Art.

»Geh!«, verlangte sie. »Ich kläre das mit Mr. Hochnäsig.«

»Danke!« Marlowe umrundete die Pfütze. »Und beim nächsten Mal solltest du nicht die Frau in Gefahr spielen. Ich finde, du solltest die Superheldin sein.«

»Da hast du recht!«, rief Tanareve ihr nach.

Als Marlowe in ihr stinkendes, überhitztes Auto stieg und mühsam das Fenster öffnete – Edith zuliebe und auch um ihrer selbst willen –, schwor sie sich, nie wieder so viele Vermutungen über irgendetwas anzustellen, selbst wenn sie offensichtlich schienen. Dann schob sie alle Gedanken an Angus und Tanareve und Klatschseiten, die Menschen wie Hühnerfutter behandelten, auf dem herumgehackt werden durfte, beiseite. Das war alles nebensächlich. Marlowe hatte eine Aufgabe zu erledigen und eine ungeduldige Chefin zufriedenzustellen. Während der nächsten paar Stunden war nichts anderes von Bedeutung.

16

Marlowe: Die Garderobe ist abgeschlossen.
Cherry: Wir waren vor zwei Stunden mit den Neben-
darstellern fertig. Wir sind jetzt bei Whitman.
Marlowe: Wo soll ich alles hinstellen?
Cherry: Kamalas Trailer sollte offen sein. Babs und ich
sind gleich fertig. Wir treffen uns in 20 Minuten mit dir
an der Garderobe zur Hundeübergabe. Du bist meine
Heldin.

Marlowe wollte gerade antworten, aber da fiel ihr das Handy
runter. Mit den sieben Einkaufstüten, dem thailändischen Bio-
Essen, um das Babs gebeten hatte, und dem ruhelosen Hund
konnte sie von Glück reden, dass sie es überhaupt geschafft
hatte, die Nachrichten zu schreiben. Außerdem hatte sie nicht
gerade gute Laune. Die Kopfschmerzen von ihrem Kater waren
immer noch da. Ihr Handgelenk war aufgescheuert von der
Leine. Ihr Hirn wiederholte ständig gemeine Kommentare von
Fremden. Ihre Muskeln taten ihr vom Tanzen am Vorabend weh.
Jetzt, da die Nacht hereingebrochen war, hatte sie Gänsehaut.
Außerdem hatte sie Vanille-Shake im Haar, dank eines wütenden
Heart's Diner-Fans, der sie als die Kellnerin erkannt, sie als Män-
ner stehlende Schlampe bezeichnet und ihr den Inhalt eines
McDonald's-Bechers ins Gesicht geschüttet hatte. Jetzt war Mar-
lowe völlig fertig und mit ihrer Geduld am Ende. Sie wollte nur
noch duschen, in ihr klumpiges Bett kriechen und beten, dass
Babs ihr den Sonntag freigab.

Sie hob ihr Handy auf und steckte es ein, während Edith sie an der Leine umkreiste. Marlowe wickelte sich aus und verstärkte ihren Griff an den Taschen, dann stolperte sie über das Gelände bis zu den Trailern der Schauspieler. Sie hatte es beinahe geschafft, als Edith einer winzigen Maus nachsetzte, die ihren Weg kreuzte. Marlowe wurde nach rechts gezogen, ließ einige Taschen fallen und beobachtete, wie der Inhalt herausfiel.

»Ach, echt jetzt?«, rief sie gen Himmel. »Jetzt gönn mir doch mal eine Pause.«

»Ungeschickt, vom Pech verfolgt oder verflucht?«, fragte da eine tiefe Stimme hinter ihr.

Marlowe drehte sich langsam um, oder zumindest versuchte sie, sich langsam umzudrehen, bis Edith Angus praktisch ansprang und seine Hände liebevoll anstupste, damit er sie streichelte. Er trug seine übliche tief sitzende Jeans und ein einfaches weißes T-Shirt, mit einer leichten Jacke, weil er wusste, wie man sich für das Wetter in L. A. anzog. Außerdem zog er sich vermutlich ohne Kater an.

»Was machst du hier?«, fragte sie, viel zu erschöpft für Nettigkeiten.

»Ein bisschen Voiceover. Es war nicht dringend, aber ich hatte gerade Zeit.« Er streckte eine Hand aus.

Marlowe erkannte seine Absicht und gab ihm die Leine. Dann hockte sie sich hin, um die Klamotten einzusammeln, klopfte jedes Teil ab und hoffte inständig, dass nichts beschmutzt oder beschädigt war.

»Babs hat dich heute zur Arbeit zitiert?«, fragte Angus, als er auch das Thai-Essen nahm und es außerhalb von Ediths Reichweite hielt.

»Sie haben eine Wasserszene hinzugefügt. Wir brauchten Ersatzoutfits, obwohl die kaum nötig sein werden, weil Babs sich für schwarzen Perkal und Dark Denim entschieden hat.« Marlowe stieß einen lauten Atemzug aus, während sie eine abgeschnittene Jeans zu einigen anderen in eine Tasche legte. »Durch die Kamera sieht man nicht, dass sie nass sind. Ein helles Baumwollkleid hätte das deutlicher gemacht. Selbst ein heller Jeansstoff hätte dem Zuschauer wenigstens *etwas* gezeigt. Eine Bauernbluse. Voile. Chiffon. Alles ohne Stabilisatoren. Aber das hier ist sinnlos.« Sie sammelte ihre Taschen ein und griff nach der Leine.

Angus schüttelte den Kopf. »Ich hab sie. Wo gehen wir hin?«

»Die Klamotten sollen in Kamalas Trailer. Das Essen und der Hund bleiben bei mir, bis Babs von ihrer letzten Anprobe auftaucht und mir die Schuld dafür gibt, dass ihr Essen kalt ist.«

»Na los.« Angus nickte in Richtung des nächstgelegenen Trailers. »Wir warten hier.«

Marlowe öffnete den Mund zum Widerspruch, aber dies war nicht der Moment, um Hilfe abzulehnen.

»Danke«, sagte sie. »Ich bin gleich wieder da.«

Sie brachte die Kleidung weg. Im Trailer nahm sie sich einen Moment, um ihr Spiegelbild zu betrachten. Ihr Pferdeschwanz wurde kaum noch von dem Haarband gebändigt. Ihr T-Shirt war mit Pseudo-Milchprodukten bespritzt. Ihr Gesicht hatte den stumpfen Schimmer von Hundespucke, wo Edith einen Großteil der entsprechenden Milchprodukte abgeleckt hatte. Sie fühlte sich ungefähr so attraktiv wie die Komposttonne ihrer Mutter. Da sie wenig gegen dieses Gefühl oder die Ursachen für dieses Gefühl tun konnte, ging sie nach draußen, wo Angus Edith gerade eine Frühlingsrolle fütterte.

»Das wird meinen Abend nicht gerade einfacher machen«, stellte Marlowe fest.

»Sie sah hungrig aus.«

»Sie ist ein Hund. Hunde sehen immer hungrig aus.« Marlowe nahm die Leine, während Edith die Frühlingsrolle verputzte und Angus die Tüte mit dem Essen wieder verschloss.

»Wo wartest du?«, wollte er wissen.

»Vor der Garderobe.«

»Bist du sicher?« Er betrachtete ihre nackten Arme. »Du kannst gern in meinem Trailer warten.«

Marlowe blickte an ihm vorbei dorthin. *Der Sicherheitsmann an der Tür davor soll nur dafür sorgen, dass die Frauen einzeln eintreten*, hatte Cherry gesagt. *Ich gehe nicht mal in die Nähe seines Trailers*, hatte Marlowe geantwortet und später *Ich werde garantiert nicht Nummer zweihundertirgendwas sein.*

»Nicht nötig«, erwiderte sie. »Das ist schon in Ordnung so.«

»Ich versuche nicht, dich zu verführen.«

»Super. Ich versuche auch nicht, dich zu verführen.«

Er warf ihr einen kurzen Blick zu, während sich der Hauch eines Lächelns auf seinem Gesicht abzeichnete.

»Ach was«, neckte er sie.

Sie schnappte sich die Tüte mit dem Essen. »Nett. Echt nett. Als ob ich mich gerade noch schlechter fühlen müsste.« Sie wirbelte herum und machte sich auf den Weg zur Garderobe, aber er folgte ihr dicht auf den Fersen.

»Warum bist du so fest entschlossen, alles falsch zu verstehen, was ich zu dir sage?«, wollte er wissen.

»Du hast das ›Ach was‹ also als Kompliment gemeint?«

»Als Scherz. Offenbar war es ein schlechter.«

»Das Geplänkel mit der Garnierung war mir eindeutig lieber.«

»Zur Kenntnis genommen.« Er wich Edith aus, als sie ihm vor die Füße lief, um an einer Ecke des Gebäudes zu schnüffeln. »Im Ernst, warum reden wir nie ganz einfach miteinander?«

Marlowe blieb stehen und drehte sich zu ihm um. »Du willst

reden? Okay. Wie wäre es für den Anfang mit ›Ich poste nicht selbst auf meinen Social-Media-Accounts, und ich habe keine Freundin‹.«

Er zog die nicht-ganz-roten Brauen zusammen. »Du dachtest, ich hätte eine Freundin?«

»*Alle* glauben, dass du eine Freundin hast!«

»Also deshalb ...« Er fuhr sich mit der Hand übers Kinn, langsam und nachdenklich.

»Ja. Deshalb.« Marlowe zog leicht an der Leine und holte Edith wieder bei Fuß. »Ich weiß, dass ich dir eine Entschuldigung schulde. Eine große. Ich habe eine Menge Vermutungen angestellt, was ich nicht hätte tun sollen, aber man sollte doch annehmen dürfen, dass du zumindest eine Ahnung davon hast, was auf *deinen* Konten in *deinem* Namen geteilt wird.« Sie hielt inne und wartete auf Widerspruch.

Angus strich sich weiter gedankenverloren über seine Bartstoppeln, aber es kam kein Widerspruch. Marlowe hatte keine Ahnung, wie sie auf sein Schweigen reagieren sollte, daher verstärkte sie ihren Griff um Ediths Leine und ging weiter bis zum Treffpunkt vor der Garderobe. Einen Moment später folgte Angus ihr und setzte sich neben sie auf die Eisenbahnschwellen, die eine Gruppe von Palmen und Gestrüpp umgaben.

Da er weiter schwieg und ihr das von Minute zu Minute unangenehmer wurde, machte sich bei Marlowe der Wunsch bemerkbar, ihre Worte zurückzunehmen. Dies war der Moment in einem Gespräch, an dem Kelvin ihr Recht auf Kritik infrage stellen oder ihre Kritik mit seiner eigenen überbieten oder sie fragen würde, was passiert war, dass sie so »mürrisch« gemacht hatte, oder ...

»Du hast recht«, sagte Angus. »Es ist mein Name. Meine Verantwortung.«

Marlowe starrte ihn an, bemerkte, dass sie ihn anstarrte, und schloss den Mund. Während sie noch über die Einfachheit seiner Antwort staunte, nahm Angus einige Kieselsteine auf, drehte sie in den Händen hin und her und betrachtete sie, als enthielten sie die Antwort auf die großen Geheimnisse des Universums.

»Früher habe ich mich mehr engagiert«, sagte er. »Aber ich konnte nicht gut filtern. Social Media zu checken, war für mich, wie auf eine Party voller Leute zu gehen, die gar nicht eingeladen waren, Menschen, die sich alle ins Wort fielen und um Aufmerksamkeit kämpften, indem sie die lauteste, explosivste Stimme im Raum waren. Und irgendwie hatte ich dauernd das Gefühl, mich dem Zorn stellen, mich erklären oder verteidigen zu müssen. Also habe ich die Party verlassen. Und die Tür hinter mir abgeschlossen.« Er ließ einen Kieselstein über den größtenteils leeren Parkplatz schlittern und sah zu, wie er schließlich zum Halten kam.

Marlowe folgte seinem Blick. Sie war nicht mehr wütend, nur noch irgendwie … traurig.

»Aber es ist deine Party«, erwiderte sie sanft und leise, als ob sie eine schlechte Nachricht überbrachte.

»Ich weiß.« Er ließ einen weiteren Kieselstein über den Parkplatz schlittern, wie einen Stein über einen See. »Wenn ich nach Hause komme, entsperre ich die Accounts. Ich werde sie mir ansehen. Mit meiner PR-Rep reden.«

»Oder ich kann dir die Wartezeit ersparen.« Marlowe rief seinen Insta-Account auf, scrollte zu der Aufnahme von ihnen beiden an ihrem Auto und reichte Angus ihr Handy. »Ich dachte, wir wären allein. Und würden uns wie Freunde unterhalten.«

Angus betrachtete stirnrunzelnd das Foto. »Allein. Ja. Ich auch. Es tut mir so leid. Ich hätte klarere Grenzen setzen sollen.« Er scrollte durch weitere Fotos. Süße Pärchenbilder. Gruppenfotos mit anderen Darstellern, auf denen alle glamourös, makellos und wunderschön aussahen. Nahaufnahmen in Schwarz-Weiß, die Angus' lächerlich durchtrainierten Körper zur Geltung brachten. »Ich habe keine Ahnung, wie du auf die Idee kommen konntest, dass ich eingebildet bin.«

»Da muss die Fantasie mit mir durchgegangen sein.«

»Und das ganze Zeug über Tan.«

»Nicht gerade subtil.«

Angus nickte, bevor er ihr das Handy zurückgab. Einige Sekunden lang saßen sie schweigend da, obwohl sich die Stille diesmal nicht so erdrückend anfühlte.

»Ich verstehe den Instinkt, das alles hinter sich zu lassen«, sagte Marlowe. »Und ich verstehe, warum du es satthast, dich verteidigen zu müssen, aber einige grundlegende Wahrheiten sollten nicht zu viel verlangt sein.«

»Wie viele ist einige?«

»Wahrheiten? Keine Ahnung. Fünf?«

Er dachte darüber nach und nickte erneut. »Okay. Fünf gegen fünf. Schieß los.«

»Ich kann dich alles fragen, und du wirst mir antworten, ohne auszuweichen?«

»Ich gebe mein Bestes.« Er stützte einen Ellbogen auf den Oberschenkel und lehnte die Wange auf seine lose Faust, dann beobachtete er sie von der Seite. Seine Haltung war herrlich gewöhnlich, leicht zusammengekrümmt und ohne jede Angeberei. Er war einfach nur ein Mann, der sich unterhielt. Aber vielleicht war seine Körperhaltung auch irrelevant. Vielleicht sah er »einfach nur wie ein Mann« aus, weil Marlowe endlich das tat, worum er sie am Set gebeten hatte: ihn als Mensch zu sehen statt als Illusion.

»Lieblingsfarbe?«, fragte sie.

»Grau. Dunkelgrau. Wie Steine in einem Fluss. Wie sehr hasst du deinen Job?«

Marlowe zuckte zusammen. »Das ist deine erste Frage?«

»Ich habe nur fünf. Deine Lieblingsfarbe ist mir scheißegal.«

»Ich wollte nur höflich sein.«

»Dein Pech.« Sein Lächeln flackerte wieder auf, zwar nur leicht, aber doch genug, um es ein Lächeln zu nennen.

Marlowe zog Edith Head an ihre Seite und ließ sie sich setzen. Edith murrte und rutschte hin und her, weil ihr Stühle lieber waren, aber ihr Gezappel verschaffte Marlowe Zeit, um über die Antwort nachzudenken.

»Ich lerne viel«, begann sie. »Es ist eine … augenöffnende Erfahrung.«

»Du legst die Messlatte für ›keine Ausflüchte‹ ziemlich niedrig an.«

»Na schön.« Marlowe blickte sich in alle Richtungen um, um sicherzugehen, dass sie allein waren. »Ich hasse meinen Job. Die meisten Aufgaben könnten von jedem erledigt werden, der ein Auto und eine Kreditkarte besitzt. Bei den Aufgaben, für die meine Fähigkeiten benötigt werden, muss ich gleichzeitig dafür sorgen, dass meine Chefin denkt, dass nur *ihre* Fähigkeiten nötig wären. Ich erzähle keine inspirierende Geschichte. Ich mache keine interessante Kunst. Aber wenigstens ist der Job nur vorübergehend und führt zum nächsten Job, der vielleicht besser ist.« Sie zog eine Grimasse, denn sie war nicht sicher, ob ein Film mit Babs weniger schmerzhaft sein würde als eine Serie mit Babs. Natürlich wartete Chloes Manuskript noch darauf, gelesen zu werden, aber das Angebot war ein Schuss ins Blaue. Selbst wenn Marlowe den Job als Kostümbildnerin bekam, war sie nicht sicher, ob sie damit klarkäme. Und apropos Dinge, von denen sie nicht wusste, ob sie damit klarkam … »Mit wie vielen Frauen hattest du Sex?«

Angus brach in nervöses Lachen aus, das erst nach langer Zeit abflachte.

»Okay. Mit den Höflichkeiten ist offenbar Schluss.« Er kratzte sich im Nacken, und sein Blick huschte nach links, rechts und überall dazwischen. »Wow. Okay. Äh … mehr als zehn, weniger als zwanzig.«

Marlowe fiel beinahe von ihrer Eisenbahnschwelle. »Das ist alles?«

Er lachte erneut, immer noch unsicher. »Warum? Wie lautet denn deine Zahl?«

»Das spielt keine Rolle.«

»Das kannst du vergessen. Ich hab es dir auch gesagt.«

»Ich dachte, sie wäre viel höher.« Sie schlang einen Arm um Edith und wandte ihre Aufmerksamkeit damit dem deutlich unkomplizierteren ihrer beiden derzeitigen Begleiter zu. Der Hund war warm, weich und kuschlig, obwohl er nie still saß. Während Marlowe mit ihm kuschelte, pflückte Angus ein Blatt von einem dornigen Strauch neben seiner Schulter. Er drehte es und spielte damit, als brauchte er ebenfalls etwas, worauf er seine Aufmerksamkeit richten konnte.

»Ich weiß, was die Leute denken«, sagte er. »Sie halten mit ihrer Meinung nicht hinter dem Berg. Es ist einer der Gründe, warum ich mich aus den sozialen Medien verabschiedet habe. Die Wahrheit ist, ich habe es mit unverbindlichem Sex versucht. Es hat seine Vorteile, aber nur, wenn es das ist, was beide wollen. Ansonsten führt es nur zu Enttäuschung und Verbitterung.«

»Die Frauen, mit denen du geschlafen hast, wollten also zu schnell mehr?«

Er schüttelte den Kopf und drehte das Blatt zwischen Daumen und Zeigefinger hin und her. Sie sah ihn an und war verblüfft, wie weit sie mit einigen ihrer Vermutungen über ihn danebengelegen hatten. Einen Moment lang sprach keiner von ihnen. Dann stupste er sie mit dem Knie an.

»Richtig. Ich bin dran.« Sie schickte einen *Fuck-my-life*-Blick in den verhangenen Nachthimmel. »Drei.« Der erstaunte Ausruf, den sie erwartete, kam nicht. »Meine Jugend war nicht so von Aufmerksamkeit geprägt wie deine. Ich war unbeholfen. Ruhig. Mit vielen befreundet, aber mit niemandem zusammen. Auf dem College lief es nicht besser. Die meiste Zeit habe ich mit Lernen oder an der Nähmaschine verbracht und die wunderschönen, lustigen, aufgeschlossenen Mädchen beneidet, in die praktisch jeder Kerl verknallt war.«

»Ich war mit so einem Mädchen zusammen. Es ist anstrengend.« Er ließ das Blatt fallen und tippte es mit seinen weißen Converse an.

Marlowe erinnerte sich daran, wie er am Vorabend Tanareve gegenüber an der Bar gesessen hatte, und an ihre absolut gegensätzlichen Ausstrahlungen. Die meisten von Marlowes Datingversuchen hatten mit dem Vorwurf geendet, dass man mit ihr »nicht genug Spaß haben« konnte. Die wenigen Male, die sie sich auf einer Dating-Seite eingeloggt hatte, war *Spaß* das Wort gewesen, das in jedem Profil auftauchte. *Auf der Suche nach jemandem für Spaß. Möchte nur Spaß haben. Muss viel Spaß verstehen.* Selbst Kelvin hatte sie manchmal dafür kritisiert, dass sie zu Hause bleiben und kuscheln wollte, statt gemeinsam ein großes Abenteuer zu suchen. Die Beweislage schien eindeutig. Männer wollten Frauen, die nicht traurig waren oder wütend oder zu kämpfen hatten oder sich von der Welt zurückziehen mussten. Sie wollten Lächeln und Überschwang. Aber vielleicht nicht alle Männer.

Als die Stille sich ausdehnte, nickte Angus in Richtung von Marlowes T-Shirt.

»Du warst in Yale?«, fragte er.

»Ja. Für meinen Masterstudiengang. Die besten drei Jahre meines Lebens. Und du? Wo warst du auf dem College?«

»Nirgendwo. Ich habe mit vierzehn aufgehört, zur Schule zu gehen. Danach gab es nur noch Privatunterricht oder Bücher, die ich mir selbst besorgt habe.« Er warf ihr einen Seitenblick zu, als ob er auf einen Kommentar von ihr wartete, aber sie sagte nichts.

Er rutschte trotzdem umher und stieß mit dem Fuß gegen die Pflanzen, zeigte ihr eine ruhigere, weniger imposante Version des Kerls, den sie während der vergangenen Monate am Set herumstolzieren gesehen hatte. »Die Branche ist hart. Die Arbeitszeiten und das Herumreisen machen es schwer, ein normales Leben zu führen. Wobei ich dir das nicht sagen muss, da du an einem Samstagabend um neun mit einem Hund und Essen für deine Chefin bei der Arbeit bist.«

»Vielleicht verbringe ich meine Samstagabende gerne so.«

»Komisch. Du kamst mir eher wie jemand vor, der Kurse für veganes Kochen besucht.«

»Volltreffer.« Sie legte den Kopf auf Ediths Rücken und wurde von Sekunde zu Sekunde schläfriger, jetzt, wo sie nicht mehr dauernd auf dem Sprung war. »Wo sind wir, bei Nummer vier? Was hältst du wirklich von all den Fanfotos und Autogrammen?«

Er zuckte mit den Schultern und zupfte ein weiteres Blatt vom Busch.

»Ich finde es toll, dass die Leute eine Verbindung zu mir aufbauen wollen, oder wenigstens eine Verbindung zu demjenigen, für den sie mich halten. Ohne Fans würde ich immer noch den Hundeausführer Nummer zwei spielen.« Er blickte an Marlowe vorbei auf Edith. »Ich weiß es also zu schätzen. Wenn es jemanden glücklich macht, dass ich mit meinem Namen unterschreibe oder ein Foto mache, ist es das Mindeste, was ich tun kann.

Aber …« Er beugte sich zu Edith hinüber, als ob er direkt zu ihr sprach. »Wenn ich die Wahl hätte, würde ich unerkannt durch die Welt laufen. Keine Fotos. Keine Autogramme. Keine Menschen, die erzürnt darüber posten, was für ein Arsch ich bin, weil ich nicht stehen geblieben bin und für sie gelächelt habe.«

»Mmm«, machte Marlowe und wurde noch schläfriger.

»Ich bin dran. Jetzt habe ich eine schwere Frage für dich.«

»Nur zu.«

»Was, zum Teufel, ist das in deinen Haaren?«

»Oh. Das.« Marlowe richtete sich auf und betastete eine verkrustete Stelle über ihrem rechten Ohr. »Heute Morgen ist ein Artikel über uns erschienen. Offenbar stehe ich jetzt zwischen dir und Tanareve. Keine Ahnung, wie ich das geschafft habe, aber wow, einige deiner Fans sind echt sauer.«

Angus erstarrte und beobachtete, wie sie wieder gegen den Hund sank.

»Es tut mir leid«, sagte er.

»Du hast versucht, mich zu warnen.«

»Es tut mir trotzdem leid.« Er runzelte besorgt die Stirn. »Kann ich es wiedergutmachen?«

Sie schüttelte träge den Kopf. Dann wurde ihr bewusst, was er da gefragt hatte. »Wie denn?«

»Was machst du nach der Arbeit?«

»Ist das deine letzte Frage?«

»Klar, wenn das eben deine letzte war?«

»Passt.« Ihre Augen wurden glasig, während sie über den Parkplatz blickte. »Nummer eins, duschen. Nummer zwei, einen Waschsalon finden, der am Wochenende noch spät geöffnet hat, da ich überhaupt keine sauberen Klamotten mehr habe. Daher auch mein aktuelles Outfit. Ich würde bis morgen warten, aber womöglich tritt Babs mit einer weiteren unmöglichen To-do-

Liste in der Hand meine Tür ein. Nummer drei, Handy auf lautlos stellen. Nummer vier, bis ans Ende aller Tage schlafen.«

Er blinzelte sie an, und ihr fiel wieder auf, wie schön er war. Allerdings hatte dieser Gedanke auch zu dem Tanz geführt, und ohne den wären ihre Haare jetzt frei von Shake. Verdammte Pheromone.

»Du hast keine eigene Waschmaschine und keinen Trockner?«, hakte Angus nach.

»Du hast deine Fragen schon alle verbraucht. Und die hier riecht nach Privileg.«

»Ich werte das mal als Nein.« Er streckte eine Hand aus. Marlowe war sich nicht sicher, was er damit bezweckte. Er hielt sie näher an sie heran. »Dein Handy. Ich kenne einen Ort, der die ganze Nacht auf hat. Dort gibt es auch tolle Duschen, bequeme Betten und Bitte-nicht-stören-Schilder.«

»Du meinst ein Hotel mit Wäschedienst?«

»So was in der Art.«

»Ich bezweifle, dass ich mir das leisten kann.«

»Es ist billiger, als du vielleicht glaubst.«

Marlowe blickte weiterhin fragend auf seine Hand und versuchte sich den Ort vorzustellen, den er beschrieb, aber sie hatte keinerlei Energie mehr für Fragen oder Antworten. Also reichte sie ihm ihr Handy. Er tippte etwas ein und gab es ihr zurück.

»Danke«, sagte sie. »Und auf das Risiko hin, jetzt richtig fies zu klingen, könntest du bitte gehen?«

Er zuckte zusammen, aber ein amüsiertes Lächeln machte sich auf seinem Gesicht breit. »Was habe ich jetzt schon wieder angestellt?«

»Nichts. Babs wird jede Sekunde hier sein. Sie wird mir verzeihen, dass ich ihre Frühlingsrolle ›vergessen‹ habe. Sie wird mir nicht verzeihen, dass ich hier mit dir abhänge.«

»Verstanden.« Er stand auf und klopfte sich den Hintern ab, vielleicht, um ihre Aufmerksamkeit darauf zu lenken, vermutlich jedoch nicht. »Kann ich dir wenigstens meine Jacke dalassen?«

»Lieber nicht. Außerdem, wenn sie weiß, dass ich friere und mich mies fühle, besteht eine Chance, dass sie sich weniger wegen ihres Essens aufregt.« Marlowe blieb an Edith gelehnt sitzen.

Angus wich einige Schritte zurück. »Ich meine es ernst. Schau dir den Laden an, den ich dir empfohlen habe.«

»Werde ich.« Sie lächelte zu ihm auf. Es war ein schwacher Versuch, aber ein aufrichtiger. »Danke fürs Reden. Und für die Ehrlichkeit. Besonders im Hinblick auf die Farbe Grau. Das hat mich echt geschockt.«

»Wir sehen uns, Marlowe wie der Detektiv.«

»Wir sehen uns, Angus nicht wie das Rindfleisch.«

Das brachte ihn zum Grinsen. Verdammt, er war so attraktiv. Ein Gedanke, der so schnell verschwand, wie er gekommen war.

Im nächsten Moment war er fort. Sein Timing war gut, da Babs und Cherry nur wenige Minuten später auftauchten. Cherry entschuldigte sich tausend Mal. Babs erkundigte sich hauptsächlich nach dem Befinden ihres Hundes. Als Marlowe ihr das Essen reichte und sich dafür entschuldigte, dass sie die Frühlingsrolle »vergessen« hatte, erklärte Babs ihr, dass es keine Rolle spielte, da sie ihre Meinung darüber, was sie essen wollte, geändert hatte und sich über eine Stunde zuvor etwas hatte liefern lassen.

Marlowe rang um Geduld, beschrieb die Kleidung, die sie gekauft hatte, ließ sich bestätigen, dass sie am Folgetag nicht gebraucht wurde, und fuhr bei lauter, wütender Musik nach Hause, damit sie nicht einschlief. Auf dem Weg zur Dusche streifte sie ihre Schuhe ab und zog das T-Shirt aus, da sie keine Minute verschwenden wollte. Sie hatte gerade ihre Jeans ausgezogen, als sie den Hahn an der Badewanne betätigte, der allerdings nur knarrte und ächzte und genau zwei Tropfen Wasser produzierte.

»Fuuuuuuuuuuuuuuuck«, stöhnte Marlowe in Richtung Zimmerdecke.

Nachdem sie den Wasserhahn in der Küche getestet und wie erwartet genau dasselbe Ergebnis erhalten hatte, fiel ihr Angus' Empfehlung wieder ein. Vermutlich handelte es sich um ein luxuriöses Spa, das so viel kostete, wie sie in einer Woche verdiente, aber wenn sie dort ihre Haare und ihre Wäsche waschen konnte, war sie bereit, ihr Geld dafür rauszuwerfen. Ein weiterer Pluspunkt: funktionierende Jalousien.

Sie fand Angus' Eintrag in ihrem Handy. Der Name des Unternehmens stand nicht dabei. Nur sein Name, eine Telefonnummer und eine Adresse. Sie gab die Adresse in ihr Navi ein, das ihr eine exklusive Wohngegend in Bel Air anzeigte. Obwohl sie vermutete, dass es in dieser Gegend kein öffentliches Spa oder Hotel gab, war sie neugierig genug, um die Angelegenheit weiterzuverfolgen, daher schrieb Marlowe eine Nachricht und fragte, ob sie ein Zimmer buchen könnte.

17

Eine halbe Stunde nach ihrer Reservierung bog Marlowe in eine kurvenreiche Einfahrt in den Hügeln von Bel Air ein, unmittelbar oberhalb des Los-Angeles-Becken. Sie meldete sich über eine kleine Lautsprecherbox neben der Einfahrt an. Einen Moment später öffneten sich die beiden schmiedeeisernen Tore, sodass sie durchfahren und vor Angus' Haus parken konnte.

Als sie ausstieg, betrachtete sie voller Erstaunen die Fassade. Das Haus bestand beinahe vollständig aus Glas, aus zwei langen, niedrigen Stockwerken, gestapelt wie zwei schief liegende Bücher mit japanisch inspirierten Details aus dunklem Holz und weißem Marmor. Im Obergeschoss waren die Jalousien geschlossen, aber im Erdgeschoss konnte man durch das Haus bis auf die andere Seite sehen. Sie erkannte ein sparsam möbliertes Wohnzimmer, eine weitere Fensterwand und einen ungehinderten Blick auf den Nachthimmel. Angus wohnte nicht wirklich in einem Haus oder sogar einer Villa. Er lebte in einer magischen Skybox.

Marlowe holte gerade die Tasche mit ihrer Schmutzwäsche aus dem Kofferraum, als Angus aus der Haustür kam und zu ihr trat.

»Hast du gut hergefunden?«, wollte er wissen.

»Deine Wegbeschreibung war super. Außerdem hab ich ein Navi.«

»Richtig. Gut.« Er zog an dem Schnürband der Wintermütze, die sie trug. »Du kannst deine Verkleidung jetzt ablegen. Das hier ist eine sichere Zone.«

Marlowe nahm die Mütze ab und warf auch gleich ihre Sonnenbrille hinein. Als er diese Vorsichtsmaßnahmen vorgeschlagen hatte, waren sie ihr übertrieben vorgekommen, aber sie hatte sie befolgt und eine alte Cat-Eye-Sonnenbrille und eine Mütze herausgekramt. Sie war dicht gestrickt und hatte ein Schneeflockenmuster mit Ohrenklappen, Quastenbändern und einer buschigen Bommel. Nicht gerade L. A.-Schick. Aber sie war dankbar, dass sie sowohl die Mütze als auch die Sonnenbrille aufgehabt hatte, seit sie etwa eine halbe Meile zuvor an drei geparkten, schwarzen SUVs vorbeigekommen war. Die SUVs selbst waren kein Problem, aber die Leute, die darin saßen und Fotos von vorbeifahrenden Autos machten, schon. Das Letzte, was Marlowe gebrauchen konnte, war eine weitere Runde öffentlicher Spekulationen über ihre angebliche Liebesaffäre mit einem Mann, der ihr lediglich ein Bett und eine Dusche lieh.

Sie sah wieder zum Haus. »Du wohnst wirklich hier, oder? Das ist kein Schwindel, bei dem ich herausfinde, dass du nur das Haus hütest, wenn uns ein patziger Produzent zur Tür hinausjagt, während meine Wäsche noch im Trockner ist?«

»Deine Wäsche ist sicher. Obwohl wir sie ab hier dem Butler überlassen sollten.« Angus nahm ihr die Tasche ab und warf sie sich über die Schulter. »Jeeves!«, rief er in Richtung der offenen Tür. »Könntest du mir zur Hand gehen?«

Marlowe blieb wie angewurzelt stehen. »Dein Butler heißt Jeeves?«

Angus drehte sich lachend zu ihr um. »Das hast du mir abgekauft?«

Sie schlug ihm auf den Arm. »Blödmann.«

»Schuldig im Sinne der Anklage, aber das wusstest du ja schon.« Er ging hinein, und sie folgte ihm mit großen Augen und unverhohlenem Erstaunen. »Ich habe keinen Butler. Obwohl ich manchmal jemanden für den Garten sowie eine Haushälterin und einen Pool-Typen beschäftige.«

»Nun ja, wir haben alle einen Pool-Typen.« Sie schüttelte den Kopf und verdrehte die Augen, weil sie nicht wusste, wie sie mit Angus' Lebensstil umgehen sollte. Sie war in der Mittelschicht aufgewachsen, also nicht ohne Privilegien, doch seit sie das College abgeschlossen und angefangen hatte, für sich selbst zu sorgen, kam sie gerade so zurecht. Niemand in ihrem Freundeskreis lebte auch nur annähernd so. Die meisten von ihnen versuchten sich als Künstlerinnen durchzuschlagen, während sie sich mit Gelegenheitsjobs über Wasser hielten, um ihre Rechnungen zu bezahlen und ihre Studienkredite abzustottern. Sie stellten keine Haushälterinnen ein, sie *waren* Haushälterinnen.

Angus zeigte Marlowe die Waschküche, einen aufgeräumten Raum, der an einen Wellnessbereich erinnerte, mit Glasbehältern voller schicker Seifen und perfekt zusammengerollten Handtüchern in gemütlichen Nischen. Der Raum lag im Kellergeschoss, wo sich außerdem ein Fitnessraum und eine private Gästesuite befanden, die beide auf einen glitzernden Pool im Garten hinausgingen. »Ich habe dir ein sauberes T-Shirt und frische Boxershorts aufs Bett gelegt«, erklärte Angus. »Falls du etwas brauchst, worin du schlafen kannst. Handtücher und Toilettenartikel findest du im Bad. Ich weiß, dass du erschöpft bist, also werde ich dich jetzt in Ruhe lassen. Dieses Stockwerk gehört ganz dir. Fühl dich wie zu Hause. Schlaf, solange du willst. Ich versuche, leise zu sein und dich nicht zu wecken.«

»Danke. Im Ernst. Das ist unglaublich nett von dir.«

»Ist es nicht. Aber ich bin froh, dass ich etwas tun kann, um deinen Tag ein wenig zu verbessern.«

Sie tauschten ein warmherziges Lächeln. Als er eine Hand auf die Balustrade legte, folgte ihr Blick seinem Handgelenk und den angespannten Muskeln seines Unterarms. Er hatte wirklich schöne Arme, nicht übermäßig muskulös, aber fit und definiert, mit kleinen Sommersprossen, die zu seinem Teint passten. Vermutlich war er ein großartiger Umarmer. Marlowe vermisste Umarmungen, vielleicht sogar mehr als Sex. Sie überlegte, ob sie ihn um eine Umarmung bitten sollte, aber es fühlte sich zu intim für ihre kurze Bekanntschaft an. Selbst, wenn sie sich gleich ausziehen, seine Dusche benutzen, seine Klamotten anziehen und in sein Bett schlüpfen würde.

Ja. Das. All das.

Sie bat nicht um eine Umarmung. Er bot keine an. Stattdessen tat er genau das, was er angekündigt hatte: Er ließ sie allein, damit sie es sich gemütlich machen konnte. Trotz eines Funkens Enttäuschung war Marlowe dankbar dafür. Keine Hintergedanken. Keine Wer-denkt-was-Spielchen. Keine zusätzliche Verwirrung. Nur eine freundliche Geste. Eine, die sie wirklich zu schätzen wusste.

Sie stellte eine Ladung Wäsche an und war dankbar, dass sie sie nicht im Auge behalten musste, wie es im Waschsalon der Fall gewesen wäre. Die Gästesuite befand sich auf der anderen Seite des Flurs, sie bestand aus einem Schlafzimmer von der Größe ihres kompletten Apartments und einem Bad, das in cremefarbenem Marmor und blitzblankem Glas gehalten war. Ohne zu zögern, zog sie sich aus und trat unter die Dusche, die den zehnfachen Wasserdruck ihrer eigenen hatte. Stunden, Tage, Monate des Stresses schienen weggespült zu werden, während sie unter dem heißen Wasser stand und sich der Raum mit Dampf füllte. Sie gönnte sich großzügige Mengen an köstlich duftendem Shampoo und Spülung sowie handgemachte Seifenkugeln, die nach Zitronengras und etwas Blumigem rochen, das sie nicht identifizieren konnte. Sie ließ sich Zeit und genoss jede Sekunde. Oder beinahe jede Sekunde. Bis ...

Bis sie merkte, dass sie zum zehnten oder zwölften Mal auf die geschlossene Tür blickte. Nicht, weil sie Angst hatte, Angus' könnte hereinplatzen, sondern weil sie sich das irgendwie wünschte. Nicht auf eine gruselige, aufdringliche Weise, sondern langsam und vorsichtig. Die Tür würde sich einen Spalt öffnen. Seine Stimme würde zu ihr dringen, tief, leise und mit einem ganz leichten nervösen Beben.

Marlowe, würde er sagen, ihr Name wie Samt auf seiner Zunge. *Willst du Gesellschaft?*

Ja, würde sie antworten. *Ich habe gehofft, dass du das fragst.*

Ich habe gehofft, dass du das hoffst, würde er ihr den Ball zurückspielen.

Er würde das Bad betreten, sich das T-Shirt über den Kopf ziehen, und je näher er der gläsernen Duschkabine kam, desto deutlicher würde sie seine Umrisse durch den Dampf erkennen. Er würde sie von oben bis unten betrachten. Sie würde dasselbe tun, seinem Beispiel folgen und sich nicht schämen, ihn anzuschauen und zu genießen, was sie sah. Er war so wunderschön, mit seiner sanft nach unten gekrümmten Nase, seinem markanten Gesicht und der schwachen Spur aus Sommersprossen, die sich über seine Wangen und die Nase zog wie Fußspuren einer tanzenden Fee. Gott, und erst sein Körper. Alle diese Kraft, die sie eigentlich nicht mögen wollte, von der sie sich aber trotzdem angezogen fühlte. Sie war es so leid zu versuchen, allein stark zu sein. Sich aufrecht zu halten. Ihre Schwächen zu verstecken. War es so falsch, sich auf die Stärke eines anderen verlassen zu wollen, nur für einen kurzen Moment? Und die Art und Weise zu genießen, wie das Licht seine Konturen ummalte, als wäre es genauso zu ihm hingezogen wie sie?

Ich will dich, würde sie sagen.

Du hast ja keine Ahnung, würde er erwidern.

Er wäre bereits hart, wenn er unter die Dusche trat, ein Zeichen seiner Begierde, das dem sanften Pochen zwischen ihren Schenkeln entsprach, dem unleugbaren Verlangen, das sie durchströmte und sie drängte, sich ihm zu öffnen. Sie und Angus würden einander wieder ansehen, mit den Augen stumme Fragen stellen und jede mit kaum mehr als abgehacktem Atem beantworten. Der Wasserstrahl würde seine Haare dunkel färben und ihm über die Brust- und Bauchmuskeln rinnen. Sie würde einem Tropfen auf dem Weg nach unten folgen, immer weiter, bis er auf dunkle Haare traf. Er würde sanft ihre Brust umfassen. Dann würde er ihre Brustwarze mit dem Daumen umkreisen und zusehen, wie sie sich aufrichtete, so wie er alles andere beobachtete, als ob ihr Körper ihn faszinierte und er alles darüber herausfinden musste.

Seine Küsse würden gierig, aber selbstsicher sein. Seine Hände würden jede Stelle finden, die sie sich vor Lust winden und an ihn pressen ließ. Er würde sie herumdrehen und von hinten nehmen, sein Mund heiß an ihrem Nacken, und seine Brust hart an ihrem Rücken. Er würde einen Rhythmus finden, der ihren Körper erzittern ließ, tiefer in sie gleiten, bis er gegen ihren Hintern stieß, und dann um sie herumfassen, um sie zu streicheln, zu umkreisen, zu necken und immer weiter auf den Höhepunkt zuzutreiben. Er würde schneller in sie stoßen, härter. Sie würde die Handflächen gegen das beschlagene Glas drücken. Wasser würde auf sie herabrauschen, und er würde an ihrem Ohr knabbern. Vielleicht würde er ihren Namen keuchen. Seine Berührungen wären so sicher, sich ihrer Reaktionen so bewusst, auf der Suche nach der perfekten Stelle, dem perfekten Druck, dem perfekten …

Ja, dachte sie. *Genau da. Ja. Fuck. Ja.*

Sie bog sich ihm entgegen, warf den Kopf zurück, als sie von einem Schauer erfasst wurde, und …

Das Shampoo und die Spülungen fielen von der Ablage. Marlowe stolperte über eine der Flaschen und fiel auf den Hintern, wobei sie einen so unsexy Stöhnlaut ausstieß, dass sie genauso gut ein grunzendes Schwein hätte sein können, das sich gerade auf die Seite rollte. Verschüttetes Shampoo rann in den Abfluss, während Spritzer von der Spülung die Wand hinunterliefen, als hätte sich der Geist von Jackson Pollock in der Duschkabine ausgetobt. Zu guter Letzt rollte eine Seifenkugel aus dem Regal und traf Marlowe an der Stirn. Sie zuckte zusammen, blieb ansonsten aber eine gute Minute lang still sitzen und hoffte inständig, dass Angus sie nicht gehört hatte.

Glücklicherweise klopfte er nicht und fragte, ob es ihr gut ging. Sie war sich nicht sicher, was sie hätte antworten sollen. Klar, ihr Hintern war nur leicht geprellt. Das würde rasch wieder heilen, aber verdammt! Sie kam gerade erst einigermaßen mit Angus aus und fing schon an, zu einer Fantasie von ihm zu masturbieren? Es ging ihr auf keinen Fall gut.

Sie schob ihre heißen Fantasien auf die Erschöpfung und legte sich ohne weitere Zwischenfälle ins Bett. Sie wartete nicht mal lange genug, um die erste Ladung Wäsche in den Trockner umzuladen. Saubere Kleidung kam ihr nicht mehr so wichtig vor, nicht, wenn sie sich in ein so bequemes Bett kuscheln konnte.

Angus' Laken waren kühl und frisch. Seine Kleidung war bequem und roch dezent nach Waschmittel. Sein Kissen empfing ihren Kopf, so weich und kuschelig, dass alle anderen Gedanken in den Hintergrund traten. Der Schlaf lockte. Sie gehorchte willig und war sich sicher, dass sie Angus am Morgen gegenübertreten konnte, ohne sich anmerken zu lassen, wohin ihre Gedanken gedriftet waren ...

18

Marlowe erreichte den oberen Treppenabsatz und wurde bereits rot.

»Bist du das?«, rief Angus aus dem Wohnzimmer. »Aufgestanden?«

»Ja. Äh. Vergessen. Dings. Trockner. Zweite. Wäsche. Moment.« Sie eilte die Treppe wieder hinunter und in die Waschküche, wo ihre Kleidung fröhlich herumgewirbelt wurde, die erste Ladung im Trockner und die zweite in der Waschmaschine. So, wie es sein sollte, denn vor zehn Sekunden hatten sie sich schon genau da befunden. Marlowe trug immer noch das T-Shirt und die Boxershorts von Angus, da sie erst wieder eigene saubere Kleidung haben würde, wenn der Trockner fertig war. Marlowe spritzte sich kaltes Wasser ins Gesicht und redete sich noch einmal gut zu. Angus konnte gar nichts über ihre Duschfantasie wissen oder über irgendwelche anderen heißen Gedanken, die sie im Laufe der Jahre in Bezug auf ihn gehabt hatte. Er hatte ihr Zuflucht angeboten, und sie hatte dankbar angenommen. Einfach. Unkompliziert. Keine große Sache.

Sie fand ihn auf einem grauen Samtsofa sitzend vor, das an den modernen Stil aus der Mitte des 20. Jahrhunderts erinnerte und genügend Polsterung hatte, um darin zu versinken. Die besockten Füße hatte er auf einen hölzernen Couchtisch gelegt, der aus mindestens einem Dutzend zusammengefügter Holzarten bestand, was ihn aussehen ließ wie ein Stück von Escher. Er wirkte handgearbeitet und hatte vermutlich mehr gekostet, als Marlowe in einem ganzen Jahr an Miete zahlte. Über seinen

Wert schien Angus, der mit einer dampfenden Tasse auf einem Beistelltisch neben sich in einem Taschenbuch blätterte, sich keine Gedanken zu machen.

»Hast du gut geschlafen?«, fragte er und senkte das Buch.

»Großartig. Ja. Offensichtlich.« Sie nickte in Richtung der raumhohen Fenster, die den Blick auf sonnenbeschienene Hügel und das Meer dahinter freigaben. Es war kurz nach halb elf, was bedeutete, dass sie knapp elf Stunden lang geschlafen hatte. »Lass mich raten, du bist heute Morgen bereits zehn Meilen gelaufen.«

»Fünfzehn, aber wer zählt schon mit?«

Marlowe verdrehte die Augen. »Meine Mutter würde dich lieben.«

Angus wurde rot und kratzte sich im Nacken.

»Ich hab es nicht so gemeint, wie es geklungen hat«, korrigierte Marlowe sich sofort, obwohl sie es niedlich fand, dass er errötete. »Ich überlege nicht fieberhaft, wie ich dich meinen Eltern vorstellen kann, nur weil du mich deine Dusche und deine Waschküche hast benutzen lassen. Ich meinte wegen des Joggens. Meine Mutter ist Marathonläuferin. Sie ist inzwischen bei Nummer vierzigirgendwas. Ich habe schon vor Jahren den Überblick verloren.«

»Kein Wunder, wenn sie so viel läuft.« Angus stand auf und streckte die Arme über den Kopf, während Marlowe auf dem Treppenabsatz stehen blieb und sich an den Pfosten klammerte. Der Saum seines T-Shirts rutschte hoch und gab den Blick auf seine unglaublich glatten Bauchmuskeln und Hüftknochen frei, die ihr definitiv nicht auffielen. »Hast du Hunger? Ich war rasch auf dem Markt, falls du zum Brunch bleiben willst. Ich habe eine Menge grüne Sachen gekauft, weil ich weiß, wie sehr du die Farbe liebst.«

»Kermit hätte sie markenrechtlich schützen lassen sollen, bevor irgendjemand versucht hat, Grünkohl trinkbar zu machen.«

»Typisch Frosch, kein Verständnis für die rechtlichen Aspekte.«
Er lächelte, subtil, aber entspannt, als wäre es völlig normal, dass
sie in seinen Klamotten in seinem Zuhause stand und mit ihm
darüber redete, was sie gemeinsam kochen wollten. Das fiel ihr
ebenfalls nicht auf. »Ich hole dir besser zuerst ein Sweatshirt. Ich
habe die Klimaanlage an. Du siehst aus, als wäre dir kalt.« Er
ahmte ihre Körperhaltung nach, indem er die Schultern vorschob. Dann verschwand er einen Flur hinunter, sodass sie vorsichtig den Raum betreten konnte.

Sie lenkte sich ab, indem sie die vollgestopften Bücherregale
betrachtete, die das Wohnzimmer von der Küche dahinter trenn-
ten. Darin befanden sich überwiegend Taschenbücher mit einigen wenigen Hardcovern dazwischen, ohne erkennbare Ordnung.
Unterhaltungsliteratur, Belletristik, einige Klassiker, ein paar Sci-
Fi- und Fantasytitel, Philosophie, Soziologie, Essay-Sammlungen,
Humor. Die Buchrücken hatten alle Leserillen, die Kanten waren
abgenutzt. Es gab keine sorgfältig platzierten Shakespeare- oder
Dickens-Bände, die in geprägtes Leder gebunden waren, wie bei
ihrem Dad, obwohl er die Bücher gar nicht gelesen hatte. Angus'
Sammlung war vielseitig und ohne Snobismus. Marlowe hatte
bisher keinen einzigen Artikel gesehen, in dem stand, dass er
gerne las, was seinen Bemerkungen über Promi-Branding noch
mehr Gewicht verlieh. Sein sexuell aufgeladenes Bad-Boy-Image
war eine Marke, mit der Zuschauer und Follower geködert wurden. Er verbrachte nicht all seine Wochenenden mit Partys und
lockte nicht dauernd Supermodels in seinen Trailer. Er blieb allein
zu Hause und las.

Angus kehrte mit einer flauschigen Strickjacke zurück, in die
sich Marlowe am liebsten für immer eingekuschelt hätte, obwohl
sie versuchte, sie nicht zu streicheln, solange er sie beobachtete.
Nach ein wenig Small Talk führte er sie in die Küche. Wie im

Wohnzimmer gab es auch hier eine hohe Decke und einen unverstellten Blick auf die umgebenden Hügel. Die Schränke waren cremefarben gestrichen und sorgten so für Helligkeit und Struktur in einem Raum, der ansonsten von Edelstahl und dunklem, glattem Granit dominiert wurde. Vielleicht war das Angus' Lieblingsgrau. Der Raum spiegelte ihn wider: eine Mischung aus hart und weich, aus der Marlowe noch nicht ganz schlau geworden war. Sie dachte darüber nach, während sie sich an die Kochinsel setzte und zusah, wie er den Inhalt seines Kühlschranks inspizierte.

»Was hältst du von Omelett?«, fragte er.

»Sehr viel, obwohl ich schon seit Ewigkeiten keins mehr gegessen habe.«

»Was isst du denn normalerweise zum Frühstück?«

»Kaffee. Toast. Mit Butter, wenn ich daran denke, welche zu kaufen. Manchmal Cheerios aus der Packung, wenn ich vergessen habe, Milch zu besorgen.«

Er schüttelte den Kopf, ohne sie anzusehen. »Okay. Vielleicht bin ich doch ein Essenssnob. Wenigstens wird es einfach sein, dich zu beeindrucken.« Er reihte Tomaten auf, während sie versuchte, nicht darüber nachzudenken, ob sie beeindruckt werden wollte. Vermutlich nicht. Definitiv nicht. Oder vielleicht … doch?

»Ich habe viel zu viel Käse hier drin.« Er zog ein flaches Fach auf und stellte es auf die Arbeitsplatte. »Such dir einen aus. Oder auch zwei oder drei. Mir sind alle recht.«

Marlowe untersuchte den Inhalt sorgfältig. Als jemand, der Käse normalerweise in einzeln verpackten Scheiben mit leuchtend orangefarbenem Sonderpreisaufkleber kaufte, fühlte sie sich überfordert. Sie wühlte herum und hielt dann etwas hoch, das in Französisch beschriftet war.

»Wie wäre es damit?« Sie drehte ihm das Etikett zu.

Er machte große Augen. »Den? Wirklich? Für ein Omelett?«

»Wow. Sorry.« Sie wollte ihn gerade zurücklegen.

»Ich mache nur Spaß.« Lachend nahm er ihn ihr ab und legte ihn neben einen wachsenden Haufen frischer Kräuter und Gemüse. »Ich muss an meinem komödiantischen Timing arbeiten.«

»Oder ich an meinem Sarkasmusradar.«

»Ich vermute, das ist schon recht genau. Sonst könntest du mich gar nicht aushalten.«

»Ich halte dich nicht aus. Ich bin nur wegen der gratis Waschmaschine hier.«

»Dann sollten wir uns mit dem Kochen besser beeilen.« Er schenkte ihr ein weiteres Lächeln, eins, das von einem schelmischen Glitzern in seinen bernsteinfarbenen Augen begleitet wurde. Ein Glitzern, das sie ihrer wachsenden Liste von Dingen hinzufügte, die sie nicht bemerkte. Darauf stand auch die Art, wie er den Reifegrad jeder Tomate durch leichtes Drücken testete und wie er mit dem Daumen Erde von den Pilzen abwischte.

Mit *dem* Daumen.

Da sie ihre abschweifenden Gedanken ohne Beschäftigung nicht kontrollieren konnte, bat sie Angus um eine Aufgabe. Er ließ sie Kräuter hacken, während er Eier aufschlug. Die Aufgabe war perfekt. Ohne sie würde Marlowe ununterbrochen zappeln. Er würde sie fragen, warum sie so nervös war. Sie würde behaupten, gar nicht nervös zu sein. Er würde sie wegen ihres Pechs aufziehen und sich flirtend einen Weg durch ihre Abwehrmechanismen bahnen, bis sie versehentlich damit herausplatzte, dass sie am Vorabend in seiner Dusche gekommen war. Aus … Gründen. Kräuterhacken war definitiv die bessere Alternative.

»Ich habe mir heute Morgen diesen Artikel angeschaut.« Angus rührte einen Spritzer Sahne unter die Eier. »Ich hätte das kommen sehen müssen. Ich habe den Club dunkler und die

Menschenmenge dichter eingeschätzt. Es tut mir leid, dass ich dich in diese Situation gebracht habe.«

Sie zuckte mit der Schulter. »Daran lässt sich jetzt nichts mehr ändern.«

Er hielt beim Rühren inne. »Es wird nicht der einzige Artikel bleiben. Deine Folgen werden erst in drei Monaten ausgestrahlt. Jetzt, da so eine Geschichte zirkuliert, wird die PR-Abteilung das meiste daraus herausholen wollen und eine Haben-sie-oder-haben-sie-nicht-Diskussion daraus machen. Ich habe für Montag einen Termin mit meiner PR-Frau gemacht. Wir werden einen Weg finden, die Geschichte mit Tan zu korrigieren, und ich habe bereits das Foto von dir und mir gelöscht. Aber ich habe nicht viel Kontrolle darüber, was das Studio veröffentlicht. Sie werden das verwenden, was die Leute zum Einschalten bringt.«

Eine Welle der Angst durchlief Marlowe und kribbelte wie Nadelstiche.

»Mit anderen Worten, ich kann mit weiteren kalten Milchgetränken in den Haaren rechnen?«

»Hoffentlich nicht, aber du kannst mit weiteren Spekulationen rechnen, und einige dieser Leute werden dich als die Böse hinstellen.« Er lächelte sie entschuldigend an. »Ich habe das schon erlebt. Es ist schwer zu vermeiden. Man wird entweder geliebt oder gehasst, dazwischen gibt es nur wenig. Während sich das alles aufbaut, solltest du darüber nachdenken, wie du deinen Medienkonsum filterst.«

»Du meinst, die Party verlassen?«

»Ich meine, herauszufinden, wie du auf eine Weise teilnehmen kannst, die für dich funktioniert. Was offensichtlich einfacher gesagt als getan ist.« Er holte eine kleine Metallschüssel und half Marlowe, das gehackte Basilikum hineinzuschieben. »Der Klatsch kann schwer zu ertragen sein, besonders, wenn man noch keinen

Weg gefunden hat, einen Teil davon auszublenden.« Er nahm ihre Hand, zupfte einige Basilikumstücke ab und warf sie in die Schüssel. Der körperliche Kontakt schien ihm gar nicht aufzufallen, aber Marlowe beobachtete jede Bewegung seiner Finger. »Die Leute lechzen nach Clickbait. Alles, was du jemals online gestellt hast, wird nun unter die Lupe genommen. Private Fotos, beiläufige Kommentare, die aus dem Kontext gerissen werden können, frühere Beziehungen, alle möglichen Beweise dafür, dass du nicht perfekt bist. Die Leute lieben eine gute Liebesgeschichte, aber sie schalten noch schneller ein, wenn es sich um eine absolute Katastrophe handelt.«

Marlowe ließ sich gegen die Arbeitsplatte sinken und ihre Hand aus seinem Griff rutschen, während sie in Gedanken die Schlagzeilen der Regenbogenpresse durchging, die sie an der Kasse im Supermarkt oder am Rande von Websites überflogen hatte – sensationslüsterne Geschichten über Drogen, Stalking, Nötigung, Missbrauch, Alkoholismus und Sexsucht. Der Twitter-Rummel um sie war schon unangenehm genug. Die Anschuldigung, sie hätte Angus' Beziehung zerstört, noch schlimmer. Was kam als Nächstes? Würde jemand in ihrer Vergangenheit herumwühlen? Peinliche Partyfotos von der Uni finden? Kelvin zu einer wütenden Schimpftirade verleiten? Die Kritiken über ihre Kostüme aufrufen und sich über ihre gescheiterte Karriere lustig machen?

Als hätte er ihre Gedanken gelesen, stellte Angus die Schale mit dem Basilikum zur Seite.

»Hol dein Handy«, sagte er. »Die Omeletts können warten. Fangen wir lieber damit an.«

Marlowe rannte nach unten und kehrte mit ihrem Handy zurück. Auf Angus' Anweisung hin öffnete sie den Instagram-Account, den sie seit Monaten nicht gecheckt hatte. Ihre Followerzahl war jetzt dreistellig, und unter ihren spärlichen Fotos waren einige Kommentare hinzugefügt worden. Manche davon waren einfache Emoji-Ketten oder ermutigende Phrasen wie »Du schaffst das!«. Andere beschimpften sie als billiges, hässliches Miststück, die weder die Aufmerksamkeit von Angus Gordon noch irgendjemandem anders verdiente. Jeder hatte eine Meinung und verkündete sie freizügig. Die Leute kritisierten ihre Kleidung, ihre Frisur, ihren Teint, ihren Körper. Sie nannten sie eine Schlampe, eine Hure, eine …

»Hör auf, das zu lesen.« Angus bedeckte das Display mit der Hand. »Stell dein Konto einfach auf privat. Oder besser noch, lösch es komplett. Wenn du es lieber behalten willst, kann ich meine Medienassistentin bitten, alles durchzugehen und für dich zu bereinigen, alles zu löschen, was die Trolle übernommen haben, und jeden zu blockieren, der herumgepöbelt hat.«

Marlowe änderte ihre Einstellung schnell auf privat und tat dann dasselbe mit ihrem Facebook- und Twitter-Konto. Beides nutzte sie nur selten, aber bei beiden hatte es während der vergangenen achtundvierzig Stunden ebenfalls erhöhte Aktivitäten gegeben.

»Warum sind Menschen so gemein?«, wollte sie wissen. »Die kennen mich doch nicht mal.«

»Grausamkeit und Ignoranz schließen sich nicht gegenseitig aus. Meistens ist eher das Gegenteil der Fall. Deshalb halte ich mich von Social Media fern. Es hat seinen Platz als Ort des Austauschs und um miteinander in Kontakt zu treten. Aber es ist auch eine offene Einladung an jede verletzte Seele, deine Werte infrage zu stellen oder dein Selbstwertgefühl aus der sicheren Deckung ihres Bildschirms zu zerstören. Das ist es nicht wert.«

Marlowe ließ den Blick über ein paar Twitter-Kommentare gleiten, in denen sie markiert war. *Such dir einen eigenen Mann, du Schlampe. Wie besoffen war er? Hat dir die Make-A-Wish-Foundation diesen Tanz besorgt? Du scheinst ja gut darin zu sein, Kerlen einen zu blasen.* Mit einem enttäuschten Stöhnen schloss sie die App und stimmte zu, Angus' Medienassistentin das Ausmisten zu überlassen. Als gelegentliche Social-Media-Nutzerin, deren Interaktionen normalerweise höchstens aus einem Emoji mit Herzaugen oder einem Daumen hoch bestanden, hatte sie so viel wahllose Empörung nicht erwartet. Zugegeben, ihr öffentliches Image war derzeit das einer Frau, die mit sexuellen Mitteln einer anderen den Freund ausspannte, was man kaum als Magneten für Likes bezeichnen konnte, aber trotzdem …

»Sonst noch was, was ich überprüfen sollte?«, fragte sie.

»Hast du eine Website? Eine mit persönlichen Kontaktdaten?«

»O Gott.« Sie tippte die Adresse ein und rief ihre Website auf. Ihr Kontaktformular versteckte alle persönlichen Informationen, aber ihre Adresse stand auf ihrem herunterladbaren Lebenslauf. So schnell sie konnte, nahm sie ihn von der Seite. Sie würde ihn später bearbeiten und neu hochladen, wenn sie und Angus mit der Sichtung ihrer Internetpräsenz fertig waren. »Ich kann nicht fassen, dass all das nur durch einen Blick ausgelöst wurde.«

»Schon witzig, was die Kamera einfängt.« Seine Augen flackerten für einen Moment zu ihren, bevor sie beide wegsahen. Es verhinderte jedoch nicht, dass ihre Wangen heiß wurden, daher ging sie um die Kochinsel herum und machte eine große Show daraus, ihr Handy wegzulegen. Er sah ihr zu, ohne sich zu bewegen, abgesehen von einem leichten Zucken seiner Lippen, von dem sie sich nicht mal sicher war, ob es überhaupt da war. »Du wirst deine Kostüme nicht zeigen?«

Sie verspannte sich, blickte auf ihr Handy, dann zurück zu Angus und schüttelte den Kopf.

»Ich kann gerade keine weitere Kritik ertragen«, erklärte sie.

»Wer sagt denn, dass ich sie kritisieren würde?«

»Andere haben das jedenfalls getan. Es ist nicht so abwegig. Du hältst meine Arbeiten möglicherweise für langweilig oder laienhaft. Vielleicht schlägst du vor, dass ich mich darauf beschränke, Großlieferungen von Schuhen zu organisieren.«

»Na los.« Er trat zu ihr auf die andere Seite der Kochinsel. »Zeig sie mir. Bitte?«

»Na schön. Aber wenn du irgendwas Gemeines sagst, rufe ich Jeeves, und gemeinsam werden wir einen wirklich sadistischen Racheplan entwickeln.« Sie öffnete ihre Website und reichte Angus ihr Handy. Während sie an ihrem abgeblätterten Nagellack herumzupfte, scrollte er durch Fotos und Skizzen von aufwendigen Shakespeare-Produktionen, modern inszenierten griechischen Tragödien, Klassikern aus den Fünfzigern und Sechzigern mit reduzierten Farbpaletten und sorgfältig ausgewählten Accessoires und von modernen Aufführungen in einfachen, zeitgenössischen Kostümen. Ihre Entwürfe reichten von detailliertem Realismus zu kühner, starker Abstraktion. Bei einigen Shows war das Kostümbild überwiegend zusammengewürfelt, während andere Inszenierungen auf Hochglanz poliert waren und alles von Grund auf neu gestaltet worden war.

»Das ist es, was du wirklich tun willst?«, fragte er.

»Ja. Und nein.« Sie rief die Kritik der *New York Times* zu ihrer letzten Show auf und ließ Angus sie lesen. Das Stück war ein expressionistisches Drama gewesen, das sie mit einer Mischung aus verschiedenen Stilrichtungen ausgestattet hatte, alle übertrieben in ihrer Form und alle aus metallischen Stoffen. Laut der *Times* hatte sie das Ziel verfehlt, da sie sich zu sehr darauf konzentriert habe, einen coolen Look zu erschaffen und dabei völlig die Menschlichkeit der Figuren vernachlässigt habe. »Das ist nicht die einzige. Alle haben die Kostüme gehasst. Die Show ist komplett gefloppt. Niemand im Team hat mir direkt die Schuld gegeben, aber wir wussten alle, dass ich zum Scheitern der Show beigetragen hatte. Meine Entscheidungen haben die der anderen beeinflusst. Dieses Gefühl habe ich gehasst. Ich möchte es nie wieder erleben.«

Angus nickte vor sich hin, während er etwas in die Suchleiste eingab.

»*In den seltenen Fällen, in denen Gordon sein Shirt eine ganze Szene lang anbehält*«, las er vor, »*gibt seine Leistung wenig Anlass zu Bemerkungen.*« Er scrollte nach unten. »*Wenn man bedenkt, dass Jake Hatchet eine Vorliebe für Brandstiftung hat, ist es wirklich bemerkenswert, dass Gordon so wenig Funken mit seinen Co-Stars entwickelt.*« Er scrollte erneut. »*Jedes Mal, wenn Gordon auf dem Bildschirm erscheint, zähle ich die Sekunden, bis er auf seinem Motorrad davonfährt und die echten Schauspieler übernehmen können.*« Er lachte leise, als sein Blick an etwas hängen blieb. »Hier ist der Sieger. *Angus Gordon ist das, was man bekommt, wenn man eine verfaulte Karotte mit einem schlechten Schauspieler kreuzt.*«

Marlowe nahm ihr Handy und las den letzten Kommentar mit eigenen Augen.

»Das ergibt nicht mal Sinn.«

»Muss es nicht. Wie gesagt, es ist eine offene Einladung.«

»Außerdem bist du ein echt guter Schauspieler.«

»Und du bist eine echt talentierte Kostümbildnerin.« Er nahm ihr Handy und legte es mit dem Display nach unten außerhalb ihrer Reichweite ab. »Wir leben in einer Welt voll ständiger Kritik. Einiges davon ist durchdacht und aufschlussreich. Das meiste nicht. Aber es sollte dich nicht davon abhalten, das zu tun, was du liebst.«

Marlowe holte tief Luft, während sie ihrem Handy einen bösen Blick zuwarf. *Ich weiß*, dachte sie. *Ich weiß, ich weiß, ich weiß.* Aber sie konnte sich nicht dazu bringen, es auch zu glauben.

»Vielleicht war diese eine Show schrecklich«, fuhr Angus fort. »Vielleicht fanden sie nur einige Menschen schrecklich. Man kann es nicht allen recht machen, aber das Tolle an dem, was ich tue oder was du tust« – er nickte in Richtung ihres Handys – »ist, dass wir es am nächsten Tag erneut versuchen können, und am Tag danach auch und an dem danach. Wir wachsen. Wir werden besser. Wir werden widerstandsfähiger. Wir versuchen uns an etwas Neuem und sehen, ob es funktioniert. Falls nicht, wählen wir diese Option nicht noch einmal. Glücklicherweise können wir Hunderte anderer Entscheidungen treffen.«

»Ich nehme an, mit ›anderen Entscheidungen‹ meinst du keinen Job, der meine Kreativität darauf beschränkt, ob ich flache oder runde Schnürsenkel auswähle?« Sie warf ihm ein schmerzhaft erzwungenes Lächeln zu.

Er erwiderte es nicht, weder gezwungen noch sonst wie. Er wartete lediglich ab, bis ihr Grinsen verschwand.

»Scheitern ist Mist. Ich will das gar nicht kleinreden, aber es ist nur ein Endpunkt, wenn wir uns davon definieren lassen.« Er schob das Handy noch weiter aus ihrer Reichweite, als ob er spürte, dass es ihr zu schaffen machte. Da er mit der Hüfte gegen die Arbeitsplatte gepresst stand und seine Hand nur wenige Zentimeter entfernt aufgestützt hatte, würde ihn die kleinste Vorwärtsbewegung in eine Position bringen, in der Marlowe an seine Brust gedrückt würde. Sie sehnte sich danach, diese Bewegung zu machen, Trost in seiner Nähe zu finden. Es wäre so leicht. Bis es das dann nicht mehr wäre. Ein Tanz hatte ihnen schon genug Probleme eingebracht. Sie hatte kein dickes Fell oder eine gute Therapeutin. Also wickelte sie sich Angus' Strickjacke enger um den Körper. Es war beinahe wie eine Umarmung. Nur nicht wirklich.

»Hat dir schon mal jemand gesagt, dass du ziemlich klug bist?«, fragte sie.

»Niemand. Noch kein einziges Mal. Das ist ein großes Lob von einer Yale-Absolventin.« Er schob eine Hand über die Arbeitsplatte und stieß mit den Knöcheln leicht gegen ihre Taille. Sie fügte es ihrer Liste an Dingen hinzu, die sie nicht bemerkte.

»Über meine Intelligenz ist das endgültige Urteil noch nicht gesprochen, und ich bin vielleicht zur Hälfte eine Karotte, aber nachdem ich deine Website gesehen habe, kann ich dir mit voller Überzeugung sagen, dass du nicht für den Rest deines Lebens Botengänge für Babs Koçak erledigen solltest. Du hast eine kreative Stimme. Nutze sie.«

»Wow. Danke.« Marlowe schluckte und kämpfte gegen die Tränen an. Angus hatte ihr nichts Neues gesagt. Seit Monaten predigte sie sich genau dasselbe, aber die Worte klangen anders, wenn sie laut und mit der Stimme eines anderen ausgesprochen wurden. Auf jeden Fall stärker; vielleicht, weil es so leicht war, sich einzureden, dass sie falschlag.

Kurz darauf machten sie und Angus sich wieder ans Kochen. Er bräunte Butter in der Pfanne, und sie schnitt Käse in Scheiben, wobei sie ab und zu einen Bissen stibitzte und sich fragte, warum sie das geschmacklose Zeug kaufte. Wenn sie die Wahl hatte, redete sich Marlowe fast immer ein, dass sie keine schönen Dinge verdiente. Es war ein ständiger Kampf. In ihrer Jugend hatte ständig ein unterschwellige Botschaft von Noch-nicht-gutgenug-Sein mitgeschwungen. Ihre Beziehung mit Kelvin hatte diese Botschaft um das Zehnfache verstärkt. Gleichzeitig musste sie sich wie alle anderen auch durch ein komplexes System gesellschaftlicher Einflüsse kämpfen, das sie nicht einmal ansatzweise entschlüsseln konnte. Inmitten all dessen fühlte es sich oft falsch an, einfach nur etwas Schönes zu genießen.

»Was ist mit dir?«, fragte sie, während sie schnitt. »Was ist dein Traumjob?«

»Rindermagnat.«

»Im Ernst.«

»Garnierwunder.«

»Noch mal. Diesmal mit Gefühl.«

»Okay. Eine richtige Antwort.« Er goss die Eier in die Pfanne und drehte diese mit geübter Bewegung aus dem Handgelenk. »Ich habe das Gefühl, ich sollte sagen, dass ich Hamlet am Broadway spielen oder als gequälter Kriegsveteran einen Oscar gewinnen will. Oder ganz mit der Schauspielerei aufhören, um Dokumentarfilme über den Klimawandel oder die Armut in der Welt zu produzieren. Ich sollte einem großen, heldenhaften Traum nachjagen, aber die Wahrheit ist, mir gefällt, was ich mache, und ich glaube, dass Unterhaltung einen Wert hat. Ich hasse lediglich das, was mit dem Ruhm einhergeht, das ständige Filtern und dass der Fokus nicht auf den Taten, sondern der potenziellen Wahrnehmung dieser Taten liegt.« Er ließ die Pfanne sinken und betrachtete den Inhalt mit gerunzelter Stirn.

»Es ist toll, dass du schon das tust, was dir gefällt«, sagte sie und wünschte, sie könnte ihm nur einen Bruchteil seiner Ermutigung zurückgeben.

»Ich mache im Großen und Ganzen das, was mir gefällt. Ich habe viele Mistkerle und Egoisten gespielt.« Er zeigte mit dem Pfannenwender auf sie. »Und sag ja nicht, dass sie dafür den Richtigen gecastet haben.« Er hielt inne, als ob er sich für das Unvermeidliche wappnete. Sie tat so, als ob sie sich die Lippen mit einem Reißverschluss versiegelte, was ihm ein schiefes, sexy Lächeln entlockte, nicht unähnlich dem zuvor, das ihr ja nicht aufgefallen war. »Eines Tages würde ich gern einen netten Kerl spielen. Jemanden, der wichtig genug ist, um eine Story voranzutreiben, aber nicht im Rampenlicht steht, sodass niemand darüber spekulieren muss, was echt und was gespielt ist. Dann kann ich mein Leben vielleicht ohne den ganzen Lärm leben.« Er wandte seine Aufmerksamkeit wieder den Eiern zu und löste vorsichtig mit dem Pfannenwender den Rand. Diesmal war es Marlowe, die ihn beobachtete, um zu sehen, wie sich eine Falte zwischen seinen Brauen bildete und ein Muskel an seinem Kiefer zuckte. Was sie so lange als Arroganz gedeutet hatte, war offensichtlich etwas ganz anderes. Ungeduld. Erschöpfung. Frustration aufgrund der ständigen Forderung, für andere »präsent« zu sein. Die Unfähigkeit, er selbst zu sein, auf seine eigene Art.

»Du hältst mich für undankbar«, sagte er. Es war keine richtige Frage.

»Nein, ich finde dich mutig.«

»Mutig? Du meinst sicher den anderen Kerl.« Angus beugte sich in Richtung Wohnzimmer. »Jeeves? Bist du da drin? Unser Gast möchte dir etwas sagen.«

»Schluss damit.« Sie warf ihm einen halb tadelnden Blick zu. »Ich meine es ernst. Hör zu.«

Während sie ihm mit den Omeletts half, beschrieb Marlowe ihre Kindheit, wie sie zwischen zwei sehr ehrgeizigen Eltern hin- und hergependelt war, die ihr beide ständig die Botschaft vermittelt hatten, dass man mehr tun musste, mehr sein musste, mehr sagen musste. Sich mehr anstrengen. Klüger sein. Schneller arbeiten. Lauter sprechen. Sich einmischen. Ein Zeichen setzen. Die Welt verändern. Immer etwas erreichen, anstreben, verbessern, etwas Essenzielles produzieren. Sie erzählte von ihrem zwiespältigen Verhältnis zu den sozialen Medien: dass sie ihr die Möglichkeit gaben, sich mit ihren Freunden verbunden zu fühlen, aber um den Preis, dass sie sich von Veranstaltungen ausgeschlossen fühlte, auf die sie nicht eingeladen war oder bei denen sie nicht dabei sein konnte. Und wie sie einen unerbittlichen Wettbewerb um Follower, Likes und Einfluss hervorriefen. Dazu kam der Wettbewerbscharakter der Unterhaltungsbranche, der Ehrgeiz, der nötig war, um die richtigen Leute zu treffen und Werbung für sich zu machen. Die Messlatte für Produktivität zu erreichen, war anstrengend. Und unmöglich.

»Du bist der erste Mensch, den ich kennenlerne, der möchte, dass sein Leben ruhiger verläuft«, sagte sie. »In einer Welt voller Botschaften, lauter und größer zu sein, mehr Platz zu beanspruchen, mehr Aufmerksamkeit zu erregen, finde ich es ziemlich mutig, sich diesen Botschaften zu verweigern.«

»Interessante Theorie.« Angus ließ die Omeletts auf zwei Teller gleiten und nahm sich Zeit, beide mit Basilikum zu bestreuen, bis sie genauso aussahen, wie er wollte. Vielleicht hatte der plötzliche Anfall von Pingeligkeit wirklich nur mit dem Basilikum zu tun und mit ihren Running Gags über Garnierungen, aber Marlowe hatte den Eindruck, dass ihre Bemerkung ihn verlegen gemacht hatte. Für einen Mann, der so schnell Komplimente über sein Aussehen annahm, schien ihn Lob über seinen Verstand oder sein Herz völlig aus dem Gleichgewicht zu bringen.

»Hey.« Sie legte ihm eine Hand auf den Arm, um seine Aufmerksamkeit auf sich zu lenken. »Wie wär's, wenn wir einfach alles vergessen, was ich gesagt habe, und ich dir stattdessen nur sage, dass ich dich für ziemlich cool halte?«

»Kann ich nicht cool *und* mutig sein?«, witzelte er.

»Ich vermute, du kannst alles sein, was du sein willst«, erwiderte sie und meinte es kein bisschen scherzhaft.

Als er diesmal lächelte, wirkte er einfach glücklich.

Das bemerkte sie.

19

Während Angus draußen fürs Frühstück deckte, rannte Marlowe nach unten und lud ihre letzte Ladung Wäsche in den Trockner um, sodass sie endlich etwas von sich anziehen konnte. Sie schlüpfte in Baumwollshorts, einen BH und ein Tanktop mit Rundhalsausschnitt, das beinahe den Eindruck erweckte, als hätte sie ein Dekolleté. Die Klamotten waren nichts Besonderes, aber sie bewahrten sie davor, an seine Klamotten und an seinen Duft zu denken und daran, wie sein Körper in den Boxershorts aussehen würde, die sie getragen hatte. Und wie er ohne diese Boxershorts aussehen würde.

Sie trat auf die Terrasse und fand Angus bereits sitzend vor, die Knöchel übereinandergeschlagen und die Hände im Nacken verschränkt. Er blickte über den ruhigen Pool hinweg auf die sonnenbeschienenen Hügel. Der Außenbereich seines Hauses war genauso aufgeräumt wie der Innenbereich, geprägt von sparsamer Möblierung, klaren Linien und erdigen Texturen wie dunklen Steinen und poliertem Holz. Seine Umgebung war bequem, aber funktional. Jedes Möbelstück war sorgfältig im Hinblick auf effiziente Nutzung und hochqualitative Herstellung ausgewählt worden. Mit Ausnahme der Bücher vielleicht. Da triumphierte der Inhalt.

»Es ist draußen viel wärmer als drinnen«, stellte Marlowe fest, die bereits schwitzte.

Angus richtete sich auf und drehte sich zu ihr um. »Willkommen in L. A.«

»Ich habe den Überblick über die Jahreszeiten verloren, seit ich hierher gezogen bin.« Sie setzte sich ihm gegenüber und zog die Beine in den Schneidersitz – eine Angewohnheit aus ihrer Kindheit, als sie sich immer Sorgen gemacht hatte, zu viel Platz zu beanspruchen. »Gibt es in L. A. überhaupt Jahreszeiten? Welche, die nichts mit Filmpreisen oder Fernsehprogrammen zu tun haben?«

»Hast du den Sonnenschein schon satt?«

»Ich sollte mich nicht beschweren. Meine Freundinnen in New York müssen schon die warme Kleidung rausholen, obwohl der September gerade erst begonnen hat.« Ihre Stimme stockte, und ihre Gedanken rasten. *September.* Der Monat, den sie auf zweihundert Hochzeitseinladungen gedruckt hatten, die nie verschickt worden waren. Eine stornierte Reservierung. Ein einfaches Kleid aus elfenbeinfarbenem Organza. Eine reichhaltige Schokoladentorte, die sie zwar gekostet, aber nie bestellt hatten.

»Eine Frage gegen eine Frage?«, riss Angus Marlowe aus ihren Gedanken.

»Ja, das Essen riecht lecker, selbst mit dem grünen Zeug.«

»Das war nicht das, was ich fragen wollte.« Er nahm seine Gabel in die Hand, benutzte sie aber nicht. »Was ist mit deinem Verlobten passiert? Oder war es dein Ehemann?«

Sie zuckte so stark zusammen, dass sie beinahe vom Stuhl fiel.

»Woher weißt du das?«, wollte sie wissen.

»Du spielst viel mit deinem Ringfinger. Ich wette, er war nicht immer ohne Ring.«

Marlowe blickte nach unten, wo sie eine Hand um die andere gelegt hatte und genau das tat, was er beschrieben hatte. Sie schüttelte beide Hände aus und nahm einen Schluck von ihrem Orangensaft. Langsam. Wirklich, wirklich langsam. Als Angus sie immer noch beobachtete, nachdem sie ihr Glas abgesetzt hatte, entschied sie, dass es keinen Zweck hatte, der Frage auszuweichen. Er wirkte nicht so, als würde er sie verurteilen, und sie war offensichtlich nachdenklich.

»Wir waren drei Jahre lang zusammen und zwei Monate lang verlobt. Als er mir einen Antrag gemacht hat, musste ich nicht mal drüber nachdenken. Ich habe Ja gesagt und es auch so gemeint. Wir haben einander geliebt. Wir kannten einander. Alles andere war so ungewiss. Karrierestart. In die Großstadt ziehen. Neue Leute kennenlernen. Versuchen, über die Runden zu kommen. In dem ganzen Chaos hatten wir einander. Das war wichtig.«

Angus senkte seine Gabel und beugte sich interessiert vor. »Aber?«

»Das ist eine große Frage. Könnte eine große Antwort erfordern.«

»Ich habe große Ohren.« Er zeigte auf sein sommersprossiges Ohrläppchen. »Perfekt fürs große Zuhören.«

»In Ordnung, aber sag nicht, ich hätte dich nicht gewarnt.«

Während sie aßen, erzählte Marlowe Angus von den Partys, die sie mit Kelvin gemeinsam besucht hatte, weil er darauf bestand, auf denen er aber dann kurz nach ihrem Erscheinen verschwand, um Zeit mit seinen Freunden zu verbringen, und sie inmitten von Fremden zurückließ. Wenn sie fragte, ob sie gehen konnte, bevor er dazu bereit war, kritisierte er sie dafür, dass sie ihm nicht mehr Spaß gönnte, oder dafür, dass sie selbst nicht mehr Spaß hatte. Alles geschah zu seinen Bedingungen. Getrennt zu gehen, war inakzeptabel. Es würde die Leute denken lassen, sie hätten Probleme. Sie mussten immer als Paar auftreten, selbst wenn sie den gesamten Abend in unterschiedlichen Zimmern verbrachten. Dann waren da noch die Verabredungen, zu denen er einfach Freunde einlud, ohne sie vorher zu fragen. Wenn sie auch nur ansatzweise sauer deswegen wurde, nannte er sie bedürftig (eins der Worte, die sie absolut nicht mochte), egoistisch oder unsicher. Hatte sie Probleme damit zu teilen? Warum sollten sie ihre Zeit nicht mit Freunden verbringen? In der Öffentlichkeit lächelte er sie an und war voll liebevoller Zuneigung, aber wenn sie allein waren, war er voller Kritik über ihr Verhalten, ihre Entscheidungen, ihre Arbeit, ihre Persönlichkeit. Ihre Art, die Dinge anzugehen, war immer falsch, seine war richtig, und es gab keinen Raum für Kompromisse. Irgendwann hatte Marlowe erkannt, dass für Kelvin der Schein einer Beziehung wichtiger war als die Beziehung selbst.

»Jede Verabredung war danach organisiert, wer uns zusammen sehen würde, und nicht danach, ob wir eine schöne Zeit miteinander verbringen würden«, sagte sie und wickelte geschmolzenen Käse um ihre Gabel. »Ich glaube, mir war schon immer klar, dass es ein Problem war, aber wir kamen auf andere Art gut miteinander aus, daher hatte ich mich davon überzeugt, dass die schlechten Seiten keine Rolle spielten. Bis ich merkte, dass sie es doch taten.«

»Weil ihr euch verlobt habt?«

»Ich denke schon.« Sie nutzte den geschmolzenen Käse, um damit kleine Stücke Basilikum und Oregano aufzustippen, und lächelte über Angus' schlauen Schachzug, Grünzeug zu verwenden, das ihr tatsächlich schmeckte. »Sobald ich den Verlobungsring trug, stellte ich mir vor, wie ich mit dreißig, vierzig oder fünfzig Jahren mit falschem Lächeln auf Partys herumstand und so tat, als wäre alles in Ordnung, während ich mich mehr und mehr dafür schämte, etwas für mich selbst zu wollen. Und dann schämte ich mich dafür, dass ich mich schämte, denn ich war mit schuld daran, dass ich keine Stimme mehr hatte.«

Angus tat sich schwer damit, ein Stück Tomate aufzuspießen. Es war niedlich, und sie fühlte sich plötzlich weniger wie diejenige, die in seiner Nähe immer alles fallen ließ und verschüttete.

»Also bist du gegangen?«, fragte er, als er es schließlich geschafft hatte.

»Ich habe alles auf einmal gemacht, bevor ich es mir ausreden konnte. Ich habe die Wohnung online gefunden, Vorstellungsgespräche vereinbart und mir ein Flugticket gekauft. Sobald das alles unter Dach und Fach war, habe ich ihm den Ring zurückgegeben und das schlimmste Gespräch meines gesamten Lebens geführt. *Dann* bin ich gegangen.«

Sie aßen einen Moment schweigend, und Marlowe wurde bewusst, wie lange sie über sich selbst geredet hatte, und das mit einem Kerl, den sie nicht mal besonders gut kannte.

»Ich kann nicht glauben, dass ich dir das gerade alles erzählt habe.«

»Ich habe dich danach gefragt.« Er kratzte das letzte bisschen Omelett auf seinem Teller zusammen und schob kurzerhand ein Stück Pilz mit dem Finger auf die Gabel. »Ich erfahre, wer Marlowe wie der Detektiv ist. Du erfährst, wer Angus nicht wie das Rindfleisch ist. Bei unserer nächsten gemeinsamen Szene sehen wir vielleicht nicht mehr so aus, als wollten wir einander an die Kehle. Außerdem mag niemand Small Talk über das Wetter, schon gar nicht in L. A. Es sind zweiundzwanzig Grad, und die Sonne scheint. Fertig.«

Marlowe ließ den Blick über die Wüstenhügel und die eleganten Villen, die auf jedem Felsenvorsprung thronten und in der smoggefilterten Sonne glitzerten, gleiten. Angus hatte recht. Small Talk war langweilig. Außerdem war es schön, jemanden außer Cherry zu haben, mit dem sie reden konnte – wirklich reden. Cherry war toll, aber sie war schnell dabei, Kelvin als Bösewicht hinzustellen, was in Marlowe immer den Impuls weckte, ihn zu verteidigen. Je schlimmer er erschien, desto schlechter fühlte sie sich, weil sie so lange mit ihm zusammengeblieben war. Falls Angus sie dafür verurteilte, zeigte er es nicht. Er verfiel auch nicht in den Problemlösemodus oder gab ungefragt Ratschläge, wie so viele Männer, die Marlowe kannte. Er hörte einfach zu.

»Jetzt bin ich dran, mehr über dich zu erfahren«, sagte sie. »Du weißt schon, um das erwähnte Problem, dass wir einander an die Kehle gehen, zu vermeiden.«

»Wenn Lex uns jetzt sehen könnte.« Angus schenkte ihr ein schelmisches Lächeln und lehnte sich auf seinem Stuhl zurück. Dann verschränkte er die Hände über dem Bauch. »Leg los. Was möchtest du wissen?«

Marlowe überlegte, ob sie ihn nach seinen Beziehungen fragen sollte, aber vermutlich war er es schon lange leid, Fragen darüber zu beantworten, mit wem er zusammen war oder nicht und warum. Sie hatte sogar einige Artikel dazu gelesen, obwohl sie deren Inhalt inzwischen viel weniger traute.

»Du hast gesagt, du stammst aus einer großen Familie. Kannst du mir ein bisschen mehr über sie erzählen?«

»Das kann ich.« Er begann mit Beschreibungen seiner sieben Geschwister. Die meisten lebten in der Nähe oder zumindest irgendwo an der Westküste. Eine seiner Schwestern arbeitete als Ärztin in San Diego, eine weitere als Tätowiererin in der Nähe von San Francisco. Zwei seiner Brüder hatten vor Kurzem gemeinsam ein Technologie-Start-up gegründet, und ein anderer absolvierte gerade eine Ausbildung als Konditor. Sein Dad arbeitete immer noch auf derselben Farm wie zu der Zeit, als Angus ein Kind gewesen war, allerdings seit einigen Jahren in leitender Funktion. Seine Mutter hatte ihren Fabrikjob aufgegeben und leitete jetzt eine Stiftung, die Immigranten bei der Arbeitssuche half. Sie wohnten ungefähr eine Stunde nördlich von L. A., in einem weißen Haus im Ranchstyle, das sie als »Das Haus, das

Disney gebaut hat« bezeichneten, eine Information, bei deren Preisgabe Angus rot wurde.

Während er von den Streichen seiner Kindheit und den jüngsten Familientreffen erzählte, holte er sein Handy hervor und scrollte durch die Fotos, um die Personen oder die Ereignisse darauf zu beschreiben. Marlowes Lieblingsaufnahme war eine von seiner gesamten Familie, aufgenommen vor etwa zwanzig Jahren an Halloween. Angus war damals ungefähr acht gewesen und der Zweitjüngste. Alle acht Kinder hatten rötliche Haare auf einer Palette vom richtigen Rot seines jüngeren Bruders bis hin zum dunklen Rotbraun seiner ältesten Schwester. Die Kinder trugen eine bunte Mischung aus karierten Tüchern und Bauernhemden. Angus' Dad stand neben ihnen, verkleidet als William Wallace, während der Rest der Familie seine Rebellenbande spielte, mit blauen Gesichtern und allem Drum und Dran. Offenbar sprach er mit einem starken schottischen Akzent, der immer unzählige Anspielungen auf *Braveheart* zur Folge hatte. Obwohl ihn das im Allgemeinen nervte, hatte er beschlossen, das Ganze einen Abend lang auszuleben.

Danach folgte ein süßes Foto von Angus mit seiner Großmutter mütterlicherseits vor einem kleinen Steinhaus im Hafendorf Avoch, nördlich von Inverness. Sie hatten die Arme umeinander gelegt, und der Wind zerzauste ihre Kleidung und ihre Haare. Angus zeigte Marlowe auch Fotos von Hochzeiten, Thanksgiving-Feiern, Grillpartys im Garten, Familienwanderungen und Urlauben, die er mit einem oder mehreren seiner Geschwister unternommen hatte. Zusammen ergaben die Fotos und Geschichten das Bild einer liebevollen Familie, in der man einander gnadenlos aufzog – die Quelle von Angus' Sarkasmus –, sich aber trotzdem zu Feiertagen zusammenfand und in engem Kontakt blieb. Es half Marlowe, ihr Bild von Angus Gordon zu vervollständigen – er war nicht der hochmütige Fernsehstar aus der Boulevardpresse, sondern ein nachdenklicher, zurückhaltender Mann, der ihr mit schiefer Stirnlocke gegenübersaß und seine Flipflops abgestreift hatte.

Die Geschichten warfen auch ein interessantes Licht auf ihre eigene ruhige Kindheit, in der sie zwischen ihren immer beschäftigten Eltern hin- und hergereicht worden war, ohne irgendwelche Geschwister oder Verwandte in der Nähe. Sie hatte sich oft Sorgen über ihre Neigung gemacht, sich zu stark an andere zu binden. Sie platzte mit »Ich liebe dich« bei Männern heraus, die nicht dasselbe empfanden, hatte ihre drei besten Freundinnen nach der Uni gedrängt, mit ihr zusammenzuziehen, und war trotz der hundert Alarmsignale mit Kelvin zusammengeblieben. Dabei war es kein Wunder, dass sie sich so an Menschen klammerte, die ihr etwas bedeuteten, und kein Wunder, dass es sie in eine kollaborative Branche gezogen hatte. Sie versuchte sich die Familie zu erschaffen, die sie in ihrer Jugend nicht gehabt hatte.

»Ich dachte, du würdest mir dieselbe Frage stellen wie ich dir«, sagte Angus, als er sein Handy schließlich in die Gesäßtasche seiner ausgefransten und ausgeblichenen Jeans steckte.

»Du hast deine Verlobte also auch in einem Panikanfall bezüglich deiner Zukunft verlassen?«

»Keine Verlobte. Kein Panikanfall.« Er deutete auf Marlowes Teller, stand auf und begann den Tisch abzuräumen. »Meine letzte Beziehung war eine ziemlich gewöhnliche Geschichte. Wir haben uns bei der Arbeit kennengelernt. Sie war Regisseurin. Hat einige Folgen von Staffel zwei mit uns gedreht, obwohl triviale Serien nicht wirklich ihr Ding waren. Unsere Beziehung lief ungefähr sechs Monate lang gut oder zumindest so gut, wie Beziehungen sein können, wenn beide Partner viel arbeiten und sich kaum sehen. Dann bekam sie das Angebot für eine BBC-

Serie, die ihr Traumjob war. Ich blieb in L. A. Nach einer Weile waren Anrufe nicht mehr genug.«

Marlowe folgte Angus mit den leeren Saftgläsern in die Küche. »Wenn ihr nicht in unterschiedlichen Städten arbeiten würdet, wärt ihr also vielleicht noch zusammen?«

»Möglich, aber ich bezweifle es.« Er spülte jeden Teller ab, bevor er ihn in einen nobel aussehenden Geschirrspüler stellte. Marlowe hatte derzeit keine Geschirrspülmaschine, aber aus irgendeinem Grund gefiel es ihr, dass Angus auch ein Vorspüler war. »Damals hab ich alles auf die Entfernung geschoben. Das haben wir beide. Es war einfacher, als die Schuld bei uns zu suchen, aber wir hatten auch andere Probleme. Zum einen hat sie *Heart's Diner* für totalen Mist gehalten und hat mit dieser Meinung auch nicht hinterm Berg gehalten. Ich weiß, dass es keine hohe Kunst ist, aber die Zuschauer mögen die Serie, und ich mag die Leute, mit denen ich arbeite. Es ist ein guter Job. Ich möchte mich nicht für das schämen müssen, was ich tue, nur weil die Serie nicht von Richard Attenborough erzählt wird und niemand einen Gehrock trägt.«

Marlowe verkniff sich ein Lächeln. »Du weißt, was ein Gehrock ist?«

Er winkte ab. »Was auch immer diese noblen Typen tragen.«

»Das ist nah genug dran.« Sie nahm sich einen Lappen und wischte über die Arbeitsplatte, während er die Pfanne schrubbte. Ganz unkompliziert fanden sie zu einer gemeinsamen Routine. Putzen hatte ihr nie etwas ausgemacht, nicht so, nach einem gemeinsam zubereiteten Essen. Selbst einfache Omeletts waren eine Art der Kollaboration, ein Akt gemeinsamer Kreation. Der Gedanke ließ sie das Designen vermissen. Sie vermisste auch, mit jemandem zusammenzuwohnen. Die Filmabende, die Weinflaschen, die schnell leer wurden, wenn man sie durch vier teilte, die wechselnden Schultern, an denen man sich ausweinen konnte, die fast ständige Betriebsamkeit. Sie sollte endlich aufhören, die Sache hinauszuzögern, und Chloes Manuskript lesen. Bald.

Das Klappern der Bratpfanne, die in einem Schrank verstaut wurde, lenkte Marlowes Aufmerksamkeit wieder auf das Gespräch und ihre aktuelle Gesellschaft.

»Staffel zwei«, sagte sie, als ihr bewusst wurde, was dieses Detail bedeutete. »Das ist schon einige Jahre her.«

»Dreieinhalb.« Angus blickte über die Schulter, als würde er Verwunderung von ihr erwarten. Zuzugeben, sie war überrascht, dass er schon so lange Single war. Nicht, weil es ungewöhnlich war, einige Jahre lang alleinstehend zu sein, sondern weil sie ihn in so vielen Klatschzeitungen mit einer Parade an heißen Schauspielerinnen gesehen hatte, obwohl sie diese Fotos inzwischen unter einem anderen Blickwinkel betrachtete. Auch wenn sie diese Gedanken nicht laut aussprach, erkannte er etwas in ihrer Miene, das ihn die Stirn runzeln ließ. »Die Branche macht Beziehungen schwierig. Die Arbeitszeiten, die Reisen, die Medienpräsenz. Dann ist da noch die unvermeidliche Enttäuschung, wenn die Frauen merken, dass ich nicht Jake Hatchet bin, der auf dem Motorrad herumrast und Dinge anzündet, sondern der langweilige Angus Gordon, der sich lieber in seinem Trailer versteckt und ein Buch liest.«

Marlowe konnte sich ein Lachen nicht verkneifen.

»Deshalb hast du einen Sicherheitsmann vor der Tür? Damit du ohne Unterbrechung lesen kannst?«

»Ich will lieber gar nicht wissen, was du gedacht hast.«

»Um zu verhindern, dass deine kostbaren Handtücher gestohlen werden, natürlich.«

Er schnappte sich ein Küchenhandtuch von der Arbeitsplatte und schnippte es ihr an die Hüfte. Lachend flüchtete sie außer

Reichweite. Kurz darauf lachte er ebenfalls und schenkte ihr das Grinsen, das sie so mochte. Es war einfach unfair. Er musste doch irgendwo einen Makel haben. Ein Muttermal oder eine Pockennarbe? Fußpilz?

»Gott, an dem Tag hab ich mich dir gegenüber echt wie ein Mistkerl benommen«, sagte er.

»Ja, aber du warst kein so großer Mistkerl, wie ich dachte.« Er legte sich eine Hand aufs Herz. »Wow. Du hast beinahe zugegeben, dass du mich magst.«

»Beinahe. Wobei du bei all meinen Schmeicheleien höchst skeptisch sein solltest. Womöglich habe ich Hintergedanken, zum Beispiel, mir ein weiteres Mal das Angebot zu erschleichen, in deinem Bett zu schlafen.«

Er zog die Brauen hoch. »Ach ja?«

»Nicht *das* Bett.« Sie verdrehte die Augen und verfluchte ihr ständiges Erröten. »Ich sollte. Wäsche. Nachsehen. Fertig. Vermutlich. Ja. Okay.« Leise fluchend flüchtete sie die Treppe hinunter in die untere Etage, verfolgt von Angus' Lachen.

Sie legte ihre Kleidung in ihre Tasche und warf einen schnellen Blick ins Bad, um sicherzugehen, dass sie nichts zurückgelassen hatte, insbesondere keine frauengroßen Dellen im Boden der Duschkabine. Ihr Erröten verriet schon genug. Er musste nichts über das komplette Ausmaß seiner Anziehungskraft auf sie erfahren. Oder das ihrer Unbeholfenheit. Oder von der offenkundigen Verbindung zwischen den beiden.

Als sie ihre Habseligkeiten und alles Lebensnotwendige eingesammelt hatte, ging sie nach oben und stellte ihre Tasche neben die Haustür.

»Du gehst schon?«, fragte Angus, als er zu ihr ins Foyer kam.

»Ich möchte deine Gastfreundschaft nicht überstrapazieren. Außerdem habe ich zweiwöchentliche Telefontermine mit meinen

Eltern. Mom um zwei, Dad um drei. Ich muss erst eine ordentliche Portion elterlicher Missbilligung dazwischenquetschen, bevor ich eine weitere Woche beruflicher Missbilligung genießen kann.« Sie setzte sich auf eine Lederbank und zog ihre Turnschuhe an. Dann suchte sie ihre Sonnenbrille und die Skimütze.

»Warte. Bevor du gehst.« Angus öffnete den Garderobenschrank und nahm eine vielgetragene Baseballkappe heraus, die er ihr reichte. Beim Anblick des Logos schmolz sie ein wenig dahin. New York Yankees. »Die Wintermütze verrät dich. Außerdem passt die hier besser zu dir.«

»Die passt zu jedem Menschen besser.« Sie zog die Kappe auf und steckte sich die Haare hinter die Ohren, setzte die Sonnenbrille auf und bewunderte ihre neue Verkleidung in einem Spiegel in der Nähe. »Die SUVs werden wieder da draußen sein, nicht?«

»Vermutlich. Die Geschichte ist momentan heiß. Fahr das Tempolimit. Werde nicht langsamer. Schaue nach vorn. Sofern sie nicht gerade deine Nummernschilder überprüft haben, solltest du dir keine Sorgen machen müssen.«

Ihre Brust zog sich zusammen. »So was machen Menschen?«

»Es ist schon mal vorgekommen.«

»Vergiss, was ich über ein weiteres Übernachtungsangebot gesagt habe.« Sie lachte nervös, und es kam abgehackt und atemlos heraus. Als sie in Angus' Augen keinerlei Belustigung entdeckte, erstarb ihr Lachen. Er hatte die Lippen zusammengepresst, und die vertraute Falte hatte sich zwischen seinen Brauen gebildet. Plötzlich erschien ihr seine magische Skybox nicht mehr so magisch, sondern eher wie ein unerlässlicher sicherer Unterschlupf. »Es war wirklich schön, dass wir uns besser kennenlernen konnten.«

Er nickte und beugte sich vor, um ihr eine Fussel vom Mützenschild zu pflücken.

»Wirst du mich am Set wieder ignorieren?«

»Ich hab dich nicht …« Sie erkannte die Herausforderung in seinen Augen. »Okay, hab ich doch. Aber jetzt habe ich ja deine Handynummer, wenn du also wieder mit einer heroischen Geste um die Ecke kommst, verspreche ich, mich auf jeden Fall wenigstens bei dir zu bedanken.« Sie schlang sich die Tasche über die Schulter.

Er begleitete sie hinaus zu ihrem Auto. »Ah, dein einzigartiges, aber penetrant riechendes Abenteuermobil.«

Sie tat beleidigt. »Ich liebe mein Auto.«

»Ich liebe meine Großmutter. Was nicht automatisch bedeutet, dass ich stundenlang in ihrer Gesellschaft verbringen möchte, erst recht nicht auf beengtem Raum.«

Marlowe lächelte darüber und mühte sich mit dem Schlüssel am Schloss des Kofferraums ab.

»Ich habe versucht, dich zu warnen«, erinnerte sie ihn.

»Offenbar haben wir beide ein Talent dafür, Warnungen zu ignorieren.«

»Klingt nach einer gefährlichen Kombination.«

»Absolut tödlich.« Seine Stimme klang so sexy, dass sie sich von ihm wegdrehte, um sich nicht in die Flirterei verwickeln zu lassen, die es inzwischen eindeutig war. Sie legte es ja gar nicht darauf an, mit ihm zu flirten, aber er machte es ihr wirklich schwer.

Nach einem Stoß mit der Hüfte öffnete sich der Kofferraum, und Marlowe warf ihre Tasche hinein. Dann schloss sie die Fahrertür auf und zog sie mit einem ohrenbetäubenden Knarren auf.

»Danke für die Gastfreundschaft«, sagte sie und spielte mit ihrem Schlüsselring, da sie plötzlich nicht in der Lage war, still zu stehen. Angus schien es nicht besser zu gehen. »Ich würde dir ja anbieten, den Gefallen zu erwidern, aber du wirst nicht auf einem Sofa schlafen wollen, das nach totem Yak riecht, versuchen wollen, drei Tropfen Wasser aus meiner Dusche herauszuquetschen, oder dein Frühstück auf trockenen Toast beschränken wollen. Außerdem ist mein Apartment mit gruseligen Eulen dekoriert. Niemand sollte je dort über die Schwelle treten.«

»Ich verzichte auf die Eulen. Und den toten Yak. Aber ich vermute …« Er kratzte sich im Nacken, bevor er die Hände in die Hosentaschen schob. »Nichts. Egal.«

»Was?« Sie lachte nervös über seinen merkwürdigen Stimmungswandel. »Sag es mir.«

»Es ist eine dumme Idee. So insgesamt.«

»Was insgesamt?«

»Die Medien. Mein angeblicher Beziehungsstatus. Milchshakes als Wurfgeschosse.«

Sie beäugte ihn aus dem Augenwinkel. »Du weißt schon, dass du mich mit jedem Wort neugieriger machst, oder?«

»Richtig. Okay. Da ist was dran.« Er zog die Hände halb aus den Taschen, tippte mit den Daumen gegen seinen abgenutzten Gürtel und zog eine Grimasse, als könne er sich nicht ganz dazu überwinden, die Worte auszusprechen. Marlowe wollte ihn gerade noch einmal drängen, als er endlich sprach. »Nächste Woche findet im L. A. County Museum of Art eine Benefizveranstaltung statt. Ich habe Karten. Tan wird auch hingehen. Idi auch, ich wäre also nicht die einzige Person, die du dort kennst.«

Marlowe lehnte sich an ihr Auto, um sich zu stützen.

»Du lädst mich zu einer Benefizveranstaltung im Museum ein?«, brachte sie hervor.

»Das ist mein Vorschlag, ja.«

»Als dein …« Sie schluckte. Schwer. »Date?«

»Als das, womit auch immer du dich wohlfühlst. Date. Bekannte. Gemeinsame Warnungsignoriererin.«

»Zu einer Veranstaltung mit rotem Teppich? Mit Limousinen und Abendkleidern?«

»Es sei denn, Gehröcke fallen unter den Dresscode.«

»Und der Frau, die alle für deine Freundin halten?«

»Ich habe Tan heute Morgen als Erstes eine Nachricht geschickt. Wir arbeiten daran.«

»Und vielen Kameras?«

»Wie gesagt, es war eine dumme Idee.«

»Nicht dumm, aber ...« Sie holte tief Luft. Allein bei der Vorstellung der Veranstaltung geriet sie beinahe in Panik. All diese Leute. All diese Blicke auf ihr. »Ich kann nicht.«

Angus nickte, und seine Miene verfinsterte sich. »Ich hab mir schon so etwas gedacht.« Er wich einen Schritt zurück, die Hände immer noch in den Taschen.

»Es tut mir leid.« Sie zog die Schultern hoch und spürte einen Knoten im Magen. »Ich fühle mich wahnsinnig geschmeichelt, dass du fragst, aber ich verstehe deine Welt nicht. Du hattest Jahre, um sie zu begreifen. Ich hatte jetzt, was, eine Woche? Zwei? Jeder gemeine Kommentar brennt sich noch in mein Hirn. Es ist schon schwer genug für mich, mich selbst zu mögen. Ich kann nicht bei einer öffentlichen Veranstaltung mit dir auftauchen. Erst recht nicht, wenn Tanareve dort ist. Du weißt, was die Leute sagen würden.«

»Ich dachte, wir könnten ihnen vielleicht sagen, dass sie falschliegen.«

»Und sie würden uns das glauben? Ist es so leicht? Wir erklären einfach einigen Reportern, dass nichts Anzügliches zwischen uns vorgeht, und dann schreiben sie nie wieder ein einziges Wort über uns? Keine Verwunderung mehr darüber, was ein Mann wie du mit einer Frau wie mir will? Keine Wut mehr von den Fans, die immer noch wollen, dass du und Tanareve bis ans Ende eurer

Tage glücklich zusammenlebt? Ich werde nicht mehr als hässliche Schlampe oder billige Hure bezeichnet, die verschwinden und sich zum Sterben verkriechen soll?« Ihr wurde die Kehle eng, und sie machte sich Sorgen, dass gleich auch noch Tränen fließen würden. Sie kämpfte dagegen an, während Angus vor ihr in sich zusammensackte.

»Du hast recht«, sagte er. »Nichts davon können wir garantieren.«

Sie schwiegen beide und standen unbeholfen da, als ob sie sich nicht entscheiden konnten, ob sie die Angelegenheit weiter esprechen oder sich einfach verabschieden sollten. Marlowe wollte keins von beidem tun. Stattdessen wollte sie die Arme um Angus schlingen und ihn fragen, ob sie für immer hierbleiben konnte. Sie könnten wieder gemeinsam kochen und von der Zukunft träumen. Sie könnten seinen Pool benutzen und vielleicht sogar seine Dusche. Sie könnten die Welt außerhalb der Glaswände vergessen. Doch Marlowe wusste, dass das nicht ewig anhalten würde. Wenn diese Fantasie endete, würden sie sich wieder an demselben Punkt befinden. Es hatte keinen Sinn, das Unvermeidliche hinauszuzögern.

Bevor Marlowe es sich anders überlegen konnte, machte sie einen Schritt nach vorne und legte die Arme um Angus, um ihn in eine Umarmung zu ziehen. Er legte ihr die Hände auf den Rücken und die Wange an ihre und erwiderte die Geste. Seine Bartstoppeln fühlten sich überraschend weich an. Sein Körper fühlte sich kaum überraschend fest in ihren Armen an, und sie fühlte sich in seinen auch gefestigter. Als sie ihn noch näher zog, ihn hielt und zum ersten Mal seit vielen Monaten gehalten wurde, bekam sie ihre Bestätigung, dass Angus tatsächlich sehr gut im Umarmen war.

Er drückte sie ein letztes Mal liebevoll und ließ die Arme sinken. Sie stieg in ihr Auto, kurbelte das Fenster herunter oder versuchte es zumindest und bekam es weit genug auf, um über das staubige Glas hinwegzuspähen. Sie schenkte ihm ein letztes Lächeln, das einen Hauch von Bedauern enthielt. Er erwiderte es, trat einen Schritt zurück und winkte ihr zu.

»Ich schätze, wir sehen uns im Diner, Adelaide.«

»Darauf kannst du dich verlassen.«

20

»Glaubst du, man kann in jemanden verliebt sein, den man erst einige Tage kennt?«, fragte Cherry Marlowe, als sie den Coffeeshop auf dem Studiogelände verließen und zur Garderobe gingen. Der Montagmorgen hatte früh begonnen. Sie brauchten beide Koffein. »Ich meine keine vorübergehende Verliebtheit, sondern ein tiefes Gefühl der Verbundenheit.«

»Möglich?«, wich Marlowe aus, obwohl sie ziemlich sicher war, dass sie zu Ja tendierte.

»Ich auch.« Cherry hüpfte praktisch neben ihr. »Manchmal passt es einfach, oder? Alles passt zusammen, ihre Stärken gleichen deine Schwächen aus, und umgekehrt? Und man mag einige gemeinsame Dinge, aber nicht alle. Man bringt sich gegenseitig zum Lachen. Man kann gut mit gemeinsamem Schweigen umgehen. Du kannst nicht aufhören, an sie zu denken. Außerdem küsst sie einfach unglaublich gut.«

»Klingt toll.« Marlowe zwang sich zu einem Lächeln und war frustriert darüber, dass ihr immer nur ganz nichtssagende Worte einfielen, wenn sie müde, unsicher oder abgelenkt war. Ein bisschen Begeisterung sollte sie schon aufbringen können. Allerdings …

Hat Angus mich wirklich um eine Verabredung gebeten?, dachte sie. *Habe ich wirklich abgelehnt?*

»Hast du dich gestern mit Maria getroffen?«, fragte sie laut.

»Ich bin Samstag Abend von der Arbeit aus direkt zu ihr gefahren. Ich konnte einfach nicht anders. Gestern haben wir den Großteil des Tages im Bett verbracht und Seifenopern auf Netflix

geschaut. Eis gegessen. *Viel* herumgemacht. Es war himmlisch.«
Cherry stolperte erneut und hielt an, um ihre Kleidung auf
Kaffeeflecken zu überprüfen. Wie immer war ihr Styling perfekt
und betonte ihre schlanke Figur. Sie trug die übliche schwarze
Skinny Jeans und eine schwarze Designerjacke, aber ihr hell-
blaues T-Shirt setzte einen Farbakzent. In abgerundeten Buchsta-
ben stand darauf: *Einhörner kacken nur Regenbögen, wenn sie
Kobolde gefressen haben.* Es war eins von Marlowes Lieblings-
shirts, obwohl sie nicht sagen konnte, warum. »Was hast du an
deinem freien Tag gemacht?«

»Äh …« Marlowe schnupperte an ihrem Kaffee und überlegte
kurz, wie viel sie preisgeben sollte. Cherry war immer so gegen
Angus gewesen, und Marlowe war nicht wirklich auf eine Dis-
kussion aus. »Nichts Aufregendes. Wäsche gewaschen, natürlich.
Ich konnte meinen Vermieter endlich dazu überreden, die kaputte
Wasserleitung reparieren zu lassen. Und ich habe meine üblichen
Ja, Mom und Dad, ich versage als verantwortungsvolle Erwachsene-
Gespräche geführt.«

»Wissen sie von deiner Rolle in der Serie?«

»Um Himmels willen, nein.« Marlowe schnaubte lachend, als
sie sich dieses Gespräch vorstellte. »Selbst wenn ich keine Ge-
heimhaltungsvereinbarung unterschrieben hätte, meine Mom
würde mir sofort Fragen stellen, wie ich mit dem Einkommen
umgehen werde oder wie diese Entscheidung meine potenziellen
Karrierefortschritte beeinflusst. Mein Dad würde den gesell-
schaftlichen Wert der Unternehmung infrage stellen. Ich hatte
Glück, dass er gestern überhaupt Zeit für mich hatte. Er musste
mich zwischen eine Besprechung mit seinem Labor und einem
Konferenzanruf mit den Entwicklungsteams in Frankreich und
Indien quetschen. Wenigstens hatte er so nur eine Viertelstunde,
um meine Lebensentscheidungen infrage zu stellen. Meine Mom

hat das komplette Programm abgespult. Karriere. Gesundheit. Finanzen. Gesellschaftliches Leben. Liebesleben.«

»Was wohl bedeutet, dass sie den Dreck über dich und Red MacMuscles nicht gesehen hat.«

Marlowe spürte den Hauch eines Bedürfnisses, Angus zu verteidigen, aber sie schüttelte es ab.

»Meine Eltern verfolgen keinen Promitratsch«, erwiderte sie. »Ihr intellektueller Elitismus nervt mich oft, aber diese Woche war ich dankbar dafür. Was sie nicht wissen, kann mir nicht wehtun.«

»O Mann, das Gefühl kenne ich.« Cherry wich zwei Mädchen aus, die einen Kleiderständer mit Schutzanzügen schoben, und einem Mann in einem Golfwagen voller Plastikflamingos. Als der Gehweg wieder frei war, stieß sie Marlowe mit dem Ellbogen an. »Aber das Foto aus dem Club? Das war heiß. Du solltest es an den Hinhalte-Typen schicken. Hashtag *Doch, ich kann jemand Besseres finden, du anmaßende Kröte.*«

»Anmaßende Kröte?«

»Am Ende ist mir irgendwie die Kreativität ausgegangen, aber du weißt, was ich meine.« Cherry nahm einen großen Schluck Kaffee. Marlowe hatte keine Ahnung, wie sie das machte. Der Kaffee war immer mindestens zehn Minuten lang kochend heiß. »Im Ernst. Am Wochenende hat dich der Tanagus-Fanclub schikaniert. Da kannst du dieses erstklassige Angeben-vor-dem-Ex-Material, das dir in den Schoß gefallen ist, durchaus verwenden.«

Marlowe dachte darüber nach, aber nicht lange.

»Ich kann nicht«, meinte sie. »Es fühlt sich komisch an. Wenn ich es wert bin, vermisst zu werden, dann soll es meinetwegen sein. Nicht, weil jemand Berühmtes bereit war, mich anzulächeln.«

»Mehr als nur lächeln.« Cherry wackelte mit den schmalen

Brauen. »Wenn du diese Funken auch in den Diner mitbringst, wird dir Wes mehr als nur eine rührselige Hochzeitsszene schreiben.« Sie lachte, als wäre sie gleichzeitig beeindruckt und amüsiert, aber Marlowe stapfte ohne zu lächeln neben ihr her.

Hat Angus mich wirklich um eine Verabredung gebeten?, dachte sie erneut. *Habe ich wirklich abgelehnt?*

»Glaubst du, Babs hat den Artikel gesehen?«, fragte sie.

»Das werden wir bald wissen.« Cherry deutete mit dem Kinn auf den nahe gelegenen Parkplatz. Zwischen zwei Reihen rostfreier Cabrios und SUVs streckte Babs einen Arm aus, um über die Fernbedienung ihr Auto zu verriegeln, während sie auf die Garderobe zuging, die Arme voller Einkaufstüten. »Der kämpferische Schritt sagt Ja, aber sie ist noch nicht beim Stressessen angelangt, also vielleicht Nein?«

Marlowe und Cherry gaben Babs einen ordentlichen Vorsprung, bevor sie ihr in die Garderobe folgten. Elaine tippte ruhig etwas auf ihrem Computer. Sie trug ein so knalliges orangefarbenes Shirt, dass selbst ein Verkehrslotse die Augen zusammengekniffen hätte. Auf der anderen Seite des Raums, in einem makellosen Hosenanzug aus Seide, knabberte sich Babs durch eine Tüte Sonnenblumenkerne, während sie auf einem leicht verblassten Sofa hektisch Zeitschriften durchblätterte. Jede Seite knallte beim Umblättern. Dann leckte sie sich den Daumen und riss die nächste um. Nach der Anzahl der Sonnenblumenkernschalen zu urteilen, die sich bereits auftürmten, hatte Babs den Artikel über Marlowe und Angus gesehen oder zumindest Wind davon bekommen.

Sie blickte auf und entdeckte die Frauen beim Eintreten. Nach einem kurzen Hochziehen ihrer ebenholzfarbenen Augenbrauen fuhr sie damit fort, die Zeitschrift zu quälen. Marlowe tauschte einen vorsichtigen Blick mit Cherry, bevor sie mit Elaine in

Small Talk zum Thema »Wie war dein Wochenende« verfiel. Während Elaine eine niedliche Geschichte über ihre Kinder erzählte, setzte sich Cherry zu Babs aufs Sofa.

»Wann beginnen die Anproben?«, fragte sie. »Bereiten wir heute Morgen immer noch die Schulszenen vor, oder haben sie den Drehplan wieder umgeworfen?«

»Wir liegen im Zeitplan!«, rief Elaine von ihrem Schreibtisch aus. »Aber wir haben die Drehbuchänderungen für nächste Woche bekommen. Ich kümmere mich heute um die Anproben. Ihr drei habt eine viel spannendere Aufgabe.«

Babs schnaubte leise, während sie eine weitere Seite in Position riss.

Cherry blickte vorsichtig über Babs' Schulter. »Hochzeitskleider?«

»Mit ein bisschen mehr Vorlauf hätten wir Termine bei Dior, Givenchy, Vera Wang und Elie Saab vereinbaren können. Oder noch besser, wir hätten etwas maßschneidern lassen können. Um all diese Figurmakel zu kaschieren.« Babs deutete ungeduldig auf Marlowe. »Da diese neue Kirchenszene nächste Woche gedreht wird, sollten wir vermutlich in den sauren Apfel beißen und direkt zu Hattie's gehen.«

Cherry grinste Marlowe an. Ihre Wimpernverlängerungen flatterten vor Begeisterung.

»Hattie's?«, keuchte Marlowe, da sie wusste, dass es sich bei dem Laden um einen der teuersten und exklusivsten Hochzeitsausstatter in der Stadt handelte. »Bist du sicher, dass das nötig ist? Für eine Kellnerin?«

Babs senkte die Zeitschrift und warf Marlowe einen bösen Blick zu, so wie jemand über den oberen Rand seiner Brille schauen würde. Nur, dass Babs keine Brille trug. Das Einzige, was sie zur Schau trug, war Genervtheit.

»Um Himmels willen, es ist das Staffelfinale, möglicherweise auch das Ende der ganzen Serie. Deine kleine Figur ist vielleicht nur ein nahezu namenloses künstliches Plot-Element, aber die Zuschauer werden in Scharen einschalten, um zu erfahren, was aus Jake wird. Ich kann dich nicht in ein Baiser aus Polyester mit billigem Modeschmuck im Ausschnitt stecken.« Sie verzog die Lippen und atmete hörbar durch die Nase aus. »Wenn wir den Look gut hinkriegen, werden alle darüber reden, darüber berichten und ihn kopieren. Du bist keine Meghan Markle, aber ich muss halt mit dem arbeiten, was ich habe.« Sie biss in einen weiteren Sonnenblumenkern und pulte mit ihren bordeauxroten Fingernägeln die Schale ab. Als Marlowe weiterhin nur dastand und schon wieder Panik bekam, weil ihre Szene möglicherweise viel Aufmerksamkeit erhalten würde, stieß Babs mit dem Fuß gegen eine auf dem Boden stehende Einkaufstasche. »Es hat keinen Sinn, hier nur herumzustehen. Genauso gut kannst du diese Klamotten aufhängen. Aber denk nicht, dass du für heute als PA bezahlt wirst.«

Eine Stunde später saß Marlowe auf einem Plüschsofa bei Hattie's, sortierte Babs' neueste Quittungen und vermied es, ihr in die Quere zu kommen, während Cherry Babs durch die Boutique begleitete, dicht gefolgt von einem Trio tadellos höflicher Verkäuferinnen. Cherry fungierte überwiegend nur als Ohr für Babs' Meinung und hatte ein geschicktes Gespür dafür, wann ihr Input willkommen war und wann nicht. Außerdem hatte sie einen guten Blick für Passform und Proportionen. Sie verdiente wirklich eine Chance, selbst Kostümbildnerin zu sein, statt weiterhin Jahr für Jahr als Babs' Assistentin zu fungieren. Doch je mehr Marlowe über die Filmindustrie lernte, desto unwahrscheinlicher fand sie es, dass Babs die Quelle für Cherrys großen

Durchbruch sein würde. Es war nicht unmöglich, aber einer Assistentin zu einer tollen Position zu verhelfen, würde aus der Assistentin eine direkte Mitbewerberin machen. Und bisher hatte Babs nicht viel Geduld für Mitbewerber gezeigt.

Als sie eine Auswahl getroffen hatte, trugen die Verkäuferinnen die Kleider in einen großen und elegant eingerichteten Umkleideraum. Marlowe versuchte sich auf den Papierkram zu konzentrieren, den Babs ihr hingeknallt hatte, aber sie wurde ständig durch die vorbeiziehenden weißen und elfenbeinfarbenen Stoffe abgelenkt. Da die Zuschauer keinen Blick auf die Hochzeit erhaschen würden, musste Babs das ganze Spektakel in das Kleid packen. Es war die Art von kostümbildnerischer Herausforderung, die Marlowe geliebt hatte. Wie konnte sie mit einem einzigen Kostüm eine ganze Geschichte erzählen? Was sagte das Kleid über die Welt hinter den Kirchentüren aus? Über die Braut? Über den Bräutigam, den die Zuschauer nie kennenlernen würden? Über das Leben, das hinter dem Paar lag, und über das, was noch vor ihnen lag? Babs schien sich diese Fragen nicht zu stellen. Sie wollte etwas beneidenswert Stilvolles mit hohem »Wow-Faktor«. Noch besser wäre es, wenn die Marke zu Werbemöglichkeiten führen könnte.

Nachdem die erste Vorauswahl getroffen war, schnürte eine Verkäuferin Marlowe in ein korsettartiges Bustier. Sie prüfte die Passform, bevor sie ihr vier Silikonteile gab, die in der Branche unter dem ekelhaften, aber angemessenen Namen Hühnerschnitzel bekannt waren. Marlowe war schon immer dünn gewesen – nicht verwunderlich, da sie dazu erzogen worden war, Essen nicht wirklich zu genießen –, aber das Bustier reduzierte ihre Figur auf Größe 32. Alle außer ihr schienen darüber begeistert zu sein, erst recht, nachdem sie die künstlichen Brüste eingesetzt hatte. Wieder einmal fragte sie sich, ob sie wirklich länger als nötig in L. A.

bleiben wollte. Natürlich gab es in New York ebenfalls einen gewissen Druck, was das Aussehen anging, aber zumindest konnte sie dort ihre fehlenden Muskeln neun Monate im Jahr unter weiten Pullovern verstecken. Außerdem konnte sie von Speisekarten bestellen, die nicht zur Hälfte aus veganen Gerichten bestanden.

Das erste Kleid, das sie anprobierte, hatte ein Mieder aus Satin mit tiefem Ausschnitt und einen Neckholder, der mit einer großzügigen Schleife gebunden wurde. An der Taille erweiterte es sich zu einem Rock aus Metern von Tüll. Die Farbe hatte einen sanften Übergang von Elfenbeinfarben zu einem kaum wahrnehmbaren Pink. Der Rock war in Abschnitte unterteilt, die in Richtung Boden länger wurden und hinter ihr herschleiften, als sie zur Begutachtung in den Hauptraum trat. Cherry keuchte vor Entzücken auf, doch Babs neigte nur den Kopf zur Seite und tippte sich mit einem Finger an die Lippen, wobei sie leise *hmmm* vor sich hin murmelte.

Marlowe versuchte, still zu stehen, während eine Verkäuferin die Details des Kleides hervorhob oder Schuhe dazu vorschlug, doch kurz darauf drehte sie bereits an ihrem Ringfinger. Trotz ihrer gewaltigen Anstrengung, nicht daran zu denken, ließen sich die Erinnerungen nicht verdrängen. Ein ehrlich gemeinter Antrag und eine bereitwillige Annahme. Erste Gespräche zur Hochzeit. In der Stadt oder etwas außerhalb? Wie viele Gäste? Was würde ihr Lied sein? Sollten sie ihre eigenen Gelübde schreiben? Video oder nur Fotos? Festes Menü oder Büfett? Was war mit Blumen?

Das Licht wurde ein wenig zu hell, die Temperatur ein wenig zu warm. Marlowe verlagerte das Gewicht von einem Fuß auf den anderen, atmete tief ein und zählte dabei. *Eins, eintausend. Zwei. Drei. Vier.*

Cherry hielt Babs zwei Schleier hin. Babs entschied sich für den längeren.

Mehr Erinnerungen bahnten sich ihren Weg. Wie sie den Ring zurückgegeben hatte. Kelvins Gesicht. Die Verletztheit. Die Wut. Die Fragen, die Marlowe nicht beantworten konnte. *Warum jetzt? Was hat sich geändert? Was, glaubst du, wirst du dort finden?* Wie sie die Tür zu ihrem Apartment in New York zuzog. Die Tür zu dem in L. A. öffnete. Die Stille. Die Ruhe. Der Geruch.

Das Fehlen von etwas Vertrautem. Nacht für Nacht allein. Ein Mülleimer, der vor Essenskartons überquoll. Eine Seite des Bettes, die nie zerwühlt war. Leere Stühle am Küchentisch. Eine einzelne Tasse in der Spüle. Eine einzelne Gabel. Eine einzelne Zahnbürste. Ein einzelnes Handtuch. Immer eins, nur eins.

»Wir müssten es kürzen«, kam Babs' Stimme von weit weg.

»Und die Borte abnehmen?«, schlug Cherry vor, ebenfalls in weiter Ferne.

Marlowe atmete, zählte bis vier. Drückte sich eine Hand vor den flauen Magen. Wurden die Lichter heller? Warum schwitzte sie so stark? Vermutlich war das Bustier zu eng geschnürt. Der Verschluss in ihrem Nacken drückte auch. Während sie daran herumzupfte, steckte Cherry den Schleier auf Marlowes Kopf fest. Das Gewicht reichte gerade aus, um Marlowe aus dem Gleichgewicht zu bringen, sodass sie einen Schritt zur Seite stolperte, um die Balance zu halten.

Cherry griff nach ihr, um sie zu stützen. »Ist alles in Ordnung?«

»Ja, ich bin nur ein wenig … äh …« Sie sah sich in einem dreiteiligen Spiegel: eine Braut, ganz in Weiß, bereit für ihre Hochzeit. Sie holte tief Luft. Und dann fiel sie in Ohnmacht.

Marlowe erwachte langsam und blinzelte an eine Decke mit einem Quartett barocker Kronleuchter, das in ihrem Blickfeld helle Flecken verursachte. Sie tastete mit der Hand umher und stellte fest, dass sie auf einem mit Teppich bedecktem Boden lag und immer noch das Tüllbrautkleid trug, obwohl sie anhand der ungehinderten Bewegung ihres Brustkorbs davon ausging, dass sowohl das Bustier als auch das Kleid aufgeschnürt worden waren. Als sie sich bewegte, rutschte eins der Hühnerschnitzel in ihre Achselhöhle und bestätigte ihre Einschätzung.

Sie begann sich aufzusetzen. »Es tut mir so leid.«

Eine feste Hand legte sich auf ihre Schulter und hielt sie fest. »Bleib liegen«, sagte eine beruhigende Stimme. »Komm erst mal zu dir. Nur keine Eile.«

»Ein wenig beeilen könnte sie sich schon«, verlangte eine eindeutig weniger beruhigende Stimme. »Wir müssen lediglich ein neues Staffelfinale mit nur einer Woche Vorlauf ausstatten, aber klar, bleib nur ruhig so lange liegen, wie du möchtest.«

Marlowe drehte den Kopf zur Seite und erkannte Cherry, die neben ihr kniete und ihr ein Glas Wasser reichte. Dahinter entdeckte sie Babs auf einem vergoldeten Sofa, die Beine angezogen und den Blick auf ihr Handy geheftet. Ihre schwarzen Haare waren perfekt frisiert, sie war in ihrem Seidenhosenanzug perfekt gekleidet, und sie zeigte perfektes Desinteresse an der Frau, die halb in ein Designerkleid gekleidet auf dem Boden lag und gerade wieder zu Bewusstsein gekommen war.

»Wenn du so weit bist.« Cherry warf Babs einen verhohlenen Seitenblick zu. »Nicht vorher.«

Zwei Verkäuferinnen kamen herübergeeilt. Eine schob Marlowe ein Kissen unter den Kopf. Die andere reichte ihr einen feuchten Waschlappen, den sich Marlowe auf die Stirn legte.

»War das Kleid zu eng?«, fragte die eine Verkäuferin.

»Niedriger Blutzucker?«, wollte die andere wissen. »Wir können Ihnen ein Glas Saft holen. Oder ein paar Kekse.«

»Mir geht es gut«, murmelte Marlowe. »Es waren nur, äh, Probleme mit einem überaktiven Hirn.«

Cherry beugte sich mit bekümmerter Miene über sie. »Der Hinhalte-Typ?«

»Bingo.« Marlowe zog sich die übrigen Schnitzel aus dem BH und legte sie beiseite. Als sie sich nicht mehr schwindlig fühlte, kämpfte sie sich in eine sitzende Position und lehnte sich an ein Sofabein, hielt aber den Kopf nach hinten, um den kühlen, feuchten Lappen auf ihrer Stirn zu behalten. Als ob sie spürten, dass sie nicht länger gebraucht wurden, kehrten die beiden Verkäuferinnen in den vorderen Bereich zurück und beobachteten die Angelegenheit aus höflicher Distanz von dort. Dankbar, dass niemand ihretwegen ein Aufsehen machte, nahm Marlowe Cherry das Glas ab und nippte an dem kalten Wasser. »Das ist mir so peinlich. All diese Zweifel und Fragen. Ich denke ständig, ich habe ihn hinter mir gelassen, und dann *Bumm*! ist er wieder da.«

Cherry zupfte an dem Tüllberg. »Es wäre bald so weit gewesen, oder?«

»Dieses Wochenende.« Marlowe glättete die Rüschen und brachte Ordnung in das Chaos. »Einen Moment lang habe ich mich in einem anderen Leben gesehen. In dem, das ich nicht gewählt habe, und habe mich gefragt, wo ich jetzt wäre, und ob ich mich das immer fragen werde und ob ich jemals den letzten Rest Reue loswerde.«

»Es ist ganz natürlich, dass du dich momentan so fühlst«, versicherte ihr Cherry.

»Ja?« Marlowe blickte über die Schulter und vergewisserte sich, dass Babs ihre Aufmerksamkeit immer noch auf ihr Handy gerichtet hielt. Babs sah zwar nicht auf, doch Marlowe rutschte für alle Fälle trotzdem näher an Cherry heran. »Meine Eltern haben das Beenden einer Beziehung so leicht aussehen lassen. Als sie sich scheiden ließen, ist mein Dad näher an New York gezogen und war dankbar, dass er sich stärker auf seinen Job konzentrieren konnte. Meine Mom hat begeistert jedes Zimmer in unserem Haus in Providence neu eingerichtet. Sie hat die Möbel neu aufpolstern lassen, die Teppiche und die Bilder ausgetauscht und jede Wand gestrichen. Er hat sofort wieder angefangen, sich zu verabreden. Sie hat ihr Sportprogramm intensiviert. Beide haben die Veränderungen als einen wunderbaren Neustart behandelt. Sie haben weitergemacht und sich auf andere Dinge konzentriert.«

Cherry schnaubte. »Du weißt, dass das alles Bewältigungsstrategien sind, oder? Dass man seinen Schmerz nicht zeigt, bedeutet nicht, dass man ihn nicht spürt.«

»Kann sein.« Marlowe ließ den Blick über den pink-weißen Stoff in ihrem Schoß gleiten und fragte sich, ob die »Bewältigungsstrategien« ihrer Eltern der Grund dafür waren, dass sie so schlecht mit Verlust, Veränderungen und sogar verletzten Gefühlen umgehen konnte. Ihre Eltern zeigten kaum jemals Emotionen, daher wusste sie nicht, was sie mit ihren eigenen anfangen sollte, außer sich für sie zu schämen. Doch Herzen ließen sich nicht überstreichen wie Wände, ordentlich grundiert und mit kräftigen Farben aufgefrischt, die die alten Spuren überdeckten. Einige dieser Spuren hielten sich lange. Manche blieben vermutlich für immer.

Nachdem Marlowe das Glas geleert hatte, stellte sie es zur Seite und richtete die Vorderseite ihres Kleids, die lose vom Träger am Hals vor ihrer Brust hing, bevor sich an der Taille die ungebändigte Tüllmasse anschloss. Es war ein wirklich schönes Kleid, deutlich schöner als das Kleid, das sie sich selbst ausgesucht hatte – das sie nicht ganz gekauft hatte, was vermutlich schon bezeichnend war.

»Ich schätze, ich war noch nicht bereit dafür, mich in einem Hochzeitskleid zu sehen«, meinte sie. »Jedenfalls nicht, solange es keins war, das ich auf dem Weg zu einem echten Altar mit einem echten Bräutigam tragen würde. Ich weiß nicht mal, warum es mir überhaupt etwas ausmacht. Kelvin war derjenige, der unbedingt heiraten und eine große Trauung mit vielen Gästen wollte. Ich habe jeden Tag an Theateraufführungen mitgearbeitet, ich wollte nicht selbst bei einer Aufführung im Mittelpunkt stehen.«

Cherry drückte beruhigend Marlowes Hand.

»Es macht dir zu schaffen, weil eine Ehe mehr ist als nur eine Trauung«, sagte sie. »Es geht um Gemeinsamkeit und gegenseitige Unterstützung. Es geht um zwei Menschen, die einander versprechen, sich bis zu ihrem Tod vor Einsamkeit zu beschützen. Das ist ein verdammt starkes Angebot.«

Babs stieß ein leises, aber raues Lachen aus. Marlowe und Cherry drehten sich zu ihr um. Babs betrachtete sie mit hochgezogenen Brauen, geschürzten Lippen und einer allgemeinen Überlegenheit, als wären sie unwissende kleine Kinder, deren albernes Geplapper ihr auf den Geist ging. Sie steckte ihr Handy ein, stand auf und hielt inne, um den Blick im Laden umherschweifen zu lassen – über die Einrichtung, die Ware, die Kleider, die Schleier, die Schuhe und den Schmuck.

»Sich das Jawort zu geben, ist keine Garantie dafür, dass die Liebe hält«, sagte sie, als spräche sie zu den Schleiern und nicht zu den Frauen, die auf dem Boden saßen. »Es löst keine Beziehungsprobleme, die man schon vor der Hochzeit hatte. Es garantiert nicht, dass sich beide Partner nach der Hochzeit gleich viel Mühe geben. Und es hält den Ehemann nicht davon ab, die Frau zwanzig Jahre später für eine andere zu verlassen, die halb so alt ist wie sie.«

Marlowe klappte die Kinnlade herunter, und Cherry machte große Augen. Babs blickte auf sie herab, mit ihrem üblichen Gesichtsausdruck aus strapazierter Geduld und leichter Verachtung. »Die Welt, in der wir leben, bietet Männern mehr Möglichkeiten als Frauen. Da sollten wir die, die uns geboten werden, auch nutzen.« Sie begegnete Marlowes Blick für einen flüchtigen Moment, für eine Sekunde des Verständnisses, das an Ermutigung grenzte, ohne aber wirklich ermutigend zu sein. Dann marschierte Babs nach vorne zu den Verkäuferinnen.

Marlowe starrte ihr hinterher, unfähig, den Kopf zu drehen oder den Blick abzuwenden.

»Wusstest du, dass sie verheiratet war?«, flüsterte sie.

Cherry schüttelte mit weit aufgerissenen Augen den Kopf. »Einen Ehemann hat sie nie erwähnt. Ich dachte, sie wäre immer Single gewesen, vielleicht freiwillig, vielleicht … unfreiwillig.«

Marlowe unterdrückte ein Lächeln. Sie wusste so gut wie jeder andere, dass Babs nicht gerade eine einfache Person war, aber möglicherweise war sie nicht immer so aggressiv und diktatorisch gewesen. Vielleicht ließen sich ihre Beziehungsnarben auch nicht übermalen. Ob diese Narben nun tief waren oder oberflächlich, ihre Gereiztheit in Bezug auf Angus bekam dadurch eine ganze neue Dimension, und Marlowe war neu motiviert, sich nicht länger mit Was-wäre-wenn-Szenarien über Kelvin zu befassen.

Während Marlowe innerlich immer noch völlig aus dem Gleichgewicht war, zwinkerte Cherry ihr zu.

»Ein Gespräch für unseren nächsten gemeinsamen Abend.« Sie rappelte sich auf und half Marlowe auf die Füße. Marlowe drückte sich das offen stehende Kleid und das Bustier vor die Brust und glättete die gröbsten Falten im Tüll. Cherry half ihr dabei, obwohl das Kleid einmal richtig gebügelt werden musste, nachdem es auf dem Boden zerknautscht worden war. »Wird es jetzt gehen?«

»Irgendwann«, antwortete Marlowe. »Das Timing ist nicht ideal. Was schade ist. Jede andere wäre begeistert, Designerhochzeitskleider anprobieren zu dürfen.«

»Nicht jede.« Cherry hob die Gelkissen vom Boden auf. »Und vergiss nicht, du probierst keine Kleider an. Du probierst Kostüme an. Kostüme sind magisch. Was wir tun, ist magisch. Es geht um Fantasie und Illusion. Mit dem richtigen Kostüm kann aus einer Frau eine Prinzessin oder eine Kriegerin oder die Königin der gottverdammten intergalaktischen Allianz werden. Also lass dich darauf ein. Nutze die Fantasie.« Sie schlang einen Arm um Marlowes Schultern und führte sie zur Umkleide. »Nächste Woche betrittst du eine Kirche, in der dein imaginärer Bräutigam auf dich wartet. Und kann echt jeder Mann sein. Willst du wirklich, dass es ein Typ ist, der dir sagt, was du weißt, statt dich zu fragen? Oder der nur nette Dinge für dich tut, wenn andere Leute es sehen? Ganz sicher nicht.« Sie streckte schwungvoll ihren freien Arm aus und traf damit beinahe eine Verkäuferin. »Stell dir einen verdammten Märchenprinzen am Altar vor. Mach ihn zu wem auch immer du willst. Erträum es dir. Steh dazu. Kannst du mir folgen?«

Marlowe blickte über die Schulter und sah, dass Babs sie mit hochgezogenen Brauen beobachtete. *Da sollten wir die Möglichkeiten, die uns geboten werden, auch nutzen*, hatte sie gesagt, und Marlowe hatte sie laut und deutlich gehört. Sie betrachtete die Kleiderstangen voller wunderschöner Kleider, die fantastische Freundin an ihrer Seite und die Chefin, die sie jetzt ein bisschen weniger hasste als zuvor. Es war kein Moment, um nach hinten zu schauen. Es war ein Moment für die Zukunft.

»Ja.« Sie lehnte sich in Cherrys Umarmung. »Ich kann dir folgen.«

21

Am Mittwochmorgen, nachdem sie den gesamten Dienstag damit verbracht hatte, die Punkte auf Babs' bisher umfangreichster Liste niederer Hilfsaufgaben abzuhaken, las Marlowe endlich das Stück von Adrienne Achebe, das Chloe ihr gemailt hatte. Sie nutzte ihren zweiten Tag als Schauspielerin oder, genauer gesagt, die Zeit, in der sie von ihren strapaziösen Aufgaben als PA befreit war, indem sie sorgfältig die Seiten umblätterte, während Ravi ihr Adelaide-Make-up auftrug und eine Assistentin ihre Nägel nachbearbeitete.

Die Geschichte handelte von einer Gruppe junger Frauen, die auf einer namenlosen Straße in einem zeitlosen Ort verschwanden. Sie wanderten als Geister umher und suchten nach jemandem, der ihre Geschichten aufschrieb, die sie in Sprachen erzählten, die nicht mehr gesprochen wurden. Die Dialoge waren dicht und kompliziert und befassten sich mit Themen wie Geschlecht, Hautfarbe, Privilegien, Macht, über die Generationen weitergegebenen Trauma, den Mängeln des Rechtssystems und der Formbarkeit von Sprache.

Das Manuskript enthielt nur wenige konkrete Informationen über die Welt des Stücks, daher würde das künstlerische Team bei der Gestaltung viele Freiheiten haben. Der Gedanke war sowohl beängstigend als auch inspirierend. Hauptsächlich Letzteres. Als Marlowe die letzte Seite gelesen hatte, schossen ihr Bilder von farbenfroher Kunst über die Great Migration von Millionen von Afroamerikanern aus den Südstaaten in den Norden, frühe Daguerreotypien von Frauen mit glasigen Augen, Zeitungsartikel über die zahllosen Morde an indigenen Frauen am Highway of Tears und die versteckten Texte, die die Insassinnen von Anstalten in ihre Kleidung stickten, weil sie weder Papier noch Tinte hatten, durch den Kopf. *Das* war der Grund, warum sie eine Karriere als Kostümbildnerin angestrebt hatte. *Das* war es, wonach sie sich sehnte. Kunst. Symbolik. Geschichte. Identität. Bedeutung.

»Besser als *Heart's Diner*, Staffel sechs, Folge einundzwanzig?« Ravi reichte Marlowe ein Taschentuch. Sie tupfte sich damit die Tränen ab, die sie gar nicht bemerkt hatte.

»Das hängt vom jeweiligen Geschmack ab, aber ja, für mich ist es viel besser.« Sie spielte mit den Ecken des Manuskripts und vibrierte vor Vorfreude allein anlässlich der Möglichkeit, an diesem Stück mitzuarbeiten. Wenn es nicht dieses Stück wurde, dann ein ähnliches, und zwar bald.

Da ihr Vertrag nur noch einen Monat lief, konnte Marlowe irgendwann im Oktober zurück in Richtung Osten ziehen. Falls ihr altes Zimmer bei ihren Freundinnen dann noch nicht verfügbar war, könnte sie ihre Eltern ein oder zwei Wochen lang besuchen. Sie hatte zwar Interesse an dem Filmauftrag mit Babs gezeigt, aber während der vergangenen Tage war eine Menge passiert. Nach ihren Gesprächen mit Angus, dem Peptalk von Cherry und Babs' unerwartetem Rat, ihre Möglichkeiten auszuschöpfen, war Marlowe bereit, nicht mehr vor dem wegzulaufen, was sie wirklich tun wollte, und da zu leben, wo sie wirklich sein wollte.

Tatsächlich war sie so bereit, nach vorne zu blicken, dass sie Kelvin am Vorabend eine Nachricht geschickt hatte. Sie zu verfassen, hatte ewig gedauert, da sie sichergehen wollte, dass sie freundlich und deutlich und ehrlich war, aber sobald sie auf *Senden* gedrückt hatte, stellte sie erleichtert fest, dass die übliche

Welle an Schuldgefühlen und Zweifeln ausblieb. Sie hatte gesagt, was es zu sagen gab. Keine Reue. Kein Rückzieher.

Kelvin: Du weißt, dass das nicht stimmt. Können wir wenigstens darüber reden?

Marlowe: Es ist richtig. Chaotisch und kompliziert, aber richtig.

Es tut mir leid, dass ich dir wehgetan habe und dass das Ende für dich so plötzlich kam. Ich hätte es eher erkennen müssen. Ich hätte auch besser damit umgehen müssen, sobald ich das Problem erkannt hatte. In mancher Hinsicht haben wir gut zusammengepasst, aber das hat nicht gereicht. Danke für all die Male, wo du für mich da warst. Ich werde immer dankbar für das sein, was wir hatten, aber es ist vorbei. Ich mache mit meinem Leben weiter. Das solltest du auch. Es gibt nichts mehr zu besprechen. Ich halte es für das Beste, wenn wir uns für eine Weile keine Nachrichten schreiben. Ich brauche etwas Zeit für mich. Pass auf dich auf.

Marlowe schob die Gedanken an die große Zukunft beiseite, um sich den aktuelleren Stressoren zuzuwenden. Sie las zum x-ten Mal ihre Szene. Sie war nur drei Seiten lang. Wieder mit Jake in Kontakt treten. Den Ring zeigen. Gequält aussehen. Fortgehen. Das war's. Sie kannte den Text, sie hatte bereits vor der Kamera gestanden. Sie verstand sich inzwischen sogar mit Angus. Alles würde gut laufen. Absolut wunderbar.

Ravi legte ihr eine Hand auf die Schulter. »Hör auf zu zittern. Bevor du es merkst, ist es vorbei.«

»Was, wenn ich es nicht schaffe, dass sich der Dialog real anhört?«

»Gib einfach dein Bestes. Niemand erwartet beim ersten Take Perfektion, und die Cutter können wahre Wunder bewirken. Aber sag ihnen nicht, dass ich dir geraten habe, dich auf ihre Zauberei zu verlassen.« Er besserte eine verschmierte Stelle in ihrem Augenwinkel aus, bevor er sie in eine Wolke Fixierspray hüllte.

Cherry kam einige Minuten später vorbei, um sicherzugehen, dass Marlowe kostümiert und bereit war. Selbst Babs spähte diesmal herein und überprüfte alles noch einmal: den Aufschlag am Kleid, die aufgerollten Socken, die Länge der Kette, an der der Verlobungsring hing, die Sommersprosse an Marlowes Ohr. In typischer Babs-Manier verkündete sie, nachdem sie Marlowes Look abgenickt hatte, dass Marlowe früh am nächsten Morgen die nächste Runde Rückgaben starten sollte. Auch die Rechnungen stapelten sich, und Elaine brauchte Hilfe bei der Organisation der Kostüme für die Statisten in der Folgewoche. Und übrigens, am Dienstag konnte dann auch das Hochzeitskleid abgeholt werden. Möglicherweise bildete sie sich das ein, aber Marlowe hätte schwören können, dass Babs beim Verkünden dieser letzten Aufgabe ein Lächeln unterdrückte. Die Anprobe bei Hattie's hatte über acht Stunden gedauert. Marlowe hatte mehr als dreißig Kleider anprobiert, aber als sie die Umkleide im richtigen verlassen hatte, hatten alle es sofort erkannt. Alle hatten gelächelt. Sogar Babs. Sogar Marlowe.

Während sie darauf wartete, an den Set gerufen zu werden, blickte sie auf ihr Handy. Glücklicherweise hatte Kelvin nicht geantwortet. Die einzige neue Nachricht war aus dem Gruppenchat mit ihren Freundinnen. *Grüß deinen neuen Freund von uns*, stand da, und es folgte ein Link zu einem YouTube-Montagevideo, in welchem Jake Hatchet sein Shirt auszog, die Jeans abstreifte oder sich sonst während einer seiner vielen Sexszenen auszog. Marlowe hatte vergessen, wie oft sich Angus für die Serie ausgezogen hatte, obwohl er nie ganz nackt von vorne zu sehen war. Sie wollte das Video schon wegklicken, entschied dann aber, dass es wertvolles Recherchematerial darstellte. Falls ein anderer Regisseur ihr riet, sich vorzustellen, wie sie Angus die Kleider vom Leib riss, sollte sie das so überzeugend wie möglich spielen können. Daher …

Hat er mich wirklich um eine Verabredung gebeten?, dachte sie zum zigsten Mal. *Und habe ich wirklich abgelehnt?*

Angus befand sich bereits am Set, als Marlowe schließlich von einem Regieassistenten dorthin begleitet wurde. Die Crew hatte die notwendigen Innenaufnahmen in der Woche davor gedreht, einschließlich einer schnellen Interaktion, bei der Adelaide eilig das Gebäude verließ, nachdem Jake sie erkannt hatte. Heute filmten sie die Außenaufnahmen hinter dem Diner. Angus unterhielt sich mit Fritz, dem Regisseur der Folge, einem Mann Mitte vierzig mit einem Unterlippenbart und widerspenstigen schwarzen Haaren. Während Fritz eine Reihe von scharfen Gesten machte, fuhr Angus sich mit der Hand übers Kinn und nickte. Seine Haare wirkten heute heller als sonst, da der morgendliche Sonnenschein durch die Palmwedel in der Nähe fiel. In manchen Momenten wirkten seine Haare eher karamellfarben, in anderen eher zimtfarben, obwohl keine Bezeichnung akkurat schien.

Marlowe gab ihre Farbüberlegungen auf, als Fritz sie zu sich winkte. Sie näherte sich vorsichtig, unsicher, ob das Wochenende irgendwelche Unbeholfenheit hinterlassen hatte. Zu ihrer Erleichterung begrüßte Angus sie freundlich, während Fritz kaum ein *Hallo* herausbrachte, bevor er sofort auf den Dreh zu sprechen kam.

»Wir versuchen, die Szenen in der richtigen Reihenfolge zu

drehen, um euch die Chance zu geben, eine Verbindung aufzubauen. Das war Wes' Idee, da das alles neu für dich ist.« Er deutete mit dem Kinn auf eine Gruppe Leute, die sich um die Monitore geschart hatte und in ein Gespräch vertieft war. Wes war auch darunter, deutlich zu erkennen an seinem Flanellhemd und der Oakland-Kappe. Obwohl Fritz für diese Folge verantwortlich war, war die Serie immer noch Wes' Baby. »Sobald wir eine vollständige Aufnahme haben, die wir verwenden können, unterteilen wir die Szene in kleinere Abschnitte und drehen aus verschiedenen Blickwinkeln.« Er blickte zu Marlowe.

Sie nickte und steckte die Hände in die Taschen, damit sie nicht an ihren Nägeln kaute und dadurch den Anschluss ruinierte. Sie war gerade mal zehn Sekunden am Set und schwitzte schon wie verrückt. Als ob er ihre Nervosität spürte, legte ihr Angus beruhigend eine Hand auf den unteren Rücken.

Fritz klatschte in die Hände. »Oh, gut. Ihr seid bereits vertraut miteinander. Das wird hilfreich sein. Sollen wir einen Probelauf machen?«

Marlowe nickte, während sie die hektische Betriebsamkeit betrachtete, die sie umgab: Kameraleute, Tontechniker, Beleuchter, Maria mit ihrem Skript in der Hand, Regieassistenten mit Headsets, Babs, Wes und seine Kollegen, Visagisten und Stylisten, Bühnenbildner. Die Liste war endlos, und jede anwesende Person wartete darauf, dass sie die Szene richtig hinbekam. Das Ausmaß des Ganzen verlieh ihr einen völlig neuen Respekt für die Schauspieler. Der Druck war enorm.

Fritz führte Marlowe zu einem Stapel Milchkisten, die sorgfältig so bemalt worden waren, dass sie abgenutzt aussahen. Müll und Zigarettenstummel bedeckten den Boden, und ein umgedrehtes Ölfass diente als Beistelltisch, auf dem eine aufgerollte Zeitschrift und die Reste eines künstlichen Mittagessens lagen.

»Adelaide, du bist bereits hier, nachdem du aus dem Diner geflohen bist, als dir klar wurde, dass Jake dich erkannt hat.« Fritz deutete auf die Kisten. Marlowe setzte sich hin und blickte in die Richtung, die er vorgab. »Außerdem, wenn du sitzt, müssen wir Angus nicht auf eine Apfelkiste stellen.«

»Was ist eine Apfelkiste?«, wollte Marlowe wissen.

Angus lachte und kam herübergeschlendert. »Ich bin zu klein, um den akzeptablen Vorstellungen von Männlichkeit zu entsprechen. Der Fluch meiner Karriere. Sie geben mir gern etwas, worauf ich stehen kann.«

Marlowe konnte sich ein Lächeln nicht verkneifen. Durch die Höhe ihrer Sitzgelegenheit war sie ungefähr auf Augenhöhe mit Angus' Kinn, eine geschickte Täuschung, die ihn auf dem Bildschirm größer als sie erscheinen lassen würde, besonders bei Nahaufnahmen. Was für eine merkwürdige Welt, in der sie nicht gefilmt werden konnte, ohne dass vorher stundenlang an ihr herumgezupft und sie ausgepolstert wurde, und wo er auf einer Kiste stehen oder sein Co-Star geschickt platziert werden musste.

Fritz simulierte einen Kamerarahmen, indem er seine Daumen und Zeigefinger zu Ls formte, und betrachtete sie und Angus dadurch.

»Denk dran, Adelaide, dein Ziel ist es, dieses Gespräch hinter dich zu bringen, ohne Gefühle für ihn zu entwickeln. Du willst deine Beziehung zu Jake hinter dir lassen. Jake, du hast seit mehr als zehn Jahren auf diesen Moment gewartet. Du würdest alles für eine weitere Chance tun. Ihr seid beide zurückhaltende Menschen, also sprecht ihr das alles nicht aus, aber wir müssen es spüren.« Fritz erklärte den Ablauf, einschließlich des Wegs, den Jake zu Beginn der Szene nehmen sollte, und Adelaides Abgang am Ende. Sie besprachen einige Nuancen im Dialog. Dann ließ Fritz sie beide einen Moment allein, um sich mit seiner Crew abzusprechen.

Angus trat vor Marlowe und packte sie sanft an den Schultern.

»Geht es dir gut?«, fragte er.

»Wenn man einen Schritt von einer Panikattacke entfernt gut nennen kann …«

»Das ist besser als keinen Schritt.« Er massierte ihre Schultern, während sie versuchte, den Stress wegzuatmen. »Der Trick ist, all diese Menschen zu vergessen. Nutze das, was sich für dich real anfühlt. Tu so, als wäre ich dein Ex, falls das hilft. Oder denk an mich als den Mistkerl, der dein Leben einem Medienrummel ausgesetzt hat, weil er in einem Club nicht die Hände von dir gelassen hat.«

Sie lächelte ein wenig bei der Erinnerung an ihren Tanz, doch diese Freude verschwand schnell und wurde durch Enttäuschung ersetzt, dass der Tanz nicht zu mehr führen würde. Obwohl die Enttäuschung unmittelbar darauf von der Beinahe-Panik unterdrückt wurde, die sich wieder anschlich.

»Woran wirst du denken?«, wollte sie wissen.

»An genau das, was Fritz gesagt hat. Dass ich alles für eine weitere Chance tun würde.« Er schenkte ihr den Anflug eines Lächelns, bevor er seine angenehm warmen Hände in ihren Nacken gleiten ließ.

Sie ließ den Kopf nach vorne sinken, um ihm mehr Platz zu verschaffen. Er presste die Daumen zu beiden Seiten ihrer Wirbelsäule in die Muskulatur, langsam und behutsam. Er hatte eine so beruhigende Ausstrahlung, so solide und beständig und selbstsicher. Außerdem saß seine dunkle Jeans wirklich sehr gut, sie hing tief auf seinen Hüften, sodass sein dünnes graues T-Shirt kaum an den Bund reichte. Sie sollte nicht aus diesem Winkel auf seine Jeans starren, aber die Videomontage stand ihr noch frisch vor Augen. Allerdings galt das auch für die LACMA-Benefizveranstaltung, die sie nicht mit ihm besuchen würde, und die

Erinnerung an den Vanilleshake, der langsam über ihr Gesicht und ihren Hals lief, und all die hässlichen Worte …

Ihre Gedanken wurden unterbrochen, als Fritz die Probe begann. Sie spielten die Szene durch, während er zusah, sich mit Wes beriet und Anpassungen vornahm, bevor sie sie erneut durchgingen. Als sie eine Form gefunden hatten, mit der alle zufrieden waren, bereitete das Team die Aufnahme vor.

»Denk dran«, sagte Angus und drückte beruhigend Marlowes Schulter. »Vergiss all diese Leute. Niemand ist hier. Nur du und ich. Und wir kämpfen um diese zweite Chance.« Er wartete auf ihr Nicken. Dann erwiderte er es und verschwand aus ihrem Blickfeld.

Trotz seines Rats, die Leute zu vergessen, kam eine ganze Parade von ihnen zur Vorbereitung. Eine Visagistin puderte Marlowes Gesicht. Patrice aus der Frisurenabteilung richtete Marlowes Pferdeschwanz und kämmte jede widerspenstige Strähne an ihren Platz, mit Ausnahme von zwei Strähnen, die darauf warteten, zum perfekt getimten Zeitpunkt hinter die Ohren gesteckt zu werden. Elaine überprüfte die Kette und pflückte eine Fussel von Marlowes Schulter. Der Kameramann hielt ihr ein kleines Gerät vors Gesicht, mit dem er die Lichtqualität prüfte oder irgendwas anderes, was Marlowe nicht komplett verstand. Einige Tontechniker machten eine Lautstärkeprobe und besprachen die Umgebungsgeräusche. Ein Script Supervisor schob die Zeitschrift auf dem Ölfass zurecht. Bis alle fertig waren, hatten mindestens dreißig Leute an etwas in Marlowes unmittelbarer Nähe herumgebastelt.

Nur du und ich, sagte sie sich. *Nur du und ich.*

Die Welt um sie herum beruhigte sich allmählich, alle waren nun leise und still. Fritz blickte sie an und zog die Brauen hoch, eine stumme Frage, ob sie bereit war. Sie überprüfte ihre Hände.

Relativ ruhig, besonders wenn sie in ihrem Schoß lagen. Ihr Herzschlag war da eine ganz andere Sache. Glücklicherweise würde die Kamera ihren rasenden Puls nicht einfangen, obwohl das riesige Mikrofon, das über ihrem Kopf hing, empfindlich genug aussah, um das Pochen zu erfassen. Sie holte tief Luft und nickte ihm zu. Die Frau neben Fritz trat mit einer Klappe vor die Kamera und kündigte die Szene an. Ein scharfes Klappen, und der Dreh begann.

Marlowe blickte in die Ferne, unmittelbar links an der Kamera und den drei schwarz gekleideten Männern vorbei, die daneben standen. Hinter ihr näherten sich Schritte, langsam und gleichmäßig. Sie erstarrte bei dem Geräusch.

»Du hattest schon immer eine Vorliebe für plötzliche Abgänge«, sagte Angus.

Sie spielte mit ihrem Ohrläppchen, um die Aufmerksamkeit auf die künstliche Sommersprosse zu lenken und ihm Zeit zu geben, die Hälfte der Entfernung zu ihr zurückzulegen.

»Im Diner war es so stickig«, antwortete sie. »Ich brauchte frische Luft.«

»Dafür gibt es bessere Orte.«

Sie blickte auf den Müll neben ihren Füßen. Als sie wieder aufsah, trat Angus in seiner staubigen Motorradlederjacke neben sie. Sein Haar war zu Jakes Markenzeichen, der niedrigen Tolle, zurückgegelt. Seine Miene wirkte entschlossen. Seine Augen waren auf ihre gerichtet.

»Ich … ich sollte nicht mal hier sein«, stammelte sie. »Ich bin für meine Cousine eingesprungen, bevor ich zu einer … Familienfeier muss. Nur für ein paar Tage. Am Sonntag bin ich wieder weg.«

»Dann bin ich froh, dass ich vor Sonntag vorbeigekommen bin.« Er bewegte sich kaum, jede seiner Bewegungen war subtil und gut auf die Kamera abgestimmt. Ein Heben seines Kinns deutete eine Herausforderung an, ein Neigen seiner Schultern brachte ihn näher.

Sie wandte sich ab, indem sie sich auf den Milchkisten drehte, und war dankbar, dass sie zusammengeklebt waren.

»Ich sollte wieder reingehen, bevor …«

»Dreizehn Jahre, Adelaide.«

Marlowe schloss die Augen. Sie stellte sich sie selbst als dreizehnjähriges Mädchen vor, das ihre erste Liebe verließ, ohne sich vorher verabschieden zu können. Der Verlust. Das Trauma des verschenkten Potenzials. Die leere Straße, die sich hinter dem Auto erstreckte, während ihre Eltern wegfuhren. Als sie den Moment klar vor Augen hatte, umklammerte sie die Kisten und drehte sich zurück zu Angus. Obwohl er wie Jake gekleidet und gestylt war, konnte sie sich leicht vorstellen, dass er derjenige war, mit dem es nicht geklappt hatte. Das Was-wäre-Wenn zerrte auch Jahre nach der Trennung noch an ihrem Herzen – die größte verpasste Chance ihres Lebens.

»Ich dachte, ich würde dich nie wiedersehen.« Er strich ihr eine Haarsträhne aus dem Gesicht und steckte sie ihr hinters Ohr. Die Geste war ein Klischee, das in jedem Liebesroman vorkam, aber aus gutem Grund. Die Zärtlichkeit einer Beinahe-Berührung, so nah an einer Liebkosung, ohne eine Grenze zu überschreiten. Zuneigung, die als Hilfeleistung getarnt war.

»Wir hatten keinen Grund, einander wiederzusehen«, sagte sie.

»Ach nein?« Er kam einen Schritt näher.

»Wir waren noch Kinder.« Sie zupfte an der Strähne, die er zur Seite gestrichen hatte, wiederholte seine Geste, als ob sie damit die Erinnerung festhalten konnte. »Wir waren jung. Uns war langweilig. Wir hatten niemanden sonst zum Spielen. Es hätte nie den Sommer überdauert.«

»Das glaubst du nicht wirklich.«

»Ach nein?« Sie riskierte einen weiteren Blick in seine Augen. Bernsteinfarben in der Mitte, Rostbraun an den Rändern. Dichte, dunkle Wimpern, die normalerweise viel heller waren. Sie unterdrückte ein Lächeln, als sie bemerkte, dass sie mit Mascara bedeckt waren. Als er ihren veränderten Gesichtsausdruck bemerkte, kniff er leicht die Augen zusammen, eine subtile Unterbrechung seiner Darstellung, ein kurzer Blick auf Angus in der dunkleren, härteren Schale von Jake. Sein wahres Ich zu sehen, gab ihr Halt. *Nur du und ich*, dachte sie, als sie ihre Hände so positionierte, dass sie sich von den Milchkisten abstoßen konnte.

»Mein Chef wird sich schon …«

»Du hast mich einfach zurückgelassen!« Seine Stimme brach bei diesen Worten. Er sank in sich zusammen. Innerhalb eines Augenblicks war er zu einem gebrochenen Mann geworden, niedergedrückt, geknickt, eine Hand auf die Brust gepresst.

Sie blieb in ihrer Position, immer noch halb auf den Kisten sitzend.

»Es war ein Familiennotfall«, erklärte sie. »Wir mussten eilig abreisen. Ich hatte keine Wahl.«

»Und wenn du eine gehabt hättest? Was wäre dann gewesen? Was wäre jetzt?«

Ihre Hand wanderte zu der Kette um ihren Hals. Er kam näher, den Blick voller Herzschmerz. Obwohl sie wusste, dass alles nur gespielt war, hatte sie Mitleid mit ihm. In diesem Moment sehnte sie sich danach, ihn zu umarmen, obwohl ihr nicht klar war, ob dieser Instinkt seinem Trost oder ihrem dienen sollte. Ihr Blick wanderte über sein Gesicht und blieb an seinen Lippen hängen. Sie waren voll, oben perfekt geschwungen, kaum geöffnet, während sein Atem schnell und gezwungen dazwischen herauskam. Sie beugte sich zu ihm vor, und ihre Hand an der

Kette ballte sich zur Faust. Er roch nach Seife und Zahnpasta. Wie Angus.

»Jetzt sind wir keine Kinder mehr«, murmelte er, seine Stimme kaum mehr als ein Flüstern, und kam noch näher.

»Nein«, brachte sie heraus. »Das sind wir nicht.«

Er streckte eine Hand aus, eine zögerliche Bewegung, und zeichnete eine ihrer Brauen nach.

»Kannst du ehrlich behaupten, dass du keine Ahnung hattest, dass du mich hier finden würdest?«

»Ich habe es dir doch gesagt. Ich springe für meine Cousine ein.«

»Das war nicht meine Frage.« Seine Fingerspitzen fuhren über ihre Wange, ihren Unterkiefer entlang, ihre Nase, über ihre Ohrläppchen. Bei jeder Berührung beschleunigte sich ihr Atem. Sie drückte sich die Fingernägel in die Handfläche und verstärkte den Griff um die Kette. Er zog die Brauen hoch. Eine Frage. Eine Wahl. Eine Grenze zwischen Fantasie und Realität, die verschwamm. »Sag mir die Wahrheit.«

»Ich … ich muss dir gar nichts sagen«, erwiderte sie.

»Da hast du recht.« Er umfasste ihr Gesicht mit beiden Händen. »Es ist kein weiteres Wort notwendig.« Er beugte sich zu ihr, langsam, die Lippen geöffnet für einen Kuss.

Sie legte ihm eine Hand auf die Brust. Er hielt inne, sein Gesicht nur wenige Zentimeter von ihrem entfernt. Sie zog den Verlobungsring aus ihrem Ausschnitt und hielt ihn hoch, sodass er ihn sehen konnte.

»Ist das …?«, begann er.

»Am Samstag. Die Familienfeier, die ich erwähnt habe. Ich werde die mit dem Schleier sein.«

Er runzelte die Stirn, war aber ansonsten wie erstarrt. »Aber wir haben doch gerade erst …«

»Wir waren noch Kinder«, wiederholte sie. »Es hätte nie gehalten.«

Einige Sekunden lang bewegte sich keiner von ihnen. Er starrte auf den Ring. Sie achtete auf jede Veränderung in seinem Gesichtsausdruck. Er war der Erste, der sich zurückzog. Er richtete sich auf und fuhr sich auf eine Weise übers Kinn, die so typisch Angus war, dass sie Marlowe zurück in die Realität holte. Die Kameras, die Scheinwerfer, die Tontechnik und die Leute tauchten wie aus einem Nebel auf, obwohl sie natürlich die ganze Zeit über da gewesen waren.

Als die Intensität des Augenblicks nachließ, ließ sie den Ring zurück in ihren Ausschnitt fallen und drückte ihn sich an die Brust, bevor sie sich von den Milchkisten abstieß.

»Mach's gut, Jake.« Sie legte ihm eine Hand auf die Schulter, als sie an ihm vorbeiging. Dann lief sie weiter, bis sie um die Ecke des Diners verschwand.

»Cut!«, rief Fritz von seinem Platz neben den Monitoren aus.

Gemurmel brach aus, als die Crew sich an die Arbeit machte, die Geräte neu einstellte und überprüfte, was sie aufgenommen hatten. Marlowe lehnte sich an die Wand und stieß den längsten Atemzug ihres Lebens aus. Sie wusste, dass Fritz noch eine Million weiterer Takes würde haben wollen, aber zumindest hatte sie es einmal durch die komplette Szene geschafft. Mehr als nur geschafft, um genau zu sein. Sie hatte sich in einigen Momenten verloren und das gefühlt, was ihre Figur wohl fühlte. Es war aufregend.

Angus kam um die Ecke und grinste breit.

»Ich wusste, dass du es schaffst!«

»Einmal vielleicht.« Sie drehte ihm den Kopf zu. »Es noch mal zu wiederholen ist eine ganz andere Sache. Das war anstrengend. Ich weiß gar nicht, wie du das jeden Tag machst.«

»An manchen Tagen ist es einfacher als an anderen.« Seine Augen funkelten, und er lächelte strahlend. Er war so unverhohlen stolz auf sie, so begeistert über ihre winzige Leistung. Sie konnte sich nicht erinnern, wann ein Mann sie das letzte Mal so angesehen hatte, als ob ihr Erfolg oder Versagen nicht einfach nur ein Spiegelbild seiner Taten war. »Du schaffst das, das verspreche ich dir. Aber du musst mir verraten, was du in dem Moment gedacht hast, als du gezuckt hast.«

Marlowe zog eine Grimasse, als ihr der Fauxpas wieder einfiel. »Ich habe deine Wimperntusche bemerkt. Ich habe versucht, in der Rolle zu bleiben, aber mir ist das Bild durch den Kopf geschossen, wie der knallharte Jake Hatchet sein Make-up perfektioniert, bevor er sich auf sein Motorrad schwingt.«

Angus zupfte an seinen Wimpern. »Das Blond kommt vor der Kamera nicht gut zur Geltung.«

»Dachte ich mir.« Sie fächelte sich Luft zu, obwohl eine gesamte Crew bereitstand, um ihr bei der Bewältigung ihrer rasanten Schweißproduktion zu helfen. »Glaubst du, Fritz hat es bemerkt?«

»Selbst wenn nicht, die Kameras haben es garantiert eingefangen.«

Als hätte ihn die Erwähnung seines Namens herbeigezaubert, kam Fritz um die Ecke des Diners. Wes tauchte einen Moment später auf und trommelte sich mit einer Hand auf die Brust.

»Das war eine gute erste Aufnahme«, sagte Fritz. »Besser als gut. Aber wir haben uns unterhalten.«

»Die Szene funktioniert nicht«, fügte Wes hinzu. »Die Spannung ist da, aber es ist nicht genug.«

Marlowe hörte auf, sich Luft zuzufächeln, und verspürte das allzu vertraute Gefühl des Versagens.

»Tut mir leid«, sagte sie. »Vielleicht hilft eine weitere Probe?«

»Nein, nein.« Wes winkte ab. »Es liegt nicht an dir. Es ist das Drehbuch.«

»Wir wollen bei der nächsten Aufnahme etwas Neues versuchen«, erklärte Fritz. »Noch eins draufsetzen. Den Einsatz erhöhen. Die endgültige Entscheidung vor der Kirche zum größtmöglichen Werden-sie-oder-werden-sie-Nicht machen.«

Marlowe blickte auf der Suche nach Bestätigung zu Angus, doch der war ungewöhnlich still geworden.

»Wenn Adelaide sagt, *Es hätte niemals gehalten*«, erläuterte Wes, »dann stehst du auf, um zu gehen, genau wie zuvor. Doch diesmal, wenn du ihm die Hand auf die Schulter legst, um dich zu verabschieden, wird Jake antworten *Dann ist es ja egal, ob ich das hier tue.*«

Marlowes Blick huschte über die Gesichter um sie herum.

»Was tun?«, fragte sie.

»Er wird dich natürlich küssen.«

22

Marlowe trank eine komplette Flasche Wasser. »Ich schaff das nicht«, sagte sie, als sie die Flasche endlich absetzte und fast keuchend nach Luft schnappte. »Dann lass es.« Cherry nahm ihr die leere Flasche ab. »Es ist nicht das, was du mit ihnen vereinbart hattest.«

Sie saßen auf zwei Klappstühlen hinter einem Generator, gerade außerhalb des Blickfeldes der Gruppe, die sich am Set versammelt hatte. Marlowe hatte um eine kurze Pause gebeten, obwohl sie wusste, dass Zeit Geld war, wenn so viele Leute herumstanden und auf sie warteten. Angus war bei Fritz und Wes und sprach mit ihnen die Optionen durch.

»Der Satz ist schrecklich«, fuhr Marlowe fort. »Ich weiß, dass Jake ein Typ sein soll, der sich das nimmt, was er will, aber es gibt einen Punkt, an dem es irgendwie, keine Ahnung, aggressiv oder sogar feindselig rüberkommt. Jake und Adelaide kennen sich kaum, und er gibt ihr keine Gelegenheit, ihr Einverständnis zu signalisieren. Er stürzt sich einfach auf sie. Das ist nicht romantisch. Es ist einfach falsch.« Sie begann, auf und ab zu marschieren, zu aufgewühlt, um weiter still zu sitzen. »Ich habe viel zu viel Zeit in verkorksten Beziehungen verbracht, um mich daran zu beteiligen, diesen Mist aufrechtzuerhalten. Weißt du überhaupt, wie viele Botschaften eine durchschnittliche Frau im Laufe ihres Lebens erhält, die besagen, dass die Rolle eines Mannes ist, etwas zu wollen, und ihre, gewollt zu werden? Warum küsst immer der Mann die Frau, während die Frau ›geküsst wird‹? Warum können sie nicht einander küssen?«

Cherry schnaubte lächelnd. »Also, willst du ihn küssen?«

»Ja! Nein!« Marlowe fächelte sich Luft zu und hoffte, dass ihr Ärger ihr Erröten überdeckte. »Ich meine nur, wenn *Jake* und *Adelaide* sich küssen, dann sollte es eine gemeinsam getroffene Entscheidung sein, oder?«

»Absolut.« Cherry öffnete den Knopf ihrer Jacke und präsentierte den Aufdruck ihres T-Shirts. Er zeigte die Umrisse von zwei Personen, die sich an den Händen hielten, mit Halbkreislächeln und einem Herz über ihren Köpfen. Unter ihren Füßen stand das Wort *Einverständnis*.

»Hab ich dir schon mal gesagt, dass du meine Heldin bist?«, fragte Marlowe.

»Wir gehen mal zum Karaoke. Dann kannst du mir das passende Lied dazu singen.«

»Für dich tue ich alles.« Marlowe brachte ein Lachen zustande, bevor sie ihre Wanderung wiederaufnahm, immer noch auf das Thema fixiert. »Ich hab die künstlichen Brüste und den Geschlechternormenblödsinn im Sinne von ›die Frau muss kleiner als der Mann sein‹ mitgemacht. Sogar Jakes langsames Vorbeugen war okay. Zumindest hatte Adelaide so die Möglichkeit, Ja oder Nein zu sagen oder Jake auf halbem Weg entgegenzukommen, aber ich habe es so satt, dass Männer alles kontrollieren, während die Frauen nur reagieren dürfen. Es war einer der Gründe, warum ich so lange bei Kelvin geblieben bin. Ich hatte eine Gehirnwäsche hinter mir, die mich hat glauben lassen, dass er höchstwahrscheinlich eher recht hat als ich. Obwohl ich das weiß, und glaub mir, ich weiß es, sollte ich über all das hinwegsehen können. Doch wenn die ganze Welt sich verschwört, um dir das Gefühl zu geben, dass du nicht mal im Mittelpunkt deiner eigenen Geschichte stehen darfst, ist es schwer, nicht darauf reinzufallen.«

Cherry warf ihr einen schiefen Blick zu. »Du weißt schon, dass du mit einer queeren Person of Color redest, oder? Du brauchst mir nicht zu sagen, welche Botschaften die Welt aussendet.«

»Tut mir leid. Ich kann mir nicht mal vorstellen, wie das für dich sein muss.« Marlowe ließ sich auf ihren Stuhl sinken, legte den Kopf an Cherrys Schulter und verschränkte ihre Finger.

Sie hätten das Gespräch vielleicht fortgesetzt, doch Alejandra kam zu ihnen, in maßgeschneiderter Kleidung und einer leuchtend violetten Brille, deren kantige Form sich von ihren weichen schwarzen Locken abhob.

»Wes hat mich dazugeholt«, sagte sie. »Es erstaunt mich, dass wir immer noch solche Diskussionen führen und ich weiterhin erklären muss, warum wir mehr Frauen als Autorinnen und Regisseurinnen brauchen, aber Veränderung braucht Zeit.« Sie stieß einen Seufzer aus. »Na los, sprechen wir mit den Jungs.«

Fast eine Stunde lang diskutierten Wes, Fritz, Alejandra, Angus und Marlowe über die vorgeschlagene Änderung der Szene. Einige Mitglieder des Autorenteams meldeten sich per FaceTime mit ihren Meinungen. Angus holte sogar Sanaya ans Telefon, damit sie die vertraglichen Auswirkungen besprechen konnten. Sie bestätigte entschuldigend, dass es das Recht der Produzenten sei, Marlowes Text zu ändern oder sie ihren Co-Star küssen zu lassen. Dank Alejandras Hilfe wurden Marlowes Bedenken tatsächlich berücksichtigt, und das Drehbuch wurde überarbeitet, bis alle mit den Änderungen einverstanden waren. Sicherzustellen, dass die Szene einvernehmlich war, hatte Marlowe so sehr beschäftigt, dass sie erst realisierte, dass sie zugestimmt hatte, Angus zu küssen, als alle auseinandergingen, um die nächste Aufnahme vorzubereiten. Als es ihr schließlich bewusst wurde, nahm sie Angus an der Hand und zog ihn von der Menge weg.

»Das ist echt merkwürdig«, stellte sie das Offensichtliche fest. Etwas Komplexeres brachte sie jedoch nicht heraus, da ihr Adrenalinspiegel in die Höhe schoss und eine weitere Panikattacke in greifbare Nähe rückte.

»Möchtest du noch mal mit Wes sprechen?«

»Nein. Ja. Ich weiß es nicht.« Sie ließ Angus' Hand sinken und kaute an ihrem Fingernagel, Anschluss hin oder her. »Du verstehst, warum es merkwürdig ist, oder?«

»Weil ich dich um ein Date gebeten habe und du abgelehnt hast?«

»Mehr oder weniger. Ja. Und ...« Der Tanz, das Flirten, die bedeutungsvollen Gespräche, die angenehme Kameradschaft, die Dusche, die Umarmung, die Videomontage, das wachsende Bedürfnis, ihm auf eine Weise nah zu sein, die ihr nur noch mehr ungewollte Aufmerksamkeit bringen würde. »Und ich glaube nicht, dass ich jemanden küssen kann, wenn so viele Leute zusehen. Es ist zu intim.«

»Das muss es nicht sein.« Angus lehnte sich an eine Palme und schob einen Daumen in den Bund seiner Jeans. Seine entspannte Pose stand in scharfem Kontrast zu Marlowes beinahe manischer Energie. »Ich habe das schon Hunderte Male gemacht. Stell es dir als Position vor, so wie du nach der Kette greifst oder den Diner verlässt. Es ist eine einfache Handlung. Hände positionieren. Augenkontakt aufnehmen. Vorbeugen. Es muss sich nicht intim oder persönlich anfühlen, besonders nicht, wenn so viele Menschen zusehen.« Er hielt inne, ganz die Ruhe selbst, während sie unruhig herumzappelte und keineswegs davon überzeugt war, dass die Situation so einfach war, wie er behauptete. »Ich bin schon groß. Ich kann eine Zurückweisung verkraften und dankbar für eine Freundschaft sein. Ich kann außerdem mein berufliches und privates Leben voneinander trennen. Wir schauspielern, und falls ich irgendwas tue, was dir nicht gefällt, hören wir einfach auf.«

Sie spuckte ein Stück Fingernagel aus und begann an einem anderen zu knabbern.

»Was, wenn ich mich schon jetzt unwohl fühle?«, wollte sie wissen.

»Es liegt bei dir. Wir können es versuchen, oder wir können verlangen, dass wir zum alten Drehbuch zurückkehren.«

Sie horchte auf. »Das können wir?«

»Offiziell nicht, und ich spiele die Arschloch-Karte gerne sparsam aus, aber sie werden mich kaum zwei Folgen vor Ende der Staffel feuern. Außerdem wird es eine Menge mehr kosten, dich zu diesem Zeitpunkt rauszuschreiben, als die Szene zu beenden und weiterzumachen.« Er lächelte sanft und beobachtete sie mit aller Geduld der Welt. Kein Druck. Kein Beschämen. Nur das unerschütterliche Gefühl seiner Unterstützung.

»Es ist nur eine Position?«, hakte sie nach.

»Hände positionieren. Augenkontakt aufnehmen. Vorbeugen«, wiederholte er.

Sie spuckte ein weiteres Stück Fingernagel aus und schüttelte ihre Hände aus.

»Okay. Ich versuche es. Mit den Änderungen.«

Sein Lächeln wurde breiter. »Ich würde dich ja umarmen, aber ich hab das Gefühl, dass alles, was ich jetzt tue, die nächste Stunde nur noch merkwürdiger machen würde.«

Marlowe stockte der Atem. »Die nächste *Stunde*?«

»Du glaubst doch nicht, dass wir das in einem Take hinbekommen, oder?«

»Wir werden es verdammt noch mal versuchen.«

Sie kehrten zum Set zurück und probten kurz mit dem neuen Text und den neuen Positionen, aber ohne Kuss. Die Bosse waren sich einig, dass die Szene gut funktionierte und sie es so machen sollten. Marlowe und Angus nahmen ihre Plätze ein, sie auf den Milchkisten, er vor ihr. Die Haar- und Make-up-Leute eilten mit Kämmen, Sprays und Pudern herbei, korrigierten abtrünnige Haarsträhnen und tupften jeden Anflug von Schweiß ab. Marlowe hielt den Ring hoch. Angus legte ihr die Hände ums Gesicht, genau wie zuvor, als er sich für den Kuss vorgebeugt hatte. Der Kontakt brachte ihren bereits galoppierenden Herzschlag dazu, noch schneller zu schlagen, aber kurz darauf kam ein Script Supervisor dazu und sorgte dafür, dass ihre Positionen genau denen von der Aufnahme zuvor entsprachen. Den rechten Daumen stärker anwinkeln. Die linke Hand einen halben Zentimeter nach unten schieben. Die Schulter zurücknehmen. Hüfte nach vorne. Angus hatte recht. Es ging ausschließlich um Positionen. Es musste sich überhaupt nicht intim anfühlen.

Als alles bereit war, wurde die Crew still. Die Frau mit der Klappe ließ ein scharfes Knallen ertönen, und die Aufnahme begann.

»Ich werde die mit dem Schleier sein«, sagte Marlowe.

»Aber wir haben uns gerade erst …«

»Wir waren noch Kinder. Es hätte nie gehalten.«

Sie verharrten in ihrer Position, und beide versuchten, etwas in den Augen des anderen zu lesen. Obwohl Angus ganz in seiner Rolle als Jake steckte – die Kiefer fest zusammengepresst und der Blick messerscharf in seiner Intensität –, mogelte er einen Hauch Beruhigung in seinen Blick. Dann machte er einen Schritt nach hinten, rieb sich übers Kinn, schüttelte den Kopf und rang mit sich. Marlowe ließ die Kette mit dem Ring sinken. Er fühlte sich kühl auf ihrer Haut an, fest und real, war etwas, das sie erdete. Sie wollte sich gerade von den Milchkisten abstoßen, als Angus die Hand senkte und sich zu ihr umdrehte.

»Schwöre, dass du nicht hergekommen bist, um mich zu suchen«, verlangte er.

Sie schluckte, umklammerte die Kiste und ließ sich zurücksinken. »Ich ... ich schwöre.«

»Wie lautet der Name deiner Cousine?«

Marlowe blickte zum Diner und wieder zurück zu Angus. »Lucy.«

»Keine der Kellnerinnen heißt Lucy.«

»Susan?«

»Auch keine Susan.« Angus beobachtete sie, als wartete er darauf, dass sie es wieder leugnete. Als nichts kam, verringerte er den Abstand zwischen ihnen, bis er auf Armeslänge vor ihr stand. Dort verharrte er, die Hände an den Seiten, beide zu lockeren Fäusten geballt.

Das war der Moment. Marlowes Moment, nach ihm zu greifen, statt nach sich greifen zu lassen. Um die Kontrolle zu übernehmen und eine Entscheidung zu treffen.

Sie hob eine Hand und legte sie an seine Wange. Seine Haut war weich, selbst mit den Bartstoppeln. Sein Blick war unbeirrt. Er war so nah und so wunderschön.

»Ich musste es wissen«, sagte sie. »Ob ich ... Ich meine, ob du ...«

Er legte seine Hand auf ihre und drückte sie fester an sein Gesicht.

»Ob ich was?«, fragte er.

Mit wild klopfendem Herzen strich sie mit dem Daumen über seine Unterlippe. Er bewegte sich ein wenig nach vorn, bis seine Beine sich zwischen ihren gespreizten Schenkeln befanden. Sie streckte sich ihm entgegen und ließ die Hand in seinen Nacken gleiten. Er strich mit der Zungenspitze über seine Lippe und hinterließ eine feuchte Spur. Ihr ganzer Körper kribbelte, während vor lauter Vorfreude Schauer über ihre Haut tanzten, echte Schauer, die ihr sagten, dass dies auf keinen Fall unpersönlich werden würde, nicht für sie.

»Ich musste wissen, ob du dich auch noch fragst«, sagte sie.

Er nickte kaum merklich. Sein Adamsapfel hob und senkte sich, als er schluckte. Sie kam näher. Er tat dasselbe. Sie schloss die Augen und wappnete sich. Dann schob sie alle restlichen Ängste beiseite und zog sein Gesicht an ihres heran.

Als ihre Lippen sich trafen, hielten Marlowe und Angus einen Moment lang inne, als ob jeder von ihnen dem anderen die Gelegenheit geben wollte, sich zurückzuziehen. Keiner ergriff sie. Stattdessen neigte er den Kopf zur Seite und teilte die Lippen. Sie erwiderte den Kuss, ein Knabbern, ein Schmecken, und immer noch zog sie ihn näher zu sich heran. Er legte ihr die Hände um die Hüften, erst ganz leicht und dann nicht mehr so leicht. Sie vergrub die Hände in seinen Haaren. Sie waren steif, voller Haargel, aber sie fand einen Weg hinein und krallte die Finger in seine Locken. Seine Lippen bewegten sich fester und härter an ihren. Alle Gedanken verschwanden und Instinkt übernahm die Oberhand. Sie presste die Zunge gegen seine Oberlippe. Er erwiderte den Druck. Ihr Puls raste, ihre Haut glühte. Seine Fäuste verdrehten den Stoff ihres Rockteils zu kleinen Knoten. Sie schlang ihm ein Bein um den Oberschenkel. Er stöhnte leise. Gespielt? Ein Versehen? Spielte es eine Rolle? Spielte überhaupt etwas eine Rolle? Alles, was sie in diesem Moment wollte, war, ihm näher zu sein, mehr von ihm zu spüren, alles zu zerstören, was sie davon abhielt, einander vollständig kennenzulernen.

Jemand bewegte sich in Marlowes Augenwinkel. Sie wurde in die Realität zurückkatapultiert und zog sich zurück, beide Hände auf Angus' Brust gelegt, während sie blinzelnd seine Brust betrachtete und wieder zu Atem kam. Als sie schließlich aufsah, lächelte er sie an. Ob als Jake oder als Angus konnte sie nicht sagen. Das helle Licht beleuchtete seine Wangenknochen und brachte die Goldtöne in seinen Bartstoppeln zur Geltung. Seine Haare, jetzt zerzaust, glänzten hell.

»Kupferpennies«, sagte sie.

In seinen Augenwinkeln bildeten sich Fältchen, als sein Lächeln breiter wurde.

»Was ist damit?«, fragte er.

»Deine Haare. Ich habe es endlich herausgefunden. Sie haben die Farbe von brandneuen Kupferpennies.«

Er legte seine Stirn an ihre und lachte leise.

»Und cut!«, rief Fritz von seinem Platz bei den Monitoren.

Marlowe spürte, wie sie am ganzen Körper errötete.

»Das hab ich laut gesagt, oder?«, fragte sie.

Angus strahlte sie an. »Das lässt sich leicht herausschneiden und war es absolut wert.«

Obwohl es Marlowe superpeinlich war, schienen nur wenige Leute um sie herum sich daran zu stören, dass sie für einen Moment mit ihrer Rolle gebrochen hatte und einen Moment echter Intimität mit Angus geteilt hatte. Vielleicht war es nicht so offensichtlich gewesen, wie sie dachte, oder vielleicht waren alle so daran gewöhnt, Angus seine Co-Stars küssen zu sehen, dass ihnen nichts an der Szene merkwürdig vorkam. Nicht mal ihre spontane Einordnung seiner Haarfarbe. Wes, Fritz und Alejandra begannen eine Diskussion darüber, was noch aufgenommen werden musste – das Ende der Szene natürlich, das Marlowe komplett verpfuscht hatte, aber auch Nahaufnahmen und Übergänge, die später zusammengeschnitten werden würden. Die Maskenbildner eilten herbei, um ihren Lippenstift neu aufzutragen und mögliche Schmierflecken zu beseitigen. Eine Frau mit einer Schürze voller Kämme und Klammern setzte Angus auf einen

Stuhl, um seine Haare wieder zu bändigen. Die Beleuchtungs- und Tontechniker waren völlig bei der Sache und sprachen über Auslegerwinkel und Lautstärkeeinstellungen. Angus hatte recht. Für alle außer Marlowe waren die vergangenen Minuten ihr Job gewesen. Nur ein Job. Und sie würden die Szene wiederholen, wieder und wieder und dann noch einmal. Zumindest würde sie beim nächsten Mal nach dem Ende des Kusses daran denken, aufzustehen und sich zu verabschieden. Vielleicht.

Vier Stunden später befand sich Marlowe wieder im Trailer, hatte ihre eigene Kleidung an und wischte sich die letzten Make-up-Reste ab. Cherry klopfte und kam herein, mit Kaffee und Biscotti in der Hand. Sie stellte beides auf die Arbeitsplatte, und Marlowe trocknete sich das Gesicht ab.

»Ich habe dir noch etwas besorgt.« Sie reichte Marlowe eine glitzernde Tube mit fruchtigem Lippenbalsam. »Ich dachte mir, das könntest du jetzt gut gebrauchen.«

Marlowe schubste Cherry spielerisch, öffnete den Lippenbalsam jedoch sofort.

»Das war Wahnsinn«, sagte sie und trug das Gel auf ihre brennenden Lippen auf.

»Aber du hast es überstanden. Zwei Szenen im Kasten. Nur noch eine zu drehen, und da musst du nichts weiter tun, als dich von der anderen Straßenseite aus nach ihm zu verzehren und dann in die Kirche zu schlüpfen.«

Marlowe ließ sich auf einen Stuhl sinken, nahm den Deckel von ihrem Kaffee und inhalierte den süßen Mokkaduft. Sie war erschöpft von den wiederholten Versuchen, die Szene richtig hinzubekommen, während Fritz ihr nach jeder Aufnahme neue Hinweise gab. *Der Abschied ist zu plötzlich, der Kuss beginnt zu schnell, ich muss mehr Konflikt spüren, mach eine längere Pause, mach eine kürzere Pause, verlangsame den Abgang, steh schneller auf, blick über die Schulter, während du gehst, nein, streich das und geh weg, so schnell du kannst.* Es war alles zu viel, um es zu verarbeiten. Aber dieser allererste Kuss ...

»Maria und ich gehen heute nach der Arbeit was trinken«, sagte Cherry. »Möchtest du mitkommen? Wir können einen Gruppenabend draus machen und auch Ravi und Patrice einladen. Und wen auch immer du sonst noch einladen möchtest?« Am Ende der Frage hob sie die Stimme, um ihre Andeutung klarzumachen.

Marlowe versteckte ihre finstere Miene hinter ihrem Kaffee. In ihrem Kopf herrschte ein einziger Aufruhr, sie fragte sich, was sie wollte und was sie nicht wollte, und wie sie beides auseinanderhalten sollte.

»Ich glaube, ich fahre nach Hause und lege mich früh hin«, antwortete sie. »Babs wird den Rest der Woche mit einem Arbeitsprogramm für mich vollpacken, das für zehn Tage reichen würde.«

»Vermutlich, aber zumindest haben wir Ende der nächsten Woche abgedreht. Sobald die Schauspieler nicht mehr am Set sind, wird sie dich nicht mehr auf irgendwelche eifersuchtsbedingten Besorgungsmarathons schicken. Obwohl? Diese Bombe, die sie über ihre Ehe hat platzen lassen? Vermutlich will sie einfach nur dieselben Möglichkeiten wie ihr Ex. Es ist so unfair, dass eine Frau, die einen viel jüngeren Mann datet, als Cougar bezeichnet wird, während man einen Mann, der eine viel jüngere Frau datet, einen Mann nennt. Außerdem: alte Jungfer im Vergleich zu Junggeselle? Scheiß auf das Patriarchat.« Cherrys Handy vibrierte. Sie blickte aufs Display. »Wo wir gerade von Babs sprechen – die Pflicht ruft.« Sie nahm sich einen Keks und ging zur Tür. »Übrigens, ich hoffe, es ist okay, wenn ich warte, bis wir abgedreht haben, bevor ich sie frage, ob sie dich für den Rockcamp-Film anheuern will? Ich bin mir ziemlich sicher, dass sie Ja sagen wird, aber den ganzen Tag dabei zuzusehen, wie du das Boy-Toy ihrer Träume geküsst hast, hat sie nicht gerade in die allerbeste Laune versetzt.«

Marlowe bestätigte ihr Einverständnis mit einem Nicken und einem verständnisvollen Blick.

»Das hat keine Eile«, versicherte sie Cherry. »Außerdem habe ich noch einmal darüber nachgedacht, ob ich wirklich in L. A. bleiben will.«

»Haben wir dich so schnell vergrault?«

»Natürlich nicht, aber das heutige Gespräch mit den Autoren und den Produzenten hat mir etwas bestätigt, worüber ich in letzter Zeit viel nachgedacht habe. Mir hat es gefallen, eine Stimme zu haben und zu sehen, wie diese Stimme die Geschichte beeinflusst, die erzählt wird.« Sie warf einen Blick auf das Achebe-Stück, das halb versteckt auf dem Schminktisch lag. »Ich bin möglicherweise bereit, es noch einmal mit Kostümbild am Theater zu versuchen.«

Cherry klemmte sich den Keks zwischen die Zähne und gab Marlowe ein High Five, bevor sie ihn wieder aus dem Mund nahm und sich Krümel von der Jacke wischte.

»Ich bin gern dein Plan B«, sagte sie. »Und das sage ich nicht zu vielen Frauen.«

Marlowe lachte und verspürte dabei einen Stich im Herzen. Sie würde mehr als nur die Tacos und den Sonnenschein vermissen, wenn sie L. A. verließ. Viel mehr.

»Danke«, erwiderte sie. »Und auch noch mal danke für deine fantastische Unterstützung vorhin, als ich so durchgedreht bin.«

»Ich werde nie etwas anderes als fantastisch sein.« Mit einem weiteren breiten Lächeln ging Cherry, wobei sie »Wind Beneath My Wings« vor sich hin summte.

Nachdem sich die Tür geschlossen hatte, holte Marlowe das Achebe-Skript hervor und blätterte es durch. Wörter und Sätze erschienen vor ihren Augen und brannten sich bereits in ihre Gedanken. Sie nahm einen Stift und markierte wichtige Abschnitte, so wie sie es immer getan hatte, um sich auf Gespräche mit Regisseuren und Designteams vorzubereiten. *Ein schmutziger Saum, zerrissen und verknotet dank eines Jahrhunderts schlafloser Nächte. Eine tiefblaue Traurigkeit. Pockennarben. Sie trägt ihre Stimme in den Händen.* Je mehr sie las, desto aufgeregter wurde sie. Sie konnte nicht ihr ganzes Leben lang Botengänge machen oder sich mit Kostümen beschäftigen, bei denen die Marken wichtiger waren als die Charaktere und die Geschichte. Nicht, wenn sie ihre Stimme als Geschichtenerzählerin nutzen konnte, um die Art von Geschichten zu erzählen, die weniger Mädchen wie sie dazu bringen würden, den Wert ihrer Wünsche, ihrer Ambitionen und ihrer Impulse infrage zu stellen und sich kleinzumachen.

Sie schrieb Chloe eine Nachricht, dass sie das Manuskript liebte und auf einen baldigen Anruf der Regisseurin hoffte, um über das Projekt zu sprechen. Chloe antwortete sofort mit einer Reihe von Party-Emojis und ihren üblichen zahlreichen Ausrufezeichen. Ihre Begeisterung war ansteckend, selbst in Nachrichtenform, und ließ Marlowe noch mehr auf die Rückkehr nach New York brennen.

Einige Minuten später packte sie gerade zusammen, um nach Hause zu fahren, als ihr Handy vibrierte.

Angus: Geht es dir gut?
Marlowe: Ja. Danke für deine Unterstützung heute.
Angus: Du hast es gerockt. Das Schwierigste ist jetzt überstanden.

Marlowe: So was sagen die Leute immer, kurz bevor eine noch größere Herausforderung auftaucht.
Angus: Ach wo. Beim nächsten Mal wird dir niemand sagen, dass du mich küssen musst.

Marlowe betrachtete die Nachricht, und es gefiel ihr nicht ganz, wie sie in ihrem Kopf klang. Zugegeben, nach den ersten paar Takes hatte sie verstanden, warum Angus das Küssen als bloße Positionierung sah. Sie hatten in kurzen Abschnitten gedreht, wodurch der emotionale Bogen der längeren Szenen gefehlt hatte. Die Kameras und die Crew waren ihr bewusster gewesen. Fritz' Anweisungen hatten jegliche persönliche Interpretation unterdrückt, da er sie ständig daran erinnerte, den Kopf in einem bestimmten Winkel zu neigen oder sich im richtigen Moment von Angus zu lösen. Und trotzdem …

Sie konnte beinahe noch Angus' Hände an ihren Hüften spüren, die schiere Härte seines Körpers so nah an ihrem, sein weiches Haar, das durch ihre Finger glitt, die Wärme und den Druck seiner Lippen auf ihren, das prickelnde Gefühl, als sich ihre Zungen berührten, und sie hörte noch sein leises Stöhnen, das bei ihr den Wunsch auslöste, zu …

Ihr Handy vibrierte erneut.

Angus: Gehst du aus, um zu feiern?
Marlowe: Nur ich und die Eulen.
Angus: Hast du den toten Yak rausgeschmissen?
Marlowe: Den hatte ich ganz vergessen. Außerdem wohne ich gegenüber von toten Menschen.
Angus: Okay, jetzt hast du mich neugierig gemacht.

Etwas flatterte in Marlowes Bauch. Hoffte er auf eine Einladung?

Wollte sie eine aussprechen? Es wäre kein Date, nur ein wenig freundschaftliche Gesellschaft. Sie könnten sich etwas zu essen bestellen. Fernsehen. Damit sich ihre Wohnung weniger wie ein Ort des existenziellen Grauens anfühlte.

Marlowe: Kennst du irgendwelche Wiederbelebungs-zauber?
Angus: Ich habe schon mal eine sterbende Zimmer-pflanze wiederbelebt.
Marlowe: Würde das auch bei einem Yak funktionieren?
Angus: Ich könnte es versuchen.

Okay. Er angelte definitiv nach einer Einladung.

Marlowe: Glaubst du, man würde dir folgen?
Angus: Ich habe ein Tarnauto.
Marlowe: Batmobil?
Angus: Eine superlangweilige, zehn Jahre alte graue Limousine. Seit Ewigkeiten nicht gewaschen. Familien-aufkleber an der Heckscheibe. Zwei Mütter, drei Kinder und ein Hund. Keine Ahnung, warum ich die ausgesucht habe. Obwohl ich immer schon einen Hund wollte.
Marlowe: Du kannst dir keinen Hund anschaffen. Du würdest ihn mit Frühlingsrollen füttern.
Angus: Nur, wenn er hungrig aussähe.
Marlowe: Ganz genau.

Marlowe blickte auf das Display und fragte sich, ob sie Schwie-rigkeiten heraufbeschwor.

Marlowe: Nur als Freunde. Okay?

Angus: Ich verspreche, nicht zu flirten.

Marlowe: Klar. Und ich verspreche, nicht zu atmen.

Angus: Nenn es Recherche für deine Rolle. Stell Greg eine Rechnung für Überstunden.

Marlowe: Bin mir nicht sicher, ob er mir genug zahlen kann, damit es sich für mich lohnt.

Angus: Wer flirtet denn jetzt?

Mist. Ja, das roch nach Schwierigkeiten.
Ihre Daumen schwebten über dem Bildschirm. Am sichersten wäre es, zu behaupten, sie hätte eine Verabredung vergessen oder müsste sich ausruhen. Sie würde Angus nicht daten. Er war auch nicht der Typ für einen One-Night-Stand, das hatte er am Sonntag deutlich gemacht. Sie mochte das an ihm. Sie war sich auch nicht sicher, ob sie der Typ für einen One-Night-Stand war. Außerdem hoffte sie, im Laufe des nächsten Monats wieder nach New York zu ziehen. Selbst wenn sie und Angus lediglich eine Freundschaft aufbauten, würde es ihren Weggang aus L. A. nur noch schwerer machen, wenn sie sich jetzt näherkamen.

Andererseits ...

Marlowes Apartment war so schmerzhaft leer, ohne irgendwelche gemeinsamen Erinnerungen. Sie hatte am Sonntag so eine schöne Zeit mit Angus verbracht, und auch heute, wo sie zwischen den Aufnahmen miteinander gelacht und geplaudert hatten. Außerdem, hatte Babs nicht gesagt, sie solle die Möglichkeiten wahrnehmen, die sich ihr boten? Und wer war Marlowe, dass sie sich Babs' Anweisungen widersetzte?

Marlowe: Sag Jeeves, er hat dein Haus heute Abend für sich allein.

23

»Ruhige Nachbarn«, wiederholte Angus.

»Alter Scherz.« Marlowe blickte an ihm vorbei auf den Friedhof auf der anderen Straßenseite.

Er folgte ihrem Blick. Jakes dunkle und staubige Kleidung hatte er gegen sein übliches weißes T-Shirt, verblichene Jeans und helle Turnschuhe getauscht. Außerdem trug er eine rote Windjacke von Pizza Boys und eine Baseballkappe, und er hatte einen Pizzakarton dabei. Marlowe hatte sich ein leichtes Baumwollkleid mit einem kurzen, ausgestellten Rock angezogen. Es hatte vorne eine Knopfleiste, die vom herzförmigen Ausschnitt bis zum Saum reichte. Die Linien des Kleides vermittelten die Illusion von Kurven – mehr würde sie ohne Babs' Hilfe nicht erreichen. Sie hoffte, das Kleid wirkte, als hätte sie sich einfach irgendwas übergestreift, ohne lange darüber nachzudenken, obwohl sie tatsächlich stundenlang darüber gegrübelt hatte, was sie anziehen sollte. Sie wollte nichts tragen, was irgendwie den Eindruck eines Dates erweckte, aber sie brauchte auch keine Wiederholung vom Höhepunkt der Unattraktivität am vorherigen Wochenende.

»Du hast Pizza mitgebracht?« Sie deutete auf den Karton.

»Nicht wirklich.« Er hob den Deckel an und zeigte ihr eine Auswahl an Gourmet-Tacos, jeder anders garniert und mit einer anderen Soße beträufelt. »Ich hatte das Gefühl, das hier wäre eher nach deinem Geschmack, aber sie waren bereit, mir das in einen Pizzakarton zu packen, damit ich meine geniale Verkleidung komplettieren konnte.« Über den Rändern seiner Fliegerbrille wackelten seine Brauen.

Marlowe atmete den Duft von frischem Koriander, gegrillten Zwiebeln und scharfer Mayonnaise ein.

»Du machst es mir echt schwer, dich nicht zu mögen«, meinte sie.

»Gib mir ein paar Minuten, dann sag ich etwas Dummes, und es wird wieder leichter.«

Marlowe nahm den Karton und warf ihm einen zweifelnden Blick zu. Während sie die Tacos ins Wohnzimmer brachte, hängte er seine Kappe an einen Haken neben der Tür, zu der Kappe der New York Yankees, die er ihr am Sonntag geliehen hatte. Es gefiel ihr, seine Sachen in ihrer Wohnung zu sehen, obwohl sie nicht sicher war, dass es das sollte.

»Gab es irgendwelche Schwierigkeiten auf dem Weg hierher?«, fragte sie, während er ein Eulengemälde betrachtete. Es war in den Retrofarben Avocado, Kürbis und Senfgelb gehalten, und die Augen der Eule bestanden aus trüben Glasperlen. Das Bild gehörte zu einem Viererset, und alle waren gleichermaßen schrecklich.

»Ich habe meine Sicherheitsfirma angerufen. Sie führen eine Suche nach Hausbesetzern durch. Die SUVs, die du am Wochenende gesehen hast, sind verschwunden. Vorerst.« Er lehnte sich von dem Eulengemälde weg und neigte dann den Oberkörper nach rechts und links. »Folgen einem die Augen überallhin?«

»Selbst bis in meine Albträume.«

»Und der Yak?«

»Komm und riech selbst.«

Angus trat zu ihr neben das Sofa und verzog das Gesicht sofort zu einer Grimasse.

»Ich glaube, das ist über den Punkt der Wiederbelebung hinaus.« Er hielt sich eine Hand unter die Nase, als ob er den Geruch blockieren wollte. »Darf ich trotzdem bleiben?«

»Du bist mit Tacos aufgetaucht. Du kannst bleiben, solange du willst.«

Das brachte ihn zum Lächeln, und etwas in seinem Blick verriet ihr, dass er mehr in ihre Bemerkung hineinlas, als sie gemeint hatte. Etwas in ihrer Brust verriet ihr, dass das in Ordnung ging. Während die untergehende Sonne durch die kaputte Jalousie schien und pinkfarbene Streifen in das Meer aus Beige schickte, machten sich Angus und Marlowe über die Tacos her und sprachen über den Tag. Sie lachten über einen Streit, der zwischen Fritz und Wes ausgebrochen war, und lobten die Effizienz der Haar- und Make-up-Crews, die zwischen den Aufnahmen immer mit einem Kamm oder einem Schwämmchen bereitstanden. Sie scherzten über seine künstliche Größe und ihre künstlichen Brüste. Sie flirteten nur ein wenig. Relativ gesehen.

»Was hättest du heute Abend gemacht, wenn du nicht hier wärst?«, fragte Marlowe, während sie einen abtrünnigen Korianderzweig tiefer in ihren Taco schob.

»Vermutlich bei Idi abgehangen. Er veranstaltet jeden Monat ein Pokerspiel. Ich verliere immer, aber wir haben einen schönen Abend.« Er wickelte sich einen Faden geschmolzenen Käse um den Finger und kämpfte auf eine Weise damit, die Marlowe sehr unterhaltsam fand. »Ich habe mit dem Job echt Glück gehabt. Wir kannten einander nicht, als wir mit den Aufnahmen für die erste Staffel begonnen haben. Jetzt sind sie fünf meiner besten Freunde. Kaum zu glauben, dass nächste Woche womöglich die letzte Woche ist, in der wir zusammenarbeiten.«

Marlowe ließ ihren Taco sinken, als sie die tiefe Traurigkeit in Angus' Stimme bemerkte.

»Du glaubst nicht, dass *Heart's Diner* noch eine Staffel bekommt?«, fragte sie.

»Das hängt von den Einschaltquoten ab. Es könnte so oder so

kommen.« Er schaffte es schließlich, den Käsefaden zu trennen, und zog ihn mit den Zähnen von seinem Finger ab. »Ganz ehrlich, ich hoffe, dass wir noch eine Staffel drehen, auch wenn die Stoffe inzwischen nicht mehr so originell sind. Ansonsten lande ich vermutlich bei einem Actionfilm. Das ist so ziemlich alles, was ich in letzter Zeit angeboten bekomme. Bisher ist der Spitzenkandidat ein Drehbuch über einen zu Unrecht verurteilten und auf Bewährung entlassenen Mann, der sich auf einen Rachefeldzug begibt. Es ist super schablonenhaft, aber jemand anders würde alle Stunts übernehmen, sodass ich nur sauer aussehen und solche Sachen wie ›Hast du wirklich geglaubt, dass du damit durchkommst? Dann denk noch mal drüber nach, Arschloch‹ sagen müsste.« Er tat so, als würde er eine Pistole halten, und verdrehte die Augen, als er die Hand sinken ließ. Er tat so, als würde ihn die Vorstellung amüsieren, aber die Traurigkeit war noch nicht aus seiner Stimme verschwunden.

Marlowe ignorierte ihr Essen. »Das klingt nicht gerade nach der Rolle deiner Träume.«

Angus zuckte mit den Schultern und stocherte in seinem Käse herum. »Es ist, wie es ist. Wenn man genügend Jahre damit verbringt, als Beinahe-Alkoholiker mit Sexsucht und einer Schachtel Streichhölzer in der Hand in die Kamera zu starren, stehen die Leute nicht gerade Schlange, um dich als ernsten Floristen, der zu viele streunende Katzen aufnimmt, in einer RomCom zu besetzen.«

Marlowe lächelte in sich hinein, als sie sich Angus, umgeben von Sträußen und miauenden Katzen, vorstellte. Es war eine schöne Vorstellung, und sie vermutete, dass sie nicht als Einzige so denken würde. Seltsam, sie hatte geglaubt, dass sich jemand mit Angus' Bekanntheitsgrad seine Rollen aussuchen konnte, aber offenbar unterschied sich seine Situation gar nicht so sehr von ihrer, auch wenn er mehr Geld verdiente und deutlich weniger Zeit in Schuhläden verbrachte.

Er beugte sich vor, um ihren letzten Taco zu begutachten, nahm einige der anstößigen Gemüsezutaten heraus und fügte sie seiner Füllung hinzu, da er ganz richtig erkannt hatte, dass sie die nicht wollte.

»Was ist mit dir?«, erkundigte er sich. »Was kommt als Nächstes für Marlowe Banks, Kostümbildnerin, Herausforderin sexistischer Produzenten und Liebhaberin niedlicher, aber übel riechender alter Kisten?«

Jetzt war sie an der Reihe, mit den Schultern zu zucken. Sie hatte ihre Hoffnungen, aber so vieles war noch nicht entschieden.

»Dasselbe«, antwortete sie. »Rachefilm. Jede Menge Waffen.«

»Das dachte ich mir.« Er beschrieb mit der Hand einen Kreis vor ihrem Gesicht. »Du hast diesen abgehärteten Ex-Knacki-Look. Ich wette, du hast als Kind Spinnen die Beine ausgerissen.«

»Nein, aber ich habe Pete Kensington ein blaues Auge verpasst, als er meine beste Freundin fett genannt hat.«

Angus stieß ein überraschtes Lachen aus und wollte den Rest der Geschichte hören. Marlowe war das peinlich, aber auf seine Ermutigung hin beschrieb sie ihren ersten und einzigen Ausflug in den Boxsport. Damals war sie neun Jahre alt gewesen, schlaksig, unbeholfen und frustriert über die Art und Weise, wie Menschen anderen mit Worten wehtaten, vor allem, wenn diese Leute stolz auf ihre Leistungen waren. Diese seltsame Brücke zwischen Ego und Bosheit.

»Im Rückblick ist es komisch. Für Pete Kensington war es damals natürlich nicht lustig, aber es war das erste Mal, dass mir bewusst wurde, wie oft Menschen anhand von Äußerlichkeiten beurteilt werden. Statt so zu tun, als wäre das nicht wahr, habe ich versucht, es zu verstehen.« Sie stand auf, um die Wassergläser nachzufüllen, und sprach laut weiter, während sie in der Küche den Wasserhahn laufen ließ. »So habe ich angefangen, mich für Kostüme zu interessieren. Wenn wir wissen, dass wir nach unserem Aussehen beurteilt werden, wie gestalten wir es dann? Wie wählt jemand sein Outfit, seine Frisur, seine Schuhe oder seine Tattoos aus? Was gibt Menschen das Gefühl, mutig oder schön zu sein, und inwiefern ist die Herangehensweise daran von der eigenen Einstellung und Lebensweise abhängig?« Sie kehrte mit den Gläsern ins Wohnzimmer zurück. Zwei Gläser, stellte sie fest. Nicht eins.

»Und dann ist da noch Halloween«, fuhr sie fort. »Die Menschen strahlen geradezu, wenn sie sich genau so anziehen können, wie sie sich fühlen. Als Kind bedeutet das oft Prinzessinnen- oder Superheldenkostüme. Später bedeutete es, Geschlechternormen zu durchbrechen oder Schauspielern, die Schwierigkeiten mit ihrem Selbstbild und ihrem Körper haben, zu helfen. Kleidung wird oft als trivial und oberflächlich gesehen, aber sie ist ein unglaublich mächtiges Ausdrucksmittel. Und wenn wir das Äußere verändern, verändern wir manchmal auch etwas im Inneren.«

Angus nahm ihr sein Glas mit einem Lächeln ab, das sie nicht sofort einordnen konnte. Es war nicht selbstgefällig. Es war nicht amüsiert. Es war nicht besonders flirtend. Es war …

»Was?«, fragte sie.

»Nichts.« Er schüttelte den Kopf, immer noch lächelnd. »Ich bin einfach froh, dass ich hier bin.«

Nach dem Abendessen machten Angus und Marlowe es sich vor dem winzigen Fernseher gemütlich. Sie entschieden sich für einen klassischen Krimi, um beim Thema zu bleiben, da es an

Filmen der Rubrik »Nicht wirklich ein Rindermagnat« mangelte. Marlowe suchte *Der dünne Mann* aus, Angus stimmte für *Tote schlafen fest*. Sie warfen eine Münze, doch Angus fischte sie im Flug aus der Luft und schlug vor, einfach beide zu schauen. Da Marlowe seine Gesellschaft so lange wie möglich genießen wollte, war sie dabei.

Sie begannen den ersten Film und saßen dabei nebeneinander, die Füße auf den Couchtisch gelegt. Die beigefarbene Sofadecke blockierte den Geruch des Sofas, sodass es nicht mehr ganz so schlimm war. Allmählich, unbeholfen und wenig subtil rutschten sie im Laufe des Films immer näher zueinander. Als ihre Ellbogen aneinanderstießen, legte Angus einen Arm über die Sofalehne und zog Marlowe an sich heran. Sie legte den Kopf an seine Schulter und lehnte sich gegen ihn. Ganz freundschaftlich und gemütlich.

Nach mehrmaligem Gähnen von ihnen beiden – vielleicht vorgetäuscht, aber vermutlich nicht – wurde daraus die Löffelchenstellung. Sein Körper lag warm und fest an ihrem Rücken. Ihr gefiel auch das Gewicht seines Arms auf ihrem. Es gefiel ihr sogar noch besser, als er seinen Arm zur Seite schob und seine Hand auf ihren Oberschenkel legte, wo seine Fingerspitzen den Saum ihres Kleides streiften und zarte Kreise auf ihre Haut malten. Auf der anderen Seite des Zimmers unterhielten sich William Powell und Myrna Loy angeregt über Martini und Mord, aber Marlowes Aufmerksamkeit war auf die Stelle ihres Körpers gerichtet, wo vier Finger immer weiter kreisten, bis sich ihre Zehen krümmten und ihr der Atem stockte. Hatte er es bemerkt? Mit Sicherheit.

Etwa nach der Hälfte des Films verlagerte Angus hinter ihr sein Gewicht, sodass seine Lippen an ihrem Nacken zu liegen kamen. Der Kontakt war so subtil, dass man ihn beinahe für ein

Versehen halten konnte – beinahe, aber gleichzeitig auch definitiv nicht. Sie presste ihren Körper fester an seinen, drückte ihre Hüften nach hinten und veränderte den Winkel ihrer Knie, als ob sie sich streckte. Beinahe, aber gleichzeitig auch definitiv nicht.

Seine Finger bewegten sich kaum merklich höher, eine unausgesprochene Frage: *Ist das in Ordnung?*

Sie schloss die Augen und holte tief Luft. *Ja*, dachte sie. *Mehr als in Ordnung.*

Mehrere Minuten lang taten sie so, als ob sie sich den Film ansahen, während seine Hand langsam ihren Oberschenkel hinaufwanderte und sie gegen die wachsende Unfähigkeit, still zu liegen, ankämpfte. Je höher Angus seine Kreise zog, desto größer wurde ihre Unruhe. Sie drückte die Zehen gegen seine Fußrücken. Er bewegte die Füße und erwiderte den Druck, sodass sich seine Schenkel an ihre schmiegten. Seine Lippen ruhten an ihrem Nacken, ohne einen Kuss zu formen, sie lagen … einfach da. Sie neigte den Kopf von ihm weg und ließ sich von seinem Atem einhüllen. Seine weichen Bartstoppeln kitzelten auf ihrer Haut. Sie wartete darauf, dass er sie küsste, wollte, dass er sie küsste, aber er tat es nicht. Stattdessen ließ er seine Lippen in ihrem Nacken, ohne diese Grenze zu überschreiten.

Sie hätten vielleicht die ganze Nacht so weitergemacht, so getan, als ob sie kuschelten, ohne wirklich zu kuscheln, aber als sich sein Daumen ihrer Unterwäsche näherte, presste sie ihre Hüften auf eine Weise an ihn, die nicht mehr als zufällige Unruhe durchgehen konnte. Es war pures Verlangen.

Marlowe drehte sich um und fiel dabei fast vom Sofa. Die blöde Decke fühlte sich an wie aus Teflon. Angus verhinderte ihren Sturz, indem er eine starke Hand auf ihren Rücken legte, und sah sie mit festem Blick und geteilten Lippen an. Diese verdammten Lippen, die sie heute so gut kennengelernt hatte, die sie unbedingt wieder küssen wollte, jetzt und hier, wo niemand anders es sehen würde. Aber sie und Angus hatten sich auf Freundschaft geeinigt, und diese Vereinbarung hatten sie aus gutem Grund getroffen.

»Ich habe das, was ich am Sonntag gesagt habe, ernst gemeint.« Sie legte ihm die Hände auf die Brust, unsicher, wo sie sie sonst hinlegen sollte. Die Position war eine schlechte Entscheidung. Schon jetzt brannte sie darauf zu erkunden, was unter dem dünnen Stoff seines T-Shirts lag. »Ich will dir keine falschen Signale senden.«

Er warf ihr einen Blick aus seinen Tigeraugen zu und runzelte die Brauen, aber nur für einen Moment.

»Es wird leichter«, erwiderte er. »Der Umgang mit der Öffentlichkeit.«

»Leichter ist nicht dasselbe wie leicht.«

»Das stimmt.« Er stupste ihre Nase mit seiner an.

Sie rutschte näher und schob ihre Knie zwischen seine – erst seins, dann ihrs, dann seins, dann ihrs.

»Was, wenn ich nie mutig genug sein werde?«, wollte sie wissen.

»Was, wenn ich nie klug genug sein werde oder interessant genug oder …?«

»Was, wenn ich aus L. A. weggehe?«

Das ließ ihn zusammenzucken. »Gehst du denn weg?«

»Vielleicht. Ich weiß es noch nicht, aber ich habe das Gefühl, nicht hierher zu gehören.«

Sein Lächeln flackerte auf. »Du wohnst in einer Horrorfilmkulisse. Vermutlich wurde in diesem Apartment jemand ermordet. Natürlich hast du das Gefühl, nicht hierher zu gehören.«

Sie gab ihm einen kleinen Schubs. »Es geht um mehr als das.«

»Ich weiß.« Er strich ihr einige widerspenstige Strähnen aus dem Gesicht. »Wir könnten hundert Gründe aufzählen, warum ich sofort nach Hause gehen sollte. Die Presse und die Öffentlichkeit. Unsere unvorhersehbaren Karrieren. Die Affäre, die du mit meinem imaginären Butler haben könntest. Der merkwürdige Geruch, der jeder Oberfläche in dieser Wohnung entströmt.« Er schob sein Knie nach vorne und damit seinen Schenkel zwischen ihre Beine, was in ihr den Wunsch weckte, sich an ihm zu reiben. »Und es gibt mindestens zwei Gründe, um zu bleiben.«

»Und die wären?«, erkundigte sie sich.

»Ich möchte dich wirklich sehr gern berühren, und ich habe den Eindruck, dass du der Vorstellung nicht völlig abgeneigt gegenüberstehst.« Angus beobachtete sie unbewegt.

Marlowe blinzelte, atemlos und verwirrt. Ihre Gedanken rasten, aber auf eine verschwommene, von Pheromonen vernebelte Art. Sie hatte es geschafft, sich auf der Tanzfläche von ihm zu lösen. Sie hatte es geschafft, ihn bei sich zu Hause zurückzulassen. Aber ihn jetzt wegzuschicken? So? Wo der Hunger in seinem Blick Feuer durch ihre Adern schickte? Unmöglich. Also fuhr sie mit dem Daumen über seine Unterlippe, so wie sie es am Set vor ihrem ersten Kuss getan hatte. Mit dem Unterschied, dass sie diesmal keinen Text aufsagen, sich an keine Position erinnern und keine Grenze zwischen Vorstellung und Realität ziehen musste.

»Du bist geradezu irritierend unwiderstehlich, Angus Gordon.«

Seine Augen verengten sich, als ob er über ihre Worte nachdachte.

»Das ist jetzt nicht dasselbe wie ›Sexiest Man Alive‹, aber ich nehme es.« Er lächelte immer noch, als sie die Distanz zwischen ihnen überbrückte und ihn küsste.

Diesmal war es kein keuscher Fernsehkuss. Er war unbeherrscht und wild und ungebändigt. Zungen trafen aufeinander, Zähne knabberten an Lippen. Atemzüge kamen in kurzen Stößen, begleitet von kleinen Geräuschen, die *ja, genau so* und *mehr* bedeuteten. Hände glitten über Nacken und Rücken. Sie vergruben sich in Haaren, packten Kleidung und entblößten Haut. Sein Mund wanderte über ihren Hals. Ihrer erkundete sein sommersprossiges Ohr und entlockte ihm ein tiefes Stöhnen, bevor seine Lippen wieder ihre fanden. Mit einer geschickten Bewegung seiner Finger öffnete er die oberen Knöpfe ihres Kleides. Ihre Brust hob und senkte sich. Ihre Hüften drängten sich an ihn, kreisten, schoben, rieben. Durch die Jeans presste sich seine Erektion an sie. Zu wissen, dass er sie genauso wollte wie sie ihn, entlockte ihr ein Lächeln.

»Was ist so lustig?«, fragte Angus zwischen zwei Küssen.

»Nichts.« Marlowe schüttelte den Kopf. »Ich mag dich einfach.«

»Das höre ich gern, denn sonst wäre das hier wirklich peinlich.« Er schenkte ihr sein umwerfendes Grinsen. Sie zog sich weit genug zurück, um ihn genau betrachten zu können, und zeichnete mit den Fingerspitzen seine Züge nach, während er mit dem Schulterträger ihres Kleids spielte. Seine Lippen waren geschwollen. Seine Haare standen in alle Richtungen ab. Seine Wimpern flatterten, sie hatten jetzt wieder ihr natürliches Blond. Sie mochte diese Version von ihm, zerzaust und errötet, ein bisschen weniger glatt als das, was man auf dem Bildschirm sah. Er war echt, und er war hier, und in diesem Moment war das alles, was zählte. »Ich mag dein Kleid.« Er öffnete einen weiteren Knopf. »Es ist süß, und ich hoffe, es nimmt mir nicht übel, wenn ich das sage, aber hat es eventuell heute Abend noch etwas vor?«

»Da könnte möglicherweise ein Plan B arrangiert werden.«

»Flexibilität ist eine sehr unterschätzte Eigenschaft.« Er blickte ihr in die Augen, hakte den Zeigefinger unter den Träger und schob ihn ihr von der Schulter. Danach tat er dasselbe mit dem Träger ihres BHs, sodass beide an ihrem Arm anlagen. Nachdem er eine Spur aus sanften, feuchten, herrlich lang anhaltenden Küssen über ihr Schlüsselbein gezogen hatte, studierte er mit Blicken und Fingerspitzen die Ränder ihres BHs. Langsam zog er vorsichtig das Körbchen herab und entblößte eine Brust.

»Sie sind viel kleiner als die von Adelaide«, meinte Marlowe und bereitete sich darauf vor, eine entsprechende Bemerkung zu hören. Eine Angewohnheit, die sie eigentlich nicht mochte, die sie aber nicht ablegen konnte.

»Sie sind perfekt.« Er umkreiste die Brustwarze mit dem Daumen und setzte eine nachdenkliche Miene auf, wie er es so oft tat, wenn ihn etwas faszinierte. Marlowe hatte sich selbst noch nie für faszinierend gehalten. Sie hielt sich kaum für eines flüchtigen Blickes wert. Seine Aufmerksamkeit fühlte sich gut an, seine Berührungen auch. Es erinnerte sie an ihre heiße Fantasie unter seiner Dusche. Als diese Gedanken – und noch einige zusätzliche – jetzt wieder in ihr aufstiegen, hakte sie den BH im Rücken auf und schob die Träger unter ihrem Kleid herunter.

In dem Moment, in dem ihr der BH aus der Hand fiel, rollte Angus sie auf den Rücken. Ihr Kopf fiel aufs Kissen, und er strich mit der Zunge über ihre Brust, weckte einen Rausch der Gefühle direkt an der Stelle, wo sie sich seine Berührung am meisten wünschte. Damit fielen auch ihre letzten Unsicherheiten von ihr ab. Keine Angst mehr vor negativen Kommentaren. Kein Vergleich mehr mit anderen. Dies war der Moment, sich der reinen, ungebändigten Lust hinzugeben.

Mit dem vorsichtigen Druck seiner Zähne, Lippen, Zunge und Finger verwöhnte er erst die eine Brustwarze und dann die andere. Sie wand sich unter ihm, vergrub die Fäuste in seinen

Haaren und genoss jede Sekunde, während sie im Stillen nur *tiefer, tiefer, tiefer* dachte. Auch wenn er ihre Gedanken nicht lesen konnte, so interpretierte er doch die Bewegungen ihres Körpers und öffnete einen weiteren Knopf an ihrem Kleid. Dann noch einen, während er mit den Lippen über ihre Haut glitt, und immer wieder innehielt, um zu betrachten, zu verweilen, zu genießen. Sie bog sich seinen Küssen entgegen, voller Erwartung. Es machte sie verrückt. Es war wundervoll. Es war ...

Marlowe schrie auf, als die rutschige Decke sie von der Couch auf den Boden beförderte, wohin Angus unmittelbar nach ihr ebenfalls fiel. Sie stieß mit dem Kopf gegen das Tischbein. Er stieß mit der Hüfte gegen ein Wasserglas, sodass der kalte Inhalt auf ihren nackten Bauch spritzte. Sie zuckte zusammen und stieß ihm dabei mit der Stirn gegen die Nase. Er stieß ein tiefes, schmerzerfülltes Stöhnen aus und fasste sich ins Gesicht.

»Es tut mir so leid.« Marlowe streckte eine Hand nach ihm aus.

»Der verdammte Yak«, scherzte Angus lachend. »Ich wusste doch, dass dieser Ort verflucht ist.«

»Oder lediglich vom Pech verfolgt?«

»Definitiv verflucht.« Er fasste sich vorsichtig an die Nase. Sie schob seine Hand beiseite und warf einen Blick darauf. Die Haut war rot, und seine Augen tränten, aber er blutete nicht.

»Wird es gehen?«, fragte sie.

»Ja. Gib mir nur eine Minute.« Er zwängte sich neben sie, legte sich auf den Rücken und atmete langsam aus. Im Hintergrund lief immer noch der Film, mit schlagfertigen Dialogen und melodramatischer Spannungsmusik. Das sorgte für eine gewisse Atmosphäre, in der Flüche nicht ganz ausgeschlossen waren. Vorsichtshalber schmiegte sich Marlowe an Angus' Seite. Während er noch einmal seine Nase betastete, fuhr sie mit dem Daumen um die Sommersprosse an seinem Ohrläppchen und ahmte seine Liebkosung ihrer Brust nach. Die Wirkung schien ebenfalls ähnlich zu sein, denn er schloss die Augen, lehnte sich in ihre Berührung hinein und stieß ein leises und zufriedenes »Mmm-mmm« aus.

Marlowe wertete das als Zeichen, dass Angus nicht völlig außer Gefecht gesetzt war, schob den Tisch zur Seite und kletterte auf seinen Schoß. Sie wusste nicht so recht, wohin mit Knien und Ellbogen und bewegte sich wie eine unbeholfene Raupe, aber letztendlich schaffte sie es, sich rittlings auf ihn zu setzen. Dann rutschte sie nach hinten, nahm den Saum seines T-Shirts und zog ihn nach oben. Er übernahm, riss sich das Shirt über den Kopf und warf es beiseite. Sie schüttelte den Kopf bei seinem Anblick – nichts als definierte Muskeln, ein starker Kontrast zu ihren knochigen Gliedmaßen und fehlenden Kurven. Sie fuhr mit den Händen über seine Brust und die ausgeprägten Bauchmuskeln. Als die sich unter ihrer Berührung zusammenzogen, brach unvermittelt ein Lachen aus ihr heraus.

Er reagierte mit einem amüsierten Lächeln. »Was ist jetzt wieder?«

Sie betrachtete ihn voller Ehrfurcht. »Wir haben ganz eindeutig denselben Trainingsplan.«

Er strich mit den Händen ihre Schenkel hinauf und folgte der Bewegung mit anerkennendem Blick.

»Wir sind unterschiedliche Menschen. Ich mag Sport. Und Gemüse. Außerdem gehört es zu den Anforderungen meines Jobs, fit auszusehen. Und falls es dir noch nicht aufgefallen sein sollte: Ich bin extrem eitel.«

»O doch, das ist mir aufgefallen.« Sie strich mit den Fingerknöcheln über seine Seiten – die sanften Ausbuchtungen seiner Rippen, die in eine klar definierte Taille und straffe Muskeln übergingen, die seine Hüftknochen umspannten. »Es ist surreal. Du bist wie eine Ken-Puppe, allerdings anatomisch korrekt.«

»Ich besitze definitiv alle Teile.« Er wand sich unter ihr, und seine Augen funkelten mit einem unverkennbaren Hauch von Stolz. Dieser Charakterzug hätte durchaus abstoßend wirken können, tat es aber nicht, da er so selbstkritisch damit umging. Außerdem hatte er hart an seinem Körper gearbeitet. Er hatte es sich verdient, stolz darauf zu sein.

Sie folgte der Linie seiner Hüftknochen mit dem Finger in Richtung seines Hosenbundes und fragte sich, wie es sich anfühlen würde, daran gewöhnt zu sein, betrachtet und bewundert zu werden.

»Warst du jemals wegen irgendwas unsicher?«, wollte sie wissen.

»Natürlich. Ich kann mich einfach nur sehr gut abschotten.«

Sie schob das Ende seines Gürtels durch die breite Messingschnalle.

»Nenn mir drei Dinge, die dich unsicher machen.«

Sein Blick fiel auf ihre Hände, die weiterhin seinen Gürtel öffneten.

»Nummer eins, dass ich nicht studiert habe.« Er holte scharf Luft, als sie den Knopf an seinem Hosenbund öffnete. »Nummer zwei, meine Unfähigkeit, Small Talk zu machen oder ein belangloses höfliches Gespräch zu führen.« Sein Griff um ihre Schenkel verstärkte sich, als sie seinen Reißverschluss herunterzog. »Nummer drei …« Er blinzelte und sah zu, wie sie ihre Hände zwischen seine Beine schob und seine Erektion umfasste. »Nummer drei wird warten müssen.«

Ob er sich nun von seinem brutalen Kopfstoß erholt hatte oder nicht, er zog sie zu sich, die Lippen bereits geteilt für einen Kuss. Zusammen stürzten sie sich in einen weiteren Strudel aus stürmischen Küssen, nackter Haut, stoßweisem Atem und wandernden Händen. Er rutschte auf dem Teppich ein wenig nach hinten, drückte sich mit den Fersen ab und wölbte sich ihrer streichelnden Hand entgegen. Mit jedem Keuchen und Stöhnen wuchs ihre Erregung. Als ihre ineinander verschlungenen Körper aus dem Tal zwischen Sofa und Tisch auftauchten, drehte er sie auf den Rücken, zog ihren Slip herunter und warf ihn aufs Sofa. Nur Sekunden später ließ er die Finger zwischen ihre Beine gleiten und murmelte ihr ins Ohr, wie feucht sie war und wie sehr ihn das anmachte. Mit Dirty Talk hatte sie bisher keinerlei Erfahrung. Es war ihr immer irgendwie lächerlich vorgekommen, aber ihr gefiel das Gefühl seiner tiefen Stimme, die durch sie hindurchströmte. Er hätte über ihren Körper reden können oder das Buch, das er zuletzt gelesen hatte, oder sogar über Grünkohl, es wäre trotzdem das Sexieste gewesen, was sie je gehört hatte.

Sie verlor sich in der berauschenden Euphorie tiefer Erregung, als er plötzlich aufhörte, sie zu streicheln, ihr Gesicht in beide Hände nahm und sie mit brennendem Blick und einem Lächeln ansah.

»Wir müssen woanders hin«, stieß er hervor. »Du kannst nicht an einer Stelle kommen, wo jemand gestorben ist.«

Sie drehte den Kopf und entdeckte einen dunklen Fleck über ihrer Schulter.

»Hoffen wir, dass das nur Kaffee ist. Aber das Schlafzimmer ist in dieser Richtung.« Sie deutete mit dem Kopf auf eine offene Tür unmittelbar hinter dem Wohnungseingang. Er sprang auf, zog sie auf die Füße und umfasste ihr Gesicht für einen weiteren Kuss. Immer noch einander umklammernd – sie in dem aufgeknöpften Kleid, das ihr von den Schultern hing und er mit offen stehender Jeans –, stolperten sie in Richtung Schlafzimmer. Auf halbem Weg blieben sie stehen, als sie mit dem Rücken gegen eine Wand stieß. Er presste sich an sie und schob sein Knie zwischen ihre Beine. Grinsend ließ er sich auf die Knie sinken. Sein Mund fand ihren Oberschenkel. Ein Kuss. Ein Biss. Heißer Atem an ihrer Haut, bevor seine Lippen höher wanderten. Er reizte sie mit langsamen Bewegungen seines Daumens, bevor er die Zunge über …

Sie ließ den Kopf nach hinten gegen die Wand fallen, wodurch ein Eulenbild herabfiel. Es traf Angus an der Schulter, bevor es mit der gemalten Seite nach oben auf dem Teppich landete. Die Knopfaugen starrten voller Anschuldigung nach oben oder vielleicht zur Seite. Marlowe keuchte auf. Angus setzte sich nach hinten auf die Fersen. Erschrocken rieb er sich über die Schulter und warf der Eule einen bösen Blick zu.

»Unglaublich«, sagte er nach einem weiteren angespannten Lachen. »Deine Wohnung versucht aktiv, uns daran zu hindern, heute Abend miteinander zu schlafen.«

»Sie scheint tatsächlich eine gewisse Meinung zu dem Thema zu haben.« Marlowe hockte sich neben ihn und betrachtete seine Schulter. Genau wie bei seiner Nase war die Wunde nicht schwerwiegend, aber trotzdem … »Zumindest sind die Toten auf dem Friedhof gegenüber noch nicht wiederauferstanden.«

»Noch nicht.« Er blickte stirnrunzelnd zum Fenster, als ob er erwartete, dass sich jede Sekunde eine Armee aus wild gewordenen Kadavern ihren Weg durch die Jalousien bahnen würde.

»Ich habe dich gewarnt. Diese Schwelle sollte nie überschritten werden.«

»Nun, wir haben schon festgestellt, dass wir beide nicht gut darin sind, Warnungen zu befolgen.« Er nahm das Eulenbild und drehte es um, um die Knopfaugen zu verstecken. »Ich weiß nicht, ob ich beeindruckt, genervt oder zu Tode erschrocken sein soll.«

»Wie wäre es mit sehr, sehr geduldig?« Sie stand auf und streckte ihm eine Hand entgegen.

Er nahm sie und folgte ihr ins Schlafzimmer. Während er sich auf ihrem Bett ausstreckte, nahm sie die restlichen Eulengemälde ab und verstaute sie im Schrank. Dann warf sie für alle Fälle noch die Teflondecke dazu. Anschließend untersuchte sie den Raum nach allem, was womöglich ebenfalls einen Angriff auf sie geplant haben könnte. Das Zimmer war nur spärlich eingerichtet und gerade groß genug für ein Doppelbett, einen Nachtschrank und die schäbige Kommode, doch sie stellte ihre Nachttischlampe auf den Boden und überprüfte, ob die Jalousien sicher am Fensterrahmen befestigt waren.

»Ich glaube, jetzt sind wir sicher«, sagte sie und legte sich neben ihn, wo sie ihr einziges, flaches, klumpiges Kissen mit ihm teilte und sich so positionierte, dass ihr die Bettfedern nicht in die Hüfte piksten.

»Apropos sicher …« Er strich ihr mit dem Handrücken über die Schulter und am Arm hinab. »Ich habe deinen ›Nur als Freunde‹-Wunsch ernst genommen und keine Kondome dabei.«

»Gut. Ich meine, nicht gut, aber ja, es wäre komisch geworden, wenn du aufgetaucht wärst und bestimmte Erwartungen gehabt hättest.« Marlowe versuchte sich zu erinnern, ob sie beim Auspacken sechs Monate zuvor irgendwelche Kondome gesehen hatte. Es war unwahrscheinlich, da sie New York so schnell verlassen und nicht vorgehabt hatte, in nächster Zeit mit jemandem auszugehen. »Ich habe auch keine. In dieser Wohnung war nicht besonders viel los. Wegen des Fluchs natürlich.«

»Natürlich.« Er stupste ihre Zehen mit seinen an. »Ich könnte welche kaufen gehen, aber …«

»Aber dann wird morgen jeder darüber twittern, welche Marke du gekauft hast?«

Er schüttelte den Kopf. »Aber ich würde lieber hier bei dir bleiben. Wenn das für dich in Ordnung ist.«

»Um noch ein bisschen herumzumachen, oder …?« Sie machte sich gar nicht erst die Mühe, die Frage zu beenden. An seinem Blick erkannte sie, dass er nicht über Herummachen sprach. Als ihr bewusst wurde, was das bedeutete, krampfte sich ihre Brust so sehr zusammen, dass ihr das Atmen plötzlich schwerfiel.

»Sogar in diesem schrecklichen Bett ohne anständiges Bettzeug und mit dem Geruch nach verrottenden Dingen überall und mit Jalousien, die mehr Sonne hereinlassen, als sie abblocken, und in dem Wissen, dass jede Sekunde Horden von Zombies von der anderen Straßenseite aus angreifen könnten?«

Er küsste ihre Stirn. Ihre Nase. Ihre Wangen. Ihre Lippen.

»Selbst dann«, erwiderte er.

Sie betrachtete ihn in dem gedämpften Licht, das vom Wohnzimmer aus hereindrang, auf seine sommersprossigen Wangen fiel und das Blond in seinen Bartstoppeln betonte. Sein Blick war ernst, sein Lächeln kaum sichtbar. Sie wusste, was seine Miene bedeutete. Wenn er blieb, ging es nicht mehr um Sex. Dann war es der Beginn von etwas komplett anderem. Etwas, das absolut und völlig unmöglich schien. Dann wiederum, das wäre es auch, wenn sie ihn bat zu gehen.

»Okay«, antwortete sie. »Aber falls die Zombies auftauchen, lasse ich sie dich zuerst fressen.«

»Deal.«

24

Zwei Tage später saß Marlowe in ihrem Auto auf dem Parkplatz eines Einkaufszentrums und führte ein telefonisches Vorstellungsgespräch mit der Regisseurin des Achebe-Stücks. Sie hatte Marlowe am Vortag kontaktiert, kurz nachdem sie Angus schlafend in ihrem Bett zurückgelassen hatte, um zur Arbeit zu fahren. Als ihr Wecker klingelte, war er kurz aufgewacht, dann aber wieder eingenickt, während sie auf Zehenspitzen in ihrem Apartment herumging. Er hatte so friedlich gewirkt, die Kupferpennyhaare zerzaust, der Mund offen an ihrem Kissen. Sie hatte es nicht über sich gebracht, ihn zu wecken. Wobei sie auch einem unangenehmen »Morgen danach«-Gespräch ausgewichen war. Sie hatte eine ziemlich genaue Vorstellung davon, was er wollte. Ihre eigenen Wünsche waren verwirrender und voller Gegensätze. Während sie mit diesen Wünschen rang, hatte sie den Termin für das Vorstellungsgespräch ausgemacht, da sie davon ausging, dass sie den Rest der Woche mit anspruchslosen Erledigungen beschäftigt sein würde und die halbe Stunde sicher dazwischenquetschen konnte. Ihre Annahme hatte sich als richtig erwiesen.

Das Gespräch begann holprig. Die Regisseurin hatte Marlowes letzte Show gesehen und teilte die Meinung der Kritiker. Die Diskussion über die neue Arbeit war jedoch lebhaft und inspirierend. Marlowe sprach voller Leidenschaft über die Themen des Stückes, und der Regisseurin gefielen ihre ersten Überlegungen zu den Kostümen. Es waren auch andere Kostümbildner in der engeren Wahl, aber das Angebot war zumindest eine Möglichkeit. Selbst wenn aus dem Job nichts wurde, reichte das

Gespräch aus, um Marlowe zu bestätigen, dass sie zweifellos wieder als Kostümbildnerin arbeiten wollte.

Es würde nicht einfach werden, ihre Karriere wieder anzukurbeln. Die Konkurrenz für jeden Auftrag war groß, und Marlowe hasste es, sich zu verkaufen. Aber sie konnte ein paar erste Schritte unternehmen, indem sie sich mit ihren ehemaligen Studienfreunden in Verbindung setzte, um zu sehen, ob die von irgendwelchen freien Positionen gehört hatten. Vielleicht würde sie sogar in L. A. ein paar Vorstellungsgespräche vereinbaren, denn die Stadt hatte ein paar wirklich gute Theater. Es gab hier auch ein großes Opernhaus und unzählige Tanztruppen, die von kleinen Gruppen bis hin zu international renommierten Tourneekompanien reichten. Während sie wieder auf die beruflichen Füße kam, war alles, wo sie sich kreativ austoben konnte, ein Schritt nach vorne.

Als sie den Anruf beendete, warteten mehrere Nachrichten auf sie. Drei stammten von Babs, die wollte, dass Marlowe bei einem Laden für formelle Kleidung in West Hollywood Hosenträger, BHs bei einem Wäschegeschäft in Culver City und Hundeleckerlis bei einem Bio-Haustiermarkt in Brentwood besorgte. Die vierte Nachricht stammte von Cherry und war eine Entschuldigung dafür, dass Babs wieder einmal versuchte, Marlowes Arbeitstag so lange wie möglich zu machen. Die fünfte stammte von Marlowes Dad und enthielt einen Link zu einem »hilfreichen« Artikel darüber, dass ein Studium im künstlerischen Bereich ein gutes Sprungbrett für eine Karriere in der Wirtschaft oder als Juristin sein konnte. Die sechste war von ihrer Mutter, die wissen wollte, ob Marlowe im kommenden Monat für den New Yorker Marathon an die Ostküste fliegen wollte. Marlowe würde natürlich nicht mitlaufen. Sie würde ihre Mom anfeuern, wie sie es während der vergangenen Jahre getan hatte, als sie an der Ostküste lebte. Ihre Mom bot sogar an, den Flug zu bezahlen, da sie wusste, dass Marlowe »mit all diesen Schulden zu kämpfen hatte«.

Das Angebot ärgerte sie. Ihre Eltern boten nie an, für etwas zu bezahlen, ohne anzudeuten, dass Marlowe in der Lage sein sollte, selbst dafür zu bezahlen. Ja, ihre Studienkredite hatten eine Menge Nullen. Und ja, sie hatte eine teure Uni besucht und eine künstlerische Laufbahn eingeschlagen, die nicht mit einem sechsstelligen Gehalt und einem schönen Bonuspaket verbunden war. Aber sie hatte diese Entscheidungen getroffen, und das aus gutem Grund. Sie war es leid, dass ihre Eltern ständig darauf warteten, dass ihr aufging, wie falsch die gewesen waren.

Die letzte Nachricht war von Angus. Er hatte ein Selfie mit Idi und Tanareve geschickt, die vor der Benefizveranstaltung im Museum mit ihm abhingen. Die Männer trugen Smokings und sahen erwartungsgemäß beide umwerfend aus. Tanareve war wunderschön wie immer in ihrem leuchtend grünen griechischen Kleid, das ihre schönen Schultern zur Geltung brachte. Es war die Art von Kleid, das den Körper praktisch wie Wasser umspielte, ganz fließend und drapiert, ohne Struktur oder Polsterung. Die Art von Kleid, die Marlowe nicht in einer Million Jahre tragen könnte. Die drei lachten über einen Witz, den Marlowe nie hören würde, und prosteten sich mit Cocktails zu, die sich Marlowe nie leisten können würde. Unter dem Foto standen die einfachen, aber herzzerreißenden Worte: *Ich wünschte, du wärst hier.* Marlowe bezweifelte aufrichtig, dass Angus die Nachricht geschickt hatte, um ihr ein schlechtes Gewissen zu machen, weil sie seine Einladung abgelehnt hatte. Er hatte sie geschickt, weil er an sie dachte. Die Schuldgefühle stellten sich trotzdem ein, drückend und schwer, zusammen mit einer ordentlichen Portion Angst.

Marlowe versuchte das ungute Gefühl abzuschütteln, doch sie ahnte, dass dies erst der Beginn einer rasanten Abwärtsspirale war. Trotz der lustigen, flirtenden und überraschend intimen Nacht hatte sie ihre Einstellung zu öffentlichen Auftritten nicht geändert. Jetzt würden überall im Internet Fotos vom roten Teppich bei der Museumsveranstaltung auftauchen. Jedes einzelne würde sie daran erinnern, dass sie Angus nicht das geben konnte, was er wirklich wollte: keinen One-Night-Stand, sondern eine Partnerin an seiner Seite. Eine Partnerin, die nicht da war.

Mit vereinten Kräften und sehr viel Therapie konnte Marlowe ihre Angst vor öffentlicher Kritik möglicherweise überwinden, aber war es die Mühe wirklich wert? Schließlich lebte Angus in einer Welt voller Pressetermine und Paparazzi, mit Villen und Managern, mit Agenten, Social-Media-Experten, exklusiver Mode und bewundernden Fans. Marlowe lebte in einer Welt voller Schuhreparaturen und Einkaufstüten. Sie und Angus passten nicht wirklich zusammen. Als Freunde? Sicher. Als Liebespaar? Vielleicht, für eine Weile. Aber als ein Paar in einer ernsthaften Langzeitbeziehung? Unwahrscheinlich.

Mit diesem hässlichen Gedanken im Kopf, der sich zu Babs' Verlängerung ihres Arbeitstages und der als Hilfsangebot getarnten Missbilligung ihrer Eltern gesellte, gab Marlowe zwei Tüten mit Schuhen beim Schuster in einem Einkaufszentrum ab. Ihre Laune hatte sich immer noch nicht gebessert, als sie zu ihrem Auto zurückkehrte. Sie verschlechterte sich noch weiter, als sie den Schlüssel im Zündschloss drehte und ihr Auto ein schleifendes, keuchendes Geräusch von sich gab, bevor es komplett verstummte. Sie versuchte es erneut, allerdings mit demselben Ergebnis. Nach einigen weiteren gescheiterten Versuchen ließ sich Marlowe verzweifelt über das Lenkrad sinken und verfluchte ihr Leben. Sie hatte kaum den Kopf abgelegt, als ein lautes *Platsch* sie wieder hochschrecken ließ. Vogelkacke lief an ihrer Windschutzscheibe herunter, aber nicht die harmlosen kleinen Flecken, die von Spatzen und Tauben hinterlassen wurden, sondern die ekelhaften mehrfarbigen Schleimkugeln, die Möwen fallen ließen, nachdem sie sich durch die Müllcontainer gefressen hatten. Eklig, aber fast schon poetisch, wenn man es genau betrachtete.

Marlowe blieb in ihrem Auto sitzen, für den Fall, dass die Möwe zurückkehrte, und rief den Pannendienst an. Dann schrieb sie Cherry eine Nachricht und fragte, was sie in Bezug auf die Arbeit tun sollte. Sie hatte immer noch den Kofferraum voll mit Kleidungsstücken, die sie zurückgeben musste, außerdem sollte sie in drei Modehäusern in Beverly Hills Bestellungen abholen. Dazu kamen noch die neuen Besorgungen, die Babs ihr zwischenzeitlich aufgetragen hatte. Cherry schlug vor, Marlowe solle sich einen bequemen Ort zum Warten suchen. Falls der Pannendienst ihr Auto nicht wieder in Gang bekam, würde Cherry jemanden vom Transportdienst schicken, der Marlowe für den Rest des Tages herumfuhr. Und falls ihr Auto länger als einen Nachmittag ausfiel, konnte sich Marlowe übers Wochenende einen Mietwagen besorgen.

Der Pannendienst kam ungefähr eine halbe Stunde später. Er überprüfte die Batterie und alle anderen potenziellen Probleme, die man vor Ort lösen konnte, letztendlich stellte er aber fest, dass er das Auto zu einem Mechaniker abschleppen musste, der es sich genauer ansehen konnte. Marlowe schrieb Cherry, dass sie eine Fahrgelegenheit benötigte. Dann räumte sie den Kofferraum aus und trug alle Tüten zum Gehweg, wo sie warten konnte, bis ihr Fahrer eintraf.

Natürlich gab es vor dem Einkaufszentrum keine Bänke, nur das schmutzige Pflaster, auf dem schwarze Kaugummiflecken klebten. Weil sie zu erschöpft war, um zu stehen, setzte sich Marlowe auf den Gehweg und hoffte, dass ihre graue Hose die Schmuddeleien verbergen würde, die sie so womöglich auflas. Die heiße Nachmittagssonne kämpfte sich ihren Weg durch den braunen Smog. Auf dem Parkplatz zerrte eine erschöpft aussehende Mutter ein schreiendes Kind an der Hand hinter sich her, während ein Mann in einem ausgeblichenen Hawaiihemd Flugblätter unter die Scheibenwischer klemmte. Einige Meter weiter quollen Essensreste und Verpackungen aus einem Mülleimer. Und ein paar Meilen entfernt rollte gerade eine Crew einen roten Teppich aus.

Kurz nach 21:30 Uhr traf Wyatt vom Fahrdienst endlich in Westwood ein, nachdem er Umwege durch die Vororte von L. A. gefahren war, damit Marlowe auch jeden Laden auf ihrer Liste aufsuchen konnte, solange er noch geöffnet hatte. In der Zwischenzeit hatte sich der Mechaniker mit einem Kostenvoranschlag gemeldet, der den Wert ihres Autos bei Weitem überstieg, sodass Marlowe ohne Auto und mit den Kosten für das Abschleppen und die Entsorgung ihres Autos dastand.

Ein paar Stunden zuvor war sie außerdem eingeknickt und hatte eine Fanseite aufgerufen, die über die LACMA-Gala berichtete. Und natürlich war Angus da, das strahlende Lächeln für die Kameras aufgesetzt und den Arm um Tanareve gelegt, wo er anscheinend hingehörte. Verschiedenen Bildunterschriften zufolge erzählten sie den Reportern, dass sie die Gala als Freunde besuchten, aber das änderte nichts daran, wie sie zusammen wirkten. Wunderschön. Perfekt. Natürlich vor der Kamera. Ein Fan-Traumpaar. Während sie über all das nachdachte, war Marlowe gestolpert, hatte sich Kaffee über ihr Shirt geschüttet und sich einen Schnürsenkel zerrissen, den sie mit einer Büroklammer ersetzte, die sie zufällig dabeihatte.

Jetzt fühlte sie sich schmuddelig, verschwitzt, erschöpft, äußerst unattraktiv und unfähig, ihre wachsende Frustration im Zaum zu halten. Sie war wütend auf ihr Auto, das sie im Stich gelassen hatte. Sie war wütend auf ihre Eltern, weil sie in Bezug auf ihre Karriereentscheidungen recht hatten und Marlowe ständig in Geldnot steckte. Sie war wütend auf Babs, die ihren Arbeitstag so unsäglich in die Länge gezogen hatte. Sie war wütend auf die Stadt Los Angeles, weil sie sich so endlos erstreckte, ohne ein zentrales Einkaufsviertel. Und am allermeisten war sie wütend auf sich selbst, weil sie sich emotional auf einen Mann eingelassen hatte, mit dem sie nicht wirklich zusammen sein konnte oder mit dem sie nicht zusammen sein wollte, weil sie es nicht ohne Öffentlichkeit und Demütigung sein konnte. Außerdem war ihr kompostierbarer Essensbehälter undicht, sodass der Rücksitz nach Fischtacos roch. Der Rücksitz und die zunehmend feuchter werdende Seite ihrer Hose.

Marlowe erklärte Wyatt den Weg zu ihrer Wohnung. Während er am Campus der UCLA vorbeifuhr, rief sie ein weiteres Foto von der Gala auf und versuchte verzweifelt, sich an Angus' Seite zu sehen. Sie stellte sich eine Auswahl von Couture-Kleidern und professionell gestylte Frisuren vor. Tadelloses Make-up. Großartige Schuhe. Eine Maniküre. Bessere Hautpflege. Wiederholte Ermahnungen, aufrecht zu stehen. Und trotzdem konnte sie das Bild nicht herbeirufen. Je mehr sie es versuchte, desto mehr schlich sich die Realität in ihre Vorstellung. Es dauerte nicht lange, bis sie sich in ihrem kaffeebefleckten Shirt vor sich sah, mit Vogelkacke in den Haaren und der an ihrer Leine ziehenden Edith Head, während Angus in seinem Smoking die Arme ausbreitete, um sie vor wütenden Fans zu schützen, die ihr verfaultes Gemüse ins Gesicht warfen. Wobei sie hier in L. A. waren, daher würde das Gemüse vermutlich wenigstens bio sein.

Als Wyatt endlich in der Nähe ihrer Wohnung anhielt, hatte sich Marlowe davon überzeugt, dass es ein riesengroßer Fehler wäre, mit Angus zu schlafen. Es war ihm gegenüber nicht fair und brachte sie ernsthaft durcheinander, spülte all ihre Unsicherheiten an die Oberfläche und überschwemmte sie mit Schuldgefühlen, weil sie eine Form von Intimität eingeführt hatte, die sie nicht fortsetzen konnte. Sie hätte sich an den Plan halten und mit ihm befreundet bleiben sollen. Das war einfach. Machbar. Wenn sie das nächste Mal Gelegenheit hatte, mit Angus zu reden, würde sie diesen Plan wiederaufgreifen. Der Gedanke, sich absichtlich von ihm zu distanzieren, verursachte ihr Bauchschmerzen, aber es war das Richtige. Offensichtlich. Definitiv. Vielleicht. Möglicherweise nicht. Zumindest vermutlich, mit einer zehnprozentigen Wahrscheinlichkeit von absolut.

Marlowe begann die Tüten vom Rücksitz zu holen, doch Wyatt bot ihr an, am Montagmorgen alles ins Studio zu liefern, da er wusste, dass sie bereits genug um die Ohren hatte. Mit der durchtränkten Essensschachtel in der Hand, dankte sie ihm für seine Hilfe und winkte ihm nach, als er fortfuhr.

Sie war so beschäftigt damit, ihren Schlüssel zu suchen und die Sekunden zu zählen, bis sie duschen konnte, dass sie erst aufsah, als sie schon beinahe ihre Tür erreicht hatte. Als sie einen Mann auf ihrer Türschwelle sitzen sah, den Kopf in die Hände gestützt, zuckte sie zusammen. Sie wollte gerade fragen, ob er jemanden suchte – vermutlich ihren Nachbarn von oben, einen Studenten der UCLA, der häufig Freunde zu Besuch hatte, als er den Kopf hob.

»Hey, Lowe«, sagte er.

Marlowe erstarrte. »Kelvin?«

25

Kelvin stellte gerade zwei Tassen Tee auf den Küchentisch, als Marlowe aus dem Bad kam. Sie hatte sich eine Jogginghose und ein altes Konzert-T-Shirt angezogen, ihre krausen Haare zu einem lockeren Knoten hochgebunden und sich das Gesicht gewaschen. Eine richtige Dusche wäre ihr lieber gewesen, aber das Gespräch war dringender. Es war keins, auf das sie sich freute. Kelvins unerwartetes Auftauchen machte sie nervös. Sie hatte mit dem Gedanken gespielt, ihn nicht reinzulassen, es aber am Ende nicht über sich gebracht. Sie machte sich immer noch etwas aus ihm. Außerdem trug sie immer noch jede Menge Schuldgefühle mit sich herum. Als wäre all das nicht genug, hatte sie auch keine Szene riskieren wollen. In letzter Zeit hatte sie mehr als genug öffentliche Aufmerksamkeit. Sie hoffte zwar, dass ihre Adresse privat geblieben war, aber das Letzte, was sie brauchte, war, am nächsten Tag auf Twitter von einem Streit mit ihrem Ex zu lesen.

Sie zogen sich beide einen Stuhl heran. Marlowe steckte eine zerknüllte Serviette unter das vordere Bein ihres Stuhls, damit er nicht kippelte. Sie machte sich nicht die Mühe, es Kelvin zu erklären – er würde es verstehen oder eben nicht. Bis jetzt schien ihm nicht aufgefallen zu sein, dass nichts in dem Apartment gerade war. Er stützte lediglich sein Kinn auf eine Hand und stieß einen klagenden Seufzer aus. Obwohl ein halbes Jahr vergangen war, seit Marlowe ihn zuletzt gesehen hatte, sah er noch genauso aus wie früher. Er war groß und schlank, aber ein wenig breiter vielleicht, als hätte er angefangen zu trainieren. Seine glatten schwarzen Haare fielen ihm seitlich über die Augenbrauen und verliehen ihm denselben, fast schon komischen Emo-Look wie immer, der durch sein gewöhnliches Outfit aus Jeans und Hoodie jedoch zunichtegemacht wurde. Die Plugs in seinen Ohrläppchen, sein einziges Accessoire, ließen Marlowe immer noch an die Ösen von Kostümen denken, während sein kantiges Kinn immer noch glatt rasiert und seine Augen auffallend blau waren.

»Du scheinst dich nicht zu freuen, mich zu sehen«, stellte er fest.

»Du bist ohne Vorwarnung hier aufgetaucht. Das hat irgendwie was von einem Stalker.«

»Mit diesen blöden Geräten kamen wir nicht weiter.« Er hielt sein Handy hoch und starrte es böse an, als wäre es sein Erzfeind. Diesen Blick kannte sie. Kelvin war schon immer ein analoger Typ gewesen. Als Maler von großen Wandbildern zog er greifbare Farben Photoshop und Filtern vor. »Ich habe was riskiert, meinem Instinkt vertraut. Ich habe mir ein Ticket gekauft, genau wie du damals.«

Marlowe ließ den Henkel ihrer Tasse von einer Hand in die andere gleiten, blickte in den aufsteigenden Dampf und wünschte sich, seine Worte würden mehr wie eine Feststellung und weniger wie eine Anschuldigung klingen. Der Vorwurf in seinem Ton war subtil, aber er war da. Das war er immer.

»Woher wusstest du überhaupt, wo ich wohne?«, wollte sie wissen.

»Ich habe mir die Adresse letzte Woche aus dem Lebenslauf auf deiner Website geholt. Sorry, falls mich das noch mehr wie einen Stalker klingen lässt.« Er wartete, als ob er ihr Gelegenheit geben wollte, ihm zu widersprechen. Sie ergriff sie nicht. Stattdessen verfluchte sie die Ironie, dass sie die Adresse gelöscht hatte, um sich vor Besuchen von Fremden zu schützen. Offensichtlich waren Fremde nicht das Problem. Während sie versuchte, ihren Ärger über seine Worte zu unterdrücken, rückte er seinen Stuhl vor und setzte ein schwaches, verlegenes Lächeln auf, als sie endlich aufblickte. »Ich habe nicht versucht, dich aufzuspüren, das schwöre ich. Ich habe deine Website aufgerufen, weil ich dich vermisst habe. Ich wollte sehen, was du so machst. Ich dachte, vielleicht entwirfst du hier Kostüme für Shows.«

»Ich habe nicht als Kostümbildnerin gearbeitet.«

»Ist mir aufgefallen.«

»Ich arbeite immer noch bei der Fernsehsendung.«

»Das habe ich ebenfalls bemerkt.« Sein Lächeln verschwand, und eine subtile Verschlossenheit trat in seine Augen. Es war nur eine kleine Veränderung, kaum zu bemerken, doch sie verstärkte Marlowes bereits starke Verteidigungsmechanismen. »Dev hat mir das Foto von dir und diesem Schauspieler im Club gezeigt. Ich musste zweimal hinschauen, bevor ich geglaubt habe, dass das wirklich du bist. Was war denn das?« Er stieß ein atemloses Lachen aus, das vermutlich die Spannung abbauen sollte, aber ihre Irritation nur verstärkte.

»Wir haben getanzt.«

»Ja, aber ich bitte dich.« Er lehnte sich zurück und lachte erneut nervös. »Ich kenne dich, Lowe. Du machst dir nichts aus diesem ganzen Promi-Mist.« Er deutete auf die Fenster, die ironischerweise nicht nach Hollywood, sondern nach Westen auf den Los Angeles National Cemetery hinausgingen. »Das war ein Scherz, oder? So was wie eine Mutprobe von deinen Freunden? Ich meine, warum sonst würdest du dich an einen berühmten Typen ranschmeißen?«

Marlowes Faust ballte sich um den Griff ihrer Tasse.

»Ich habe mich nicht an ihn rangeschmissen«, erwiderte sie. »Wir kennen uns vom Set. Wir ... arbeiten zusammen.«

»Ich arbeite auch mit einer Menge Leute. Das heißt aber nicht, dass ich ...«

»Was willst du, Kelvin?« Marlowe schob ihre Tasse in die Mitte des Tisches. Der Tee war zu heiß zum Trinken, und sie hoffte, dass Kelvin gegangen sein würde, bis er abgekühlt war. »Bist du hier, um mich über dieses alberne Foto auszufragen, oder möchtest du mir etwas anderes sagen?«

»Wow. Im Ernst?« Er blinzelte sie ungläubig an. »Ich fliege quer durchs Land, um dich zu sehen. Ich erzähle dir, dass ich dich vermisse und mich für deine Karriere interessiere, und du regst dich auf, weil ich mich nach einem Foto erkundige, von dem wir beide wissen, dass es ein bisschen untypisch für dich ist?«

Marlowe verschränkte die Arme und kämpfte gegen den Drang an, nachzugeben und sich zu entschuldigen.

»Tu das nicht«, verlangte sie.

»Was nicht tun?«

»Tu nicht so, als wären deine Bemerkungen nichts gewesen, sodass es aussieht, als ob ich überreagiere, wenn ich mich ärgere. Ich reagiere. Und dazu habe ich jedes Recht.« Sie merkte, dass sie sich auf ihrem Stuhl zusammengekauert hatte, und richtete sich auf, entschlossen, sich nicht kleinzumachen. »Ich habe gesagt, dass wir eine Zeit lang den Kontakt abbrechen sollten. Du bist auf meiner Türschwelle aufgetaucht. Erwarte dafür kein Dankeschön.«

Kelvin schob seinen Stuhl zurück und ging hinüber zur Arbeitsplatte. Vermutlich wollte er eigentlich auf und ab gehen, doch dafür war ihre Küche nicht groß genug. Er konnte sich nur an die abblätternde Arbeitsplatte stellen und sie aus dieser leicht vergrößerten Distanz beobachten.

»Ich wollte nur mit dir sprechen«, sagte er. »Nicht durch einen Bildschirm.«

»Ich habe nichts zu sagen, was ich nicht bereits gesagt habe.«

»Eine Nachricht ist kein Gespräch.« Er fuhr sich mit einer Hand durch die Haare. Als sein Pony nach vorne fiel, strich er ihn zur Seite und drehte die Strähnen. Dann ließ er den Blick durch die Küche schweifen, bis er wieder auf Marlowe zu liegen kam. Seine Augen waren blau wie der Sommerhimmel und immer noch schmerzhaft schön. »Du weißt, was dieses Wochenende ist.«

»Ja.«

»Aber es ist dir egal.«

»Das hab ich nicht gesagt.« Marlowe verschränkte ihre Arme fester, damit sie nicht mit ihrem Ringfinger zu spielen begann. Außerdem würde sie Kelvin nicht erzählen, dass sie vor Kurzem in einem Brautmodenladen in Ohnmacht gefallen war, weil sie nicht der Lage war, das alternative Leben, das sie vielleicht geführt hätte, völlig loszulassen. Sie konnte ihm nicht vorwerfen, dass er ebenfalls darüber nachdachte, aber das hier war nicht die richtige Art, mit diesen Gedanken umzugehen.

Während sie gegen den Drang herumzuzappeln ankämpfte, stieß er an der Arbeitsplatte einen weiteren Seufzer aus.

»Es hat mich überrumpelt, als du mir den Ring zurückgegeben hast«, fuhr er fort. »Ich wusste nicht, was ich sagen sollte. Ein Teil von mir wollte dich anflehen, es dir noch mal zu überlegen, und der andere war so wütend, dass ich dir genauso wehtun wollte wie du mir. Es war nicht fair. Du hast einfach diese Bombe platzen lassen und bist verschwunden. Du hast mir keine Gelegenheit gegeben, auf irgendeine Art und Weise sinnvoll zu reagieren.«

Marlowe zwang sich, die Kiefermuskeln zu lockern und die Schultern zu senken, obwohl sie vermutete, dass sich alles gleich wieder verspannen würde. Kelvin klang so vernünftig, aber das tat er anfangs immer, und wenn er wirklich vernünftig hätte sein wollen, hätte er einen Besuch vorgeschlagen, den sie gemeinsam hätten planen können. Er hätte sie nicht so überfallen.

»In Ordnung«, sagte sie so sanft wie möglich. »Dann los. Reagiere.«

Er umfasste mit beiden Händen die Arbeitsplatte und klopfte mit den Daumen darauf.

»Das hier ist kein Debattierwettbewerb«, erwiderte er. »Es soll ein Dialog sein.«

Sie löste ihre Arme und legte die Hände in den Schoß. Sie versuchte, still zu sitzen, doch sie zupfte an ihrer Nagelhaut und presste sich den Daumennagel in die Handfläche, bis es wehtat.

»Hilf mir wenigstens, es zu verstehen«, fuhr Kelvin fort, immer noch von seiner Position an der Arbeitsplatte aus. »Drei Jahre lang war alles toll, und plötzlich hast du alles weggeworfen.«

»Ich habe gar nichts weggeworfen. Ich habe eine Entscheidung getroffen, über die ich schon eine Weile nachgedacht hatte und von der ich geglaubt habe, dass sie für uns beide das Beste ist.« An ihrem Zeigefinger trat ein Blutstropfen aus. Sie leckte ihn ab. »Und es war nicht drei Jahre lang alles toll.«

»Warum hast du dann nicht einfach was gesagt?«

»Das habe ich. Ich habe viel darüber nachgedacht und gebe mir die Schuld, dass ich nicht deutlicher geworden bin, aber ich habe unsere Gespräche immer wieder durchgespielt. Nichts ist ›plötzlich‹ geschehen. Ich habe meine Bedenken geäußert, viele Male. Du hast mir nie zugehört.«

»Ist das dein Ernst?« Kelvin schnaubte laut, bevor er mit einer energischen Erwiderung begann, die Marlowe tatsächlich das Gefühl gab, bei einem Debattierwettbewerb zu sein. Obwohl sich ihr Gegner auf wenige Fakten stützte und deutlich boshafter argumentierte als der durchschnittliche Debattierer. Sie ließ ihn ausreden, bis er sich schließlich hinsetzte und ihr das Wort überließ.

Während er sie von der anderen Seite des Tisches böse anfunkelte, erinnerte sie ihn an verschiedene Probleme, die sie thematisiert hatte, als sie noch zusammen waren. Die Partys, auf denen er schnell verschwand, ihr aber nicht gestattete, selbst zu entscheiden, wann sie kam und ging. Die Verabredungen, zu denen plötzlich andere Leute auftauchten. Die Geschenke, die immer öffentlich übergeben wurden. Die ständige Kritik und die versteckten kleinen Botschaften, dass ihre Entscheidungen weniger gut waren als seine. All das hatte sie während ihrer Beziehung schon angesprochen, und er hatte es jedes Mal abgetan. Wäre sie ein anderer Mensch gewesen – mutiger, lauter, selbstbewusster, vernünftiger oder einfach weniger fehlbar –, hätte sie vielleicht früher erkannt, wie groß ihre gemeinsamen Probleme waren. Sie hätte ihre Bedenken vielleicht in eindrücklicherem Ton oder mit eindrücklicheren Worten geäußert, aber sie war kein anderer Mensch. Sie hatte ihr Bestes getan. Als er ihre Einwände abgeschmettert hatte, hatte sie nachgegeben. Sich zurückgehalten. Ihn recht haben lassen. Manchmal hatte sie sogar geglaubt, dass er recht hatte, immer bereit, seinen Standpunkt zumindest in Betracht zu ziehen, obwohl er ihren so schnell abtat. Schweigen war ihr oft als die beste Lösung erschienen. Diskutieren brachte nicht viel. Dann würde er ihr nur vorwerfen, dass sie nörgelte oder fordernd oder unvernünftig war. Es schien besser, ihre Bedenken zu schlucken und einfach weiterzumachen.

Als sie mit ihrer Erklärung fertig war und dabei mit Sicherheit tausend Sachen ausgelassen hatte, die ihr später einfallen würden, griff sie nach ihrem inzwischen abgekühlten Tee. Kelvin hatte seinen auch noch nicht angerührt. Vermutlich hatte er die

Tassen nur hingestellt, damit sie beide ihre Hände beschäftigen konnten. Bei all seinen Fehlern war er in solchen Dingen sehr gut und hatte ein feines Gespür für menschliches Verhalten. Das war einer der Gründe, warum sie seiner angeblichen Blindheit gegenüber ihren Beziehungsproblemen nie ganz getraut hatte. Er wusste, dass etwas nicht funktionierte, hatte sich aber wie sie dazu entschlossen, es zu ignorieren.

»Wenn das alles so schrecklich war, warum hast du dann zugestimmt, mich zu heiraten?«, wollte er wissen.

»Weil ich dich geliebt habe. Unsere Beziehung war nicht schrecklich. Vieles von dem, was wir hatten, war gut. Sogar toll. Das wollte ich nicht verlieren. Manchmal habe ich nichts gesagt, wenn ich verletzt oder frustriert war, damit wir an dem festhalten konnten, was gut lief. Ich wollte bei einem Film kuscheln, nicht mal wieder streiten. Aber wir sind schon früh in einige sehr ungute Muster verfallen und haben nie etwas daran geändert.« Sie stürzte ihren Tee hinunter und ging zum Spülbecken. Sie beschloss, die Tasse sofort abzuwaschen, das gab ihr etwas zu tun.

»Du irrst dich«, sagte Kelvin hinter ihr.

Marlowe versteifte sich, drehte sich aber nicht um. »Inwiefern?«

»Wenn du mir all das gesagt hättest, hätte ich dir zugehört.«

Sie unterdrückte ein Seufzen. Dann wandte sie sich Kelvin zu und lehnte sich gegen die Spüle.

»Ich habe es dir jetzt gesagt. Und statt es dir anzuhören und darüber nachzudenken, ist deine erste Reaktion, mir zu sagen, dass ich mich irre. Du tust alles ab, was ich gesagt habe. Aber genau das habe ich gerade versucht, dir zu erklären.«

Er zog die Brauen zusammen, zwei schwarze Pinselstriche, die sich in der Mitte trafen.

»Du darfst also reagieren, ich aber nicht?«

»Das habe ich nicht gesagt. Du hörst mir nicht zu.«

»Ich kann nicht einfach dasitzen und schweigen, wenn das, was du so detailliert beschrieben hast, absoluter Blödsinn ist. Du hast alles verdreht und mich als eine Art Monster dargestellt.« Er drehte sich zu ihr, wobei die Stuhlbeine über das Linoleum kratzten. Während er sich abmühte, den Stuhl gerade hinzustellen, verfiel sie in ihr altes Muster, eher seinen Worten zu glauben als ihren eigenen. Zweifel stiegen in ihr auf. Hatte sie ihn als Monster bezeichnet? Hatte sie etwas verdreht? Sollte sie es zurücknehmen, korrigieren, sich entschuldigen, die Wogen glätten? Während sich ihre Gedanken überschlugen, blitzten Kelvins Augen wie blaue Flammen auf, als spürte er ihre Unsicherheit und sah nun seine Gelegenheit gekommen. »Hörst du dir überhaupt zu? Welche Frau beschwert sich denn darüber, wenn man ihr Blumen schenkt? Welche Frau erwartet, dass ein Mann jede Kleinigkeit lobt, die sie tut? Oder flippt aus, weil er auf einer gottverdammten Party nicht an ihrer Seite klebt, sondern davon ausgeht, dass sie sich mit anderen Leuten unterhält? Das ist nicht nur verdrehte Logik. Das ist geradezu verrückt.«

Marlowe nahm seine Tasse vom Tisch und stellte sie in die Spüle, um sich einen Moment zu beruhigen, bevor sie sprach. Kelvin war nicht hier, um ihr zuzuhören und sie zu verstehen. Er würde es nie kapieren. Ein Teil von ihr hatte schon bei ihrer überstürzten Abreise aus New York gewusst, dass sie wieder und wieder in diesem Kreislauf gefangen wäre, wenn sie nicht schnell und weit fortlief. Bedenken äußern. Angeschrien werden. Ihre Bedürfnisse infrage gestellt bekommen. Nachgeben und sich entschuldigen. Wieder und wieder. Sie war nicht fortgelaufen, weil sie Panik bekommen hatte. Sie war fortgelaufen, weil es der einzige Ausweg gewesen war.

»Ich möchte, dass du gehst«, sagte sie.

»Was, jetzt?«

»Ja.«

»Weil du die Wahrheit nicht hören willst?«

»Weil sich meine Wahrheit von deiner unterscheidet. Und das wird auch immer so sein.«

»Das ergibt doch gar keinen Sinn.«

»Muss es auch nicht.« Sie ging von der Küche in den Flur. Er starrte ihr von seinem Stuhl aus hinterher. »Wo soll ich denn hin?«

»Du bist doch ein kluger Kerl. Du findest schon was.«

»Das kann unmöglich dein Ernst sein.«

»Doch, ist es. All die Monate habe ich mir die Schuld gegeben, weil ich nicht deutlich genug war und nicht die perfekten Worte gefunden habe, um dir verständlich zu machen, was nicht funktioniert, sodass wir es weiter versuchen konnten, aber es gibt keine perfekten Worte. Und während ich mich jahrelang bei dir entschuldigt habe, hast du kein einziges Mal Verantwortung für deine eigenen Fehler übernommen. Ich war immer diejenige, die etwas ändern sollte, sich bessern sollte. Das ist nicht fair. Und es ist nicht wahr.« Sie nahm seinen Rucksack. Eine der Taschen klappte auf. Sie zog den Reißverschluss zu und klemmte sich dabei die Haut ein. Der Schmerz fühlte sich scharf und echt und wunderbar unkompliziert an. »Niemand ist ein Monster. Manche Sachen funktionieren einfach nicht, ganz egal, wie sehr man sie zu erzwingen versucht. Wir waren nicht die Richtigen füreinander. Ende der Geschichte. Und jetzt musst du gehen.« Sie öffnete die Eingangstür und trat einen Schritt zurück.

Er stand langsam auf, die Miene eine verwirrende Mischung aus Kummer und Wut.

»Tu das nicht«, sagte er. »Wirf mich nicht wieder weg.«

»Tu ich nicht. Ich bitte dich zu gehen.«

»Und es ist dir egal, wie ich mich dabei fühle?«

»Wie du dich dabei fühlst, ist nicht mehr meine Verantwortung.« Die Worte kamen klar und deutlich aus ihrem Mund, doch in ihrem Magen tobte ein Sturm. Sie musste die Lippen zusammenpressen, damit sie es nicht zurücknahm und ihm versicherte, dass es ihr definitiv nicht egal war. Doch damit würde sie ihm die Möglichkeit bieten, sie mit Schuldgefühlen in Geiselhaft zu nehmen. Cherry hatte im Monat zuvor den Nagel auf den Kopf getroffen: Kelvin war ein emotionaler Manipulator. Mit seiner fast schon machiavellistischen Fähigkeit, Marlowes mangelndes Selbstvertrauen auszunutzen und daraus ein Machtspiel zu machen, war sie dazu verdammt gewesen, eine unterwürfige Hülle ihres einst so freimütigen Ichs zu sein. Bis sie geflohen war.

Während sie an Ort und Stelle blieb, schüttelte er den Kopf und betrachtete sie, als ob er sie überhaupt nicht wiedererkannte.

»Wann bist du so kaltherzig geworden?«, wollte er wissen.

»Ich bin nicht kaltherzig. Ich fühle Dinge immer noch genauso tief wie früher, aber ich habe mir deinetwegen ein halbes Jahr lang Vorwürfe gemacht. Ich schulde dir keinen Schmerz und keine Scham mehr, oder was auch immer du hier abholen wolltest.« Sie streckte ihm seinen Rucksack entgegen. »Und jetzt geh. Bitte.«

Er starrte sie eine gefühlte Ewigkeit lang an, dabei war es vermutlich weniger als eine Minute. Dann trat er vor, nahm seinen Rucksack und schlang ihn sich über eine Schulter.

»Wenn ich jetzt gehe, komme ich nie mehr zurück.«

Sie nickte. »Ich weiß.«

»Und das ist alles, was du mir zu sagen hast? Nach allem, was wir geteilt haben?«

Sie dachte über diese Frage nach und ließ die Erinnerungen an ihre Beziehung wie im Schnelldurchlauf vor sich ablaufen: Küsse,

Lachen, Tränen, Wut, Einsamkeit. Sie wollte gerade nicken und sich verabschieden, als ihr bewusst wurde, dass sie ihm noch etwas anderes sagen wollte, etwas, das sie endlich ganz tief im Inneren verstand.

»Erinnerst du dich noch an deine letzten Worte an mich in New York?« Sie wartete, während er die Brauen zusammenzog und den Kopf schüttelte. »Du hast gesagt: ›Du wirst nie wieder jemanden so Gutes finden wie mich.‹ Du hast dich geirrt. Ich habe jemanden gefunden.«

Kelvin zuckte zurück und verzog ungläubig das Gesicht.

»Wen? Den Typen auf dem Foto aus dem Club?«

»Nein.« Sie trat zurück, um ihm jede Menge Platz zu machen, damit er an ihr vorbeigehen konnte. »Mich.«

Er verzog die Lippen und starrte ihr lange und tief in die Augen. Sie blieb unbeirrt stehen, bis er hinausging. Sobald er die Schwelle überschritten hatte, schloss sie die Tür und verriegelte sie. Dann sank sie zu Boden und heulte sich die Augen aus.

26

Am Samstagmorgen, lange nachdem Marlowe ihre Schlummertaste mehr als überstrapaziert hatte, rieb sie sich verkrustete Tränen aus den Wimpern und drehte sich zum Nachttisch, um auf ihr Handy zu sehen. Im Gruppenchat mit ihren Freundinnen gab es mehrere eindringliche Nachrichten mit der Aufforderung anzurufen, sobald sie wach war. Sie hatte gestern Abend eine Nachricht geschrieben und den anderen erzählt, dass Kelvin aufgetaucht war und sie ihn rausgeschmissen hatte. Ihre Freundinnen hatten durch die drei Stunden Zeitverschiebung schon geschlafen, aber dafür waren sie jetzt im Stand-by-Modus, sobald Marlowe wach war. Dafür liebte Marlowe sie und auch für hundert weitere Dinge. Ihre Mom hatte ebenfalls eine Nachricht geschickt und wegen des Marathons nachgehakt, und ihr Dad hatte geschrieben, ob sie ihr nächstes Gespräch verschieben könnten. Mal wieder.

Marlowe legte das Telefon beiseite und blinzelte in Richtung ihres Fensters. Helles Sonnenlicht strömte wie immer durch die verbogenen Lamellen ihrer kaputten Jalousie und formte merkwürdig schräge Streifen auf ihrer beigefarbenen Bettwäsche. Sie hätte nie gedacht, dass sie mal Regen und Schnee vermissen würde, aber das endlose perfekte Wetter in L. A. fühlte sich wie eine Messlatte an, die Marlowes Stimmung nicht erreichen konnte. Da sie das wusste und außerdem das Gefühl hatte, sich einen Tag voller Selbstmitleid verdient zu haben, zog sie die Decke über den Kopf. Und warf sie kurz darauf wieder herunter, als ihr Handy vibrierte. Und dann gar nicht mehr aufhörte.

Cherry: Wes hat neue Seiten geschickt.

Cherry: Wir drehen am Montag eine zusätzliche Szene.

Cherry: Lola Lankarani hat einen Gastauftritt.

Cherry: Sie trägt nur Pink.

Cherry: Sie ist sehr wählerisch, was das Pink angeht.

Cherry: Ich habe ihre genehmigten Pantone-Farbmuster.

Cherry: Ja, das ist mein Ernst.

Cherry: Babs braucht uns, um verschiedene Optionen zu kaufen.

Cherry: Es geht schneller, wenn wir zu zweit sind.

Cherry: Wie schnell kommst du an ein Mietauto?

Cherry: Brauchst du eine Mitfahrgelegenheit?

Cherry: Ich bin in deiner Gegend.

Cherry: Ich brauche nur deine Adresse.

Cherry: Willst du Kaffee?

Cherry: Was Süßes?

Marlowe sah zu, wie die Nachrichten erschienen, eine nach der anderen. Wenn Cherry sie alle in eine Nachricht gepackt hätte, hätte Marlowe die vielleicht ignorieren und die nächsten Stunden in der Horizontalen und mit vernebeltem Hirn verbringen können. Stattdessen schickte Cherry weiterhin Fragen und zunehmend eindringlichere Bitten um Antwort. Schließlich gab Marlowe nach.

Marlowe: Kann heute nicht arbeiten, sorry.

Cherry: Wo bist du?

Marlowe: Im Bett.

Cherry: Bist du krank?

Marlowe tippte *Ja*, löschte es, tippte es erneut und beschloss dann, dass Cherry die Wahrheit verdiente. In einer Reihe von schnellen Nachrichten erklärte sie, was am Vorabend geschehen war. Mit ein paar deftigen Schimpfwörtern bat Cherry um ihre Adresse und versprach, innerhalb von zwanzig Minuten mit Kaffee und Gebäck voller Gluten und Zucker vorbeizukommen. Und das tat sie auch.

»Wir haben eine halbe Stunde«, sagte sie, als sie mit den Leckereien in der Hand an Marlowe vorbei in die Küche stürmte. »Du erzählst mir alles. Ich werde dem Hinhalte-Typen die sieben Plagen an den Hals wünschen. Dann duschst du dich und ziehst dich an, und wir gehen einkaufen.«

»Ich möchte heute wirklich nicht arbeiten.« Marlowe ließ sich auf einen Stuhl fallen und legte ihr Handy auf den Tisch. Sie trug das ausgeleierte Tanktop und die Shorts, die sie vor dem Schlafengehen angezogen hatte. Die Shorts brauchten einen neuen Kordelzug. Die Träger des Tops hingen nur noch an einem Faden. Ihre Kleidung war peinlich, aber thematisch passend, was zumindest ihr Kostümbildnerinnenhirn beruhigte. »Kann nicht jemand anders einkaufen gehen?«

»Niemand mit deinem Auge für Design.« Cherry nahm die Deckel von den Kaffeebechern und stellte sie auf den Tisch, wobei sie absichtlich viel Platz zwischen dem Kaffee und Marlowes Handy ließ, als ob sie spürte, dass Marlowes Neigung zur Tollpatschigkeit im Moment besonders ausgeprägt war. »Du musst dich zusammenreißen. Erstens, ich lasse Babs nicht im Stich, solange ich immer noch ihre Empfehlung für einen eigenen Designjob brauche. Zweitens, dieser Typ hat dich schon genug Zeit und Energie gekostet. Bis ich also weiß, dass es dir gut geht, werde ich dich so gut wie möglich ablenken.«

Marlowe versuchte zu lachen, doch es kam als ein unbeholfenes Keuchen heraus. Sie ließ den Kopf in die Hände sinken und gab sich ihrer Lethargie hin. Cherry öffnete in der Zwischenzeit den Schrank unter der Spüle und warf die Plastikdeckel in den Recyclingbehälter.

»Was ist mit deinem Schlafanzug passiert?« Sie beugte sich näher an den Mülleimer. »Und warum ist er voller Sirup?«

»Er war ein Geschenk von Kelvin. Ich habe ihn gestern Abend weggeworfen. Dann habe ich Angst gehabt, dass ich meine Meinung ändere, daher blieb nur der Griff zu Sirup oder scharfer Soße. Der Sirup war weniger grauenvoll.«

»Das ergibt absolut Sinn.« Cherry setzte sich Marlowe gegenüber und schüttete ein halbes Dutzend Muffins auf den Tisch. »Ich wusste nicht, welche du magst, also hab ich einen von jeder Sorte genommen.«

»Danke. Du bist eine gute Freundin. Das weißt du, oder?«

»Ja, aber es schadet nicht, es trotzdem zu hören.«

Cherry knöpfte ihr Jackett auf und lehnte sich mit ihrem Kaffee in der Hand auf dem Stuhl zurück. Wie immer wirkte sie mühelos gestylt, als hätte sie einfach nur so ein T-Shirt, ein Jackett, Jeans und klobige Stiefel übergezogen, die zufällig toll zueinanderpassten. Auf dem heutigen Shirt stand einfach »Sit on this« über einem gezeichneten Holzstuhl. Ihr schlichter schwarzer Haarknoten ragte auf eine Weise nach oben, die zu ihrer Energie passte. Marlowes Haarknoten war ebenfalls auffallend passend, denn er hing seitlich herab, der Schwerkraft und extremem Pathos erlegen.

Marlowe griff nach dem am ungesündesten aussehenden Muffin und zupfte daran herum, während sie Cherrys Fragen über das Gespräch am Vorabend beantwortete. Erwartungsgemäß hatte Cherry schnell Kelvin als den Bösewicht ausgemacht, aber Marlowe betrachtete ihre Beziehung objektiver. Sie wusste, dass ihre Unsicherheiten eine Rolle bei der Etablierung ungesunder Verhaltensmuster gespielt hatten, selbst wenn Kelvin schuldig war, diese Unsicherheiten wissentlich und unwissentlich ausgenutzt zu haben.

»Ich glaube, ich bin oft Kritik aus dem Weg gegangen«, sagte sie. »Keine Ahnung, warum mich das so trifft oder warum ich mir die Meinungen anderer Menschen so zu Herzen nehme, dass sie mir das Gefühl geben, eine Versagerin zu sein, aber diese Vermeidungshaltung ist ein Problem. Sie hat mich dazu gebracht, meine Karriere in New York aufzugeben. Sie hält mich zu meinen beiden Elternteilen auf Distanz. Meiner letzten Beziehung hat sie auch nicht gutgetan.« *Sie beeinflusst auch meine Chance auf eine neue Beziehung*, dachte sie, behielt den Gedanken jedoch für sich.

»Jeder hasst Kritik«, erwiderte Cherry. »Wir finden unterschiedliche Wege, um damit umzugehen, aber dieses ganze ›Mach dir keine Gedanken, was andere Leute denken‹-Gequatsche ist Blödsinn. Wenn es uns egal wäre, was andere Leute von uns halten, wären wir Soziopathen. Du weißt schon, so wie der Hinhalte-Typ.«

Marlowe verdrehte die Augen, wusste Cherrys loyale Unterstützung aber insgeheim sehr zu schätzen.

»Er ist kein Soziopath«, widersprach sie. »Und sein Name ist Kelvin.«

»Egal. Ich bin stolz darauf, dass du Sirup über seine Hose geschüttet hast.« Cherry trank den Rest ihres Kaffees so schnell wie immer aus, während Marlowe immer noch darauf wartete, dass ihrer abkühlte. »Du weißt, dass du ohne ihn besser dran bist, oder?«

»Wir sind ohne einander besser dran.« Marlowe las die Krümel auf, die inzwischen ihren Tisch bedeckten. Sie hatte während des Gesprächs ihren Muffin vernichtet, obwohl nur sehr wenig davon den Weg in ihren Mund gefunden hatte. »Er ist davon ausgegangen, dass er mehr verdient. Ich bin davon ausgegangen, dass ich weniger verdiene. Wir waren von Anfang an zum Scheitern verurteilt.«

Als Marlowe aufstand und die Krümel in den Müll warf, dachte sie an all das, was sie am Vorabend nicht gesagt hatte, zum Beispiel, wie sehr sie Kelvin vermisste und wie oft sie an ihn dachte. Sie hatte ihm keine gemischten Signale senden wollen. Ihre gemischten Gefühle waren nicht ganz so leicht zu kontrollieren. Trotz allem, was sie gerade zu Cherry gesagt hatte, würde sich ein Teil von ihr vermutlich immer fragen, ob Kelvin und sie eine gesunde Beziehung hätten aufbauen können, wenn einer von ihnen von Beginn an die Sache anders gehandhabt hätte. Zum Glück war es nur ein kleiner Teil, der während der kommenden Tage vermutlich noch kleiner werden würde.

»Kommst du zurecht?«, fragte Cherry vom Tisch aus.

»Ja.« Marlowe seufzte. »Ich brauche nur etwas Zeit, um das ungute Gefühl abzuschütteln.« Sie schloss die Schranktür, wobei ihr auffiel, dass sie die sirupgetränkte Schlafanzughose angestarrt hatte. »Ich wollte immer zu den Frauen gehören, die ein Problem einfach so abtun und mit dem perfekten Spruch abgehen. Kein Chaos, keine Reue.«

Cherry lachte auf. »Solche Frauen gibt es nur im Film. Die sind genauso künstlich wie dein ausgepolsterter Po und BH. Lediglich ein Ideal. Und hochgradig nervig.«

Marlowe lächelte, und warme Dankbarkeit machte sich in ihrer Brust breit. Egal, was während der kommenden Monate passieren würde – mit ihrer Karriere, ihrem Wohnort oder ihrem Liebesleben –, sie war dankbar für die Zeit in L. A. Schließlich hatte sie hier eine der besten Freundschaften ihres Lebens geschlossen.

Während sie noch diesem Gedanken nachhing, pingte Cherrys Handy.

»Das ist die Chefin. Mit Ergänzungen für unsere Einkaufsliste. Gott sei Dank kann sie dieses Handy nicht orten.« Marlowe wusch sich die klebrigen Hände, während Cherry hektisch eine Nachricht schrieb.

»Was glaubst du, warum hat sie dich noch nicht für einen Kostümdesignauftrag empfohlen?«

»Ich weiß es nicht. Vielleicht war der richtige Job einfach noch nicht dabei.« Cherry steckte das Handy ein und half beim Aufräumen. Die überzähligen Muffins steckten sie in die Tüte. »Wahrscheinlich will sie einfach Konkurrenz vermeiden. Du hast ja gesehen, wie sie dich bestraft, wann immer Angus es wagt, ein Lächeln in deine Richtung zu schicken, und sie hegt eindeutig noch einen verständlichen Groll wegen ihrer Scheidung. Ihr gefällt die Vorstellung nicht, dass jemand anders womöglich etwas hat, was sie möchte.« Cherry stellte die Muffins in Marlowes ansonsten leeren Kühlschrank und spähte in jede Nische, als müsste irgendwo noch etwas anderes als Ketchup, Mayo und Sojasauce drin sein.

Marlowe wischte den Tisch ab und stellte sich eine weniger abgebrühte und auf ihre eigenen Interessen fokussierte Babs vor und hoffte, dass ihre eigenen Beziehungsnarben sie nicht genauso hart machen würden.

»Jemandem seinen potenziellen Erfolg übel zu nehmen, ist schon ziemlich traurig«, stellte sie fest.

»Traurig, aber nicht ungewöhnlich.« Cherry stieß die Kühlschranktür mit der Hüfte zu. »In dieser Branche wimmelt es vor territorialem Verhalten. Jeder hat Angst davor, einen Auftrag weiterzuvermitteln. Man weiß nie, welcher zum nächsten großen Superheldenfilm oder epischen Historiendrama führen wird.

Das ist Mist, aber ich wäre auch sauer, wenn meine Assistentin das nächste große Fantasy-Franchise entwickeln würde, während ich die x-te Staffel von *Heart's-wann-ist-es-endlich-vorbei-Diner* ausstatte.«

»Verständlich, schätze ich. In der New Yorker Theaterszene war es genauso. Ich kannte Kostümbildnerinnen, die viel mehr Aufträge angenommen haben, als sie bearbeiten konnten, die sie an eine Armee aus Assistentinnen verteilt haben, während sie weiterhin als die jeweilige Kostümbildnerin geführt wurden, und dann offen damit geprahlt haben, dass sie über diese Methode die Konkurrenz gering halten.« Marlowe spülte den Lappen aus und fragte sich, ob es in der Theater- oder in der Filmbranche grundsätzlich halsabschneiderischer zuging oder ob jede Freiberuflerbranche ähnliche Probleme hatte. »Apropos New Yorker Theaterszene, ich hatte gestern ein Vorstellungsgespräch.«

Cherrys schmale Brauen schossen nach oben. »Für einen Auftrag als Kostümbildnerin?«

»Ja. Einen guten. Off-Broadway, Welturaufführung. Ich weiß noch nicht, ob ich ihn kriege. Die Regisseurin spricht auch mit anderen Kostümdesignerinnen, aber sie haben einen engen Zeitplan, also werde ich bald Bescheid wissen.«

»Das ist toll.«

»Obwohl es bedeuten würde, dass ich dich bei diesem Film im Stich lasse?«

»Machst du Witze? Ich würde die Assistentinnenstelle sofort aufgeben, wenn ich so eine Chance bekäme.« Cherry pflückte einen letzten übrig gebliebenen Krümel vom Tisch. »Lief das Vorstellungsgespräch gut?«

»Größtenteils, obwohl …« Marlowe brach ab, als ihr Handy auf dem Tisch vibrierte.

Cherry blickte auf das Display, und ihre Miene verfinsterte sich.

»Bitte sag mir, dass du ihn blockiert hast.«

»Hab ich. Gestern Abend. Gleich nachdem er gegangen ist.«

»Wow. Warte mal. Was zum …?« Cherry schnappte sich das Telefon.

Marlowe sprang vor und riss es ihr aus der Hand. Die Nachricht auf dem Display war von Angus. *Können wir uns heute Abend treffen? Ich muss dir deinen Ersatzwohnungsschlüssel zurückgeben. Jeeves sagt, ihn dauerhaft zu behalten, ist nicht akzeptabel.* Es folgte ein Zwinkeremoji. Mit flauem Gefühl im Magen senkte Marlowe das Handy und begegnete Cherrys Blick.

»Warum schreibt dir Sixpack MacBartstoppel Nachrichten?«, wollte Cherry wissen.

»Er hat nur – ich meine, wir haben sozusagen – also …«

»Ach du Scheiße.« Cherry klappte die Kinnlade herunter. »Du hast mit ihm geschlafen, oder?«

Marlowe zuckte zusammen. »Also, genau genommen nicht, aber …«

»Aber du hast an seiner Zunge gelutscht, während er seine Hand in deiner Hose hatte?«

»So was in der Art?« Marlowe ließ sich auf ihren Stuhl sinken und wappnete sich für eine Moralpredigt. Zu ihrer Überraschung kam keine. Stattdessen machte sich ein Grinsen auf Cherrys Gesicht breit.

»War es gut?«, wollte sie wissen.

Marlowes Blick schweifte zum Schlafzimmer, zum Sofa, dem Wohnzimmerfußboden und zu dem verblassten Rechteck an der Wand, wo das Eulenbild fehlte.

»Ja.« Sie nickte. »Es war wirklich gut.«

»Ging es nur um den Genau-genommen-kein-Sex?«

Marlowe zögerte, bevor sie den Kopf schüttelte. Cherrys Lächeln verblasste. Einen Moment lang saßen sie einfach nur da und ließen Marlowes zögerliches Eingeständnis auf sich wirken. Dann kniff Cherry die Augen zusammen, als wäre ihr gerade etwas eingefallen.

»War er nicht gestern Abend mit Tanareve bei dieser Gala-Veranstaltung?«, fragte sie.

Marlowe nickte erneut und sackte auf ihrem Stuhl tiefer in sich zusammen.

Cherry nahm ihre Hand und drückte sie.

»O Gott«, sagte sie. »Jetzt bist du am Arsch.«

27

Bis Marlowe und Cherry sich durch die pastellfarbenen Hosenanzüge bei *Ladies' Choice* arbeiteten, einem langweiligen Atelier, das sich auf Frauen innerhalb einer bestimmten Alters- und Vermögensspanne spezialisiert hatte, hatte Marlowe Cherry die Situation erklärt. Nein, Angus war nicht mit Tanareve zusammen. Nein, er war nicht auf der Suche nach einer schnellen Affäre. Ja, er hatte Marlowe gefragt, ob sie ihn auf die Veranstaltung begleiten würde. Und ja, sie wollte sich so weit wie möglich vom Promirummel fernhalten. Und noch mal ja, sie mochte Angus sehr und hatte keine Ahnung, was sie diesbezüglich tun sollte.

»Ich bin so ein Angsthase.« Marlowe schob auf der Suche nach Pink langweilige, aber gut geschnittene Hosenanzüge in Hellblau und Mintgrün beiseite. »Mit ihm in der Öffentlichkeit gesehen zu werden, sollte nicht so schwierig sein. Was macht es schon, wenn mich die Leute für hässlich oder schlampenhaft halten oder glauben, dass ich ihn nicht verdiene? Warum kann ich mich nicht auf das konzentrieren, was *ich* will, und ignorieren, was die Leute über mich sagen?«

Cherry schnaubte im Gang nebenan. »Weil es eine Menge Leute wären. Wir reden hier über Angus Gordon, nicht irgendeinen Typen, der Glück hat, wenn er bei den Emmys Plätze in den oberen Rängen bekommt. Möchtest du wirklich, dass *TMZ* darüber berichtet, was du am Vorabend gegessen hast? Oder dass dich *Access Hollywood* auf eine Liste der am schlechtesten gekleideten Menschen setzt? Oder dass *People* dich ständig anruft, weil sie deine Version der Trennung hören wollen?« Cherry zog eine

Grimasse, als Marlowe sie anfunkelte. »Sorry. Ich verstehe, was du meinst. Er ist wunderschön und toll, und ihr würdet euch niemals trennen. Egal. Du hattest Spaß. Nun lass ihn sein Ding machen, und du machst deins.«

Marlowe dachte über den Rat nach, aber er gefiel ihr nicht. Obwohl sie am Vortag überzeugt gewesen war, dass ihre Beziehung keinerlei Chance hätte, war sie sich inzwischen, wo sie darüber geschlafen – und zum Thema Schlafen noch viele andere Gedanken gehabt hatte –, deutlich weniger sicher.

»Ich glaube, ich stecke schon zu tief drin«, gab sie zu.

»Schön, dann schlaf heimlich ein paar Wochen lang mit ihm, und schau, wie es dir damit geht.«

Marlowe dachte auch darüber nach. Obwohl sie ihn besser fand als Cherrys ersten Rat, gefiel auch der ihr nicht. Und sie bezweifelte stark, dass er Angus gefallen würde.

»Ich glaube, das würde mich nur noch mehr an ihn binden.« Sie zog ein pinkfarbenes Satinjackett heraus und verglich es mit den Mustern mit der genehmigten Farbpalette. »Ich muss wenigstens auf seine Nachricht antworten, aber was? *Ich bin mir ziemlich sicher, dass ich mich gerade in dich verliebe, aber könntest du bitte alle deine Fans denken lassen, dass du Tanareve heiraten wirst, damit sie mich in Ruhe lassen?*«

»Ganz schlechter Plan. Dann hassen sie dich nur noch mehr, wenn neuer Clickbait auftaucht.« Cherry hielt zwei Seidenblusen hoch, rümpfte die Nase über beide und hing sie zurück. »Wie wäre es, wenn du ihn fragst, ob du dir ein Auto von ihm leihen kannst?«

Marlowe sträubte sich. »Damit ich seinen Reichtum ausnutzen kann?«

Cherry verzog den Mund. »Damit du ein Gespräch anfangen kannst, ohne direkt mit *Ich liebe dich, ich brauche dich, aber wir haben keine Zukunft* herauszuplatzen.« Sie nickte in Richtung der Jacke, die Marlowe betrachtete. »Zu pfirsichfarben. Lola wird sie hassen.«

Marlowe hängte die Jacke zurück, obwohl die Farbe *so* dicht an dem Muster gewesen war.

»Wenn sie so genaue Vorstellungen hat, sollten wir da nicht etwas für sie anfertigen lassen?«, fragte sie.

»Das haben wir letztes Jahr gemacht. Sie hat sogar den Stoff abgesegnet. Bei der Anprobe ist sie dann ausgeflippt und wollte wissen, wie wir auch nur annehmen konnten, dass eine so scheußliche Farbe zu ihrem Teint passt.« Cherry verdrehte die Augen und ging weiter zum nächsten Ständer. »Sie hat verlangt, dass wir das Kleid in einem minimal blaueren Pink nachschneidern. Haben wir getan. Uns blieben nur zwei Tage. Alle haben rund um die Uhr gearbeitet. Es hat keinen Sinn, das noch mal zu machen. Lieber halten wir mehrere Optionen vorrätig.«

Marlowe schüttelte den Kopf und begutachtete die Farbe einer anderen Jacke.

»Dieser Job ist irre«, stellte sie fest.

»Ja, aber wenigstens ist er interessant.«

Mit einem zustimmenden Nicken half Marlowe Cherry dabei, den Laden nach Kleidungsstücken zu durchsuchen, die Lola gefallen würden. Als Cherry endlich bezahlte, ging Marlowe nach draußen und öffnete Angus' Nachricht: *Können wir uns heute Abend treffen? Ich muss dir deinen Ersatzwohnungsschlüssel zurückgeben. Jeeves sagt, ihn dauerhaft zu behalten, ist nicht akzeptabel.* Zwinkeremoji. Ihr gefiel, dass er sie wiedersehen wollte, auch wenn sie sich überhaupt nicht sicher war, wie weit sie die Dinge laufen lassen wollte. Nach einigem Hin und Her entschied sie sich für Cherrys Plan, die Sache locker anzugehen.

Marlowe: Jeeves hat kein Recht, sich da einzumischen.

Angus antwortete nicht sofort, also checkte sie ihre E-Mails. Dort fand sie zwei Mails von ihrer Uni. Die erste erinnerte an die monatliche Ratenzahlung für ihren Studienkredit. Die andere war von der Ehemaligenvereinigung, die Spenden sammelte. Die zeitliche Überschneidung war ironisch, aber nicht ungewöhnlich.

Angus: Hey! Du bist wach!

Marlowe: Ich hätte gern den ganzen Tag geschlafen, aber ich musste arbeiten.

Angus: Egoistischer Schauspieler, der eine persönliche Jeansberaterin verlangt hat?

Marlowe: Nah dran, wenn man die Jeans gegen Einzelteile in mauem Pink austauscht.

Angus: Lola, richtig? Ich hab schon gehört, dass sie zurück ist. Wie lange arbeitest du noch?

Marlowe: Bis wir finden, was wir brauchen, also ungefähr bis Ladenschluss.

Angus: Können wir uns trotzdem treffen? Vielleicht diesmal bei mir? Da ist fluchfreie Zone.

Marlowe starrte aufs Display und war hin- und hergerissen zwischen dem Wunsch, so viel private Zeit wie möglich mit ihm zu verbringen und dem Bedürfnis, die Situation nicht noch schwieriger zu machen. Dann machte sie sich Sorgen, dass sie ihre Unentschlossenheit verriet, indem sie Angus zu lange auf eine Antwort warten ließ.

Marlowe: Ich weiß nicht, ob ich es schaffe.

Angus: Hast du dich mit dem Yak verschworen?

Marlowe: Ich hab kein Transportmittel. Mein Auto hat gestern den Geist aufgegeben.

Angus: Mein aufrichtiges Beileid. Möge sein penetranter Geruch in Frieden ruhen.

Marlowe: Es kommt mir eher wie der Typ Auto vor, der einen heimsucht. Vielleicht können die Zombies es gebrauchen.

Angus: Gute Idee. Wie wär's, wenn ich dich abhole? Du kannst mit dem Tarnauto nach Hause fahren. Und behalte es, solange du es brauchst. Bitte sag Ja. Jeeves besteht hartnäckig darauf, dass ich dir den Schlüssel zurückgebe.

Marlowe schmolz vor dem Schaufenster dahin. Natürlich bot er ihr sein Auto an, noch bevor sie überhaupt danach gefragt hatte. So, wie er ihr seine Yankees-Kappe gegeben, seine Agentin vorbeigeschickt, ihr sein Zuhause angeboten und das Frühstück geplant hatte ... Außerdem brachte er sie zum Lachen. Er unterstützte und ermutigte sie. Er verhielt sich nicht automatisch autoritär oder privilegiert. Er benutzte Worte wie »Du hast recht«, statt standardmäßig »Du irrst dich« zu sagen. Er hatte ihr sogar auf freundliche und rücksichtsvolle Weise geholfen, sich ihren Problemen zu stellen. Wie konnte sie all das einfach ablehnen?

Marlowe: Ich schau mal, ob Cherry mich nach der Arbeit bei dir absetzen kann.

Angus: ☺ ☺ ☺ ☺ ☺ ☺ ☺ ☺ ☺

Marlowe: Du bist süß. Weißt du das?

Angus: Darauf zähle ich. Halt mich auf dem Laufenden. Bis später.

Cherrys Auto war vollgepackt mit Einkaufstüten, als sie Marlowe über die gewundenen Straßen von Bel Air zu Angus' Haus fuhr.

»Bist du sicher, dass du nichts brauchst?«, fragte Cherry. »Einen Kamm? Eine Zahnbürste?«

»Ich bezweifle es«, erwiderte Marlowe. »Er ist gut ausgestattet.«

»Ich war oft genug bei seinen Anproben dabei, um das zu bemerken.« Cherry wackelte mit den Augenbrauen.

Marlowe musste lachen. »Das war kein Euphemismus.«

»Ich sag ja nur, wenn man auf so was steht …«

Marlowe holte ihr Handy heraus, um das Gespräch zu beenden. Sie hatte kein Interesse daran, über den Inhalt von Angus' Hose zu diskutieren. Sie hatte auch keinen Grund, sich darüber zu beschweren.

Seit sie das letzte Mal nachgesehen hatte, waren drei E-Mails gekommen. Eine war die Quittung über die Abschleppkosten für ihr Auto, eine die Rechnung für ihren Gewerkschaftsbeitrag und …

»O mein Gott.« Sie starrte auf die Nachricht auf dem Display.

Cherry warf ihr einen kurzen Blick zu, bevor sie in eine S-Kurve einbog. »Alles in Ordnung?«

»Ja. Ich hab den Job. Das Off-Broadway-Stück, von dem ich dir heute Morgen erzählt habe.«

»Fuck, ja, das hast du.« Cherry hielt eine Hand hoch, damit Marlowe abklatschen konnte. »Ich freue mich so für dich. Gleichzeitig bin ich auch rasend neidisch. Wie bald geht es los?«

»Sofort, obwohl ich an den ersten Treffen von hier aus teilnehmen kann. In vier bis fünf Wochen werde ich dann nach Osten fliegen, kurz nachdem wir abgedreht haben. Ende Oktober kann ich ein paar schnelle Besuche bei Freunden und Familie einschieben. Und den November werde ich zur Vorbereitung auf die Proben und Anproben im Dezember nutzen.« Je mehr die Idee

Gestalt annahm, desto mehr wuchs Marlowes Begeisterung. Nach Monaten voller Botengänge würde sie endlich wieder ihrer Kreativität freien Lauf lassen, und das bei einem Manuskript mit Sinn und Tiefgang. Sie war überrascht, wie bereit sie sich dafür fühlte, doch ihre Tage voller Unsichtbarkeit lagen hinter ihr. Und wenn sie ihrem Ex die Stirn bieten konnte, konnte sie das auch bei ein paar Kritikern. »Ich ziehe wieder bei meinen Freundinnen ein, feuere meine Mom bei ihrem Marathon an, finde eine neue Ausrede, um meinem Vater aus dem Weg zu gehen, hole meine Lieblingskuschelpullis heraus und bewerbe mich um andere Jobs.«

Cherry strahlte sie an. »Das klingt alles perfekt.«

»Nun ja, beinahe perfekt.« Marlowe lehnte sich gegen die Tür und betrachtete die nächste Kurve. Als sie diese umrundeten und sich einer weiteren näherten, ließ ihre Begeisterung nach, und sie sank in sich zusammen. »Du wirst mir fehlen. Und dann ist da noch Du-weißt-schon-wer.«

Cherry fuhr rechts ran und machte den Motor aus.

»Vielleicht ist es so am besten«, gab sie zu bedenken. »Das Timing ist ideal. Ihr hattet ein wenig Spaß. Ihr habt einander nichts versprochen. Du flippst ja jetzt schon wegen ihm aus. Warum steigst du nicht aus, bevor du dich mit noch mehr von diesem Clickbait-Mist herumschlagen musst?«

Marlowe drehte sich stirnrunzelnd zu Cherry um.

»Du weißt, warum«, sagte sie.

»Ihr habt eine Nacht miteinander verbracht.«

»Es geht um mehr als nur diese Nacht.«

»Ja? Woher weißt du das?« Cherry starrte Marlowe voller Skepsis an, doch Marlowe nahm ihr das nicht ab. So forsch Cherry auch sein mochte, sie hatte auch eine weiche Seite.

»Was, wenn du für deinen nächsten Job Maria verlassen müsstest?«, fragte Marlowe.

Cherry zuckte mit den Schultern, doch die Falten um ihre Augen und den Mund straften ihre Gleichgültigkeit Lügen.

»Ich habe zehn Jahre in diese Karriere investiert. Maria kenne ich weniger als einen Monat.«

»Aber ihr habt Potenzial, oder? Ihr habt erkannt, dass ihr etwas Einzigartiges aneinander gefunden habt, etwas, das passt und sich richtig anfühlt und euch beide auf bedeutungsvolle Weise glücklich macht. Ihr würdet die Sache nicht einfach beenden wollen, oder?«

Cherry zuckte erneut mit den Schultern, doch die Falten vertieften sich. Marlowe beobachtete sie und erinnerte sich daran, wie überschäumend sie nach ihrer ersten Nacht mit Maria gewesen war. Marlowe verstand dieses Gefühl gut, selbst wenn ihre eigenen Gefühle mit einer gehörigen Portion Angst gemischt waren. Es war seltsam, den Verlust von jemandem zu fürchten, dessen Gegenwart gerade erst wichtig geworden war. Und gleichzeitig mit absoluter Sicherheit zu wissen, dass der Verlust tief sitzen würde.

»Vielleicht könnte ich an beiden Küsten leben«, überlegte Marlowe. »Ich könnte zwei bis drei Monate in New York verbringen und dann zurückfliegen und hier einen Job annehmen.«

Cherry zog eine Braue hoch. »Du kannst dir zwei Apartments leisten? Die Flüge bezahlen? Damit leben, die Hälfte der Zeit über keine Arbeit zu haben, weil die Jobs zeitlich nicht perfekt passen, wenn du nicht zur Verfügung stehst, um einem Team von einem Job zum nächsten zu folgen?«

Marlowe fühlte sich von Cherrys Worten unangenehm berührt. Wenn sie im Oktober ging, selbst wenn es nur vorübergehend war, würde jemand anders ihren Platz in Babs' Team einnehmen. Marlowe würde bei ihrer Rückkehr wieder bei null anfangen müssen, neue Kontakte knüpfen, sich anderen Kostümbildnern beweisen. Und ihre Theaterkarriere wieder anzukurbeln, erforderte ihre Anwesenheit in New York, um Vorstellungsgespräche zu führen, Premieren zu besuchen und in der Theaterszene zu netzwerken. All das war schon in einer Stadt schwer genug. Konnte sie das wirklich in zweien schaffen?

»Deine Entscheidung«, sagte Cherry. »Ich kann weiterfahren oder umdrehen.«

Marlowe entsperrte ihr Handy und überflog die bisherigen Nachrichten mit Angus. Worte zogen an ihr vorbei: *Garnierung, Rinder, Detektiv, Butler, Glück, Fluch, Tacos, Verkleidung, Jeans, Hund, Sommersprosse.* Innerhalb von nur wenigen Wochen hatten sie und Angus bereits begonnen, eine eigene Sprache zu entwickeln, eine Sammlung von symbolischen Erinnerungsstücken, die die Verbindung zwischen zwei Menschen festigten. Es war bisher eine gute Sprache. Sie war nicht mit Vorwürfen und Schuldzuweisungen und Machtspielen belastet. Sie war voller Lachen und Freude.

Sie senkte ihr Handy und blickte auf die nächste Kurve, die von den beleuchteten Toren daneben in warmes Licht getaucht wurde.

»Glaubst du noch, dass es möglich ist, in jemanden verliebt zu sein, den man erst seit wenigen Tagen kennt?«, fragte sie.

Cherry holte tief Luft und ließ die Frage einen Moment lang auf sich wirken.

»Es ist definitiv nicht unmöglich«, antwortete sie.

»Genau das denke ich auch.«

28

Cherry hielt vor Angus' Tor, beugte sich vor und betrachtete das Haus.

»Nette Hütte«, meinte sie.

»Ja, oder? Obwohl es innen gemütlicher ist, als es von außen wirkt.« Marlowe überprüfte ihr Make-up im eingebauten Spiegel der Sonnenblende und strich ihren Rock glatt. Zum Glück hatte sie am Morgen ein hübsches Kleid angezogen. Es war hellgelb, in einem figurbetonten Stil, der sich gut für eine Radtour durch Paris eignete, mit einem Baguette und einem Blumenstrauß im Lenkerkorb. Obwohl Radfahren an diesem Abend vermutlich nicht auf dem Programm stand, war sie froh, in etwas Attraktiverem als einem verwaschenen Shirt voller Hundehaare und geronnenem Vanilleshake bei Angus aufzutauchen.

»Ich treffe mich mit Maria zu einem späten Abendessen in Santa Monica«, sagte Cherry, »aber ich kann in einer halben Stunde wieder hier sein, falls du deine Meinung änderst und eine Mitfahrgelegenheit brauchst.«

»Ich bezweifle, dass das nötig sein wird.«

»Das Angebot steht trotzdem.«

Marlowe umarmte Cherry fest. Dann stieg sie aus, meldete sich bei Angus über die Sprechanlage an und wartete, bis er den Toröffner betätigte. Sie war schon halb die Einfahrt hinauf, als er aus der Haustür trat und ihr entgegenjoggte. Er trug wie üblich Jeans und ein weißes T-Shirt, plus ihrer lächerlichen Skistrickmütze, die er behalten hatte, als er ihr seine Yankees-Kappe gegeben hatte.

»Ich glaube nicht, dass wir Schnee erwarten«, kommentierte sie lachend.

»Egal. Es hat dich zum Lachen gebracht.« Er zog sie in die Arme. Sie atmete den Duft seiner Seife und seines Shampoos ein. Die Aromen waren weder fruchtig noch blumig, noch riefen sie Bilder von Lawinen oder Wasserfällen bei ihr hervor. Er roch einfach sauber, und obwohl Marlowe alles andere als eine Sauberkeitsfanatikerin war, fand sie den Geruch unglaublich sexy.

»Danke für die Einladung.« Sie lehnte sich ein wenig zurück, aber nur weit genug, um ihm in die Augen zu sehen.

»Danke, dass du gekommen bist.« Er zog sie für einen Kuss zu sich heran, der sich so natürlich, so unkompliziert anfühlte, dass Marlowe den Eindruck bekam, dass er all die Fragen, mit denen sie noch kämpfte, längst für sich beantwortet hatte. »Hattest du Gelegenheit, irgendwo was zu essen?«

»Was denkst du denn?«

Er hielt einen Arm um ihre Taille gelegt und führte sie zur Haustür.

»Jetzt bekommst du erst mal etwas zu essen. Danach kannst du mir von deinem Auto, deinem Arbeitstag und allem anderen erzählen, was du loswerden möchtest.«

Während sie bei der Zubereitung eines Pastagerichts mit hausgemachtem Pesto half, hörte Marlowe auf, sich über die großen Fragen Gedanken zu machen. Angus' entspannte Gegenwart und ihre übliche Freude am gemeinsamen Kreieren beruhigten sie. Außerdem war sie amüsiert von seiner Entschlossenheit, ihr über ihre Abscheu vor grünen Lebensmitteln hinwegzuhelfen. Es war süß und deutete darauf hin, dass er bereits von weiteren gemeinsamen Mahlzeiten ausging. Der Gedanke brachte sie trotz ihres früheren Unbehagens zum Lächeln. Es bestätigte ihr auch, dass sie über Erwartungen reden mussten, bevor sie sich wieder gegenseitig die Klamotten vom Leib rissen.

Beim Abendessen unterhielten sie sich über die vergangenen Tage. Sie erzählte ihm von ihrem Auto und der Einkaufstour für Lolas perfektes pinkfarbenes Ensemble und sogar davon, dass sie Kelvin aus ihrem Apartment geworfen hatte. Er erzählte ihr von der Gala, den Diskussionen, die er mit seiner PR-Vertreterin geführt hatte, und vom Dreh einer Sexszene in einem Rosengarten, die deutlich weniger romantisch gewesen war, als es klang, da die Grünflächencrew Steine, Schmutz und einzelne Dornen nicht vollständig entfernt hatte. Sie redeten mühelos miteinander, als ob sie sich schon seit Ewigkeiten kannten. Bis sie und Angus die vorgespülten Teller in die Spülmaschine räumten, bemerkte Marlowe nicht einmal, dass beinahe zwei Stunden vergangen waren.

Als er sich bückte, um eine heruntergefallene Gabel aufzuheben, spannte sich sein T-Shirt über seinem Rücken und seinen Schultern und zeigte die Konturen seiner Muskeln. Oder, wie Cherry es einmal genannt hatte – das große Gordon-Body-Fest. Damals war der Ausdruck als Übertreibung gedacht gewesen, aber jetzt wirkte er passend. Außerdem saßen die Nähte seiner Jeans genau da, wo sie sollten.

»Fürs Protokoll«, sagte Marlowe und ließ den Blick dort liegen, »du brauchst keine professionelle Hilfe beim Jeanskauf. Die, die du gerade anhast, passt wirklich gut.«

Er drehte sich um, als wollte er das Etikett anschauen und überprüfen, welche Jeans er trug.

»Babs hat sie mir überlassen. Sie waren ein Überbleibsel aus der dritten Staffel, aber danke, dass es dir auffällt.« Er hielt abwehrend eine Hand hoch. »Sag nichts. Ich weiß schon, Berufskrankheit.«

»Eigentlich habe ich dich dieses Mal einfach nur angesehen.«
Sie biss sich auf die Unterlippe und errötete über ihre unerwartete Offenheit.

Er warf die Gabel in den Besteckkasten und blickte zu ihr auf. Einen Moment lang sah er sie einfach nur an, nahm ihren Gesichtsausdruck und ihre Körpersprache wahr, vielleicht sogar ihren beschleunigten Herzschlag, mit dem sich ihre Brust hob und senkte. Sie erwiderte den Blick von ihrer Position vor der Spüle aus, wo sie ein Weinglas ausspülte. Er nahm ihr das Glas aus der Hand, stellte es beiseite und drehte das Wasser ab. Dann hob er sie an der Taille hoch auf die Arbeitsplatte, schob sich zwischen ihre Knie und umfasste ihr Gesicht mit beiden Händen.

»Hierüber denke ich nach, seit ich am Donnerstag allein in deinem Bett aufgewacht bin.« Seine Augen funkelten, als er seine Stirn an ihre legte.

»Dito«, erwiderte sie und zwang sich, sich zu konzentrieren. »Obwohl ich auch über eine Menge anderer Dinge nachgedacht habe.« Sie griff nach seinen Gürtelschlaufen und zog ihn daran näher. Wenn sie dieses Gespräch führten, wollte sie so wenig Distanz wie möglich zwischen ihnen.

»Andere Dinge, wie zum Beispiel …?« Er küsste ihre Nase, ihre Schläfe, ihre Wange, ihr Ohr, jeder kleine Stupser ganz weich und langsam.

Sie holte tief Luft und wappnete sich für das Schlimmste. »Zum Beispiel, dass ich einen Job als Kostümbildnerin bekommen habe. In New York.«

Er wich ein wenig zurück und schenkte ihr ein zwiespältiges Lächeln – überwiegend glücklich, aber auch traurig.

»Herzlichen Glückwunsch«, sagte er. »Das ist es doch, was du machen willst, richtig?«

»Ja, und du hast mir geholfen, das zu begreifen, aber …« Sie wickelte sich eine seiner wunderschönen Kupferpennysträhnen um den Finger und sah zu, wie sie zurück an ihren Platz sprang. »Es bedeutet, dass ich meine Wohnung hier aufgeben und L. A. verlassen werde, sobald mein Job bei *Heart's Diner* endet.«

»Für immer?«

»Ich weiß es nicht. Nicht unbedingt.«

»Okay.« Er zog die Brauen zusammen, und sie konnte beinahe sehen, wie er über alles nachdachte, was sie mit Cherry durchgesprochen hatte, über zusätzliche Ausgaben und verpasste Gelegenheiten. »Und bis du gehst?«

»Das weiß ich auch nicht.« Sie strich mit dem Handrücken über seine Bartstoppeln und staunte wieder einmal, wie weich sie waren. »Ich würde auch gern weiterhin Zeit mit dir verbringen, aber du hast es selbst gesagt: Etwas Unverbindliches funktioniert nur, wenn beide es wollen.«

Er zog erneut die Brauen zusammen. »Fühlt sich das hier für dich unverbindlich an?«

Sie schüttelte den Kopf. »Ich habe irgendwie die Angewohnheit, mich zu binden.«

»Das ist keine Angewohnheit, für die man ein Zehn-Schritte-Programm braucht, um davon loszukommen. Tatsächlich wird sie sogar häufig als Ziel betrachtet.« Er strich mit den Lippen über ihre, und seine Augenbrauen entspannten sich. Sie schlang ihm die Arme um den Nacken und ließ eine Hand in seine weichen Haare gleiten. Er küsste sie erneut, genauso federleicht, während er in ihre Augen blickte, als könne er darin die komplizierten Abläufe ihres Herzens erkennen, und vielleicht stimmte das auch.

»Eine Fernbeziehung hat beim letzten Mal nicht für dich funktioniert«, murmelte sie an seinen Lippen.

»Andere Beziehung. Andere Umstände.« Er drückte ihr noch

einen Kuss auf die Lippen, bevor er sich von ihr löste. »Ich werde nicht lügen und behaupten, dass ich begeistert darüber bin, dass du zurück nach New York gehst. Aber in dieser Branche ist quasi alles eine Fernbeziehung. Nächstes Jahr filme ich womöglich in Moskau oder in der Mongolei. Dein nächster Fernsehjob könnte dich für ein halbes Jahr nach Vancouver führen. Man muss sich Mühe geben, um in Verbindung zu bleiben, aber die Frage lautet nicht *Kann es funktionieren?* Sondern *Willst du es genug, um es zu versuchen?*« Er zeichnete mit dem Finger die Kontur ihres Ohrs nach, ohne den Blickkontakt zu unterbrechen. Sie schmiegte sich in seine Berührung und ließ das auf sich wirken. Er hatte natürlich recht. Sie hatte während der vergangenen Tage die falschen Fragen gestellt. Diese hier war die entscheidende. »Ich kann nicht mit Sicherheit sagen, was wir beide empfinden werden, wenn du in Richtung Osten fliegst, aber im Moment ist meine Antwort Ja. Und die Chancen stehen verdammt gut, dass sie in einigen Wochen immer noch Ja sein wird.«

Dafür gab sie ihm einen Kuss, auch wenn sie seine Gewissheit nicht ganz teilen konnte.

»Selbst, wenn wir uns nur privat sehen können?«, fragte sie.

Seine Küsse und Berührungen kamen zu einem abrupten Halt. Er löste sich aus ihrer Umarmung, fuhr sich mit der Hand übers Gesicht und rieb sich das Kinn, wie er es immer tat, wenn die Gedanken in seinem Kopf rasten und er versuchte, sie zu beruhigen. Sie beugte sich vor, wollte ihre Frage zurückziehen und ihm versichern, dass sie sich seinem Lebensstil anpassen würde. Kritik von Fremden war nicht schlimmer als das, was sie von ihrem Ex, ihren Eltern, ihrer Chefin und einer Reihe von professionellen Kritikern ertragen musste. Sie war vielleicht beleidigender, aber auch bedeutungslos, erfunden oder basierte auf Halbwahrheiten. Während der vergangenen Wochen hatte sie genügend Selbstbewusstsein aufgebaut, um Kelvin aus ihrem Leben zu verbannen und ihre Karriere im Kostümdesign wiederzubeleben. Ganz sicher konnte sie auch diese letzte Hürde überspringen. Und doch ... wollte sich die Gewissheit nicht einstellen.

Sie suchte noch immer nach Worten, als er eine Hand ausstreckte. Sie legte ihre hinein. Ihr gefiel, dass er immer anbot, statt zu nehmen. Ihr gefiel auch, dass er keinen Small Talk mochte und viel klüger war, als ihm nachgesagt wurde. Ihr gefiel vermutlich sogar die dritte Sache, wegen der er unsicher war und die er ihr noch nicht verraten hatte.

»Du kannst dich nicht vollständig vor der Öffentlichkeit verstecken«, meinte er. »Die Produzenten haben dich engagiert, um für Aufsehen zu sorgen. Wahrscheinlich werden sie dich – oder eher *uns* – für ein paar Auftritte im Dezember buchen, bevor unsere Folgen gesendet werden. Sanaya ist das alles mit dir durchgegangen, richtig?«

Marlowe nickte und strich mit dem Daumen über seinen Handrücken.

»Sie hat auch gesagt, dass es nicht die offizielle PR ist, um die ich mir Sorgen machen muss.«

»Und damit hat sie recht.« Angus drückte Marlowes Hand. »Wie wäre es, wenn wir die Zeit bis dahin nutzen, um dich langsam an alles zu gewöhnen? Keine Auftritte auf dem roten Teppich. Keine offiziellen Interviews. Nur ab und zu mal ausgehen und ein bisschen Social-Media-Interaktion auf den Accounts, von denen ich nicht länger so tue, als ob es sie nicht gäbe. Wir können eine kurze Ankündigung machen und darum bitten, unsere Privatsphäre zu respektieren. Damit wir ein wenig Kontrolle über die Sache behalten und ich den Reportern nicht dauernd erklären muss, warum ich wieder irgendwo mit Tan auftauche.«

Er streckte ihr auch seine andere Hand entgegen. Marlowe ergriff sie genauso schnell wie die erste.

»Ich weiß, dass die Sache zwischen uns noch ganz frisch ist«, fuhr er fort. »Und ich bringe eine Menge ungewöhnlichen Ballast mit. Wenn ich jemand anders wäre, könnten wir heute Abend ins Kino gehen oder uns ein Dessert in einem mittelmäßigen Restaurant teilen, das keinem von uns wirklich gefällt, aber von dem wir so tun, als ob wir es toll finden, weil wir beide einen guten Eindruck machen wollen.«

»Du isst Desserts?«, neckte sie ihn.

»Das war definitiv nicht das, worauf ich hinauswollte.« Seine Worte klangen streng, aber er lächelte trotzdem und beugte sich vor, um ihre Nase zu küssen. »Ich habe dir gesagt, was ich fühle. Jetzt bist du dran. Willst du dies hier genug, um es zu versuchen?« Trotz seiner liebevollen kleinen Berührungen verblasste sein Lächeln. Sein Blick wurde wachsam. Er versteifte die Schulter, als wüsste er, dass ein *Nein* möglich, vielleicht sogar wahrscheinlich war.

Marlowe zog ihre miteinander verschränkten Hände an die Brust und zwang sich, dem Blick seiner bernsteinfarbenen Augen zu begegnen. In ihrem Kopf blitzten Erinnerungen daran auf, wie sich Talkshowmoderatoren über sie lustig gemacht, Internettrolle sie verspottet und wütende Fans sie mit Müll beworfen hatten. Aber auch andere Erinnerungen waren dabei. Lachen und Freundlichkeit und ein tiefes Gefühl der gegenseitigen Zuneigung. Sie hatte keine Ahnung, wie Angus und sie eine Beziehung aufbauen sollten, die für sie beide funktionierte, aber wenn er bereit war, es zu versuchen, dann war es das Mindeste, dass sie ihm auf halbem Weg entgegenkam.

»Ja«, sagte sie. »Das will ich.«

»Gott sei Dank.« Die Worte sprudelten in nur einem Atemzug

aus ihm heraus. Im nächsten Augenblick lagen seine Lippen auf ihren, und seine Hände strichen nach oben, um ihr Gesicht ganz nah an seines zu bringen. Ebenso von Erleichterung durchflutet, erwiderte sie seine Küsse, während sie über seinen Rücken und seine Schultern streichelte und jede Stelle fand, die auf ihre Berührung reagierte. Die Spannung, die sich innerhalb der letzten Minuten aufgebaut hatte, entlud sich, als sie und Angus sich atemlos und hungrig aneinanderschmiegten und an ihrer Kleidung zerrten.

Diesmal reizte er sie nicht, indem er die Knöpfe langsam öffnete. Er zog den Reißverschluss am Rückenteil ihres Kleids hinunter und riss ihr das Kleidungsstück über den Kopf, und er lachte, als es an ihren Brüsten, ihrem Kinn, ihrer Nase, ihrem Ellbogen *und* ihren Handgelenken hängen blieb. Als sein Shirt endlich ihrem Kleid folgte, schnallte sie bereits seinen Gürtel auf und öffnete seinen Hosenschlitz. Er schob seine Jeans nach unten und schob sie mit dem Fuß zur Seite, er lachte erneut auf, als er seine Socken abstreifte und dabei beinahe umkippte. Dann fiel er in einem weiteren tiefen Kuss gegen sie, als wären schon wenige Sekunden ohne sie zu lang. Sie vergrub die Hände in seinen dichten Haaren. Sein Mund zog eine feuchte Spur ihren Hals hinunter, über ihre Brust und ihren Bauch. Sie griff hinter sich, um ihren BH zu öffnen, und hatte Mühe, den richtigen Winkel zu finden, während seine Hände und Lippen weiter über ihren Körper wanderten und sie erschauern ließen, sie von ihrem Ziel ablenkten und mit Verlangen erfüllten.

»Ich kann nicht …«, begann sie, zu atemlos, um den Satz zu beenden.

»Ich mach das.« Schnell löste er die Haken, die sie noch nicht geschafft hatte. Nachdem sie ihren BH zur Seite geworfen hatte, hob er sie von der Arbeitsplatte. Sie hatte nie besonders auf muskulöse Sportler oder Superheldentypen gestanden, aber es war wirklich heiß, wie er sie hochheben konnte, als würde sie gar nichts wiegen. Sie verschränkte die Beine hinter seinem Rücken, während er sie durch das Haus in ein spärlich dekoriertes Schlafzimmer trug. Graue Wände, schlichte Lampen, abstrakte Schwarz-Weiß-Fotos von Küstenlinien und flauschig weißes Bettzeug, das aussah, als gehörte es in ein Luxushotel. Er legte sie in der Mitte des Bettes ab und streckte sich über ihr aus. Das Licht war gedämpft und stammte von einer kleinen Nachttischlampe, die er beim Betreten des Raumes mit einem Wandschalter angeknipst hatte. Es reichte aber, um seinen Umriss zu erkennen, das Leuchten in seinen bernsteinfarbenen Augen, den Hauch eines Lächelns auf seinen Lippen.

»Gilt deine Antwort noch?«, wollte er wissen.

»Ja. Ja. Und noch mal: Ja.«

»Gut. Meine auch.« Mit breiter werdendem Lächeln schob er eine Hand in ihre Unterwäsche und umfasste sie mit kaum spürbarem Druck.

Wartend hielt sie seinen Blick fest, sie hielt den Atem an, und ihr Herz klopfte wild. Als das erregende Summen der Erwartung zu stark wurde, schob sie sich gegen seine Hand und verstärkte damit den Druck seiner Fingerspitzen. Er streichelte sie langsam, kreiste und glitt, ohne in sie einzudringen. Sie krallte die Hände in seine Haare und rieb ihre Hüften an ihm. Jede Nervenzelle ihres Körpers schien zum Zerreißen gespannt. Er hielt ihren Blick fest und konzentrierte sich aufmerksam auf ihre Miene. Als sie vor tiefem Verlangen nach mehr zu zittern begann, fand sein Mund den ihren, und zwei seiner Finger glitten in sie hinein.

Sie schnappte nach Luft und schloss die Augen. Gott, dieses Gefühl, dieses elektrisierende Kitzeln, an Stellen berührt zu werden, bei denen sich ihre Zehen kräuselten, ihre Hände zu Fäusten ballten und ihr der Atem im Hals stecken blieb. Seine Finger bewegten sich weiter. Sie bog sich ihm entgegen und ließ seine Haare los, um am Bund seiner Boxershorts zu ziehen.

»Noch nicht.« Er nahm ihre Hände fort. »Ich möchte dir zuerst zusehen.«

Ein Anflug von Unsicherheit durchzuckte sie, doch sie schüttelte ihn ab und ließ sich anschauen. Kein Zurückweichen, kein Verstecken, keine Scham. Sie hatte Nacktheit immer mit der Art von Verletzlichkeit assoziiert, die es um jeden Preis zu vermeiden galt, aber das hier war anders. Es ging darum, alles Unnötige abzulegen und ihr makelbehaftetes und ungeschöntes Ich als genug anzunehmen. Es ging darum, ihren Körper mit jemandem zu teilen, dem sie vertraute und von dem sie glaubte, dass er sorgsam damit umgehen würde.

Während sie sich auf dieses Vertrauen einließ, fand er die Stellen, die sie stöhnen und sich winden ließen. Schon bald darauf drängte sie sich an ihn, zog an seinen Schultern und an seinem Nacken, knabberte an seinen Lippen, verlor sich in einem herrlichen Meer aus Haut und Schweiß. Seine Finger bewegten sich schneller und tiefer. Sie zog ihn an sich, hielt ihn fest, genoss das Gewicht seines Körpers auf ihrem, flüsterte ein *Ja* nach dem anderen und kämpfte gegen ihr Verlangen nach mehr an.

»Sag mir, was du willst«, flüsterte er an ihrem Ohr.

Beinahe hätte sie gelacht, nicht weil seine Bitte lustig, sondern weil sie wunderbar und schön war. Sie konnte sich nicht erinnern, wann sie das letzte Mal so offen die Erlaubnis bekommen hatte, etwas zu wollen. Sie wusste, dass sie die nicht brauchen sollte, aber sie war ihr so lange verwehrt worden, dass sie schon fast vergessen hatte, wie sie sie ohne Hilfe finden konnte.

»Ich möchte dich in mir spüren«, sagte sie. »Bitte sag mir, dass du ein Kondom hast.«

Er antwortete mit einem sexy Lächeln. Sie kämpften sich beide aus ihrer Unterwäsche. Dann war sie damit dran, ihm zuzusehen. Er holte ein Folienpäckchen aus einer Schublade an seinem Nachttisch, und während er es aufriss und das Kondom überzog, bewunderte sie seine Schultern und seinen Rücken, die vom weichen, warmen Licht beleuchtet wurden. Sie bemerkte die kleinen Grübchen neben seiner Wirbelsäule, die Wölbung seines durchtrainierten Hinterns, die Glätte seiner gebräunten Haut, hier und da ein paar Sommersprossen. Sie fragte sich, ob sie je müde werden würde, ihn anzusehen. Sicherlich würde er an irgendeinem Punkt zu einem ganz gewöhnlichen Mann werden, der sie damit aufzog, dass sie viel zu viele Vermutungen anstellte oder nicht genügend Gemüse aß, aber bis dahin würde vermutlich noch sehr, sehr viel Zeit vergehen.

Er beugte sich über sie, doch sie drehte ihn auf den Rücken und setzte sich auf ihn, wobei sie durch Enthusiasmus wettmachte, was ihr an Anmut fehlte. Amüsiert – und vielleicht sogar bezaubert – von ihrem Bemühen, die schlaksigen Beine um seine Hüften zu legen, lächelte er zu ihr auf. Sie küsste ihn wieder, angezogen von seinem Lächeln, seinem warmen Blick und seinem riesigen Herzen, das er so bereitwillig vor ihr entblößte. Mit einer Hand stützte sie sich auf seinem Bauch auf, die andere schloss sie um seine Erektion, dann senkte sie sich auf ihn. Ein Rausch von Empfindungen folgte. Eine Fülle. Ein Entladen von Spannung. Ein Feuer in ihrem Blut. Er legte die Hände um ihre Taille, sein Griff war sanft, aber fest. Sie ließ den Kopf nach hinten fallen und öffnete den Mund, während sie die Hüften nach vorn schob. Einmal, zweimal. Ein drittes Mal. Ihre Muskeln verspannten sich um ihn und deuteten schon den kommenden Höhepunkt an.

»Ich halte nicht lange durch«, sagte sie.

Er zog sie für einen weiteren Kuss zu sich heran und küsste sie tief und langsam.

»Ich auch nicht. Aber ich glaube nicht, dass das ein Problem darstellen wird.« Er deutete mit dem Kopf in Richtung seiner offenen Nachttischschublade, wo auf seinen Büchern noch mehrere Kondompäckchen lagen.

»Ich mag, wie du denkst«, erwiderte sie halb scherzend.

»Ich mag alles an dir«, antwortete er und scherzte dabei kein bisschen.

Und falls es danach noch irgendwelche großen Fragen gab, konnte Marlowe sich nicht mehr an sie erinnern.

29

Marlowe erwachte in Angus' Armen. Ihr Kopf lag auf einem unglaublich weichen Kissen, ihre Beine waren in eine unglaublich weiche Decke verwickelt. Als sie am letzten Wochenende im Spaß behauptet hatte, dass sie alles tun würde, um wieder in Angus' Bett zu landen, war das ein Scherz gewesen, aber jetzt bekam der neues Gewicht. Als sie sich zu Angus umdrehte, schlug er die Augen mit den dichten Wimpern auf, und ein verschlafenes Lächeln breitete sich auf seinem schönen Gesicht aus.

Oja, dachte sie. *Ich könnte mich definitiv daran gewöhnen, so aufzuwachen.*

Mit diesem Gedanken im Hinterkopf brachte sie ein heiseres »Guten Morgen« heraus.

»Ganz richtig, das ist er.« Er schmiegte sich enger an sie, während ihm die Augen wieder zufielen. »Es sei denn, du vermisst die rachsüchtigen Eulen und den Mordteppich und den ranzigen Sofa-Yak.«

»Definitiv nicht den Yak.« Sie zeichnete Schnörkel auf Angus' Schlüsselbein, während er ein zufriedenes, schläfriges Murmeln von sich gab. Sie mochte diese kleinen Geräusche von ihm, die Art, wie seine Freude oder Verwirrung oder sogar Frust durch seine oft undurchschaubare Haltung hindurchsickerten.

Er schlang ein Bein über ihre Hüfte und drückte sie damit an sich.

»Bitte sag mir, dass du heute nicht arbeiten musst.«

»Cherry wollte versuchen, alles zu übernehmen, was sich ergibt.«

»Erinnere mich daran, dass ich mich dafür bei ihr bedanke, wenn ich sie das nächste Mal sehe.«

»Ich danke ihr im Namen von uns beiden.«

Angus stieß ein weiteres *Mmmm* aus, bevor sich sein Griff lockerte. Marlowe genoss einige Minuten lang einfach seine Nähe, doch bald wurde sie ruhelos und griff an ihm vorbei nach dem kleinen Stapel Bücher auf seinem Nachttisch. Darunter befanden sich eine Sammlung von Essays zu Kunst und Künstlichkeit, die Memoiren eines Performance-Künstlers, ein billiger Krimi und eine abgenutzte Ausgabe von *Anna Karenina*. In allen steckten irgendwo Lesezeichen.

»Liest du die alle gleichzeitig?«, wollte sie wissen.

Gähnend schob er einen Arm unter den Kopf und beobachtete, wie sie die Cover überflog.

»Ich springe je nach Stimmung viel herum. Manchmal ist mir eher nach leicht und lustig. Manchmal suche ich nach etwas Tiefgründigerem. Es ist schön, die Wahl zu haben. Aber die Bücher kommen erst in mein Regal im Wohnzimmer, wenn ich jede Seite gelesen habe.«

Marlowe klappte die Kinnlade herunter. Sie erinnerte sich an die Regale und die Hunderte von Büchern, die darin standen. Belletristik, Geschichtsbücher, Philosophie, Kunsttheorie.

»Die hast du *alle* gelesen? Und da bist du unsicher, was deine Bildung angeht?«

Er zuckte mit den Achseln und ließ die Finger über ihre nackten Schultern tanzen.

»Angenommen, dass du zumindest ein wenig auf Fanseiten und in der Boulevardpresse über mich gelesen hast, wann hast du das letzte Mal jemanden meinen Verstand erwähnen sehen?« Er fügte ein Lächeln an, doch Marlowe kannte ihn gut genug, um den Schmerz hinter dem Lachen zu erkennen.

»Es tut mir leid«, sagte sie. »Die Welt ist manchmal einfach Mist.«

»Ja, aber sie hat auch diese unglaublich sexy Frau in mein Bett gebracht.« Mit einer schnellen und unerwarteten Bewegung drehte er sie auf den Rücken und schob sich über sie. Sie hätte sich herauswinden können, aber sie war sehr zufrieden mit ihrer Position. Außerdem wurde sie genauso oft als sexy bezeichnet wie er als klug. Sie würde das noch eine Weile genießen.

»Verrätst du mir die dritte Sache, wegen der du dich unsicher fühlst?«, fragte sie. »Neben deiner Bildung und deiner Aversion gegen Small Talk?«

»Lieber nicht. Ich glaube, wir haben das Gespräch beim letzten Mal an der richtigen Stelle beendet.« Er küsste sie, vielleicht, um sie vom Thema abzulenken, vielleicht, weil er sie einfach küssen wollte. Sein Ausweichen machte Marlowe neugierig, aber sie wollte ihn nicht drängen. Sie hatte ihre eigenen Unsicherheiten, die sie nicht immer preisgeben wollte, selbst wenn sie nicht mit einem heißen, nackten Mann im Bett lag, dessen Gedanken eindeutig in dieselbe Richtung gingen wie ihre.

Den größten Teil des Vormittags ließen sich Marlowe und Angus von diesen Gedanken leiten, ob nun im Bett, in der Dusche oder in seinem beeindruckenden begehbaren Kleiderschrank, in dem das Anziehen ungewöhnlich lange dauerte. Irgendwann zog er eine Jeans über, und sie borgte sich ein Anzughemd. Sie hätte auch ihr eigenes Kleid aus der Küche holen können, aber der Morgen fühlte sich bereits wie eine Fantasie an. Sie konnte sie genauso gut vervollständigen, indem sie eine glamouröse, verwöhnte Lady spielte, die die Kleidung ihres Liebhabers trug, wenn der Butler nicht da war, um es zu bemerken.

Die Fantasie verblasste etwas, als Marlowe und Angus aufhörten, den Rest der Welt zu ignorieren und nach ihren Handys griffen. Sie hatte ihres am Vorabend ausgeschaltet, um Akku zu sparen und der Versuchung zu widerstehen, ihre Nachrichten anzuschauen. Es fuhr immer noch hoch, als sich Angus mit einem nachdenklichen »Ach« auf das Bett sinken ließ und damit Marlowes Aufmerksamkeit auf sich zog.

»Sieht so aus, als wäre die siebte Staffel beschlossene Sache«, meinte er.

Sie setzte sich neben ihn. »Das ist doch gut, oder?«

»Es ist besser als der Actionfilm.« Er scrollte weiter, die Augen aufs Display geheftet. »Aber es wird komisch werden. Die Produzenten haben mit ihrer Entscheidung zu lange gewartet. Idi geht nach New York, um am Broadway Macbeth zu spielen. Sie werden ihm eine Zweitbesetzung besorgen, damit er für den Dreh seiner Szenen zurückfliegen kann, aber er wird nicht viel da sein. Kamala und Meg haben beide Filmverträge, sodass ihre Rollen ebenfalls verkleinert werden. Whitman hofft auf eine Rolle im nächsten *Trek*. Alle verlassen mich.« Er lachte, als würde er übertreiben, aber Marlowe wusste, dass an Einsamkeit nichts lustig war. Sie wünschte sich auch, sie wäre nicht noch eine weitere Person, die Angus im Stich ließ, selbst wenn sie sich einen Plan überlegen würden, um in Verbindung zu bleiben.

Sie streckte eine Hand aus, mit der Handfläche nach oben, so wie er es bei ihr getan hatte, und machte ihm damit ein schweigendes Angebot, dass er annehmen oder ablehnen konnte. Er nahm an und legte seine Finger um ihre.

»Ich wette, dass Jake endlich mit seiner Nachbarin schlafen wird«, sagte er. »Dann wird er die arme Frau für eine Reihe bedeutungsloser Affären verlassen, sein Elternhaus niederbrennen und sein Motorrad bei einem weiteren Unfall unter Alkoholeinfluss schrotten, über den nie jemand wirklich reden wird.«

Marlowe drückte seine Hand und lächelte darüber, dass sie

sich einst gewünscht hatte, Jakes Entwicklung würde in einer Tragödie enden, und wie anders sie das jetzt empfand.

»Oder vielleicht kauft er sich einen Blumenladen und rettet eine Menge Katzen«, hielt sie dagegen.

Angus warf lächelnd das Handy beiseite und zog Marlowe auf seinen Schoß. Sie beugte sich hinab, um ihn zu küssen, doch da leuchtete ihr Handydisplay mit den ganzen Nachrichten aus den vergangenen Stunden auf. Sie drückte Angus einen kurzen Kuss auf die Lippen, bevor sie über das Bett kroch, um sich ihr Handy zu schnappen.

»Oh, Mist.« Rasch scrollte sie durch die Nachrichten. »Cherry hat versucht, mich zu erreichen. Offenbar hat Babs heute Edith mit zur Arbeit gebracht, aber in einer Stunde ist Lolas Anprobe und sie kann Hunde nicht ausstehen. Cherry schreibt, dass ich sie abholen muss. Edith, nicht Lola.« Marlowe rappelte sich auf. »Es tut mir so leid. Ist es immer noch in Ordnung, wenn ich mir dein Auto borge?«

»Eigentlich habe ich noch eine bessere Idee.«

Als Marlowe das Büro betrat, war Edith Head bereits völlig durch den Wind – sie drehte sich im Kreis und sprang auf Stühle und wieder hinunter. Cherry neckte Marlowe diskret ein wenig, weil sie in den Klamotten vom Vortag auftauchte (aus offensichtlichen Gründen), aber hauptsächlich war sie dankbar, dass sie sich nicht den Rest des Tages mit Babs *und* Lola *und* einem launischen Weimaraner herumschlagen musste. Während Marlowe mit ihr den Zeitplan abklärte und Edith anleinte, besorgte Angus in einem nahe gelegenen Feinkostladen alles, was sie für ein Picknick brauchten. Dann kehrte er zum Studiogelände zurück, holte Marlowe und Edith ab, und zusammen fuhren sie auf dem Highway 1 nach Norden.

Eine halbe Stunde später wanderten sie zu dritt auf einen Pfad in den Hügeln hinter der Getty-Villa entlang. Sie hielten das Tempo gemächlich, damit Edith an jedem dürren Busch schnuppern konnte. Marlowe war keine große Wanderfreundin, aber sie war froh, dass Angus sie überredet hatte, gemeinsam Zeit im Freien zu verbringen. Es war ein guter erster Schritt außerhalb seiner magischen Skybox, auch wenn dafür Baseballkappen und Sonnenbrillen erforderlich waren. Glücklicherweise trafen sie nur auf wenige andere Wanderer und Jogger, von denen keiner wirkte, als würde er sie erkennen.

Nach ungefähr einer Dreiviertelstunde führte Angus Marlowe und Edith vom Hauptweg auf einen grasbewachsenen Hügel mit Blick aufs Meer. Er breitete eine Decke aus, während Marlowe Sandwiches, Chips, Limo und einen Behälter mit Oliven auspackte, wobei Angus leider nicht die Mittel gehabt hatte, diesen richtig zu garnieren. Edith zeigte großes Interesse am Essen, aber Marlowe überzeugte Angus, ihr nicht von allem etwas zu geben. Beim Picknick erzählte Marlowe Angus mehr von ihrem Leben in New York. Er berichtete mehr von seinem Leben in L. A., bis zurück zu der Zeit, als ein Talentagent ihn gescoutet hatte und seine Geschwister das zum Totlachen gefunden hatten, obwohl sie ihre Meinung darüber inzwischen geändert hatten.

Als sie mit dem Mittagessen fertig waren und Edith es sich am Rand der Decke gemütlich gemacht hatte, kletterte Marlowe auf Angus' Schoß. Da sie während des Essens keine potenziellen Schaulustigen bemerkt hatten, nahmen sie ihre Kappen und Sonnenbrillen ab, was ihnen Gelegenheit für Küsse und zärtliche Berührungen und für die Blicke ließ, die Marlowe nicht länger unbehaglich machten. Jetzt machte es sie glücklich, wie Angus sie ansah, auf eine geradezu lächerliche Weise. Sie spürte nichts als explodierende Freude. Die Freude, von der Marlowe angenommen hatte, dass es sie nur in Filmen gab. Doch sie war real. Komisch, wie lange sie sich immer wieder eingeredet hatte, dass »gut« gut genug war, wenn *all das* möglich war. Dieses unbestreitbare Gefühl der Richtigkeit. Das Gefühl, genau dort zu sein, wo sie sein sollte, frei von Zweifeln oder Ungewissheiten. Doch als die Stille anhielt, bildete sich eine Falte zwischen Angus' Brauen.

»Du vermisst New York wirklich, stimmt's?«, fragte er.

»L. A. wird zunehmend attraktiver.« Sie beugte sich vor, um ihn zu küssen, während er versuchte, die Strähnen zu bändigen, die sich aus ihrem Pferdeschwanz gelöst hatten. Er steckte sie ihr hinter die Ohren, doch immer neue Haare fielen ihr ins Gesicht. Edith regte sich am Ende der Leine und stöhnte, als ob ihr die Zärtlichkeiten missfielen, die mit anzusehen sie gezwungen war. Marlowe konnte sich ein Lachen nicht verkneifen. »Ich arbeite hier zwar nicht als Kostümbildnerin, aber zumindest habe ich viel Erfahrung in Last-Minute-Hundebetreuung.«

Angus lächelte, doch sein Blick blieb ernst, während er ihre Wange streichelte.

»Ich weiß, es kann eine Weile dauern, bis man den Fuß in die richtige Tür bekommt«, sagte er. »Aber du bist hier nicht allein. Tan hat letztes Jahr eine Show im Geffen Playhouse gemacht. Ich wette, sie könnte dir helfen, ein Vorstellungsgespräch zu bekommen. Whitmans Schwester arbeitet an der Oper, wobei ich nicht mehr weiß, als was. Es hat Alejandra sehr gefallen, dass du dich gegen die schrecklichen Drehbuchideen von Wes gewehrt hast. Vielleicht legt sie ein gutes Wort für dich ein, wenn sie von einer Indie-Produktion erfährt, die eine Kostümbildnerin sucht.«

»Danke dafür.« Marlowe küsste ihn, weil er sich sorgte und weil er schön war und weil er klug war und weil mit ihm das Unmögliche möglich schien. »Was ist mit dir? Wann beginnen die Dreharbeiten zur siebten Staffel?«

»Erst nach Weihnachten.«

»Heißt das, du könntest mich in New York besuchen?«

»Wenn es dir nichts ausmacht, abgelenkt zu werden?« Seine Hand wanderte tiefer, zeichnete ihren Ausschnitt nach und schob sich unter ihre Schulterträger. »Ich könnte vielleicht sogar zu einigen Vorsprechen gehen. Wer weiß? Vielleicht ergeben sich durch dieses Arrangement an beiden Küsten ja Möglichkeiten für uns bei…« Er brach ab, als Edith aufsprang, wie verrückt bellte und an der Leine zerrte.

Marlowe verstärkte ihren Griff darum und spähte in die Richtung, auf die Edith sich konzentrierte.

»Was ist los?«, fragte sie. »Ein Vogel? Ein Eichhörnchen?«

Angus versteifte sich. »Schön wär's.«

Marlowe spannte sich an, als ihr klar wurde, was Ediths Bellen ausgelöst hatte. Ungefähr zwanzig Meter entfernt kletterten zwei Teenager aus dem Unterholz und rannten davon, wobei sie mit ihren Handys herumfuchtelten. Angus sprang auf und rief den Jungen nach, sie sollen stehen bleiben, aber sie liefen weiter.

»Ich würde sie ja verfolgen«, sagte er, »aber das würde uns nichts nützen. Entweder wissen sie nicht, wer wir sind, und ich würde damit nur unnötige Aufmerksamkeit auf uns ziehen, oder sie wissen, wer wir sind, und es würde aussehen, als hätten wir was zu verbergen.«

Marlowe zog eine Grimasse, als sie zusah, wie die Jungs hinter einem Hügel verschwanden. Sie verstand Angus' Standpunkt, aber es half nicht gegen ihr rasch wachsendes Panikgefühl. Sie hoffte inständig, dass die Jungs glaubten, sie wären über irgendein beliebiges Pärchen beim Knutschen gestolpert, worüber sie mit ihren Freunden lachen konnten. Das hoffte sie immer noch, als sie und Angus zusammenpackten und sich auf den fünfundvierzigminütigen Rückweg zum Parkplatz machten, auf dem sie kaum ein Wort miteinander sprachen. Als sie um die letzte Kurve bogen und der Parkplatz in Sichtweite kam, starb diese Hoffnung. Als sie angekommen waren, hatten nur wenige Autos dort gestanden. Jetzt war der Parkplatz voller Vans und SUVs und mindesten zwei Dutzend Menschen, die mit Kameras und Mikrofonen dazwischen herumliefen. Natürlich entschied sich Edith genau in diesem Moment, laut zu bellen, sodass alle Blicke auf sie gerichtet wurden. Marlowe wollte zurück in die Hügel flüchten, aber Angus nahm ihre Hand.

»Weglaufen nützt nichts«, sagte er. »Sie würden das total verdrehen. Lass uns einfach zum Auto gehen und wegfahren.« Er machte einen Schritt auf den Parkplatz zu, aber Marlowe blieb wie angewachsen stehen, völlig gelähmt.

»Du hast gesagt, wir lassen es langsam angehen.«

»Das kam mir zu dem Zeitpunkt auch wie eine gute Idee vor.«

»Minimale Interaktion.«

»Aber es war dumm. Vorsätzlich ignorant.«

»Die Sache kontrollieren.«

»Zu viel verlangt.«

»Etwas Privatsphäre einfordern.«

»Hab das Offensichtliche ignoriert.«

»All diese Menschen …« Sie nickte in Richtung der Paparazzi, die zum Wanderweg drängten. »Wo du doch *gerade erst* mit Tanareve bei dieser Gala warst.«

»Wir haben den Reportern gesagt, dass wir nicht zusammen sind.«

»Und sie haben euch geglaubt?«

Ein Muskel an seinem Kiefer zuckte, und er zog sanft an ihrer Hand.

»Geh einfach vorbei«, war seine Antwort. »Sag kein Wort.«

Da Edith an der Leine zerrte und Angus entschlossen war, sich den Kameras zu stellen, ließ sich Marlowe in ein Meer aus Blitzlichtern und einander übertönenden Stimmen führen. *Wie lange geht das schon? Weiß Tanareve Bescheid?* Etwas Bösartiges über eine Castingcouch. Etwas weniger Bösartiges über Liebe. Die Forderung nach Antworten. *Deine Fans haben ein Recht darauf, es zu wissen.*

Angus schob sich mit zusammengebissenen Zähnen daran vorbei und hielt Marlowe die Beifahrertür auf. Sie kletterte hinein und ließ Edith auf ihren Schoß springen. Er ging um das Auto herum, murmelte »Kein Kommentar«, stieg ein und schlug die Tür zu. Als er aus der Parklücke setzte, wich die Menge zurück und machte allmählich Platz, während sie immer noch gefilmt und mit Fragen überhäuft wurden. Marlowe klammerte sich an Edith und vergrub ihr Gesicht am Hals des Hundes, bis das Auto die kurvenreiche Straße verlassen hatte und auf dem Highway 1 nach Süden fuhr.

Angus hielt den Blick auf die Straße gerichtet und wirkte angespannt. Edith kletterte mit einiger' Mühe auf den Rücksitz. Marlowe holte ihr Handy heraus. Es dauerte nicht lange, um zu finden, wonach sie suchte. Eine schnelle Suche nach *#IShipThe-Waitress* auf Twitter führte sie zu einem Foto von ihr auf Angus' Schoß. Seine Hand lag in der Nähe ihrer Brust, während er mit ihrem Ausschnitt spielte, und ihr Kleid war so über seine Hüften gebreitet, dass es aussah, als ob sie nicht nur auf seinem Schoß säße. Der Originaltweet stammte von einer beliebten Klatschseite mit der Überschrift *Seine Bestellung wurde serviert.* Die Teenager mussten ihre Fotos verkauft haben, und zwar schnell. Die Retweets und Kommentare waren eine bunte Mischung aus Schock, Selbstgefälligkeit über die Vorhersage von etwas, das nun »bewiesen« war, ein wenig Begeisterung und jeder Menge Verachtung. Genau wie bei dem Tanzfoto hatten die Leute alle eine Meinung zu Marlowe, und nur wenige davon waren positiv.

»Hör auf, diesen Mist zu lesen«, verlangte Angus.

»Meine Freunde können das sehen. Meine Eltern können das sehen. Die Leute, bei denen ich mich beworben habe, können das sehen.« Sie scrollte weiter. Ein weiteres Foto war bereits online. Es zeigte sie beide, wie sie sich ins Auto flüchteten, neben einem Foto von einer weinenden Tanareve. *Gordon lässt Hughes für geheimes Rendezvous mit Kellnerin sitzen. Hughes am Boden zerstört.* »Das ging alles so schnell.«

»Der Markt für Klatsch ist hart umkämpft. Jeder will als Erster eine Story bringen.«

»Aber es gibt keine Story. Nur zwei Menschen, die sich mögen und zusammen ein Picknick machen.«

Er warf ihr einen schnellen Seitenblick zu, der sie daran erinnerte, wie naiv dieses Denken war. Sie hatte gewusst, was passieren konnte. Sie hatte sich einfach erlaubt, es zu vergessen.

Als Angus auf den Parkplatz des Studios einbog, hatte Marlowe bereits Nachrichten von ihren Freundinnen in New York, von Cherry und sogar von ihrer Mutter bekommen, die wissen wollte, was, zum Teufel, da los war. Die Geschichte musste besonders viral gegangen sein, wenn selbst ihre Mutter, von irgendeinem Freund oder Mitarbeiter darauf gestoßen, der zufällig darüber gestolpert war, sie gesehen hatte. Ein Picknick. Zwei Stunden außerhalb eines eingezäunten Geländes. Fünf Minuten ohne den Schutz von Sonnenbrillen und Baseballkappen. Mehr war nicht nötig gewesen, um jede Hoffnung auf Privatsphäre und Kontrolle zunichtezumachen.

Angus schaltete den Motor aus, sagte aber nichts. Das liebevolle Lächeln und das sanfte Lachen des Vormittags waren verschwunden, ersetzt durch eine harte Linie, die Marlowe schon ein paarmal gesehen hatte – während ihrer Probeaufnahmen, bei ihrem ersten Dreh, als sie seine Absichten hinterfragt hatte, und im Nachtclub vor ihrem Tanz. Sie verstand diese Linie jetzt, die Gründe, aus denen er sich abschottete und Leute auf Abstand hielt. Welche andere Wahl blieb ihm denn? Und trotzdem ...

»Es ist alles zu viel«, sagte sie.

»Ich weiß.«

»Ich kann das nicht.«

»Ich weiß.«

»Es tut mir leid.«

Er nickte, schloss die Augen, schüttelte den Kopf. »Auch das weiß ich.«

Sie biss sich auf die Unterlippe und kämpfte gegen die Tränen an. »Vielleicht, wenn wir ...«

»Es wäre früher oder später sowieso passiert. Ich hätte nie so tun dürfen, als wäre es nicht so.«

»Ich weiß nicht, wie ich ...«

»Das musst du nicht. Du hattest es deutlich gesagt. Ich habe zu sehr gedrängt.«

»Hast du nicht. Wir wollten beide ...«

»Du solltest gehen.« Er ließ den Motor an und blickte geradeaus.

Marlowe betrachtete ihn einen Moment und suchte nach den Worten, die alles in Ordnung bringen würden. Als die ausblieben, stieg sie aus, holte Edith vom Rücksitz und blickte durch die offene Tür.

»Angus ...«

»Nicht.«

»Bitte.«

»Geh einfach.«

Und das tat sie.

30

Die nächsten vier Tage vergingen wie im Nebel. Zum Glück hatte Babs Mitleid mit Marlowe und erlaubte ihr, sich in der Garderobe zu verstecken und mit dem Einpacken zu beginnen. Außer Cherry – der Marlowe alles erzählt hatte – erwähnte niemand am Set die Medienexplosion. Alle schlichen um Marlowe herum, als wäre sie zerbrechlich oder krank, und warfen ihr heimlich mitfühlende Blicke zu, als aus den Tweets vom Sonntag sensationsheischende Boulevardartikel und hitzige Diskussionen auf Websites wurden. Was die Klatschreporter nicht wussten, konstruierten sie aus Bruchstücken ihrer Vergangenheit, ganz versessen darauf, ein Bild von der Frau zu zeichnen, die Hollywoods It-Paar auseinandergebracht hatte. Eine unbekannte Schauspielerin, die versuchte, sich nach oben zu schlafen. Eine flatterhafte Frau, die ihren Ex sitzen gelassen hatte. Eine Möchtegern-Kostümbildnerin, die von der New Yorker Theaterszene ausgelacht worden war.

Angus wurde nicht ignoriert, aber die Diskussion über seine angebliche Untreue wurde von einem milden »So sind Männer nun einmal«-Ton begleitet. Wenn man den Artikeln der vergangenen zehn Jahre glauben durfte, war er schneller von einer Frau zur nächsten gewechselt, als Edith Frühlingsrollen essen konnte. Niemand war überrascht, dass er in der Gegend herumschlief. Sie waren überrascht darüber, mit wem er es tat.

Marlowe blockierte, was sie konnte, aber es gab kein Entkommen. Als sie ihrem Vermieter mitteilte, dass sie kündigen wollte, fragte er sie, ob sie mit ihrem berühmten Filmstarfreund zusammenziehen wolle. Die Angestellte der Autovermietung, mit der sie am Montag zu tun hatte, streute ein paar herablassende Andeutungen über den Wert von Treue in ihr Gespräch ein. Drei Frauen in einem Supermarkt warfen ihr einen zweiten Blick zu, bevor sie sich zusammentaten, um zu flüstern und einander aufgebrachte Blicke zuzuwerfen. Und natürlich konnten Marlowes Eltern nicht fassen, dass sie »das zugelassen hatte«.

Angus und Tanareve dementierten beide die Gerüchte, aber sie hielten ihre Veröffentlichungen knapp, vermutlich auf Anweisung ihrer PR-Vertreter. Sie waren Freunde. Sie waren nicht böse aufeinander. Niemand hatte irgendwen betrogen. Beide gaben keine langen Erklärungen zu den komplizierten Beziehungsdynamiken aller Beteiligten ab. Sie erwähnten auch Marlowe nicht, möglicherweise, um die Aufmerksamkeit von ihr zu nehmen. Wie Angus schon so oft festgestellt hatte, brachte es wenig, sich zu verteidigen. Je mehr er sagte, desto mehr Nachfragen würden an ihn und alle anderen Beteiligten gerichtet werden. Die Leute sahen, was sie sehen wollten. Die einzige brauchbare Antwort war Schweigen.

Mindestens einmal alle zehn Minuten dachte Marlowe darüber nach, Angus eine Nachricht zu schreiben. Genauso oft redete sie es sich aus. Es gab nichts zu gewinnen. Sie hatte erklärt, dass sie nicht im Mittelpunkt öffentlicher Spekulationen leben konnte. Er hatte behauptet, dass er es verstand. Was blieb da noch zu sagen?

Am Freitag fuhr Marlowe gegen halb sechs Uhr morgens auf den Parkplatz eines heruntergekommenen Einkaufszentrums in Glendale. Weiße Trailer füllten die eine Seite, während die andere für die Autos von Cast und Crew abgesperrt war. Einen halben Häuserblock weiter war eine hübsche Lehmziegelkirche von

Ausrüstung umgeben, und Beleuchter eilten wie schwarze Ameisen herum, verlegten Kabel oder packten Transportkisten aus. Marlowe bewunderte ihre Energie so früh am Morgen und stieg aus ihrem Leihwagen, während sie ausgiebig gähnte und dabei blinzelte. »Kannst du immer noch nicht schlafen?«, fragte jemand hinter ihr.

Marlowe drehte sich um und sah Cherry auf sich zukommen. Ihre klobigen Absätze klackerten auf dem Asphalt, und sie hatte zwei Kaffeebecher in der Hand. Unter ihrem schwarzen Jackett trug sie ein leuchtend magentafarbenes Shirt, auf dem die Worte *More Glitter, Less Litter* glänzten.

»Schlaf, was ist das?«, wollte Marlowe wissen. »Außerdem komme ich mit frühem Aufstehen genauso gut zurecht wie damit, berühmte Schauspieler zu daten, ohne durch den Dreck gezogen zu werden.« Sie ließ den Schlüssel in ihre Handtasche fallen oder versuchte es zumindest. In ihrer Müdigkeit verfehlte sie die Tasche völlig. Als sie sich bückte, um den Schlüssel aufzuheben, stieß sie sich die Schulter am Seitenspiegel. Beim Aufrichten rutschte ihr die Handtasche von der Schulter, und der Inhalt ergoss sich auf die Straße. Fluchend hockte sich Marlowe hin und sammelte alles ein. »Wenigstens filmt und twittert niemand das hier.«

Cherry half Marlowe, bevor sie einen der Kaffeebecher an sie weiterreichte.

»Ruhm wird so überbewertet«, stellte sie fest.

»Danke, dass du nicht erwähnst, dass du es mir gleich gesagt hast.«

»Nicht mein Stil.« Cherry nahm einen Schluck ihres vermutlich kochend heißen Kaffees. Dann legte sie Marlowe einen Arm um die Schultern und schob sie zu den Trailern. »Die Situation ist Mist, und das tut mir leid. Immerhin ist die Aufmerksamkeitsspanne der Leute kurz. Sie folgen dem Geschehen, aber sie vergessen es auch wieder. Schüttle es ab, wenn du kannst. Und vergiss nicht – du heiratest heute!«

Marlowe stöhnte. Ja, sie würde gleich herausgeputzt werden wie die Hochzeitsbarbie, aber sie würde auch Angus zum ersten Mal seit dem Desaster am Sonntag wiedersehen. Vier Tage voller Packen und Kleiderinventur hatten den scharfen Verlustschmerz nicht gemildert, den sie verspürt hatte, als sie ihn auf dem Studioparkplatz zurückgelassen hatte. Sie redete sich ein, dass sie nicht wirklich etwas verloren hatte. Sie kannte Angus erst seit einigen Wochen. Sie hatten keine Beziehung, es war nur eine Welle sexueller Anziehungskraft, die bald abgeebbt sein würde. Sie wollte nicht mal eine Beziehung. Nicht wirklich. Ihre Freundinnen, ihre Karriere und ein Gefühl von Zuhause warteten in New York auf sie, und sie brauchte nichts weiter, um sich erfüllt zu fühlen. Sie hatte alles, was sie wollte.

Natürlich wusste sie, dass sie sich damit selbst belog, aber die Lügen hielten sie über Wasser.

Während der nächsten drei Stunden kümmerte sich Cherry um die Statisten, während Patrice Marlowes Haare stylte. Wie vorauszusehen war, gingen Babs' Stylingvorschläge weit über das hinaus, was eine durchschnittliche Kellnerin für ihre kleine Hochzeit zustandebringen konnte. Der endgültige Look war eine Lockenpracht, die von Samtbändern gebändigt wurde und mit Vergissmeinnicht bestreut war. Es war vorne schlicht und modern und von hinten ungemein romantisch, was genau zum Kleid passte. Obwohl Marlowe ihre Zweifel an Babs' Desinteresse an Realismus geäußert hatte, war ihr klar, dass das überzogene Stilbewusstsein eindeutig darauf hinwies, dass es sich bei der Serie um eine Fantasie handelte. In mancher Hinsicht war es weniger problematisch als die Bilder, die in den sozialen Medien kursierten, wo idyllische Lebensstile in ordentlichen Quadraten präsentiert wurden, während sich unmittelbar außerhalb der Rahmen eine völlig andere Geschichte abspielte. Vielleicht war ein bisschen Glamour nicht die schlechteste Idee, solange Marlowe damit aufhörte, ihn als Messlatte zu betrachten, die sie nie erreichen würde.

Gegen neun Uhr, als Ravi sich gerade um Marlowes Make-up kümmerte, legte Babs ihren ersten Auftritt des Tages hin. Sie trug einen tief ausgeschnittenen schwarzen Hosenanzug aus Leinen mit einem Blazer. Auf Lippen und Nägel hatte sie sorgsam tiefes Ziegelrot aufgetragen. Ihr Silberschmuck war üppig, aber schlicht. In Kombination mit ihren schwarz gefärbten Haaren sah sie aus wie die grafische Darstellung einer Frau, voll scharfer Kanten und mit starken Kontrasten. Sie ließ eine große, kastenförmige Handtasche auf einen Stuhl fallen, während sie die Wasserflasche vor Marlowe beäugte.

»Keine Sorge, das ist stilles Wasser«, versicherte ihr Marlowe.

Babs verzog das Gesicht zu etwas, was man beinahe ein Lächeln nennen konnte, aber doch nicht ganz. Sie kam sofort zur Sache, stellte sich hinter Marlowes Stuhl und betrachtete sie eingehend. Nach reiflicher Überlegung bat sie Patrice, einige Blumen neu zu platzieren, und schlug Ravi vor, einen dunkleren Pflaumenton für Marlowes Lidschatten zu verwenden. Die drei diskutierten die Details und feilten an ihnen, bis alle mit der Braut zufrieden waren.

Während Ravi und Patrice aufräumten, warf Marlowe einen langen Blick in den Spiegel. Sie erkannte sich kaum wieder. Sicher, die Knochenstruktur und die Augen waren gleich, genau wie der Großteil der Haare, aber die mehr als vier Stunden professionelle Hilfe hatten sie verändert. Ihre Lippen waren voller. Ihre Wimpern waren dichter und länger. Ihre sonst kaum sichtbaren Wangenknochen waren mit einem Hauch rosigem Rouge auf einem geradezu wundersam glatten Teint betont. Ihre Brauen bildeten perfekte, schmale Bögen über pflaumenfarbenen Lidern, und ihre Haare waren nicht mal ansatzweise kraus. Sie fühlte sich wie Aschenputtel, die sich auf den Ball vorbereitete: wunderschön, elegant, kultiviert und der Aufmerksamkeit würdig, die ihrer Meinung nach normalerweise anderen Menschen vorbehalten war. Und trotzdem wünschte sich die Kostümbildnerin in ihr, die Frau im Spiegel sähe mehr wie eine gewöhnliche, chaotische, oft erschöpfte, immer zwiespältige, zutiefst unsichere Frau aus, die für ihren Lebensunterhalt arbeitete, an den Nägeln kaute, scharfe Soße verschüttete und weder Zeit für Make-up noch fürs Mittagessen hatte.

»Du bist immer noch für Dreck unter deinen Fingernägeln, stimmt's?«, fragte Babs neben ihr.

Marlowe drehte den Kopf von rechts nach links und versuchte immer noch, sich selbst in ihrem Spiegelbild zu erkennen. »Ich verstehe es, wirklich. Hier geht es nicht um Realismus. Aber Repräsentation ist wichtig. Wenn nur konventionell attraktive Frauen auf dem Bildschirm zu sehen sind oder tapfere und starke Frauen oder dünne Frauen oder weiße Frauen oder heterosexuelle Frauen oder Frauen mit perfekt gezupften Augenbrauen, dann sendet das eine Botschaft an all die Frauen, die nicht in diese Kategorien passen.« Sie warf einen Seitenblick auf Babs und wappnete sich für Widerspruch. Doch es kam keiner. Stattdessen verschränkte Babs die Arme vor der Brust und wartete darauf, dass Marlowe fortfuhr. »Als Kind war ich so selbstbewusst. Ich war dickköpfig und geradeheraus, aber im Laufe der Zeit bekam ich das Gefühl, dass nur bestimmte Mädchen verdienen, dass man ihnen zuhört und sie liebt. Ich glaube nicht, dass all diese … Politur hilft.« Sie deutete auf ihr Gesicht.

Babs betrachtete ihr eigenes Spiegelbild und betupfte den Kajal um ihre Augen.

»Ich stimme dir zu, dass dauerhafte ›Politur‹, wie du es nennst, problematisch sein kann, aber Sendungen mit Spektakel ziehen Zuschauer an. Die Leute wollen eine Flucht vor der Realität. Prinzessinnen, Partyszenen, Bälle, rote Teppiche, Couture, einen Hauch des Außergewöhnlichen. Ja, Fernsehen und Filme prägen sie, aber die Zuschauer sind an der Erschaffung dieser Kultur beteiligt. Es ist ein einfacher Fall von Angebot und Nachfrage.«

»Dann tragen wir wohl alle eine Mitschuld.« Marlowe sackte in sich zusammen, hielt jedoch inne, bevor sie ihre Wange in die Hand stützte, weil sie Ravis Arbeit nicht ruinieren wollte.

Ohne eine Antwort ging Babs durch den Trailer und zog den Musselinüberzug vom Hochzeitskleid. Sie fuhr mit den Händen die Vorderseite hinab, wo zwei Stücke gewellter Spitze einen Neckholderausschnitt bildeten, auf Brusthöhe aufeinandertrafen und sich bis zur Taille fortsetzten, wo sie in eine Unmenge wirbelnder Organzarüschen übergingen, die den gesamten Kleiderständer ausfüllten. Ihre Bewegung war langsam und sorgfältig. Ihr Blick wirkte distanziert, und die übliche Anspannung um ihren Mund war weicher. Vielleicht dachte sie über das Spektakel nach oder an ihre eigene Hochzeit und die Gelübde, die zwanzig Jahre später gebrochen worden waren.

»Ich habe keine Ahnung, wie sie das nächstes Jahr übertrumpfen wollen«, sagte sie seufzend. »Wenn Staffel sechs mit einer Hochzeit endet, braucht Staffel sieben entweder einen Todesfall oder ein Baby.«

»Vermutlich wird es Jake treffen.« Ravi gluckste in der Ecke neben dem Waschbecken. »Mit dem Baby, meine ich, nicht dem Todesfall. Jeder liebt es, wenn ein Bad Boy bekehrt wird.«

Es folgte eine peinliche Pause, in der betretene Blicke ausgetauscht wurden. Marlowe sank tiefer auf ihrem Stuhl zusammen und begann an ihrem Nagel zu kauen. Ravi erinnerte sie daran, dass ihre Nägel für den Rest des Tages unantastbar waren. Marlowe fühlte sich angemessen gemaßregelt und senkte die Hand, aber in ihrem Magen schien ein Stein zu liegen, der nicht verschwinden wollte.

Während sie mit dem Ansturm widersprüchlicher Gefühle kämpfte, setzte Patrice die Spekulationen darüber fort, was für Staffel sieben möglicherweise geplant war, diesmal aber ohne jegliche Erwähnung von Jake. Ravi würde nach der sechsten Staffel zu einem Sci-Fi-Film gehen, aber Babs und Patrice würden zur Serie zurückkehren.

»Das Kostümbild ist so gut etabliert«, meinte Babs. »Es macht keinen Sinn, das jetzt an jemand anderen zu übergeben.«

»Was wird aus dem Film, für den du arbeiten wolltest?«, erkundigte sich Marlowe.

»Die finden jemand anders.« Babs wühlte in ihrer riesigen Handtasche und zog eine bösartig aussehende Nagelfeile heraus. »Der Zeitplan ist eng, aber die Anforderungen sind minimal. Kleine Besetzung, schneller Dreh, nicht viele Statisten. Das könnte praktisch jeder machen.«

»Jemand wie Cherry?«

»Cherry wird mit mir an der siebten Staffel arbeiten.«

»Aber wenn du sie für den Film empfiehlst, würde sie dann zumindest in Betracht gezogen?«

»Vielleicht.« Babs wandte sich ab und konzentrierte sich auf ihre Nägel. Während sie die Feile hin- und herbewegte, klammerte sich Marlowe an den Armlehnen ihres Stuhls fest und bereitete sich darauf vor, das Thema weiterzuverfolgen.

»Cherry ist so klug und hat ein großartiges Auge für Passform, Farbe und Charakter. Sie arbeitet härter als alle anderen Menschen, die ich kenne. Sie hat es verdient, mehr als eine Assistentin zu sein.« Marlowe hielt an dieser Stelle inne, doch als Babs weiterfeilte und nur ein leises und unverbindliches *Hmm* hören ließ, wagte sie sich weiter vor. »Ich verstehe, dass du dir keine Konkurrenz schaffen willst, aber ich glaube, da musst du dir keine Gedanken machen. Cherry würde dir nie einen Job wegnehmen.«

Die Feile blieb plötzlich stehen, und Babs blickte mit undurchdringlicher Miene auf.

»Ich mache mir keine Sorgen um Konkurrenz«, sagte sie.

»Worüber machst du dir dann Sorgen?«, wollte Marlowe wissen.

»Das geht dich nichts an.«

»Sie ist meine Freundin. Sie kümmert sich um mich. Ich kann ja wohl dasselbe für sie tun.«

Babs blickte finster drein und klopfte mit der Feile seitlich gegen ihren Daumen.

»Hier verdient Cherry mehr Geld.«

»Ich glaube, das ist nicht ihre oberste Priorität.«

»Sie hat noch sehr viel zu lernen.«

»Sie kann lernen, während sie Kostüme entwirft.«

»Das Drehbuch ist nicht mal besonders gut.«

»Und *Heart's Diner* ist ein Meisterstück der Literatur?« Marlowe unterdrückte ein Lachen.

Babs' Miene wurde noch düsterer, aber einen Moment später entspannte sich ihr Gesicht, und sie hielt die Feile ruhig.

»Na schön«, sagte sie. »Wenn du es unbedingt wissen willst, ich empfehle Cherry nicht für andere Jobs, weil ich nicht weiß, wie ich ohne sie klarkommen soll.«

»Oh. Okay.« Marlowe lehnte sich auf ihrem Stuhl zurück, zu überrascht, um mehr zu sagen. Sie hatte Babs und Cherry sechs

Monate lang beobachtet und keine Ahnung gehabt, dass Babs so viel Wert auf Cherrys Hilfe legte. Vermutlich wusste Cherry das genauso wenig.

Als sich die Wirkung von Babs' Enthüllung ein wenig gelegt hatte, nahm Babs ihre Feilerei wieder auf.

»Die Mädchen in diesem Film würden alle in Motiv-T-Shirts enden«, sagte sie.

»Was nicht unbedingt schlecht wäre«, erwiderte Marlowe.

Babs verzog genervt den Mund. Ravi und Patrice hielten mit dem Aufräumen inne. Als sich wieder Stille über den Trailer senkte, betrachtete Babs die Gesichter um sich herum. Die Genervtheit in ihrer Miene verschwand und wurde von etwas ersetzt, das Marlowe nur als Amüsiertheit beschreiben konnte.

»Du hast recht«, gab sie glucksend nach. »Das wäre überhaupt nicht schlecht.«

Wenn man ihr gelegentliches spöttisches Bellen nicht mitzählte, war dies das erste Mal, dass Marlowe Babs lachen gehört hatte. Der respektvolle Blick, den sie Marlowe eine Sekunde später schenkte, deutete darauf hin, dass ein gewisses dickköpfiges Mädchen, das geradeheraus sagte, was es dachte, noch existierte, und seine Stimme war nicht ungehört geblieben.

31

Der Aufbau am Drehort dauerte länger als erwartet, aber kurz nach Mittag begleitete ein Regieassistent Marlowe zur Kirche, um mit ihr die Positionen durchzugehen, bevor sie ihr Kostüm überziehen und der Dreh beginnen würde. Als ein Mann aus der Requisite mit einem Strauch in einem Kübel vorbeieilte und drei Beleuchter mit dicken Kabelrollen auf den Schultern vorbeimarschierten, kam Cherry aus dem Zelt für die Statisten. Bei Marlowes Anblick leuchten ihre Augen auf.

»Wow, du siehst umwerfend aus.«

»Besser als mit Hundespucke und Vanilleshake?«

»Niedrige Messlatte, Banks. Echt niedrige Messlatte.« Cherry ging mit Marlowe und dem Regieassistenten auf die Kirche zu. »Du wirst es nicht glauben, aber Babs hat die Produzenten für den Mädchenrockcamp-Film angerufen. Sie haben für morgen einem Treffen mit mir zugestimmt.«

Marlowe grinste von einem Ohr zum anderen, während ihr beinahe die Brust vor Stolz platzte.

»Das ist fantastisch!«, rief sie. »Herzlichen Glückwunsch.«

»Offiziell habe ich den Job noch nicht, aber wenn Babs da irgendein Mitspracherecht hat, brauche ich mir keine Sorgen zu machen. Ich weiß, dass sie dir gegenüber echt schwierig war und es hart sein kann, mit ihr zu arbeiten, aber vermutlich musste sie so tough sein, um sich in der Branche Respekt zu verschaffen.«

Marlowe nickte und lächelte in sich hinein. Sie hatte eine deutlich weniger schmeichelhafte Meinung über Babs' »Toughness«, aber das spielte keine Rolle. Babs brachte ein großes Opfer, um Cherrys Karriere zu fördern, und Marlowe liebte sie irgendwie ein bisschen dafür.

Als sie die Kirche erreichten, wurde Cherry zur Garderobe zurückbeordert, und Marlowe traf sich mit Damon, dem Regisseur des Staffelfinales. Er war ein kleiner, stämmiger, glatzköpfiger Mann Mitte bis Ende dreißig mit bis zum Handgelenk reichenden Tattoosleeves, die sein gebügeltes Hemd ironisch wirken ließen. Aber vielleicht mochte er auch einfach Hemden. Nach einer kurzen Vorstellung sprach er mit Marlowe die Positionen durch. Sie würde hinten aus einer Limousine steigen, gefolgt von ihrer Brautjungfer, die von einer zierlichen Frau mit einem breiten Lächeln und einem blonden Kurzhaarschnitt namens Olga gespielt wurde. Marlowe würde dann die Kirchentreppe hinaufgehen, oben stehen bleiben und die Straße entlangblicken. Da sie nichts sah, würde sie sich umdrehen, um hineinzugehen. Das Geräusch des nahenden Motorrads würde sie aufhalten. Sie würde sich erneut umdrehen. Jake würde auf der anderen Straßenseite anhalten. Wenn er von seinem Motorrad stieg, würde sie einen Schritt nach vorne machen. Ein Moment der Unentschlossenheit. Ein Blick auf ihren Brautstrauß. Zurück zu Jake. Nach hinten auf die Kirche. Sie würde an ihrem sommersprossigen Ohrläppchen zupfen. Er würde auf sie zukommen. Sie würde den Kopf schütteln, ihm einen langen, sehnsuchtsvollen Blick zuwerfen und dann die Kirche betreten. Wie zuvor würden sie die Szene einmal komplett drehen. Sobald sie hatten, was sie brauchten, würden sie alles für die kürzeren Takes und die Nahaufnahmen aufbauen.

Marlowe und Olga gingen alles mehrmals durch und betraten die Kirche, wo Crewmitglieder sich mit der Licht- und Tontechnik beschäftigten, die den Eingang umgab. Abgesehen von diesem emsigen Treiben, war die Kirche leer, mit ungefähr zwanzig

Kirchenbänken auf jeder Seite und einem schmucklosen Altar am Ende. Der Raum hatte etwas von Massenproduktion, von den Holzpaneelen bis zu den nichtssagenden Buntglasfenstern hinter dem Altar. Trotz Cherrys Anweisung, sich eine Traumhochzeit vorzustellen, brachte Marlowe nicht genügend Fantasie dafür auf. Das lag nur zum Teil an der schmucklosen Kirche, doch sie war ein hervorragender Sündenbock für Marlowes Liebeskummer.

Sie entdeckte kein Anzeichen von Angus am Set. Vielleicht ging er ihr aus dem Weg. Vielleicht hielt das Produktionsteam sie in der Hoffnung voneinander entfernt, einen Streit zu verhindern, der womöglich den Dreh beeinträchtigen könnte. Vielleicht war ihre Distanz zueinander auch nur ein Zufall. Was auch immer der Grund war, Marlowe war dankbar dafür. Es würde besser sein, Angus gegenüberzutreten, wenn sie beide schauspielerten. Wenn der einzige Kummer, die einzige Verwirrung, die zu sehen waren, absolut und vollkommen künstlich sein würden.

Zurück im Trailer half Elaine Marlowe in ihr riesiges Kleid, während Cherry zur moralischen Unterstützung dabeistand. Das Kleid war wirklich wunderschön, obwohl Marlowe aufgrund der schieren Anzahl an Rüschen froh war, das Kleid zu tragen und es nicht nähen zu müssen. Als sie sich im Spiegel betrachtete, umhüllt von einer zarten elfenbeinfarbenen Wolke, mit ihrem dramatischen Make-up und der Prinzessinnenfrisur, wurde ihr schließlich die Realität dessen bewusst, was sie gleich tun würde.

»Wie stehe ich das durch?«, fragte sie Cherry.

»Ich weiß es nicht.« Cherry glättete einige Rüschen. »Ignorier die Realität. Lass dich auf die Fantasie ein. Versetz dich ins Kostüm. Vergiss nicht, dass du Mode im Wert von fünfzehntausend Dollar trägst. Du siehst wunderschön aus, auch wenn dein Dekolleté zu ungefähr achtzig Prozent aus synthetischem Material besteht. Wobei du in L. A. nicht die Einzige bist, die das von sich behaupten kann.«

Marlowe lächelte, doch in ihrer Kehle hatte sich ein Kloß gebildet.

»Hast du ihn gesehen?«, wollte sie wissen.

Cherry nickte. »Er leidet auch. Das ist ziemlich offensichtlich. Aber er ist ein Profi. Er wird seinen Job machen, genau wie du. Wenigstens müsst ihr nicht miteinander reden. Ihr müsst lediglich gepeinigt und unglücklich aussehen. Ich bin ziemlich sicher, dass ihr das beide perfekt hinkriegt.«

Marlowe zog sie in eine lockere Umarmung, vorsichtig darauf bedacht, das Kleid nicht zu zerknittern. Wenige Minuten später wurde sie mit Olga auf den Rücksitz einer Limousine gesetzt, und eine vertraute Betriebsamkeit begann. Der Requisiteur reichte ihr den Brautstrauß. Die Visagisten und Haarstylisten kontrollierten ein letztes Mal ihre Arbeit. Die Crewmitglieder überprüften die Belichtungsmesser, stellten die Kameras ein und positionierten die Ausleger. Der Regisseur der Folge und der Kameramann positionierten sich vor einer Reihe von Monitoren. Der Fahrer ließ den Motor an. Auf das Stichwort des Regieassistenten hin kamen alle zur Ruhe. Nach einigen Sekunden Stille setzte sich der Wagen in Bewegung.

Der Fahrer hielt knapp zwanzig Meter weiter am Straßenrand wieder an. Marlowe tauschte ein schnelles, aufmunterndes Lächeln mit Olga, bevor sie die Türen öffneten und ausstiegen. Marlowe glättete die Explosion aus federleichten Rüschen, die um sie herumflatterten, während Olga um das Auto herum zu ihr auf den Gehweg kam. Glücklicherweise hatte Babs entschieden, auf einen Schleier zu verzichten. Durch den Brautstrauß, das Kleid und die tausend Volt nervöser Energie hatte Marlowe schon genug, worum sie sich kümmern musste.

Nach einem tiefen Atemzug folgte sie Olga das halbe Dutzend Stufen zu dem Treppenabsatz vor der Kirche hinauf. Olga öffnete eine der Türen und hielt sie für Marlowe auf, strahlend wie eine eifrige Brautjungfer am Hochzeitstag der besten Freundin. Marlowe blickte in die Kirche hinein. Hinter der Crew und der Ausrüstung, die sich unmittelbar hinter der Tür befanden, lag ein leerer Raum. Leere Bankreihen. Ein leerer Gang. Ein leerer Altar. Es war alles so hohl, so verlassen. Einsamkeit fegte wie ein eisiger Wind durch sie hindurch und erinnerte sie an einsame Nächte, an endlose Tage ohne Gesellschaft, ohne die Wärme eines gemeinsamen Lachens oder körperliche Berührungen. Die merkwürdige Sprödigkeit der Einsamkeit. Ein so vertrautes Gefühl, das sie mit einem Menschen teilte, von dem sie niemals gedacht hätte, dass er einsam war. Für einige wenige wunderbare Tage waren sie füreinander das Heilmittel gewesen. Doch jetzt ...

Olga räusperte sich. Marlowe kam mit einem Blinzeln zurück in die Realität. Sie drehte sich um und blickte in beide Richtungen die Straße hinab, machte einen Schritt nach vorne, reckte den Hals auf der Suche nach aufblitzendem kupferpennyfarbenem Haar. So viele Menschen. So viel Ausrüstung. Kein Angus.

Sie drehte sich zur Kirche und betrat die Schwelle. Das Dröhnen eines Motorrads brachte sie aufs Stichwort zum Halten. Sie holte tief Luft. Wappnete sich. Drehte sich um.

Da war er, auf der anderen Straßenseite, auf einem verbeulten Motorrad, in staubiger Jeans, einem zerknitterten schwarzen T-Shirt und Jakes typischer Lederjacke. Sein Haar war durch Haargel dunkel gefärbt, aber über der Stirn kräuselten sich einzelne Locken, als ob sie sich weigerten, sich zähmen zu lassen. Das stand ihm gut, seine Frisur wirkte ein bisschen wild und leicht zu zerzausen, zumindest, wenn Angus' Gesichtsausdruck nicht so undurchdringlich gewesen wäre. Darin lagen keine

Hoffnung, keine Freude, keine Fragen, die sie einander stellen konnten, und keine Angebote von Fürsorge und Zuneigung. Verschwunden war der Angus, der mit Marlowe in einem Club getanzt oder in einem Gewirr aus Gliedmaßen lachend von ihrer Couch gefallen war. Der Mann vor ihr war jemand völlig anderes. Ein Fremder. Ein kalter Abschied.

Sie beobachtete, wie er abstieg. In ihrem Magen rumorte es, und ihr Atem ging schnell und abgehackt. Als er neben dem Motorrad stand, ging sie auf die Treppe zu. Olga legte eine Hand um Marlowes Arm und erinnerte sie so daran, dass sie auf dem Treppenabsatz bleiben musste. Angus war derjenige, der auf sie zukommen sollte. Aber das tat er nicht. Er blieb auf dem Gehweg stehen, die Hände in die Taschen gesteckt, der Mund starr und die Tigeraugen voller Schmerz und Wut, die sich so echt anfühlten, dass Marlowe die Tränen kamen. Sie versuchte sie wegzublinzeln, aber dabei verfingen sie sich nur in ihren dummen, falschen Wimpern.

Olga verstärkte ihren Griff, doch Marlowe riss ihren Arm los und rannte die Stufen hinunter, wobei ihr Kleid hinter ihr herwehte. Als sie den Gehweg erreichte, griff Angus sich ans Ohr. Sie blieb stehen, wartete, beobachtete. Er zupfte an seinem Ohrläppchen. Eine Erinnerung daran, dass sie ihre Position verlassen hatte? Oder an die Geheimsprache, die sie miteinander entwickelt hatten? Sommersprossige Ohren. Alberne Garnierungen. Eine Frage gegen eine Frage.

Sein Bild verschwamm, als ihre Tränen schneller kamen. Sie wollte gerade über die Straße laufen, als ihr Blick auf Damon fiel, der neben den Monitoren stand und ihr hektische Handzeichen machte, dass sie zur Kirche zurückkehren sollte. Sie fing Angus' Blick auf und hielt ihn fest, während sie mit den Lippen *Es tut mir leid* formte. Mit einer schnellen Handbewegung an ihr

Ohr drehte sie sich um, rannte die Stufen zur Kirche hinauf und dann hinein.

Die Tür fiel hinter ihr zu. Eine Sekunde später hörte sie das Geräusch von Bewegungen, was darauf hindeutete, dass Damon auf der Straße *Cut!* gerufen hatte. Aus den Walkie-Talkies drangen Gesprächsfetzen. Die Kameraleute richteten ihre Kameras neu aus. Die Haar- und Make-up-Experten eilten herbei, um Schweißtropfen abzutupfen und lose Strähnen zu bändigen. Marlowe schwankte hin und her und stützte sich auf der nächstgelegenen Kirchenbank ab. Jemand fragte sie, ob es ihr gut ging. Sie nickte knapp, währen die Crew sie wieder kamerafertig machte.

Kurz darauf erschien Cherry, gefolgt von Babs und Elaine.

»Wie geht es dir?«, wollte sie wissen.

»Nicht gut.« Der Kloß in Marlowes Kehle kehrte zurück, und weitere Tränen stiegen ihr in die Augen. »Ihn zu sehen … Ich hab es verbockt. Ich war total feige und hab ihm gesagt, dass ich mit dem Druck nicht klarkomme. Ich bin weggelaufen und habe ihn denken lassen, dass er nur eine Affäre wert war. Wie konnte ich das tun?«

Zwischen all dem Tupfen, Kämmen und Auflockern drückte Cherry Marlowes Hand.

»Du hast dein Bestes gegeben«, sagte sie. »Einige Menschen fühlen sich vom Rampenlicht angezogen. Andere nicht. Beides ist okay. Du musst das tun, was für dich funktioniert.«

»Aber ich habe es nicht mal versucht. Dabei war das alles, worum er mich gebeten hat. Es zu versuchen.«

Cherry redete ein paar Minuten lang auf Marlowe ein, bis die sich wieder einigermaßen beruhigt hatte, sodass die Visagistin ihre Arbeit machen konnte, ohne mit einem ständigen Tränenstrom kämpfen zu müssen. Der Requisiteur tauschte einige zerdrückte Rosen gegen neue aus. Elaine bürstete Schmutz von der Unterseite der Schleppe. Babs stand daneben und sah zu. Marlowe erwartete beinahe einen bissigen Spruch wie *Du hättest wissen müssen, worauf du dich da einlässt.* Stattdessen verströmte sie eine Art mentorinnenhafte Geduld und lauschte dem Gespräch, als ob sie einen weisen Ratschlag vorbereitete. Ein bisschen wie Yoda, aber größer und mit besserer Frisur.

Marlowe drehte sich zu ihr um. »Du siehst aus, als ob du etwas sagen möchtest.«

»Dein Liebesleben geht mich nichts an.« Babs schürzte die Lippen und schien die Ironie ihrer Aussage nicht zu bemerken. »Wenn du allerdings offen für einen kleinen Vorschlag wärst ...«

Marlowe machte einen Schritt auf sie zu, bereit für eine Weisheit in Yoda-Manier.

»Bin ich«, antwortete sie. »Bitte.«

Babs pflückte einen Fussel von ihrem Ärmel und schnippte ihn zu Boden, wobei sie es irgendwie schaffte anzudeuten, dass Marlowes Unglück von ähnlicher Bedeutung war.

»Falls du wirklich einen Dialog über die realistische Darstellung von Frauen führen willst, wäre es nicht das Schlimmste auf der Welt, wenn ein paar Kameras auf dich gerichtet wären.« Für einen Moment hielt sie Marlowes Blick fest, zog eine Braue hoch und verzog den Mund, es war ein Hauch von Ermutigung. Dann hob sie das Kinn und wandte sich wieder ihrer Arbeit zu, indem sie eine Frau mit einem Kamm anblaffte, dass sie ein Samtband fixieren solle, bevor die ganze Konstruktion auseinanderfiel.

Während sich die Frau um das widerspenstige Band kümmerte, ließ Marlowe Babs' Vorschlag auf sich wirken. Sie erinnerte sich daran, wie sie Wes' Drehbuchänderungen kritisiert hatte, ihre Ideen mit der Theaterregisseurin geteilt, sich gegen Kelvin durchgesetzt und sich für Cherry eingesetzt hatte. Sie erinnerte sich, dass Angus ihr geraten hatte, ihre Stimme zu nutzen, statt sie zu begraben. Sich nicht zu verändern, um angenehmer, sympathischer, entgegenkommender oder spaßiger zu sein. Sie erinnerte sich auch, dass sie ihn in der Annahme zurückgelassen hatte, dass es das Ende war, so kurz nach dem Anfang. Sie hatte nie die Art von Aufmerksamkeit gewollt, die mit seinem Ruhm einherging, aber vielleicht konnte sie sich dieser Aufmerksamkeit stellen – nicht als Opfer, sondern als Stimme.

Eine Regieassistentin informierte sie, dass das Aufnahmeteam bereit war, Marlowe wieder in die Limousine zu setzen. Marlowe bat um zehn Minuten allein. Die Regieassistentin klärte Marlowes Bitte über ihr Walkie-Talkie mit dem Rest des Teams ab. Und als die Crewmitglieder die Kirche verließen und hinaus auf die Straße gingen, schickte Marlowe Cherry los, um Angus zu suchen.

32

Marlowe saß allein in der stillen Kirche, blickte auf einen leeren Altar und ertrank fast in einem Berg von elfenbeinfarbenen Rüschen, als Angus in die Bank neben sie glitt. Ohne auch nur einen Blick in ihre Richtung beugte er sich vor und stützte die Unterarme auf den Oberschenkeln ab. Er hatte die Hände verschränkt und hielt den Blick gesenkt. Marlowe gab ihm einen Moment, dann sprach sie.

»Weißt du noch, was du auf den Zettel geschrieben hast, den du mir zusammen mit den Blumen geschickt hast?«

»Dass es mir leidtut, mich wie ein Arschloch benommen zu haben.«

»Du hast auch gesagt, dass ich was Besseres verdiene. Ich habe viel Zeit damit verbracht, darüber nachzudenken, was ich verdiene und was ich nicht verdiene, aber das sind keine hilfreichen Gedanken. Denn ja, ich verdiene etwas Besseres, aber du auch. Und viele andere Menschen ebenfalls. Wenn das nicht der Fall wäre und kein universelles Problem, gäbe es nicht so viele schlechte Selbstjustizfilme.« Sie zwang sich zu einem Lächeln.

Er tippte mit dem Daumen gegen seine verschränkten Fäuste, nicht im Geringsten belustigt und auch sonst ohne jegliche Regung. Er hatte sich hinter seine Mauern zurückgezogen, und sie waren solide.

Marlowe holte tief Luft und sprach weiter. »Clickbait zu sein, ist hart. Ich hasse es, wie mein Leben seziert wird und meine persönlichen Entscheidungen zur Schau gestellt werden, damit sich andere eine Meinung darüber anmaßen können. Ich hasse es, mich dauernd meinen Freunden und meinen Eltern erklären zu müssen. Ich hasse es, dass ich mir Tausende Verteidigungen ausdenke, obwohl ich weiß, dass jede Verteidigung gegen Trolle und Hasser sinnlos ist. Aber weißt du, was alles noch schwerer macht? Zu wissen, dass du genauso damit zu kämpfen hast und ich dabei nicht einmal mit dir zusammen sein kann. Zu wissen, dass ich gesagt habe, ich kann das nicht, wenn ich es in Wahrheit kann. Ich nur lernen muss, wie.«

Sein Daumen hörte auf zu klopfen, aber sein Blick blieb auf seine Hände gerichtet. Als er immer noch nicht antwortete, sammelte Marlowe mehr Mut und fuhr fort.

»Ich weiß, dass wir uns erst seit wenigen Wochen kennen. Die Sache zwischen uns ist frisch und unsicher und kompliziert, aber wenn du mir eine zweite Chance gibst, würde ich deinen Fans gern die Wahrheit sagen. Sie werden mir möglicherweise nicht glauben, aber ich denke, damit werde ich leben können. Es ist besser, als zu schweigen. Es ist besser, als sich kleinzumachen.«

»Und welche Wahrheit willst du ihnen erzählen?«

»Dass wir uns nicht hinter Tanareves Rücken verabredet haben. Dass wir uns am Set getroffen und einander so kennengelernt haben, wie sich Leute kennenlernen, durch gemeinsam verbrachte Zeit und Gespräche und Kochen und wirklich gewöhnliche Dinge. Dass du mich zum Lachen bringst und mit deiner Intelligenz umhaust. Und dass ich mich in dich verliebt habe.«

Das brachte Angus dazu, endlich aufzusehen, Ungläubigkeit im Blick.

»Du hast was?«

»Ich werde mit der Publicity umgehen lernen. Ich werde etwas Hilfe brauchen. Die Nummer von Tanareves Therapeutin. Vielleicht die Nummern vieler Therapeuten. Und falls Whitman und

Idi irgendwelche Ratschläge für mich haben, nehme ich die auch. Außerdem eine zu jeder Zeit verfügbare Flasche Wein. Seelentrösteressen. Wirklich kuschelige Decken. Alles, was sich gut anfühlt, weil ich vermutlich oft Panik kriegen und Dinge an mich heranlassen werde, die eigentlich an mir abprallen sollten, aber ich will dich nicht wieder so verlassen wie am Sonntag. Als hätten wir uns von der Presse auseinanderreißen lassen. Ich bin vielleicht ein Feigling, aber ich bin auch das Mädchen, das Pete Kensington eine verpasst hat. Wenn du der Idee also offen gegenüberstehst, hätte ich wirklich gern die Chance auf ein Date mit dir. Wenigstens eines. Und nicht am schlimmsten Tacostand der Welt.«

Er schüttelte den Kopf und betrachtete sie ungläubig aus großen Augen.

»Spul noch mal zurück bis zu dieser anderen Sache, die du gesagt hast.«

Sie legte ihm eine Hand an die Wange. Die Weichheit seiner Bartstoppeln war ihr inzwischen vertraut. Die scharfen Linien seines Kiefers. Die leicht gekrümmte Nase. Das Grübchen an seinem Kinn. Selbst die mascaragefärbten Wimpern, die das Lodern in seinem Blick umrahmten.

»Ich liebe dich«, sagte sie. »Ich weiß, dass das große Worte sind, aber sie fühlen sich richtig an für das, was ich empfinde. Sie sind die einzigen, die das ausdrücken, was ich fühle.«

Er lehnte sich in ihre Berührung und schloss die Augen. Ein Moment verstrich, still und friedlich.

»Das ist meine dritte Unsicherheit«, sagte er. »Ich bin siebenundzwanzig Jahre alt, und niemand außerhalb meiner engsten Familie hat das je zu mir gesagt. Niemand, der mich kennt.«

Marlowe starrte ihn fassungslos an. Sie hatte im Laufe der Jahre so viele Fotos von ihm mit Frauen gesehen. Sie hatte beobachtet, wie ihm Frauen online, in Läden und auf dem Studiogelände ihre unsterbliche Liebe gestanden hatten. Er hatte Hunderttausende Fans. Doch diese Liebe schloss nicht die Art und Weise mit ein, wie er Spinat von einem Taco klaute oder vier Bücher gleichzeitig las. Seinen Sarkasmus, das geduldige Zuhören, den Traum, einen schrecklich überfütterten Hund zu haben.

»Ist das ein Ja?«, hakte sie nach.

»Das ist definitiv ein Ja.«

Sie küsste ihn, zog ihn mit beiden Händen zu sich heran und auch mit der Kraft der Worte, die nun zwischen ihnen standen. Er erwiderte den Kuss, liebevoll und zärtlich.

»Es tut mir leid, dass ich dich weggestoßen habe«, sagte er. »Daran muss ich wohl noch arbeiten.«

»Wir haben beide Dinge, an denen wir arbeiten müssen.« Sie nahm seine Hand und fuhr mit dem Daumen über seine sommersprossigen Knöchel. »Aber ich arbeite lieber mit dir daran als ohne dich.«

»Das hört sich gut an.« Er legte seine Stirn an ihre. Ein weiterer stiller Moment verstrich, dieser etwas leichter, sanfter, sicherer. Er wurde unterbrochen, als Angus sein Handy aus der Gesäßtasche zog. Beim Blick auf das Display lachte er.

»Verlangt jemand, dass wir zurück an die Arbeit gehen?«, wollte Marlowe wissen.

Angus schüttelte den Kopf. »Alle da draußen wissen, was hier los ist. Wenn du glaubst, dass es schwer ist, Geheimnisse vor Paparazzi zu hüten, dann versuch das mal bei Leuten, mit denen du sechs Staffeln lang jeden Tag vierzehn Stunden gemeinsam verbringst.« Er hielt sein Handy hoch, sodass Marlowe die Nachricht lesen konnte.

Tanareve: Hast du es endlich geschafft, ihr zu sagen, dass du sie liebst?

Diesmal war es an Marlowe, überrascht zu sein. Angus steckte schulterzuckend sein Handy wieder ein. Dann stand er auf und zog Marlowe mit sich.

»Sie mag dich«, erklärte er. »Sie ist der Meinung, dass allein du für meine bessere Stimmung in letzter Zeit verantwortlich bist, und das ist keine unbedeutende Leistung. Sie hat gesagt, wenn wir beide uns wieder versöhnen, wird sie dafür sorgen, dass jeder mitkriegt, wie gut wir uns alle verstehen. Sie hat große Pläne, mit dir shoppen zu gehen und in Clubs, und worauf du sonst noch Lust hast. Wappne dich. Die Frau hat eine unglaubliche Ausdauer.«

Marlowe schüttelte immer noch fassungslos den Kopf.

»Kehr noch mal zu dieser anderen Sache zurück.«

Angus zog sie in die Arme. Als sich ihre Blicke trafen, stellte er sich auf die Zehenspitzen, damit er sie um ein paar Zentimeter überragte. Dann schenkte er ihr das neckende Lächeln, nach dem sie sich die ganze Woche über gesehnt hatte. Das alles heller und hoffnungsvoller machte.

»Ich liebe dich«, sagte er. »Und ja, das sind große Worte, aber sie fühlen sich auch für mich richtig an.« Er beugte sich vor, um sie zu küssen, doch Marlowe hielt ihn mit einer Hand auf seiner Brust auf.

»Heißt das, dass ich aufhören muss, mit deinem Butler zu schlafen?«

»Ich wusste, dass da etwas im Busch ist. Das Arschloch wird noch heute Abend gefeuert.«

Ob nun Angus Marlowe küsste oder sie ihn, ihre Lippen trafen sich, und sie wusste in diesem Moment, dass sie endlich genau den Traum verfolgte, den sie wollte.

EPILOG

Mitte Dezember, eine Woche vor der Ausstrahlung von Marlowes erster offizieller Adelaide-Folge, marschierte sie im gut ausgestatteten Green Room der *Late Show* auf und ab, fächelte sich Luft unter die Achseln und kaute auf den Nägeln herum, ganz frustriert, weil sie nicht beides gleichzeitig tun konnte. Angus saß auf einem gepolsterten Sofa, er hatte einen Arm über der Rückenlehne ausgestreckt und die Füße hochgelegt, der Inbegriff der Unbekümmertheit. Auf seinem Schoß saß der Foxterrier, den sie vor Kurzem aus dem Tierheim geholt hatten, ganz begeistert von seiner Ähnlichkeit mit Asta aus *Der dünne Mann*. Keiner der beiden hatte dem Film beim ersten Mal viel Aufmerksamkeit geschenkt, aber in den folgenden Wochen war er zu ihrem gemeinsamen Lieblingsfilm geworden. Wochen, die von schwierigen Gesprächen über Reisemöglichkeiten, der Abstimmung von Zeitplänen für Videoanrufe von Küste zu Küste und von verpassten Gelegenheiten für wichtige gemeinsame Momente geprägt waren, was alles andere als einfach gewesen war. Aber auch Wochen voller euphorischer Wiedersehen, tiefgründiger Diskussionen über die Bedeutung von Kunst und Image, wunderbar fauler Tage im Bett und hysterische Verhandlungen darüber, ob man einen verwöhnten Terrier in der ersten Klasse fliegen lassen konnte, weil es völlig außer Frage stand, dass er in L. A. blieb, während Marlowe und Angus beide in New York waren.

»Falls ich mich übergeben muss oder ohnmächtig werde, lässt sich das herausschneiden, richtig?«, fragte Marlowe, die immer noch auf und ab lief.

Angus schenkte ihr von seinem Platz auf dem Sofa aus, wo er den Terrier an seiner Lieblingsstelle hinter den Ohren kraulte, ein beruhigendes Lächeln.

»Ignorier das Studiopublikum. Ignorier die Kameras. Es ist nur ein Gespräch.«

»Du hast leicht reden. Du hast das schon tausendmal gemacht.« Sie spuckte ein Stück Fingernagel aus und machte sich sofort Sorgen, dass das eklig war. Dann beschloss sie, dass sie bereits genügend Sorgen hatte, und dachte nicht mehr darüber nach. Teppiche ließen sich leicht reinigen. Für Panik gab es keine ganz so einfache Lösung. »Ich hätte behaupten sollen, dass ich keine Zeit habe. Dass ich in letzter Minute noch Einkäufe erledigen muss oder extrem wichtige Termine habe.«

»In allerletzter Minute?« Er lachte leise, und der Hund schnaubte, als wäre er genauso amüsiert. »Es ist ein sechsminütiges Interview. Rein, raus, fertig. Es wird so schnell vorbei sein, dass du schon auf dem Weg ins Theater bist, bevor du es überhaupt merkst.«

»Dort sollte ich jetzt eigentlich sein und dafür sorgen, dass die Kostüme für die Anprobe bereit sind.«

»Als du gestern Abend gegangen bist, war alles fertig. Deine Anproben werden super laufen.«

»Zumindest besser als mein erster Live-Auftritt im Fernsehen.« Marlowe schnappte sich einen Stapel Tücher und tupfte sich die Achselhöhlen trocken. Mit Angus' Gelassenheit konnte sie definitiv nicht mithalten. Drei Monate nach den heimlichen Fotos von ihrem Picknick – drei Monate mit regelmäßigen Terminen bei Tanareves Therapeutin – hatte sich Marlowe mehr oder weniger daran gewöhnt, in Social-Media-Beiträgen aufzutauchen, Onlinewerbung für *Heart's Diner* zu machen und in Angus' Begleitung für Paparazzifotos ein glaubwürdiges Lächeln aufzusetzen, aber

Livefernsehen bot das Potenzial für ein komplett neues Level an öffentlicher Demütigung. »Erinnere mich daran, Tanareve zu fragen, welches Deo sie benutzt. Und nach Atemübungen. Und Essensvorschlägen, die zehn besten Lebensmittel gegen Übelkeit. Vielleicht sollte ich mir einen zweiten Therapeuten suchen. Wäre das übertrieben? Das wäre vermutlich übertrieben.« Sie plapperte weiter vor sich hin und warf die Tücher in einen Abfalleimer.

Als sie wieder auf und ab zu laufen begann, stand Angus auf und zog sie in die Arme, den Hund zwischen ihnen. Er sagte nichts, aber das musste er auch nicht. Er hielt sie einfach fest, während sie sich in seiner Umarmung entspannte und das Gesicht an seinem Hals vergrub.

»Deshalb hätten wir ihn Taco nennen sollen«, sagte sie.

»Mir gefällt immer noch Grünkohl.«

»Und ich hoffe immer noch, dass das nur ein Scherz war.«

Angus lachte und ließ den Hund über sein Gesicht lecken. Was häufig vorkam.

»Definitiv ein Scherz«, versicherte er ihr. »Dieser Hund war dazu bestimmt, ein Jeeves zu sein.«

»Obwohl er nicht mit britischem Akzent bellt?«

»Noch ein Besuch bei meinen Eltern, und er wird mit schottischem Akzent bellen.«

Marlowe fiel in sein Lachen ein, dankbar für die Ablenkung. Angus' Familie hatte Marlowe in den Monaten zuvor herzlich aufgenommen und ließ sie nach einem Besuch nie gehen, ohne ihr tonnenweise Essen mitzugeben und das Versprechen abzuringen, sie bald wieder zu besuchen. Marlowes Eltern hatten Angus ebenfalls kennengelernt und die Beziehung vage missbilligt.

»Danke für den Vorschlag, dass wir ihn mitbringen.« Sie kratzte Jeeves unterm Kinn, was ihn dazu brachte, mit den Hinterbeinen zu strampeln, als ob er Rad fuhr. »Das hilft.«

»Ich weiß.« Angus drückte ihr die Lippen auf die Stirn, was ebenfalls gegen ihre Nervosität half, er fühlte sich an, als ob er seine Liebe direkt in ihr überaktives Hirn schickte. Wie vorausgesagt, war es leichter geworden, in der Öffentlichkeit zu stehen. Wie ebenfalls vorausgesagt, war es nicht zwangsläufig leicht geworden. Die Welt war voller Menschen, die versuchten, andere niederzumachen. Wenn man nicht der Härteste der Harten war, würde es immer wehtun, die Zielscheibe von Trollen und Hetze zu sein. Doch Marlowe hatte inzwischen verstanden, dass es keine effektive Lösung war, die gemeinen Menschen meiden zu wollen. Es war besser, sich darauf zu konzentrieren, dass man diesen Menschen nicht allein gegenüberstand.

»Glaubst du, sie lassen uns Jeeves mit vor die Kamera nehmen?«, fragte sie.

»Vermutlich, wenn du ihn brauchst.«

»Ich meinte nicht für mich.«

Angus sah sie fragend an. Marlowe schob ihm lächelnd eine Kupferpennysträhne aus der Stirn, eine Geste, der sie wohl nie überdrüssig werden würde. Ihn zu berühren, war ihr quasi zur zweiten Natur geworden, und ihm schien es nie etwas auszumachen.

»Ich habe da eine Theorie, die ich gern überprüfen würde«, erklärte sie.

»Das klingt gefährlich.«

»Wenn du im nationalen Fernsehen auftrittst und unseren Hund so betüddelst wie zu Hause, bietet dir garantiert jemand noch vor Jahresende eine RomCom an. Vielleicht sogar eine über einen ernsten Floristen, der zu viele streunende Katzen aufnimmt.«

Angus' breites Grinsen nahm ihr immer noch den Atem. Jedes Mal.

»Ich weiß nicht, was mir besser gefällt«, erwiderte er. »Deine ehrlichen Bemühungen um meine Karrieremöglichkeiten, oder dass du mein Haus gerade *Zuhause* genannt hast.«

Marlowe zog eine Grimasse. »Ist das für dich in Ordnung? Du kannst auch mein Viertel der Wohnung in Williamsburg *Zuhause* nennen. Selbst wenn ich dir da nur eine Schublade anbieten kann.«

»Es ist eine hervorragende Schublade.« Er küsste noch einmal ihre Stirn. Ihre Wangen. Ihre Lippen. Dann wollte Jeeves mitmachen, und Angus trat zurück, während er dem Hund lachend seinen Willen ließ, so wie immer. »Und ja. Mein Haus *Zuhause* zu nennen, ist mehr als nur in Ordnung. Es ist perfekt.«

Marlowe beobachtete, wie Angus und Jeeves einander anhimmelten, und ihr Herz floss über vor Liebe zu beiden. Trotz ihres aktuellen Stresslevels erfüllte es sie zutiefst, sich gemeinsam mit Angus ein Leben aufzubauen. Besonders, da sie lernte, Babs' klugen Ratschlag umzusetzen, ihre neue Sichtbarkeit zu nutzen. Manchmal achtete sie darauf, so gut wie möglich auszusehen. Andere Male sah sie genauso aus, wie sie war: eine gewöhnliche, chaotische, oft erschöpfte, immer zwiespältige, zutiefst unsichere Frau, die für ihren Lebensunterhalt arbeitete, an den Nägeln kaute, scharfe Soße verschüttete und weder Zeit für Make-up noch fürs Mittagessen hatte. Denn diese Frau verdiente schließlich auch Liebe, genau wie jede Frau, die diese Fotos sah.

Heute hatte sich Marlowe für einen Kompromiss entschieden. Sie hatte sich die Haare professionell frisieren lassen, sich aber selbst um ihr Make-up gekümmert und trug ein einfaches Hemdblusenkleid, das Cherry mit ihr ausgesucht hatte, per FaceTime vom Set des Films, an dem sie als Kostümbildnerin arbeitete. Cherry gefielen die aufgedruckten Erdbeeren. Marlowe gefiel, dass ihr das Kleid ohne zusätzliche Polster gut passte.

Außerdem mochte sie die subtile Ähnlichkeit zu ihrem Kellnerinnenoutfit. Sie hatte zwar überhaupt kein Interesse daran, die Rolle jemals wieder aufleben zu lassen, aber sie wusste zu schätzen, dass das Kostüm sie aus der Unsichtbarkeit katapultiert und gezwungen hatte, nach dem Leben – und der Liebe – zu greifen, die sie sich wünschte.

Schon lustig, dass alles mit einem Kostüm begonnen hatte. Oder vielleicht einem Blick.

»Sie werden den Clip abspielen, oder?«, fragte sie.

Angus nickte, immer noch lächelnd. »Garantiert.«

»Und uns fragen, was wir in dem Moment gedacht haben.«

»Höchstwahrscheinlich.« Er kam näher und stupste ihre Nase mit seiner an.

Sie erwiderte die Geste. »Ich kann den Leuten doch nicht sagen, dass ich dir am liebsten den heißen Kaffee in den Schoß geschüttet hätte.«

»Warum nicht? Es ist echt. Es ist lustig. Das bist du.«

»Und das ist okay?«

»Das ist alles.« Er zog sie in eine weitere Umarmung, eine ebenso unbeholfene, aber wunderbare wie die letzte, mit einem zappelnden Terrier zwischen ihnen. »Du bist eine brillante Kostümbildnerin, die nächste Woche eine Welturaufführung hat. Ich bin ein geradezu irritierend unwiderstehlicher Fernsehschauspieler, der erfolgreich die kulinarische Palette seiner Freundin erweitert hat. Jeeves hat eine vielversprechende Zukunft als Sockenzerstörer. Wir kriegen das schon hin.«

Marlowe legte ihm eine Hand auf die Brust und die Wange an den Hund.

»Ja«, sagte sie. »Das tun wir.«

DANKSAGUNG

Jedes veröffentlichte Buch ist das Produkt der Bemühungen von zahllosen Menschen. Ich werde nie die Namen aller Beteiligten bei der Bearbeitung, Gestaltung, Herstellung, dem Vertrieb und dem Marketing meiner Bücher kennen. Aber zumindest kann ich mich hier bei einigen sehr wichtigen Leuten bedanken.

Mein Dank geht an Rona Bird, die mir seit mehr als zwanzig Jahren eine wunderbare Freundin ist. Sie war nicht nur die erste Leserin dieses Buchs, sondern auch meine Expertin in allen Fragen zu Schottland. Wir haben uns kennengelernt, als wir beide Tausende Meilen von unseren jetzigen Wohnorten als Kostümbildnerinnen gearbeitet haben, und ich bin so unendlich dankbar, dass wir trotz aller Wendungen in unseren Leben an unserer Freundschaft festgehalten haben.

Danke an die brillanten und unerschütterlichen Assistent:innen (die alle selbst hervorragende Kostümbildner:innen sind), die mich in meiner Zeit in Los Angeles unterstützt und beraten haben: Shannin Strom Henry, Kenneth Chu, Joel Berlin, Johann Stegmeir und Lisa Tomczeszyn. Ihr wart alle so tolle Vorbilder, und ohne euch hätte ich keine zehn Minuten überlebt.

Ich bedanke mich bei meiner Agentin Laura Bradford, die vom chaotischen Erstentwurf an wusste, was dieses Buch braucht, um Leser:innen anzusprechen. Und bei Hannah Andrade, die die Art von schwerer Arbeit leistet, die so wichtig, aber häufig unsichtbar ist. Danke, dass ihr euch beide durch die schrecklichen Entwürfe gequält habt. Und für all die unsichtbare Arbeit, die ihr leistet, um Autor:innen auch weiterhin beim Schreiben zu unterstützen.

Ein Dank geht auch an meine Lektorin Jennie Conway, für ihre klaren und freundlichen Hinweise, wie man Marlowes Weg verstärken kann, damit die Geschichte emotional Anklang findet und ich mich nicht zu sehr in Ausschweifungen über Rüschen verliere. Oder Hunde. Ich wollte mich irgendwie schon immer mal über Hunde auslassen. Ich habe Jennies Namen jahrelang in Danksagungen gelesen, und es ist buchstäblich ein wahr gewordener Traum, mit ihr zusammenarbeiten zu dürfen.

Danke an alle bei St. Martin's. Die brillante Person im Lektorat, die das Manuskript mit magischem Blick gelesen haben muss, um so viele Details zu finden, die kleine Veränderungen benötigten. Auch an die Grafikabteilung, die in diesem Moment, während ich das schreibe, am Cover arbeitet. An die Marketing- und Presseleute, die ich in den kommenden Monaten kennenlernen werde. Ich verdiene meinen Lebensunterhalt in einer kollaborativen Kunstform. Ich weiß, dass dieses Buch ohne euren kreativen Input und eure Arbeit kein Buch werden kann. Ich bin so froh, dass wir im selben Team spielen.

Danke an all die Blogger:innen, Bookstagrammer:innen, Booktoker:innen, Rezensent:innen und andere Buchempfehler:innen. Ich weiß, dass wir über Bücher sprechen, weil wir Bücher lieben. Aber diese Liebe bedeutet wichtige Unterstützung für Autor:innen, nicht nur durch die Sichtbarkeit für unsere Bücher, sondern auch, weil wir so erfahren, dass da draußen jemand hinter einer Tastatur sitzt und uns anfeuert. Eure Bemühungen bleiben nicht unbemerkt.

Danke an die vielen, vielen Freunde und Familienmitglieder, die sich seit Jahrzehnten meine Ängste in Bezug auf mehrere Karrieren im künstlerischen Bereich anhören. Meine Freundin Jen hat einmal gesagt, ich bräuchte ein T-Shirt mit der Aufschrift *Ich suche mir unmögliche Karrieren aus.* Sie hat recht, das tue ich.

Aber diese Karrieren sind weniger unmöglich, weil ich die Unterstützung von Menschen habe, die mich inspirieren und denen ich wichtig bin und die mich fallen, aufstehen und den Staub abklopfen lassen, damit ich es erneut versuchen kann. Meine kreative Community ist viel zu groß, um jeden Einzelnen hier aufzuzählen, aber ihr wisst, wer ihr seid. Ihr seid meine Familie. Ich liebe euch, so sehr.

An den Ex, der behauptet hat, ich würde niemanden finden, der besser ist als er – genau wie Marlowe habe ich diese Person gefunden. Du wirst das hier nie lesen, aber es fühlt sich trotzdem gut an, es zu schreiben.

An alle, die sich bewusst dafür entscheiden, freundlich zu sein, statt herumzupöbeln, besonders in öffentlichen Foren: danke für diese Entscheidung. Das Internet ist ein Geschenk, aber es kann gleichzeitig eine Waffe sein. Ich bin sehr dankbar für alle, die nicht vergessen, dass echte Menschen das lesen, was sie schreiben. Die letzten Jahre waren hart. An alle, die sich bemühen, die Welt mit Freundlichkeit und Mitgefühl und Freude zu bereichern – danke. Ihr seid meine Held:innen.

Und last but not least, an alle, die persönliche oder gesellschaftliche Botschaften verinnerlicht haben, dass sie keine Liebe verdienen – doch, das tut ihr. Ich verspreche es euch, von ganzem Herzen. Ihr verdient sie auf jeden Fall.